DUCK CALL 덕콜

옮긴이 박정임

경희대학교 철학과, 일본 지바 대학원 일본 근대문학 석사 과정을 마쳤다. 마스다 미리, 다니구치 지로, 온다 리쿠, 미야자와 겐지 등 굵직한 작가들의 작품과 『유곽 안내서』, 『은하철도 저 너머에』, 『설레는 일 그런 거 없습니다』 등 개성적인 소설들을 번역했다.

DUCK CALL © 1991 Itsura Inami

This book is published by arrangement with Hayakawa Publishing Corporation

이 책의 한국어판 저작권은 Imprima Korea Agency를 통해
Hayakawa Publishing, Inc.과의 독점 계약으로 **피니스 아프리카에**에 있습니다.
저작권법에 의해 한국 내에서 보호를 받는 저작물이므로 무단전재와 복제를 금합니다.

이 도서의 국립중앙도서관 출판시 도서목록(CIP)은 서지정보유통지원시스템 홈페이지(http://seoji.nl.go.kr)와
국가자료공동목록시스템(http://www.nl.go.kr/kolisnet)에서 이용하실 수 있습니다.
CIP제어번호:CIP2018042898

덕 DUCK
콜 CALL

ダック・コール

이나미 이쓰라 지음 | 박정임 옮김

피니스
아프리카에

차례

아내 에미코에게

프롤로그

냇물에 손을 담갔을 때였다. 아, 이 여름도 끝나는구나 하고 느꼈다. 물이 차가웠던 것이다. 9월 초순의 늦은 오후였다.

하늘을 보니 한바탕 비가 내릴 듯해서 평상시보다 일찍 저녁을 먹었다. 강가에서 불을 피우고 사용했던 냄비를 얼른 씻어 버리려고 했다. 남자 혼자서 50일 동안이나 비슷비슷한 것을 먹다 보면 요리나 식사에 아무런 감흥도 없어진다. 빈약한 식사의 단조로움이 이번 내 여행의 허무함을 다시 생각나게 했다.

미술대학을 졸업하고 작은 디자인 회사에 근무한 지 2년이 지났다. 이 직업에 대해 안고 있던 꿈과 포부는 이미 힘없이 사라지고 없었다. 창작의 기쁨은 전혀 없이, 단조롭고 단순한 작업에 쫓기는 생활에 나는 지칠 대로 지쳤다. 모든 걸 내던지고 이곳에서 뛰쳐나가기만 하면 무언가 가슴을 뛰게 하는 신선한 충격을 만날 수 있으리라 생각했다. 여행 초반에는 그 기대감으로 가득했다.

하지만 충동적인 여행이 업무와 생활의 미몽에서 깨어나게 해 주리라는 생각은 너무 낙관적이었다. 지금은 돈도, 여행에 대한 갈망도 바닥을 쳤다. 내일은 싫어도 집으로 돌아가지 않으면 안 된다.

강 가운데의 하얀 모래톱에 움직이는 작은 무언가가 있었다. 꼬마물떼새다. 하얀 머리에 커다란 검은색 고글을 쓰고, 하얀 목에는 검은색 벨벳 머플러를 두른 것 같은 띠가 있다. 동그랗고 까만 눈을 두르고 있는 노란색 띠까지 확실하게 보였다. 가느다란 황갈색 다리로 돌아다니는 귀여운 모습에 그만 넋을 잃었다. 이번 여름은 결국 수많은 산과 강을 건너 이렇게 새와 석양만 정신없이 바라보다 끝난 것 같다는 생각도 들었다.

꼬마물떼새가 피이— 울며 날아갔다. 물가의 풀잎이 살랑살랑 흔들렸다. 가을이 바로 옆에 와 있었다. 멍하니 강물에 손을 담그고만 있다는 사실을 깨달은 나는 허둥지둥 설거지를 마쳤다.

문득 인기척이 느껴져 돌아보았다. 강가에서 10미터 정도 떨어진 곳에 한 남자가 쭈그리고 앉아 있었다. 커다랗고 온순한 짐승이 웅크리고 있는 것처럼 보였다. 남자는 자갈밭에 한쪽 무릎을 대고 주먹만 한 돌을 하나 집어 들었다. 손바닥에 올린 돌을 눈높이까지 올려 옅은 햇살에 비춰 보는 듯했다. 남자는 각도를 바꿔 돌을 이리저리 살피더니, 그 돌을 자갈밭의 원래 자리에 내려놓았다. 남자는 다른 돌을 주워 다시 같은 동작을 반복했다. 대체 뭘 하는 걸까?

나는 씻은 냄비와 컵을 들고 자갈밭 끄트머리의 나무 그늘에 세워둔 밴을 향해 걷기 시작했다. 남자가 고개를 들었다. 눈이 마주쳤다. "안녕하세요." 나는 말을 걸었다. "아."라고도 "오."라고도 들리는 애매한 소리로 남자는 대답했다. 아버지뻘 정도 되는 남자였다. 등산모 같은 모자를 쓰고 초록색과 갈색의 격자무늬가 있는 플란넬 셔츠를 입은 남자는 어깨가 넓고 놀라울 정도로 가슴 근육이 두툼한, 무척이나 강인해 보이는 체격이었다.

"실례지만, 저기, 지금 뭘 하고 계세요?"

나도 모르게 질문을 했다. 분명히 실례인, 쓸데없는 간섭이었다.

"돌을 줍고 있네."

남자는 나지막이 말했다. 남자의 두 어깨에는 캔버스 천 어깨띠가 걸려 있었고, 어깨띠 끝의 주머니 같은 가방은 무언가가 가득 담겨 불룩하게 튀어나와 있었다. 돌이 담겨 있는 듯한 중량감이 느껴졌다.

"돌을 주워서 뭐 하시는데요?"

지나치게 캐묻는다는 생각을 하면서도 묻지 않을 수 없었다. 낯선 초로의 남자가 보이는 이상한 행동과 그 독특한 분위기에 나는 묘한 흥미를 느꼈다.

갑자기 어두워졌다고 느낄 틈도 없이, 굵은 빗방울이 우두둑 우두둑 떨어졌다. 예고 없이 갑작스럽게 쏟아지는 세찬 비였다.

"괜찮으시면 제 차로 가시죠……."

남자에게 그렇게 말하면서 나는 이미 달리고 있었다. 차를 세워 둔 플라타너스 나무까지는 몸을 피할 것이 아무것도 없는 휑한 자갈밭이다.

달리면서 뒤를 돌아보니 남자는 어깨에 멘 묵직해 보이는 천 가방을 양쪽 겨드랑이에 끼우듯 껴안고 나를 쫓아 뛰어오고 있었다. 역시 커다란 짐승처럼 보였다. 격자무늬 셔츠를 입은 곰이 서커스단에서 도망쳐 나오는 듯했다.

나는 밴의 뒷문을 열고 남자를 기다렸다.

"실례, 잠깐 비 좀 피하세."

남자가 차 안으로 들어서는 순간 차체가 기우뚱거리며 크게 흔들렸다. 남자는 가방 무게까지 합치면 1백 킬로그램은 될 것 같았다.

창문을 열자 물기를 머금은 상쾌한 바람이 들어왔다. 연일 내리쬔 햇살 탓에 곶감 표면에 하얀 가루가 인 것처럼 달궈진 돌에 빗방울이 거세게 내리치고 있었다. 자갈밭에서는 돌에 앉은 먼지 냄새가 피어올랐고, 여름의 열기가 씻겨 나가고 있었다.

남자는 모자를 벗고 가방을 어깨에서 내려놓더니 내가 권하는 대로 뒷좌석에 앉았다. 그는 수건을 꺼내 얼굴과 손을 닦으면서 캠핑카로 개조한 차 안을 신기한 듯 둘러보았다.

"오, 편리하게 만들었군."

남자는 감탄한 듯 중얼거렸다.

나는 남자의 얼굴에 놀랐다. 그 정기精氣 같은 것에 매료되었다. 남자에게는 확고한 개성이 있었다. 먼저 느껴진 인상은 오만에 가까운 장년의 억셈이다. 비바람을 견뎌 낸 불굴의 의지가 느껴졌다. 무두질한 가죽처럼 두꺼운 피부와 굵은 목에는 대담하기까지 한 강인함이 있었다.

그러면서도 풍부한 감성이 느껴지는 묘한 분위기가 있었다. 커다란 입에는 세상을 무시하는 듯한 담박함이 감돌았고, 눈에는 지성이 숨어 있었다. 꽤나 말이 없고 무뚝뚝해 보였지만 음흉해 보이지 않았고, 속세를 초월한 태평함이 있었다. 여름풀과 뜨거운 모래에서 풍기는 자연의 냄새와 커다란 짐승의 체온을 발산하는 남자는 일상적인 생활을 영위하는 냄새를 풍기지 않았다.

보온병의 뜨거운 커피를 시에라 컵에 부어 남자에게 권했다.

"이거 고맙군."

남자는 기쁜 표정을 지었다. 그러자 남자의 인상이 확 변했다. 볼에는 희끗희끗한 수염이 덥수룩하게 자랐고, 눈가에는 깊은 주름이 새겨져 있었으며, 벌어진 입술 사이로 엿보이는 치열이 골랐다. 산뜻한 활달함이 엿보였다. 신기한 얼굴이라며 나는 감탄했다.

나는 남자의 짐을 바라봤다.

"그 무거워 보이는 가방 속에 있는 건 돌이죠?"

나는 계속 신경이 쓰여서 다시 쓸데없는 참견을 하고 말았다.

"응, 돌이야."

"조금 전에 돌을 보면서 뭔가 조사하시는 것 같던데요."

"돌을 고르고 있었지."

"저, 캐묻는 것 같아 죄송합니다만…… 어떤 돌을 고르고, 또 그 돌로 뭘 하시는 겁니까?"

나는 점점 깊어지는 호기심을 억누르지 못했다. 하지만 남자는 나의 집요함을 의아해하거나 귀찮아하지 않으면서 물어보니 대답한다는 듯 담담하게 대꾸했다.

"그림을 그리네. 새를 그리고 있어."

"새?"

"하늘을 나는 새……. 돌은 형태가 일정한 것보다 되도록 울퉁불퉁한 것을 고르지. 그리고 돌의 모양을 보며 어떤 새의 어떤 자태를 연상해 보는 거야. 그다음에 그 새의 모습을 그 돌에 그리지."

"……."

뜻밖의 대답에 나는 허를 찔린 듯 할 말을 잃었다. 돌에 그림을 그리는 행위에 놀란 것이 아니었다. 그런 것은 예전부터 많은 사람들이 다양한 방법으로 해 왔다. 하지만 돌로 새를 형상화한다는 풍아한 행위가 야외 생활에 익숙해질 대로 익숙해진 듯 햇볕에 그을린 늠름한 체격의 겉모습과 뭔가 어울리지 않는다고 느꼈던 것일까.

"그러면 가방 속의 돌은 새를 그린 것입니까?"

"맞네."

보고 싶다! 그런 마음이 맹렬하게 솟아올랐다. 남자는 시에라 컵의 커피를 후후 불어 가며 한 모금 한 모금 음미하듯 마시고 있었다. 한 잔의 커피로 모든 것이 충족된 듯 편안해 보였다. 남자는 창밖을 보며 "그칠 것 같지 않군." 하고 중얼거렸다. 하지만 비를 걱정하고 있는 기색은 전혀 없었다.

강가는 빗줄기가 보이지 않을 정도로 어두워져 있었다. 이대로 해가 질 듯했다. 나는 실내등을 켰다.

"저기, 그게 직업이십니까?"

"직업? 아니, 그런 게 아니네."

"화가십니까?"

매섭게 쏟아지는 빗소리에 지지 않으려고 나는 목소리에 조금 힘을 주며 질문을 계속했다.

"그림을 그리는 분이십니까?"

"나는 화가도 아니고 그림을 배운 적도 없네. 이렇다 할 직업도 없고. 그냥 무직의 늙은이지."

"그러면 돌에 새를 그리시는 것은 취미입니까?"

"취미인가…… 취미니 도락이니 할 정도로 우아하지도 않아."

남자는 혼자 묻고 혼자 대답했다.

"정처 없이 돌아다니면서 바닷가나 강가에서 마음에 드는 돌을 줍는 걸세. 그 돌멩이에 새의 모습이 보이면 그대로 그리지. 그림이라고 해 봐야 아류의 소일거리일세. 정말 심심풀이야."

"충분히 우아한데요…… 그런 식으로 여행을 하시는 겁니까?"

"여행이 아니라 부랑에 가깝지…… 집은 있지만 부랑자야. 훌쩍 집을 나섰다가 이렇게 가방이 돌로 무거워지면 돌아간다네."

갑자기 섬광이 어둠을 가르더니 멀지 않은 곳에 벼락이 쳤다. 남자는 소파에 앉듯 좌석에 깊숙이 몸을 기댄 편안한 자세로, 천둥소리에는 눈썹 하나 까딱하지 않았다.

나는 명색뿐인 디자이너지만 그림과 관련된 일을 한다는 것, 내 의지와 무관한 의미 없는 작업에 의욕을 잃었고 심기일전을 위해 여행을 하고 있다는 것, 평생 미술 학도로 남을 생각이며 언젠가는 나만의 독자적인 그림을 그릴 수 있기를 바란다는 등의 이야기를 남자에게 했다. 남자는 눈을 반쯤 감은 채 내 이야기를 듣고 있는 것처럼 보였지만, 갑자기 고개를 크게 한 번 꾸벅였다. 그리고 눈을 뜨더니 변명하듯 말했다.

"미안. 깜박 졸았나 보네. 오늘은 왠지 피곤하군……"

누군가가 무대조명 스위치를 멋대로 켰다 껐다 하는 것처럼 창백한 섬광이 이따금씩 주위를 비췄다. 어두운 하늘에서 수백수천의 은

백색 화살이 끝없이 내리꽂히고 있었다. 비는 진을 치고 내릴 작정인 듯했다.

"아침까지 쉬세요. 뒤쪽이 침대입니다."

"너무 큰 신세를 져서 미안하지만 그렇게 해도 되겠나. 오늘은 숙소를 찾을 시간이 없었어."

"보통은 여관에서 주무십니까?"

"싼 숙소를 찾아서 이용하지. 나이가 드니까 노숙이 힘들군."

나는 용기를 내서 말해 보았다.

"저기, 새를 그린 돌을 보여 주실 수 없습니까?"

"남에게 보여 줄 만한 것이 아니야."

"왠지 퍽 궁금하군요. 그리고 그림이라면 뭐든 보고 싶습니다."

"보고 싶으면 봐야지."

남자는 미적대지 않고 시원스럽게 승낙해 주었다. "하지만 아무런 보탬도 되지 않을 걸세. 쓸모없는 것들이라서."

그리고 남자는 4인용 좌석에 큰 몸을 눕히며 중얼거리듯 말했다.

"그럼, 난 염치 불고하고 자네 말대로 한숨 자겠네. 이 시트는 상당히 좋군."

나는 조금 허둥대며 말했다.

"저……, 제가 멋대로 가방에서 꺼내도 되겠습니까?"

"그러게. 밑에는 속옷이 있지만 전부 세탁한 것이네. 돌만 꺼내면 될 걸세."

남자는 졸린 목소리로 입가에 미소를 띠며 말했다.

"하지만 그런 이상한 것을 보면 꿈에 새가 나타나서 가위에 눌릴 걸세."

남자가 가볍게 코를 골며 잠들기까지는 몇 초 걸리지 않은 듯했다.

나는 작지만 강력한 스포트라이트 빛을 식탁 겸용의 나무 책상 위만 비추도록 조정하고 실내등을 껐다. 허락을 받았다고는 해도 다른 사람의 가방을 여는 행위에 약간의 꺼림칙함을 느끼면서 가방 덮개 끈을 풀었다. 수건을 잘라 만든 듯한 헝겊으로 하나씩 싼, 주먹 크기의 돌이 빽빽하게 담겨 있었다. 조심스럽게 한 개를 꺼내 책상 위에 놓고 낡은 헝겊을 펼쳤다.

아아! 하고 작은 탄성을 질렀는지도 모른다. 아니면 숨을 삼켰을지도 모른다. 돌에 그려진 오리의 아름다움에 너무 놀라서 넋을 잃고 보았다.

쇠오리가 왼쪽으로 목을 움츠리고 몸의 절반을 이쪽으로 향한 채물 위에 떠 있는 모습이었다. 수면은 그려져 있지 않았지만 돌의 약간 평평한 면을 바닥으로 해서 책상에 올려놓으니, 흠집투성이의 참나무 책상이 순식간에 강물이 되었다. 작고 포동포동한 회갈색 몸이 햇살을 받아 미묘한 명암을 드리웠다. 언뜻 보기에 수수한 색깔의 작은 오리는 꼬리가 삼각형이고 크림색인 것으로 보아 쇠오리임을 분명히 나타냈다. 선명한 노란색 머리에 눈가가 진한 녹색을 띤 쇠오리는 곁눈질로 나를 힐긋 보고 있었다.

나는 덤벼들듯 가방에서 다음 돌을 꺼내 낡은 헝겊을 펼쳤다.

암수 한 쌍의 고방오리가 날개를 펼친 채 수면을 박차고 당장이라도 날아오르려 하고 있었다. 멀리서 보면 검은색과 흰색만으로 보이는 수컷 오리는 힘껏 펼친 날개의 둘째날개깃에 연지색, 짙은 녹색,

흰색의 삼색 깃을 여봐라는 듯 과시하고 있었다. 가슴을 감싼 순백색이 밤색 머리의 귀 털까지 올라간 오리가 그 하얀 목을 쭉 펴고 날갯짓을 하고 있었다.

두드러지지 않은 갈색 명암뿐의 암컷이 수컷을 뒤따르고 있었다. 돌에 자연적으로 생긴 틈새가 수컷과 암컷을 가른다. 이제 막 물에서 나온 수컷의 젖은 연둣빛 다리는 물갈퀴에서 물방울을 떨어뜨릴 것처럼 빛났다.

나는 돌에 얼굴을 가까이 댄 채 응시했다. 넋을 잃고 보다가 문득 정신이 들면 다시 다음 돌을 꺼내는 동작을 반복했다.

청둥오리가 있었다. 쇠물닭이 있었다. 흰뺨오리가 있었다. 물새뿐만 아니라 꿩도 자고새도 있었다. 웅크린 누른도요는 흙과 썩은 낙엽의 정령 같아서, 만약 낙엽 속에 떨어지면 절대 찾을 수 없을 것 같았다. 새들은 생기 있는 눈빛으로 윤기 흐르는 깃털을 반짝이며 날고, 헤엄치고, 걷고 있다. 나는 새들에게 매료되었다.

잘 그린 그림은 아니었다. 오히려 서투른 그림이라고 해야 했다. 그리고 정확하지도 않았다. 도감적圖鑑的인 견지에서 보자면 형태와 색상이 사실에 철저하지 않았다. 하지만 그런 건 문제가 되지 않았다. 이것을 그린 사람의 새에 대한 깊고 따뜻한 애정이 보였다.

지금 내 옆에서 숨소리를 내며 깊은 잠에 빠져 있는 남자가 어떨 때는 한풍에 눈을 가늘게 뜨고, 또 어떨 때는 땀과 눈물이 맺힌 눈으로 응시했던 새들의 모습이다. 남자의 마음에 비친 모습이다. 새는 살아 있었고, 자연이었다. 돌멩이의 동그란 형태 때문인지 새들은 전부 조금씩 땅딸막했고 통통했다. 돌에는 따끈따끈한 체온이 있었다.

  스포트라이트 속에서 수면과 초원이 된 참나무 책상에 갖가지 새
들이 희희낙락 모여 나를 몽환의 세계로 유혹했다.

제1화 망원 望遠

1

손목시계의 알람이 빈 필름 통 위에서 춤추듯 울렸다. 청년은 방금까지 숙면에 빠져 있던 사람이라고는 볼 수 없는 재빠른 동작으로 침낭에서 팔을 뻗어 알람을 껐다. '네 시 반.' 청년은 야광 문자판을 읽고, 머리를 들어 먼저 카메라 쪽을 봤다.

청년은 천천히 몸을 일으켜 머리맡에 개어 두었던 오리털 재킷을 입었다. 가슴팍이 우람한 커다란 체구가 두툼한 옷을 입자 미명의 나무숲 속에서 거뭇거뭇하게, 그리고 한층 크게 보였다.

그가 탐조용探鳥用 캔버스 블라인드를 신중한 손길로 젖히자 투박하고 크고 네모난 카메라가 나타났다. 언덕 경사면에 단단하게 서 있는 삼각대 위에 6백 밀리미터 망원렌즈를 장착한 미첼 마크Ⅱ 35밀리미터 시네카메라가 육중하게 자리 잡고 있다. 삼각대의 다리는 경사면에 일일이 펙을 박아 단단하게 고정했다.

청년은 역시 탐조용 작은 접이식 의자를 끌어당겨 앉고는 살며시 카메라 가까이에 몸을 댔다. 파손되기 쉬운 섬세한 물건을 대하듯 조심스러운 동작으로 카메라 뒤에 바싹 붙어 뷰파인더를 들여다봤다.

화면 아래쪽으로 동트기 전의 축축하고 어슴푸레한 대기 아래에 웅크린 채 잠들어 있는 마을이 보였고, 양옆으로는 거대하게 솟은 한 쌍의 검은색 고층 건물이 희미하게 보였다. 화면 중앙 3분의 1 정도 공간에는, 지금은 보이지 않지만 바다의 수평선이 있을 것이다.

카메라와 뷰파인더 사이에 꽂은 한 장면 분량의 게이지필름에 그려진 두 개의 세로줄에 두 동의 고층 빌딩 안쪽의 윤곽이 각각 딱 맞아떨어진다. 게이지 중심에 새긴 십자 표시가 어제 마지막으로 확인했을 때와 같은 위치에 안정되어 있었다. 낮에 순광順光 카메라 뒤에서 비치는 빛으로 건물을 찍었을 때의 위치에서 카메라는 조금도 움직이지 않았다.

경금속으로 된 렌즈 통에 닿은 손끝이 아릴 정도로 차가웠다. 청년은 숨죽인 채 들여다보던 카메라에서 몸을 떼고 심호흡을 했다. 청년은 3월 말 꼭두새벽의 바깥 냉기를 폐까지 들이마시고는 자신도 모르게 "추워⋯⋯." 하고 중얼거리며 그 커다란 어깨를 움츠렸다. 곱은 손끝을 코르덴 바지의 허벅지 사이에 꽂아 힘껏 문질렀다. 손을 따뜻하게 할 정도만이라도 불이 있으면 좋겠다는 생각이 어젯밤의 성대했던 모닥불 자리를 무심코 돌아보게 했다. 하지만 물론 모닥불을 피우고 있을 때가 아니다. 포트에 남은 커피를 시에라 컵에 따랐다. 고맙게도 아직 조금 온기가 남아 있었다.

청년은 재킷 지퍼를 내리고 코튼 조끼의 윗주머니에서 호프 담배한 개비를 뽑았다. 그 아무것도 아닌 동작에 자연스러운 유연함이 있었다. 나무숲에서 지포라이터 불빛이 반짝였다. 깊숙이 빨아들인 연기를 천천히 뱉어 내며 청년은 혼자 끄덕였다. 이제 남은 것은 때를 기다렸다가 셔터를 누르는 일뿐이다.

청년은 우듬지 사이로 하늘의 별을 찾아내고는 예보대로 날씨가 맑겠다고 생각했다. 전투를 앞둔 무사의 떨림 같은 전율이 청년의 몸에 퍼졌다. 한 시간 남았나. 청년은 긴 팔을 뻗어 빈 통을 끌어당겼다. 알림 소리의 효과를 높이기 위해 손목시계를 올려 두었던 2백 피트 필름용 통이다. 뚜껑을 열면 재떨이가 된다.

2

"알겠어? 절대로 움직이지 마."

카메라맨 하나다가 말했다. 부석부석한 외까풀의 가늘고 날카로운 눈이 위압하듯 청년을 흘긋 보았다. 그는 긴 시간 동안 뷰파인더 너머로 피사체를 응시했던 탓인지 눈이 충혈되어 있다.

"조금이라도 카메라를 움직였다간 이 작업은 실패야. 모든 걸 계산해서 포지션을 정한 거다. 넌 아무것도 생각할 필요 없어. 아침이 되면 여기에 앉아서 그냥 스위치만 누르면 돼."

햇볕에 그을린 아름답고 매끄러운 하나다의 피부가 술기운과 모닥불에 달아올라 붉고 반들반들했고 사납게 보일 만큼 강한 불쾌감을 온몸으로 발산하고 있었다.

청년은 카메라 옆에 등을 펴고 느긋하게 서서 가끔씩 "네." 하고 낮지만 또렷한 목소리로 대답하거나 고개를 끄덕이며 듣고 있었다.

마을과 그 너머로 바다가 내려다보이는 언덕 비탈면에 설치한 카메라 뒤쪽에서 몇 명의 남자가 모닥불을 둘러싸고 캔 맥주를 마시고 있었다. 짧은 한 컷뿐이었지만, 오늘 작업은 끝났다.

"인 더 캔In The Can 촬영 끝!" 촬영 현장에 퍼진 피곤에 찌든 외침이 발산하는 해방감과 기쁨이 이곳에서는 보이지 않았다. 모닥불 주위의 남자들은 어딘가 마음이 떠 있는 눈치였다.

하나다가 청년에게 내일 새벽녘의 원 숏을 위한 확인과 지시를 내리는 시간조차 기다리지 못할 만큼 남자들은 한시라도 빨리 마을로 내려가고 싶은 것이다. 그들의 마음은 마을에서 30킬로미터 정도 떨어진 곳에 있는 골프장으로 날아가고 있었다. 골프장에 인접한 호텔로 당장 달려가고 싶어서 조바심이 나 있었다.

태양은 언덕 등 뒤로 숨었고, 진홍과 적자색으로 물든 구름이 펼쳐졌다.

"그러니까 그 황금 비율이라는 거야. 알겠어?"

연출가 기시베가 낚시용 아이스박스에서 세 캔째 버드와이저를 꺼내면서 청년에게 말했다.

"지금 화면 좌우 끝에 있는 두 고층 빌딩을 대비시켜서 찍었잖아? 그, 그 사이의 황금 비율을 이루는 공간의 정중앙으로 해가 뜰 거라는 말이야."

마른 어깨를 치켜세운 채 침을 튀기며 떠드는 기시베의 변설은 눈앞의 상대가 아니라 주변의 누구에게랄 것도 없이 향해 있었다. 그에게는 남몰래 품고 있는 나이프처럼 애용하는 상투어가 몇 가지 있어서, 사용하지 않으면 녹이라도 스는 것처럼 틈만 나면 칼날을 펴 과시한다. 무딘 날 같은 아무런 위력도 없는 단어를 나열하는 것이다.

"대칭을 이룸으로써 상징이 되는 거야. 작품의 테마를 날것 그대로가 아닌 영상으로 승화한다는 말이지."

10년 전쯤에는 단편 기록영화와 산업 영화로 몇 번인가 상을 받은 남자다. 지금은 입만 열면 과거 자랑을 늘어놔서 주위 사람들을 질리게 한다. 오늘 아침에는 도쿄에서 출발한 촬영 버스의 운전기사를 상대로 자신이 이곳에서 최고령자라는 사실을 몇 번이나 반복해서 강조했다. 어쩌면 버스에 대고 한 말인지도 모른다.

"알겠어? 어이, 알아들었냐고!"

우락부락한 체구에 뚱한 표정으로 우두커니 서 있기만 하는 무뚝뚝한 청년에게서 자신에 대한 존경심이 보이지 않았다고 느꼈는지 기시베의 목소리가 거칠어졌다.

"알아, 알아."

새된 목소리로 맞장구를 치며 기타하라가 끼어들었다. 이 작업의 프로듀서다. 젊은이의 완고하고 유연하지 못한 대처에 속이 끓어 대답을 떠맡으며 기시베의 노여움을 딴 데로 돌렸다.

"감독이 의도하는 바는 잘 알아. 무엇보다 이 큰 건이 우리에게 떨어진 건 오프닝과 엔딩의 이 아이디어에 스폰서가 혹했던 거니까."

얼굴이 작고 하얀 기타하라의 옅은 색 눈동자가 끊임없이 주위를 살피고 있었다. 햇볕에 그을린 남자들이 대부분인 제작진 중에서 기타하라만이 피부가 유난히 하얗고 눈가가 짓무른 듯 빨갛다. 시선을 옮길 때면 두리번거리듯 재빠르게 움직이는 회색 눈동자가 이 남자를 무척이나 약빠르게, 또한 가벼워 보이게 했다. 끊임없이 주변을 경계하면서 위험한 순간 곧바로 도망갈 태세를 갖추고 있는, 겁 많고 민첩한 작은 동물을 연상시켰다.

기타하라는 제작 진행 출신의 프로덕션 프로듀서다. 다른 사람의 안색이나 눈빛을 읽는 능력이 뛰어났고, 바지런한 성격이어서 제작 진행자로서는 유능했다. 이곳 업무에서 제작 진행은 가장 말단으로 취급되었다. 감독, 프로듀서, 촬영 부서, 조명 팀, 미술, 소품 팀 등 모든 제작진의 온갖 잡무에 불려 다니는 일손이다. 이 제작 진행을 몇 년 하면 적성이나 재능의 유무와는 관계없이 프로듀서로 승격되는 것이 통상적인 과정이었다. 승격이라고는 해도 공식적인 자격은 아무것도 없고, 어느 날 명함의 직함이 바뀌는 것뿐이지만……

기타라하는 필름 제작 프로듀서에게 본래 있어야 할 식견도 미의식도 없었지만 재빠른 변신과 민첩한 움직임으로 살아남았으며, 일부 단골 거래처는 편해서 좋아하기도 한다. 이 작업의 발주자를 포함해 주요 제작진 몇 명을 접대하기 위해 촬영지 근처의 골프장과 호텔을 예약하고 모든 준비를 한 사람도 기타하라였다. 향응 접대는 이 업계에서도 상식이었고, 노골적인 뇌물 거래도 흔한 일이었다.

기타하라는 이미 마흔이 넘었지만 나이와 함께 더해져야 할 남자의 관록 같은 것은 전혀 느껴지지 않았고, 경박한 데다 어딘가 수상쩍었다. 기타하라는 주위를 둘러보더니 아이스박스에서 꺼낸 캔 맥주를 따 모닥불에 엉덩이를 대고 있는 뚱뚱한 남자에게 가지고 갔다. 한 줌 정도의 두꺼운 지방이 붙은 목, 삼중 턱과 좁은 이마, 어울리지 않는 크루컷을 한 거한은 광고대행사의 오키쓰다. 이 영화제작의 담당 디렉터로 프로덕션에 발주하는 사람이다.

"아직인가?"

오키쓰는 손목시계를 보며 불만스러운 목소리로 말했다. 빨리 좀 끝내라고 재촉하고 있는 것이다.

청년은 남자들에게 등을 돌리고 손에 익은 개인 소유물인 탐조용 블라인드를 펼쳐, 한껏 신중함을 보이며 카메라를 덮었다. 그는 하늘을 올려다보고 손목시계를 들여다보고는 이제 30분이면 해가 지겠다고 생각했다. 한차례 요란하게 울리던 새소리가 뚝 멈췄음을 깨달았다. 새는 해가 뜨고 지는 것도, 계절의 변화도 사람보다 좀 더 일찍 아는 것이다.

키만 훌쩍 커서 도저히 믿음직하지 못한 젊은 사이키가 커다란 검은색 봉지에 사람들이 집어 던진 빈 캔과 담뱃갑과 휴지를 주워 담으며 다가왔다. 입사 1년 차인 제작 진행의 수습생으로, 풍족한 가정의 자식인 듯 너글너글 사람 좋아 보이는 얼굴이다. 짙은 속눈썹에 망아지 눈처럼 선한 눈빛으로 청년을 살피면서 작은 목소리로 말했다.

"죄송합니다. 저도 이곳에 남고 싶습니다만, 하나다 씨가 자신의 일일칠 쿠페를 몰고 골프장까지 가라고 하네요. 전부 맡겨 놓고 가게 돼서……."

사이키는 학생 시절에 놀면서 여러 가지 자격증을 땄고, 운전도 카레이서 B급 자격증을 지녔을 정도로 수준급이었다. 사람들은 사이키의 그런 능력만을 이용했다. 하지만 사이키에게는 촬영 현장의 모두가 선배이고 윗사람이다. 선배인 청년에게 업무를 떠맡기고 혼자 남겨 둔 채 철수하는 것을 진심으로 미안하게 생각하고 있는 것이다.

"신경 쓰지 마. 그보다 운전 조심하고."

청년은 표정을 조금 누그러뜨리고 그렇게 말해 주었다.

청년은 카메라 퍼스트 조감독이다. 지방에서 고등학교와 전문학교를 나온 뒤 상경해서 스무 살에 이 프로덕션에 취직했다. 5년 차다. 좋아해서 시작한 일인 데다가 성실하게 열심히 했기 때문에 착실하게 실력을 키웠고, 작년에 퍼스트 조감독으로 승격했다.

퍼스트 조감독은 업무는 많은 반면 보상은 적다. 책임은 무겁고 수입은 가볍다. 매번 작업 내용을 정확하게 이해해서 필요한 최적의 렌즈와 기재를 선택한다. 크레인 차나 이동차 등 촬영 계획에 따른 특수 장비와 그 규모 등을 판단해서 준비하고 수배한다. 현장에서는 카메라맨이나 연출자가 원하는 화면의 특색을 얻기 위해 피사체의 미묘한 명암을 측정하고 조리개 값을 결정한다. 초점을 확인하고 나아가 줌을 조정하는 경우도 있다. 지식, 경험 그리고 독자적인 판단력을 필요로 하는 전문직이었다.

화면의 구도는 카메라맨의 영역이지만, 화면의 톤은 조수의 실력에 의지하는 경우가 적지 않았다. 카메라맨은 신뢰할 수 있는 퍼스트 조감독을 차지하려고 다퉜다. 오랜 기간 함께 작업했던 퍼스트 조감독과 헤어진 후 카메라맨의 화면이 갑자기 생기를 잃는 경우도 종종 볼 수 있다. 카메라맨의 독자적인 톤이라고 생각했던 것이 사실은 그 조수의 감각이었다는 사실을 사람들은 그때야 깨닫는 것이다.

청년은 하나다에게 철저하게 배우고 훈련받은 조수였다. 이 업계는 시대를 앞서가는 면도 있어서 언뜻 화려하게 보이기도 하지만 인간관계에는 케케묵은 부분이 있었다. 서열에 집착해서, 1년이라도 선배는 선배, 후배는 후배라는 식이었다. 특히 촬영 분야에서는 도제식 인습이 강하게 남아 있어서 카메라맨과 조수의 상하 관계는 절대적이었다. 청년도 절대복종의 관습에 따라 하나다를 따라온 것이다.

하지만 청년이 다른 사람과 확연하게 달랐던 점은 그에게는 아첨도 하지 않고 비굴함도 보이지 않고 명령받은 일, 해야 할 일을 묵묵하게 해내는 올곧음이 있다는 것이었다. 선배나 동료 들에게 찬동하지 않고 모두가 즐기는 유흥에 함께하지 않았다. 다수 속에서의 고독을 자처한 것이 아니라, 청년은 모두가 흥겨워하는 일에 전혀 관심이 없을 뿐이었다. 사람들은 청년을 일은 잘하지만 붙임성이 없는 별난 사람으로 여겼다.

촬영에는 카메라맨 밑으로 조수가 두 명, 때로는 세 명이 붙는다. 퍼스트 조감독인 청년에게도 직속 세컨드 조감독이 있지만 그는 이번 촬영 동안 열이 나고 기침을 하는 등 너무 힘들어 보여서 마을 여관에서 쉬도록 했다.

오키쓰의 한마디에 사람들은 모두 어두워지기 시작한 현장에서 하산하기 시작했다. 오키쓰는 청년의 얼굴도 보지 않고 "졸다가 일 망치지 마. 재촬영은 절대 불가야."라고 내뱉고는 풍뚱한 몸을 흔들며 돌아갔다. 하나다는 도중에 발길을 멈추고 청년을 돌아보더니 "추울 거다. 감기 걸리지 마." 하고 무뚝뚝하게 말하고 떠났다. 평상시의 위압적인 명령조를 가장했지만, 하나다의 뒷모습에 걱정하는 마음이 비쳤다.

일행이 사라지자 청년은 필름 통을 들고 뒤쪽 연못으로 뛰어갔다. 길어 온 연못 물을 모닥불에 끼얹고 두툼한 워커 바닥으로 문질러 재를 고르게 폈다. 청년은 불을 피워서는 안 되는 시기와 장소를 알았다. 바람이 있고 나무가 많은 이런 곳에서는 모닥불을 피우면 안 된다고 사람들에게 말하고 싶었지만 그러지 못했다. 청년의 마음속에 맺혀 있던 초조함이 불과 함께 사라지자 어둠과 냉기가 덮쳐 왔다.

청년은 카메라 옆에 침낭을 풀었다. 먼저 평평한 마른 풀 위에 반신용 발포 매트를 깔고 그 위에 침낭을 펼쳤다. 침낭 끝을 잡고 가볍게 흔들어서 침낭 속에 공기를 주입했다. 청년은 일출 한 시간 전으로 알람을 맞춘 시티즌 시계를 필름 통 위에 놓았다. 그리고 다운재 킷을 벗어 단정히 갠 후 신발을 벗고 침낭 속으로 파고들었다.

침낭도 청년의 개인 물품이었다. 합성섬유가 아닌 깃털을 채운, 그것도 북쪽 거위의 깃털을 사용한 고급품이었다. 청년은 검소하게 생활했지만, 아웃도어 용품만은 분에 넘치게 사치를 했다. 머미형이라는 침낭은 끈을 조이면 코와 입만 나오고 머리를 완전히 감싸 준다. 하지만 청년은 알람 소리를 놓치지 않으려고 머리를 내놓고 있었다. 침엽수의 우듬지 사이로 별하늘이 보였다.

청년은 밤하늘을 향한 채 다시 한번 해야 할 작업을 머릿속으로 꼼꼼히 확인했다.

청년이 근무하는 프로덕션은 텔레비전 광고를 기획 제작 하는 회사지만, 때로는 이런 홍보 영화나 기업 영화를 수주하기도 한다. CF 한 편의 제작 기간은 통상 한두 달 정도지만, 단편영화는 반년 또는 1년 이상이 걸리기 때문에 효율성이 떨어져 타산이 맞지 않는 경우가 많다. 그런데도 제작비 예산은 텔레비전 CF에 비해 극단적으로 적다. 장사라는 측면에서는 달갑지 않은 작업이지만, 평상시에 일감을 받고 있는 처지에서는 거절할 수 없는 것이다. 하지만 이 영화는 달랐다. 이런 유의 단편영화의 평균적인 제작비의 거의 열 배, 0 하나가 더 붙은 희대의 대작이었다.

동북쪽에 있는 신흥도시의 홍보 영화였다. 최근에 현저한 발전을 보이고 있는 이 지방 도시에 거대 자본의 유통 회사 두 곳이 동시에 덤벼들었다. 도시에는 키 재기라도 하듯 두 고층 건물이 마주 보고 세워졌다. 유명 상점과 레스토랑, 레저 시설 등을 통합한 백화점과 유망 기업의 사무실로 이루어진 종합 빌딩이 될 예정이었다.

두 대자본의 운명을 건 이 거대 프로젝트의 기록, 그리고 변신과 비약을 염원하는 시의 홍보를 겸한, 돈과 시간을 충분히 들인 영화가 제작 중이었다. 기업과 시가 함께 자본을 대고 3년의 제작 기간이 주어진 대작 영화의 기획 경쟁에서, 프로덕션에서 기용한 프리랜서 기시베의 대본이 살아남았다.

영화제작은 트윈타워 빌딩의 건설공사와 동시에 시작해서, 건물의 준공과 함께 완성한다는 계획이었다. 영화는 고층 건물이 없는 나지막한 시내 모습의 파노라마에서 시작한다. 시내를 전망하고 그 너머에 있는 바다의 수평선 중앙에서 해가 떠오르는 장면에 크레디트 타이틀이 올라온다. 그리고 3년 후의 지금, 오프닝과 똑같은 시내와 바다를 배경으로 하늘 높이 솟은 두 개의 마천루가 나타나고, 같은 위치에서 해가 떠오른다. 마주한 두 빌딩의 실루엣을 부각하는 새벽녘 그림을 이 영화의 엔딩으로 한다는 것이 기시베의 생각이었다.

조건에 맞는 장소를 찾다가 이 언덕 비탈면의 한 곳을 발견했고, 오프닝 화면은 이미 촬영이 끝나 있었다. 그리고 지금, 다시 정해진 위치에 카메라를 설치했다. 3년 전 촬영 때와 같은 달, 같은 날, 같은 시각의 그 순간에 떠오르는 태양을 찍으려는 것이다. 다음에 이 위치에서 해가 뜨는 순간은, 정확히 내년의 내일이 되기 때문에, 혹시라도 내일 아침의 그 순간을 찍지 못하면 이 기획은 실패로 끝난다. 납기라는 점에 있어서도 절대 내일을 놓쳐서는 안 된다.

오늘 낮에 필요한 길이만큼의 필름을 장전해서 오후의 비스듬한 석양을 받는 두 개의 고층빌딩을 순광으로 촬영했다. 그 필름을 카메라 내에 반대로 감아 두었다. 내일 아침, 떠오르는 해에 비친 빌딩은 당연히 역광이 되어 건물의 윤곽이 흐릿하거나 이지러지겠지만, 순광으로 촬영했을 때의 윤곽이 남아서 그냥 검은 형체로 보이지는 않을 것이다. 마스크 처리를 하는 합성 방법이 싫어서, 먼저 촬영한 필름 화상에 일부러 일출 모습을 겹치게 하여 사실적이고 생생한 박력이 느껴지는 상징적인 장면을 찍으려는 것이다.

청년은 촬영의 의도와 방법을 정확하게 파악하고 있었다. 막중한 책임에 자신도 모르게 긴장한 몸을 풀기 위해 침낭 속에서 가볍게 몸을 움직였다. 문득, 아까 일행의 불편한 표정이 떠올랐다.

청년은 일행이 자신에게 마지막 원 숏을 맡기고 철수하면서 꺼림칙해하는 것을 눈치채지 못했다. 위치가 정해진 카메라의 셔터를 제시간에 누르는 것뿐이라고는 해도, 그들은 이 대작의 진정한 마지막 컷을 조감독에게 맡기고 현장을 이탈하는 것이 양심과 프로 의식에 걸렸던 것이다. 카메라 앞에 얼굴을 맞대고 있다고 뭐 하나 달라질 것 없는 원 숏이라는 점은 확실했지만, 골프를 치러 간다는 것에 대한 꺼림칙함과 부끄러움 같은, 개운치 않은 기분이 그들을 언짢아 보이게 했다는 것을 청년은 알아채지 못했다. 신경도 쓰지 않았다.

청년은 이미 잠이 들었다.

3

일출 30분 전. 바람이 움직이기 시작하고 아침이 하얗게 변했다. 등 뒤의 나무숲과 연못 주변에서 새의 움직임이 활발해졌다. 청년은 새소리 하나하나를 구별할 수 있었다. 새소리가 갑자기 지난 휴일을 떠올리게 했다.

청년은 늘 산책길로 이용하던 여관 근처의 강둑을 걷고 있었다. 오랜만이었다. 3월의 이른 봄치고는 따뜻하고 온화한 아침이었다. 강물은 맑은 하늘을 비추고 미풍에 잔물결을 일렁이며 빛나고 있었다. 청년의 굳은 얼굴이 누그러지고 입술은 휘파람 한 소절이라도 불듯 풀려 있었다.

강이 크게 굽어지는 부근의 풀숲 깊은 곳에서 낯설고 높은 소리가 울렸다. "쿠루―욱." 하고 딱 한 번 울린 맑고 날카로운 새소리였다. 청년은 자신도 모르게 멈춰 섰다.

쇠물닭이다! 독특한 울음소리에 청년은 쇠물닭이라고 직감했다. 청년은 마른 풀 위에 앉아서 니콘 쌍안경으로 강 건너 무성하게 자란 갈대와 수초의 그늘을 주시했다. 그리고 물가를 샅샅이 뒤지듯 천천히 살펴보았다. 어두컴컴한 구덩이에 새빨간 점이 하나 있었다.

있다! 찾았다! 선명한 진홍색에 끝부분만 노란 부리와 검은 머리가 먼저 눈에 들어왔고, 그다음에 검은색의 통통한 새 모습이 보였다. 새는 수초와 같은 색의 기다란 다리로 연꽃을 닮은 개연꽃의 두툼한 부엽 위에 버티고 서서 날개를 가다듬고 있었다. 강을 건너지 않고 머무는 듯했다.

비둘기 크기만 한 새까만 몸체 옆구리에 띄엄띄엄 하얀 선이 그어져 있었다. 수컷이다. 청년은 여덟 배로 확대된 들새의 모습을 지치지도 않고 바라보았다. 주변에 암컷의 모습은 보이지 않았지만 분명 근처에 있을 터이다. 잘하면 새끼 모습도 볼 수 있을지 모르겠다는 생각도 들었다. 이내 청년은 몸을 낮춘 채 뒷걸음질 치며 들길로 돌아왔다. 둑길을 걸으면서 〈Bye Bye Blackbird〉의 부드럽고 느린 멜로디를 휘파람으로 불었다.

20분 전. 청년이 손목시계를 보는 간격이 짧아졌다. 점점 커져 가는 긴장감 속에 몇 번이나 확인했던 점검을 다시 반복한다. 포커스, 조리개, 배속 초당 48프레임의 하이스피드 설정, 배터리……. 청년은 뷰파인더를 슬쩍 들여다보았다. 멀리 수평선 부근에 어슴푸레한 붉은 빛이 스며든, 새벽의 징조가 있었다.

청년은 "십오 분 전." 하고 중얼거린 후 심호흡을 하며 주변을 천천히 둘러보았다. 왼쪽 후방 10미터 정도 떨어진 연못 주변으로 몇 마리의 새가 얼핏 보였다. 어스름한 여명 속에서 일찍 일어난 작은 새들이 활기차게 지저귀며 돌아다니고 있었다. 샘물이 있는지 작고 깨끗한 연못가의 부드러운 진흙 위에 수많은 새 발자국이 있는 것을 청년은 어제부터 알고 있었다.

10분 전. 청년은 다시 뷰파인더를 들여다보았다. 수평선이 확실하게 붉어졌고, 건물 윤곽이 거뭇거뭇 명료해졌다. 청년은 오른쪽 어깨를 당겨 회전 손잡이를 가볍게 쥐고 촬영 자세를 취해 보았다. 배터리 전선을 만져 보고, 셔터 스위치에 손가락을 대어 보았다. 그리고

"좋아!" 하고 소리 내어 말하고는 카메라에서 초점용 게이지필름을 꺼냈다.

청년은 카메라에서 조심스럽게 몸을 떼고 다운재킷을 벗었다. 단지 스위치만 누르면 되는 작업이지만, 조금이라도 움직이기 편하게 해 두고 싶었다. 그리고 무의식적인 동작으로 호프 담배를 물고 불을 붙였다. 눈을 가늘게 뜨고 연기를 내뿜으면서 무심코 연못을 보았다. 주위는 순식간에 완전히 밝아 있었다. 호리호리한 새 한 마리가 눈에 들어왔다.

위로 살짝 젖혀진 부리, 가늘고 긴 다리, 갈색과 회색의 명암이 두드러지는 몸체는 도요새다. 청년은 흑꼬리도요라고 생각했다.

"오, 신기하군."

북쪽 땅에서 번식해 머나먼 남쪽 나라로 향하는 흑꼬리도요는 아득할 정도로 긴 여행 중에 일본을 통과하다가 잠시 날개를 쉴 때가 있다. 봄이라고는 해도 한 달이나 이른, 더구나 바다에서 멀리 떨어진 이런 대지臺地 주위보다 고도가 높고, 표면이 평탄하고 넓은 지형의 물가에……. 청년은 자신도 모르게 넋을 잃고 바라보았다.

도요새는 얕은 물속에 긴 부리를 수직으로 꽂은 채 먹이를 찾아 물가를 걸어 다니고 있었다. 청년이 담배를 눌러 끄고 다시 카메라를 향하려는 그 순간, 도요새는 잠시 멈춰 서서 낮고 쉰 목소리로 울며 양쪽 날개를 펼쳐 기지개를 켰다.

순간 멈칫한 청년이 황급히 몸을 돌려 다시 새를 보았다. 도요새가 펼친 날개 안쪽에는 흑꼬리도요라면 반드시 있어야 할 넓은 흰색 띠가 없었다. 간과할 수 없는 확실한 흑꼬리도요의 표식이 그 새에게는 없었다. 거기다가 울음소리도 달랐다. "케엑." 하고 짧게 우는 흑꼬리도요의 울음소리가 아니었다.

"설마……."

청년은 중얼거렸다.

"큰뒷부리도요!"

청년은 그 말을 내뱉고 목소리를 삼켰다.

큰뒷부리도요. 이 새가 일본에서 관찰되는 일은 상당히 드물어서 공식적으로 목격이 된 기록은 지금까지 한두 번밖에 없다. 그것도 이미 10년 전의 일이었다. 그 환상의 새가 바로 지금 눈앞에 있다. 나는 지금 믿을 수 없는 것을 보고 있다. 어이, 보라고, 누군가 좀 보라고. 한가하게 잠이나 자고 있을 때가 아니야. 누구라도 좋으니까 이 녀석을 제대로 좀 봐 줘…….

청년은 시계를 흘긋 보았다. 일출 5분 전. 눈을 질끈 감고 머리를 흔들어 동요하는 마음에서 새를 쫓아냈다. 청년은 카메라를 향해 자세를 가다듬었다. 떨리는 손끝으로 스위치를 쥔 청년은 포기하지 못하고 다시 한번 새를 보았다. 큰뒷부리도요는 먹이를 찾아 다가왔다가 멀어졌다가 다시 다가오고 있다. 심장박동이 빨라져 숨쉬기가 힘들었다. 청년은 카메라에 매달려 있었다. 해가 이제 막 바다에서 불쑥 튀어나오려는 순간이었다. 지금이다!

청년은 숨을 크게 들이마셨다. 다음 순간, 손가락에 힘을 주어 헤드나사를 풀고 카메라를 떼어 내듯 왼쪽으로 크게 휘둘렀다. 왼손이 무아지경의 상태에서 10미터 앞의 작은 새에 초점을 맞추고 조리개를 완전히 열었다. 오른손은 셔터를 누르고 있었다. 카메라는 나지막하게 지잉 소리를 내며 확실하게 회전했다.

바로 그때, 태양이 불쑥 모습을 드러냈다. 목표했던 그 포인트에 멋지게, 불에 단 적동赤銅 구리에 약간의 금을 더한 합금을 뚝뚝 떨어뜨리듯 붉은 황금빛으로 빛나며 바다 속에서 솟아올랐다. 수면에 빛이 화악 퍼졌다. 하지만 청년은 그 모습을 보고 있지 않았다. 뷰파인더 속의 도요새가 갑자기 환하게 보였다.

청년은 계속해서 화면 중앙에 도요새를 담았다. 그 작업에만 몰두했다. 머릿속에는 불타오르는 무언가만이 있을 뿐이었다. 청년은 깨닫지 못했지만 해는 순식간에 바다에서 빠져나와 두 고층 빌딩 사이의 하늘로 올라가면서 아주 약간 오른쪽으로 기울고 있었다.

작은 새는 대구경 렌즈의 시야 가득히 다가왔고, 그리고 갑자기 날아올랐다. 청년은 카메라를 매끄럽게 돌리면서 계속해서 망원렌즈 속에 새를 정확하게 담아냈다.

큰뒷부리도요는 아름답게 몸을 뒤집고는 태양의 불타는 금빛 후광 속으로 뛰어들었다. 그때 딸각딸각하는 가벼운 소리를 내며 카메라는 필름을 모두 감아 버렸다.

4

모든 것이 끝났다. 3분 동안의 일이었다. 청년은 촬영을 끝낸 필름을 카메라에서 꺼내 필름 통에 넣었다. 인 더 캔……. 청년은 마음속으로 그렇게 말해 보았다. 인 더 캔. 촬영한 필름을 통에 넣는다는 이 말이 언젠가부터 할리우드의 영화 관계자 사이에서 촬영 완료를 의미하는 말로 사용되었다. 지금 청년이 이 짧은 필름 롤을 통에 넣은 순간, 3년여의 시간을 들인 영화제작의 모든 촬영이 끝난 것이다. 하지만 청년에게는 인 더 캔이라는 말에 뒤따르는, 날아오를 듯한 기쁨은 전혀 없었다.

청년은 묵묵히 현상소용 라벨을 적어 뚜껑에 붙인 필름 통을 빨간색 접착테이프로 완전히 봉했다. 그리고 조끼의 등 쪽 주머니에 필름통을 넣었다. 사냥용 조끼라서 등 전체에 수렵물을 넣을 수 있는 주머니가 달려 있었다.

청년은 다운재킷을 접어서 댄 어깨에 삼각대와 카메라를 둘러멨다. 모터와 매거진Magazine 카메라의 필름을 감는 원통형 용기이 달린 미첼 카메라 본체의 무게가 약 10킬로그램, 6백 밀리미터 망원렌즈 10킬로그램, 카메라를 삼각대에 고정하는 헤드 15킬로그램, 삼각대 7킬로그램……. 42킬로그램 정도의 중량을 짊어지고 한 발 한 발 발끝에 힘을 주어 천천히 비탈길을 내려왔다. 우듬지에서 멧비둘기가 잠긴 목소리로 목을 울렸고, 언덕 아래 덤불에서는 자고새가 아침부터 무슨 일인가 싶을 정도로 요란스럽게 떠들고 있었다.

청년은 세컨드 조감독이 쉬고 있는 언덕 아래의 여관에 장비를 내려놓고 다시 언덕을 올라 촬영 현장으로 돌아갔다. 흡족할 때까지 뒤처리를 하고, 연못가의 새 발자국을 살펴본 뒤 배터리와 개인 물품인 침낭, 고무 재질의 블라인드, 의자와 소품을 모아 등에 진 다음 다시 언덕을 내려왔다. 그리고 장비를 하나하나 케이스에 넣어 왜건에 싣고 나서 기침은 가라앉았지만 아직 얼굴이 창백한 세컨드 조감독을 데리고 직접 운전해 도쿄로 돌아왔다.

청년은 촬영이 끝난 필름을 평상시에는 이용하지 않는 교외의 작은 현상소에 맡겼다. 그리고 그날 밤 카메라맨인 하나다의 맨션을 찾아갔다. 신주쿠에서 바를 운영하는 하나다의 여자는 당연히 부재중이었고 하나다 혼자서 술을 마시고 있었다. 청년은 마룻바닥에 무릎을 꿇고 똑바로 앉아 자초지종을 간략하게 이야기한 후 엎드려 사죄했다. 하나다는 한동안 청년의 말을 이해할 수 없었지만, 자신이 갑자기 어처구니없는 재앙에 휘말렸다는 사실만은 확실히 알았다. 그는 전례 없는 사태에 어떻게 대응해야 할지 모른 채, 분노로 눈에 핏발을 세웠다.

청년은 자신의 행동에 따른 손해 가운데 하나다가 혼신을 다한 작업을 순식간에 무너뜨린 부분만을 후회하고 있었다. 스승을 배신했다는 것이 부끄럽기 그지없었다. 사죄해서 용서를 구할 수 있다는 생각은 털끝만큼도 없었다.

하나다는 마시고 있던 두꺼운 언더록 유리잔을 청년에게 던졌다. 청년의 두툼한 어깨에 세차게 부딪힌 유리잔은 깨지지 않고 바닥에 떨어졌다. 청년은 쓰러진 채 소리도 내지 않고, 때리고 차는 대로 맞았다.

다음 날은 큰 소동이 일었다. 프로듀서 기타하라는 쫓기는 족제비처럼 사무실 책상 사이를 뛰어다니며 "해고야, 해고." 하고 큰 소리로 으르렁댔다. 아무리 사용할 수 없다고 해도, 네거티브필름도 포지티브필름도 내놓지 않으려는 청년을 손가락질하며 "횡령이야, 횡령." 하고 외쳤다. 청년은 입을 한일자로 다문 채 들길에 버티고 앉아 있는 들소처럼 밀어도 당겨도 꿈쩍하지 않았다. 기타하라는 소리를 지르다 지쳐서 마침내 힘없이 "변상해." 하고 소용도 없는 말을 중얼거렸다.

당초에 계획했던 라스트신을 포기하거나 일출의 위치가 살짝 벗어나는 것을 감안하고 다시 촬영하면 99퍼센트까지 촬영이 끝난 이 영화를 완성하지 못할 것도 없었다. 하지만 발주자인 오키쓰는 마침 잘됐다는 듯 어깃장을 놓았다. 망가진 상품에 돈을 지불할 수 없다고 했다. 이 사고를 최대한 이용해서 값을 깎으려는 것이다. 이런 종류의 영화의 제작비는 계약이 성립해서 착수할 때 견적의 3분의 1을 선금으로 받는다. 촬영이 중간 정도 진행된 시점에서 다시 3분의 1을 받는다. 높은 금리에 시달리면서 자금 융통에 애를 먹고 있는 약소 프로덕션을 위해 이처럼 융통성을 발휘한 지불 방식이 관행이었다. 완성된 영화를 납품한 후 나머지 3분의 1을 받게 되는데, 광고대행사의 오키쓰는 그것을 비장의 카드로 쥐고 비열한 저의를 슬쩍슬쩍 비치면서 뻔뻔하고 무리한 요구를 해 왔다.

주위 사람들 모두가 들어 본 적도 없는 불상사에 놀라고 당황해했다. 타인의 실패와 불행을 남몰래 기뻐하는 천박한 즐거움 이상으로, 이번만큼은 모두 의아함에 내심 당황하고 있었다. 청년의 행동을 비난하면서도, 결국에는 "그런데 대체 무엇을 위해?" 하고 중얼거리는 것이다. 세상의 상식으로는 판단할 수도 유추할 수도 없는 진기한 사건이었다.

청년은 당연히 해고되었다. 청년을 해고한다고 손해가 보상되는 건 아니었지만, 여하튼 그들이 할 수 있는 일은 그 정도였을 것이다.

하지만 사건의 경과와 사건을 일으킨 사원의 해고를 보고받은 사장만은 "호오, 큰뒷부리도요 말이군." 하며 잠시 아련한 눈빛을 보였다. 지금은 전무에게 회사의 운영을 맡기고 한발 물러서 있는 듯한 이 자그마한 체격의 쉰 살 남자는 전쟁과 전후의 파란을, 말 그대로 맨주먹을 휘두르며 맹렬하게 헤쳐 나온 사람이었다.

소년 시절 신슈에 있는 구제舊制 중학교를 중퇴하고 해군 비행 예과에 뛰어들어 쓰치우라 해군항공대에 배속되자마자 곧바로 특공대를 지원했다. 전쟁이 반년만 더 길어졌다면 틀림없이 열다섯의 푸르른 목숨을 잃었을 것이다. 전쟁 후, 알음알음으로 도호 스튜디오에 들어가 카메라맨의 서드 조감독으로 일을 시작했고, 이후 항상 가장 빠른 지름길을 달려 세컨드, 퍼스트 조감독까지 올라가면서 셀 수 없이 많은 극영화 촬영에 관여했다.

그는 그 혼란의 시대에, 더구나 영화라는 일종의 치외법권 같은 별세계를 물 만난 물고기처럼 자유분방하고 활기차게 누비고 다녔다. 신도호 영화사로 이직해 약관의 나이에 카메라맨으로 승격했고, 겨우 영화 한두 편을 찍었나 싶더니 미련 없이 그 일을 그만두었다.

그는 당시 이제 막 걸음마를 시작한 민영방송의 텔레비전 CF를 주목하고, 맨몸으로 모 광고대행사에 달려들었다. 그리고 업계가 아직 혼돈 속에 있을 당시, 마치 지정 업체 사람처럼 행동하면서 발주자나 스폰서에 아부도 하지 않고 거침없이 직언을 해 대는 바람에 오만불손하다는 말을 들었다. 독창적이고 날카로운 감각을 인정받으며 프로 카메라맨으로서의 신용은 얻었지만, 거만하고 가차 없는 경영자로 비쳐 두려움과 경원의 대상이 되었다. 자유분방함을 고집하면서도 시대의 상승세를 타고 순식간에 성공을 이루어 냈고, 마침내 긴자에 자사 빌딩을 갖기에 이르렀다. 작은 체구에도 불구하고 동란의 시대에서 살아남은 일세의 효용驍雄 사납고 용맹스러운 인물이라고 할 수 있는 인물이었다.

"회사 일은 자네들에게 맡겼으니 그 청년을 해고했다면 그건 그거대로 상관은 없네. 하지만 나라면 그 녀석을 해고하지 않았을 걸세."

사장은 녹내장으로 두 번의 수술을 했고, 눈이 하나밖에 남지 않았다. 그 외눈으로 전무와 중역 프로듀서를 둘러보며 말했다.

"그 청년은 찍고 싶은 것이 있었던 게지. 요즘 카메라맨은 일 외에는 무엇을 찍고 싶은지 모르는 인간, 찍고 싶은 게 아무것도 없는 인간들뿐이야. 일이 없을 때는 카메라를 만지려고도 하지 않아. 그런 인간들 속에서 만사를 제쳐 두고라도 찍고 싶은 게 있다는 것만으로도 그 녀석은 예사로운 인물이 아니야. 미첼을 새를 향해 돌린 그때, 그 청년의 머릿속에는 앞뒤의 일도 세상의 평판도 상관없었을 게야. 그 청년은 크게 될 걸세. 하지만 됐네. 결정했으면 그걸로 됐어."

사장은 그렇게 말하고 청년의 조처에 대해서는 더 이상 언급하지 않았다.

"저질러 버린 일은 이제 와서 어쩔 수 없지만 선후지책에 성의를 다해 완성하게. 그렇게 했는데도 계속 돈 문제를 얘기하면 그 작품은 그냥 줘 버려. 그리고 앞으로는 그렇게 비열한 인간의 일은 거절해. 우리는 토건업자가 아니야. 필름 메이킹을 하는 사람들이야. 철근 수량을 속이거나 벽을 얇게 하거나 할 수 있는 일이 아니야. 초당 이십

사 프레임으로 돌아가는 필름을 이십 프레임으로 줄이거나 과대 포장을 할 수는 없는 거지. 알겠나? 앞으로 십 년만 지나면 금품과 향응으로 일의 수주가 좌우되는 시대는 사라질 걸세……."

그리고 그 사건은 그걸로 끝났다.

청년은 해고를 당연하게 받아들였다. 그렇다고 어차피 각오했다는 태도도 아니었다. 대체 왜 그랬는지, 앞으로 어떻게 할 생각인지 걱정해 주는 사람들에게 자신도 잘 모르겠다, 무아지경에서 해 버린 일이다, 지금은 앞으로의 일에 대해 아무런 생각도 하지 않고 있다고 대답할 뿐이었다. 청년의 마음은 그곳에 없었다.

청년은 현상이 끝난 네거티브필름과 밀착 현상을 한 포지티브필름을 현상소에서 회수했다. 그리고 전부터 남몰래 존경해 왔던 저명한 동물 사진가의 사무실을 찾아가 포지티브필름을 보여 주었다. 사진가는 건물과 겹쳐서 선명하지 않은 새의 화상을 한차례 훑어보고 "아, 이게 큰뒷부리도욥니까?"라는 한마디뿐 더 이상 흥미를 보이지 않았다. 이중노출의 화상이라고는 해도 그 한 프레임마다 환상의 새가 틀림없이 찍혀 있다는 사실에 별다른 감동이 없는 듯했다.

의외였다. 이 사람이 동물의 결정적인 순간을 포착한, 그 꿈처럼 아름다운 수많은 사진을 찍은 사람일까. 청년은 갑자기 흥이 깨졌다.

청년은 이 분야에서는 최고의 권위가 있는 조류 연구소도 찾아가 보았다. 정중하고 친절해 보이는 학자풍의 중년 담당자는 포지티브필름의 프레임 하나하나를 확대경으로 들여다보고, "흐음, 과연. 큰뒷부리도요가 맞는 것 같군요." 하고 신음하듯 말했다. "그렇기는 한데 아깝네. 이중노출로는 좀."이라는 말만 반복하더니 기록이 될 수 없다고 판정했다.

야생 조류 애호 캠페인 같은 기획을 했던 신문사에도 뛰어갔다. 학예부의 중년 남자가 응대했다. 판에 박은 듯이 넥타이 매듭을 내리고 와이셔츠의 깃을 느슨하게 풀어 헤친 그 남자는 크로스 볼펜의 꼭지로 테이블 위의 포지티브필름을 쿡쿡 찌르면서 말없이 청년의 이야기를 들었다. 조류 연구소에서도 큰뒷부리도요가 확실하다고 인정해 주었다는 말을 마치고 기대에 찬 눈으로 자신을 바라보는 청년에게 남자는 말했다.

"네. 그래서요?"

그게 어쨌다는 거냐고 말하는 것이다.

그 새가 큰뒷부리도요라고 해도 세상에는 아무것도 아닌 하찮은 일이었던 것이다. 청년의 놀람도 감동도 모두 본인 혼자만의 것에 지나지 않았고, 사람들의 공감은 얻을 수 없었던 것이다. 청년이 찍은 화상이 적정한 조건을 갖췄다고 해도 그 의미를 인정해 주고 어떤 감동을 표시하는 것은 극히 일부의 특수한 사회뿐일지도 모른다. 청년은 마침내 그 낙차를 깨달았고, 결국 누구에게도 그 이야기를 하지 않게 되었다.

이중노출의 화상이 새의 생태 사진으로서도 길 잃은 철새의 기록으로서도 통용될 리가 없다는 사실을 그때 생각지 못했던 것은 아니었다. 그 순간 청년에게 그런 것은 문제가 아니라 '큰뒷부리도요가 있다. 있을 리가 없는 존재를 지금 나는 보고 있다'는, 단지 그것만이 전부였을 것이다. 그리고 그 감동과 기쁨을 한 사람이라도 더 많은 사람과 나누고 싶었을 뿐이었다.

아무도 인정하지 않는다는 것은 아무에게도 보이지 않는다는 것일까? 아무에게도 보이지 않는 것은 무無라는 것일까? 존재하지 않는 것과 마찬가지일까? 35밀리미터 필름의 프레임 좌우에 우뚝 솟아 있는 두 고층 빌딩과 그 사이의 큰뒷부리도요……

청년에게 그 필름은 두 개의 다른 영상이 겹쳐짐으로써 더욱 환상 같은, 이를 데 없이 아름답고 또 아름다운 그림이었다. 그 영상은 청년의 마음을 곧바로 상승기류에 태워 아직 본 적 없는 아득한 세계에 풀어놓았던 것이다.

청년은 햇볕에 그을고 거스러미가 생긴 하숙방 다다미에 뒹굴고 있었다. 문득 손을 뻗어 책상 서랍에서 필름 편집용 쪽가위를 꺼냈다. 그리고 작은 채광창에 필름을 비추어 보았다.

2배속으로 시간을 잡아 늘인 그 소우주에는 느릿느릿 태평하게 움직이는 늘씬하고 우아한 한 마리 새가 그 무엇에도 얽매이지 않는 자유로움 그대로 몸을 뻗은 채 더할 나위 없이 우아한 모습으로 먼 곳을 향해 비상하고 있었다.

제2화 패신저 パッセンジャー

1

엽총의 무게가 부담이 되기 시작했다. 어느새 산등성이를 넘어 버렸다는 사실을 깨달았다. 샘은 산을 따라 삼나무 숲 우듬지를 스치듯 날아간, 이제껏 본 적 없는 새에 정신이 팔려 평상시에는 넘지 않는 산 너머로 와 버렸다.

샘은 그 새를 처음 봤을 때 비둘기라고 생각했다. 하지만 이내 비둘기가 아니라고 생각을 바꿨다. 그 새는 눈에 익은 멧비둘기나 집비둘기보다 훨씬 컸다. 게다가 아름다웠다. 날아가는 새는 빨랐고 멀리 있었지만, 그럼에도 샘은 햇빛을 받은 새의 가슴이 오렌지색으로 빛나는 것을 놓치지 않았다. 새는 단 한 마리였고, 남쪽을 향해 돌팔매질을 한 것처럼 날아갔다.

이름도 모르는 그 새가 잠시 후, 이번에는 세 마리로 나타났다. 비행 모습은 역시 비둘기랑 비슷했지만 꼬리가 길었다. 조금 전에 날아간 한 마리를 쫓듯 같은 방향으로 날아갔다. 새의 몸에 햇빛이 닿은 순간 새는 비단벌레처럼 반짝였다. 샘은 그 광채 속에서 파랑, 빨강, 초록, 하양 그리고 그 선명한 오렌지색을 봤다고 생각했다.

저건 대체 뭘까. 무슨 새일까⋯⋯. 그런 생각을 하다가 샘은 자신도 모르게 새가 날아간 방향을 따라 산을 올랐던 것이다.

산기슭에 펼쳐진 촌락이 보였다. 비록 산맥을 끼고 있지만 그 촌락은 샘이 사는 광산 마을의 옆 마을이다. 산 북서쪽에 있는 샘의 마을은 멀리 애팔래치아 대산맥을 등진 산속에 있었다. 붉은 철광 암산,

그리고 깊은 숲과 강과 호수가 주위를 둘러싼 고원 속에 고립되어 있었다. 가장 가까운 마을이 지금 내려다보고 있는 이 서던빌이다. 풍요로운 경작지와 무성한 숲이 있는 서던빌 촌락은 거울처럼 빛나는 커다란 호수를 향해, 정확히 오리 주둥이처럼 튀어나와 있다. 정남쪽을 가리키는 부리▥ 같다고 해서 붙여진 마을 이름이다.

기울기 시작한 햇살을 받은 그 인공 호수는 은화를 흩뿌려 놓은 것처럼 반짝반짝 빛나고 있었다. 수확을 눈앞에 둔 풍요로운 경작지가 언덕을 덮고 있는 서던빌 마을은 쾌청한 가을 햇살 속에 드러누운 커다란 황금빛 고양이처럼 느긋하고 유유자적해 보였다. 하지만 이 고양이는 살쾡이처럼 위험하다.

서던빌 마을과 샘의 마을은 사사건건 부딪치는 사이였다. 30년 전부터 서로를 원수처럼 대했고, 크고 작은 충돌이 끊이지 않았다. 충돌하는 이유는 넘쳐 날 정도로 많았다. 10년, 20년도 더 전에 광산이 번성했을 무렵, 샘의 마을은 활기찬 신흥도시가 되었다. 서던빌의 청년과 장년이 산을 넘어 샘의 마을로 흘러들어 왔다.

광산이 고갈되어 활기를 잃고 산업 기반이 임업과 농업으로 대체되기 시작하자, 이번에는 반대로 샘네 마을의 젊은 노동력이 유출되었다. 하지만 그들도 그 지역에 동화하지 못했고, 극히 일부만 남고 결국 다시 각자의 마을로 돌아갔다.

사람들이 움직일 때는 불화가 생기는 법이다. 마을 사람과 외지인과의 분쟁은 물론이고 되돌아온 사람과의 내분까지 생기면서 충돌이 끊이지 않았다. 그렇게 마찰이 생길 때마다 사람들은 그 원인을 상대 마을로 돌렸다.

광대한 논밭을 갖고 있는 서던빌 대농가의 못난 딸과 혼인해서 데릴사위로 들어간 샘 마을의 청년이 바람을 피운 대가로 거의 목숨만 건진 채 불구가 되어 마을로 돌아온 적이 있었다. 양가의 반목이 칼부림 사태로 번졌고, 그 사건을 계기로 양쪽 마을 사이에서 피를 흘리는 분쟁이 종종 일어나게 되었다. 요컨대 양쪽 모두 기질이 거칠고 다혈질이었다. 산 하나가 가로막고 있다고 해서 기질이 그리 다를 리 없었던 것이다.

강직하고 거친 남자가 많은 탓인지 양쪽 마을 모두 수렵이 번성했다. 당연히 사냥감을 둘러싼 충돌도 있었다. 산등성이가 두 마을의 영역을 가르는 암묵적인 경계였지만 짐승이나 새에게는 그런 것이 통용되지 않는다. 사냥감은 늘 산의 양쪽을 멋대로 오갔다. 같은 사냥감을 쫓다가 양쪽의 포수들이 맞닥뜨리는 일이 자주 일어났다. 서로를 견제하는 힘이 동일해서였는지, 서로 총을 겨누는 최악의 사태는 아직 일어나지 않았다. 하지만 그 균형이 끝까지 유지된다는 보장은 없었고, 인내의 끈이 언제 툭 끊어질지 아무도 알 수 없었다.

이번 가을 초에도 충돌이 있었다. 서던빌의 사냥꾼 몇 명이 한나절 동안 커다란 사슴을 쫓았고, 한두 발이 거의 명중했다. 하지만 상처를 입은 사슴이 산을 넘어 강에 빠졌고, 이를 본 샘 마을 일행이 최후의 일격을 가해 사슴을 낚아챘다. 결국 쫓아온 서던빌 일행과 서로 사냥칼을 뽑아 들고 대치하기에 이르렀다.

눈 아래로 펼쳐진 서던빌의 땅을 본 샘이 그 자리에 못 박힌 것도 무리가 아니었던 것이다.

그때 샘은 동북쪽 하늘에서 10여 마리의 새가 한 덩어리가 되어 날아오는 것을 발견했다. 눈 아래, 산 중턱의 우듬지를 스치듯 날며 역시 남쪽을 향하고 있었다. 새 떼의 절반은 꼬리가 긴 그 아름다운 새였고, 나머지는 절반 크기의 작은 새였다. 샘은 살깃화살 끝에 붙인 새의 깃처럼 호리호리한 실루엣을 보고 역시 비둘기였다고 생각했다. 새 떼는 호수를 향해 서던빌 마을 위로 날아갔다. 샘의 다리가 새를 쫓아 두 걸음, 세 걸음 서던빌 마을로 향하는 비탈길을 내려가고 있었다.

이날 아침부터 혼자 사냥을 했던 샘은 빈손이었다. 해 뜰 무렵 산기슭 들판에서 튀어나온 산토끼에게 두 발을 쏘았지만 빗나갔다. 눈이 내리면 새하얀 겨울 털로 갈아입는 눈덧신토끼였다.

설피를 신은 것처럼 보일 정도로 발이 큰 녀석이다. 그 이후는 조금 전 그 아름다운 새를 보기까지 어떤 만남도 없었고, 허리에 걸 수렵물은 전혀 없었다.

두 발을 쏜 탓에 수평 2연발총의 양쪽 총신은 비어 있었지만, 허리에 두른 탄띠에는 탄환이 그대로 남아 있었다. 열다섯 발의 탄환을 줄줄이 장착한 탄띠를 두른 샘을 보고 동료가 멕시코 산적 같다고 비웃었다. 혁명이라도 하느냐는 놀림도 받았다. 오리 사냥 금지 기간이 풀리는 날이면 모를까, 보통 탄환을 많이 썼다고 하는 날도 기껏해야 하루에 대여섯 발이다. 그런데도 샘은 늘 남아돌 만큼 탄환을 지니고 사냥을 나섰다. 불필요하다는 것을 알면서도 그렇게 하지 않을 수 없었다. 그렇게 해야 직성이 풀렸다. 총신이 긴 구식 2연발총도 그렇고, 화약고를 들고 다니듯 가득 장전한 탄환도 그렇고, 샘의 이 중장비는 다른 사람보다 두 배의 체력을 소모시켰다.

그렇게 많은 총알을 대체 무엇을 향해 쏘겠다는 것일까. 본인도 몰랐지만 샘은 어쩌면 손에 잡히는 사냥감이 아닌, 눈에 보이지 않는 꿈을 사냥하고 있던 것은 아니었을까.

2

샘이 혼자서 비둘기나 토끼를 쫓아 산야를 배회하는 일은 드물지 않았다. 하지만 오늘 혼자 오게 된 데에는 특별한 사정이 있었다. 이번 시즌 초에, 마을 일행들과 페커리 중남미에 서식하는 멧돼지의 일종 무리를 쫓았을 때의 일이다. 사냥꾼의 우두머리가 배치해 준 잠복 위치에서 샘은 엄청난 짓을 저질렀다.

그날 우두머리와 몇 명의 숙련된 사냥꾼은 짐승의 발자국을 추적하는 과정에서 새끼 네다섯 마리와 1백 킬로그램 가까이 나가는 늙은 암컷 멧돼지가 숨어 있는 덤불을 찾아냈다.

"샘, 넌 여기야."

그렇게 지시한 우두머리가 샘에게 말했다.

"잘 들어. 멧돼지가 나타난다면 저 길이다. 새끼와 함께야. 두 발로는 부족할지도 몰라. 벅샷 1/4~1/3인치 지름의 범위로 분산된 산탄을 두 개 더 손가락에 끼워."

샘은 시키는 대로 양쪽 총신에 벅샷을 장전하고, 총목을 잡은 오른손 새끼손가락과 약손가락, 약손가락과 가운뎃손가락 사이에 한 발씩 탄환을 끼웠다.

자리 배치는 사냥개와 몰이꾼에게 내몰린 사냥감이 도망가는 길 요소요소의 저격 장소를 말한다. 사냥꾼의 우두머리가 때와 장소에 따라 판단해서 결정하는 것이다. 짐승이 지나갈 확률이 높은 순서로 1번 대기, 2번 대기 등으로 자연스럽게 순위가 정해졌다. 당연히 경험 많고 실력이 있는 사수가 사냥감이 올 확률이 높은 자리에 배치되었다. 투쟁심이 희박하고 느긋한 성격의 샘은 사냥꾼들에게 무시당하기 일쑤였고, 늘 확률이 가장 낮은 장소에 배치되었다.

기다릴 틈도 없이 멀리 떨어진 곳에서 개가 짖었고, 사냥꾼이 움직이는 소리가 샘에게도 들려왔다. 우두머리가 풀어 준 개가 멧돼지의 보금자리로 뛰어든 것이다.

하지만 경험이 풍부하고 교활한 어미 멧돼지는 개 떼를 따돌리고 도망갔으며, 누구의 자리에도 걸리지 않았다. 그리고 개 짖는 소리에 겁먹어 어미를 따라가지 못한 새끼 멧돼지 네 마리가 샘의 눈앞에, 우두머리가 가리켰던 바로 그 좁은 산길에 나타났다. 나무에 몸을 숨기고 총을 겨눈 샘의 5, 6미터 앞을 새끼 멧돼지가 일렬로 가로질렀다. 파삭파삭파삭……. 희미한 소리를 내며 작은 발굽으로 풀과 작은 나뭇가지를 밟고 가는 그 애처로운 모습을 샘은 숨죽인 채 바라만 보고 있었다. 맨 뒤에 가던 새끼 멧돼지의 모습이 덤불 속으로 사라진 후에도 샘은 한참 동안 멍하니 있었다.

숨을 헐떡이며 달려온 우두머리가 재빠르게 발자국을 확인하고는 "왜 쏘지 않았어!" 하고 고함을 지르며 샘에게 달려들었다. 대답도 못하고 머뭇거리던 샘은 우두머리의 단단하고 커다란 주먹에 얻어맞았다. 맞아도 어쩔 수 없었다. 예전에는 이런 실수를 저지르면 밧줄에 묶여 나무에 매달리는 벌을 받았다. 이곳에서의 사냥은 부자들이 휴일에 즐기는 놀이가 아니라, 거의 생존이 걸린 중대한 일이었다.

그리고 샘은 따돌림을 당했다. 그 이후 사냥에 샘을 불러 주는 사람은 없었다. 샘은 그것이 그다지 괴롭지는 않았다. 원래 동료들과의 불편한 사냥보다 혼자서 자유롭게 하는 사냥을 좋아했다. 하지만 제인까지 갑자기 쌀쌀맞아진 것 같아 그것이 괴로웠다. 옅은 금발이 아름답고 피부가 하얀 제인은 마을 우체국에 근무하는 아가씨다. 안타깝게도 제인을 연인이라고 할 수는 없었지만, 샘에게 늘 호의적인 사람 중 한 명임은 틀림없었다. 그 제인조차 그날 이후 샘을 보면 눈길을 피하고 등을 돌렸다.

매사에 집착하지 않고 낙천적인 성격의 샘이었지만, 마음이 무거워지는 일 한두 가지는 있었다. 아버지와 형을 보조하는 정도의 일이지만 광산의 굴 작업이 너무 싫어서 오늘도 또 땡땡이를 치고 산으로 와 버린 것에 대한 양심의 가책도 있었다. 노동이 싫은 것은 아니었다. 샘은 동굴에서 작업을 할 때면 늘 갇힌 채 도망갈 곳을 차단당한 듯한 공포를 느꼈다. 샘에게는 여러 가지 어려운 일이 많았는데 사방이 막힌 좁은 공간만큼 싫은 것은 없었다.

집에 돌아가면 또 떽떽거리며 잔소리를 해 댈 것이 분명한 형의 늠름한 붉은 얼굴과 토라진 제인의 얼굴이 뇌리에 스친 샘은 거의 멍한 상태로 비탈길을 걸었다. 산기슭은 상록수 숲이다. 거목이 울창하게 자란 비옥한 숲이지만, 나무와 나무 사이가 넓어서 의외로 환했다. 그 숲 너머로 광대한 작물 밭이 펼쳐 있고, 완만한 언덕 너머로 서던빌 마을이 이어진다. 문득 그 사실에 생각이 미친 샘의 발이 다시 주춤했다.

그때 하늘 한쪽에서 무언가가 덮쳐 오는 듯한 느낌이 들어서 샘은 재빨리 북쪽 하늘을 보았다. 처음에는 꾸물거리는 연기처럼 보였는데, 그것은 다름 아닌 새 떼였다.

샘은 하늘을 올려다본 채 본능적으로 총에 탄환을 장전했고, 순식간에 머리 위를 뒤덮은 새 떼를 향해 두 발을 쏘았다. 새가 나무숲 속에 떨어지는 것을 힐끗 보면서 총을 꺾고 탄피를 주울 새도 없이 탄환을 장전했다. 다시 총을 쐈다. 그리고 다시 한번 탄환을 장전했을 때, 그렇게 거대했던 새 떼도 사정거리에서 벗어나 멀리 날아가고 있었다.

처음으로 새를 잡았을 때처럼 심장이 요동치는 것을 느끼면서 샘은 숲으로 달려갔다. 마른 수풀 속에 떨어진 첫 사냥감을 찾아냈다. 샘은 마른 풀 위에 쓰러져 있는 새 옆에 무릎을 꿇고 그 아름다운 모습에 숨을 삼켰다.

새의 머리부터 허리와 꽁지까지는 청량한 하늘이 비친 듯한 코발트블루. 턱, 뒷머리부터 등까지는 새순의 연둣빛으로 덮여 있다. 그리고 목부터 가슴과 배까지 선명한 오렌지색으로 채색되어 있었다. 오렌지색은 배에서 아래로 향하면서 점점 옅어졌고, 다리로 이어지는 부분부터 꼬리 끝에 이르러서는 마침내 순백색이 된다.

날개는 등과 마찬가지의 파란 하늘색에 낙엽을 비벼서 뿌려 놓은 듯한 농갈색 반점이 있었다. 날개깃은 뿌리 부분에 청색이 감도는, 검정에 가까운 짙은 갈색이다. 길게 뻗은 꽁지깃은 중국 부채를 펼친 듯 산속 호수의 파랑과 하양. 꽁지 중앙의 유난히 길게 뻗은 두 개의 깃은 검정, 다리는 진홍, 그리고 전체적인 형태는 비둘기와 닮았다.

마치 푸른 비단과 자줏빛 공단으로 만든 베개가 떨어져 있는 것처럼도 보였다. 귀부인이 가느다란 목을 올리는 고급 비단 베개가.

샘은 아직 온기가 남아 있는 새를 양손으로 조심스럽게 받쳐 들었다. 샘은 그 새를 비둘기라고 단정했다. 지금까지 단 한 번도 본 적이 없는, 믿을 수 없을 만큼 아름답고 큰 비둘기지만, 역시 비둘기가 틀림없었다. 머리에서 목으로 이어진 선, 부리의 선, 매끄러운 체형 그리고 눈의 모양이 비둘기였다.

샘은 가죽띠에 꽂은 총을 어깨에 멘 뒤 비둘기를 감싸 안고 일어서서 아직 어딘가 있을 수렵물을 찾았다. 다른 세 마리가 흩어져 떨어져 있었다. 네 발을 명중시켰다기보다 새들이 거의 겹치듯 붙어 있었던 탓에 산탄이 새들 사이를 빠져나갈 수 없었던 것이다.

다른 세 마리는 첫 번째 새와는 확연한 차이가 있었다. 몸 색깔이 수수해서 언뜻 보면 갈색의 잔잔한 명암으로만 보였다. 꼬리는 길었지만 가늘고, 작은 체구는 샘이 늘 잡았던 익숙한 멧비둘기의 모습 그대로였다.

머리와 목은 연청색을 아주 조금 녹여낸 아침 안개 빛깔의 회색이었고, 부리의 시작 부분부터 이마까지 뻗은 진한 갈색은 반들반들한 등에서 날개로 이어지면서 점점 옅어진다. 그리고 이 새들 역시 낙엽색의 반점이 흩어져 있었다. 접힌 날개 바깥쪽의 날개깃은 머리보다 더 옅은 하늘색, 날개 끝은 전부 갈색, 꿩처럼 곧게 뻗은 가느다란 꽁지깃도 농갈색이다. 다리는 노란색을 섞은 오렌지색이었다.

특히 애잔함을 자아내는 것은 눈이다. 검고 동그랗고 온순해 보이는 눈동자를 덮은 붉은 눈꺼풀은 옅은 화장을 한 술집 여자가 추파를 던질 때처럼 미색이 감돌고 있다. 모든 색이 흐릿하고 담담했다. 처음 발견한, 선명한 색상의 커다란 새가 수컷, 좀 더 작고 색이 옅은 이 수수한 놈은 암컷이 분명했다.

3

샘은 네 마리 비둘기의 목을 끈으로 된 고리에 넣고 허리에 둘렀다. 걸음을 옮기자 비둘기의 기다란 꼬리가 발에 엉켰고, 꼬리 끝이 잡초에 스쳤다. 샘은 오늘따라 배낭을 가져오지 않은 것을 후회했다. 배낭 망에 새를 거꾸로 넣으면 기다란 꼬리가 위를 향하게 되어 걸리적거리지 않는다.

샘은 허리띠 위에 두른 끈을 풀고, 손도끼로 자른 나무덩굴에 그 끈을 꿰어 등에 짊어졌다. 갈증을 느낀 샘은 물을 찾아 숲 속으로 발을 들였다.

처음에 목격한 한 마리부터 조금 전의 새 떼까지, 몇 번이고 계속 눈에 띈 이 이름 모를 새는 모두 남쪽을 향해 날아갔다. 눈이 내리기 시작한 북부에서 따뜻한 땅으로 이동하는 철새인 듯했다. 하지만 비둘기가 그렇게 무리를 지어 이동하는 새였던가? 처음에 본 그 한 마리는 맨 앞에 선 정찰대 비둘기였는지도 모른다. 이내 뒤따라온 몇 마리도 정예 선발대였을 것이다. 모두 화살처럼 빠르고, 화살처럼 늠름했다.

샘은 자신이 본 그 믿을 수 없을 만큼 많았던 새 떼와 자신이 총으로 잡은 이 아름다운 비둘기를 한시라도 빨리 마을 사람들에게 이야기하고 보여 주고 싶어서 설레는 마음을 억누를 수 없었다.

팔다리가 길고 호리호리한 샘은 뒤에서 보면 정처 없이 헤매는 사람처럼 보이는 걸음걸이로 환한 숲 속을 부유하듯 걸었다. 커다란 떡갈나무 옆을 지나려는 순간 샘의 기다란 몸이 갑자기 사라졌다. 잡초에 가려진 구덩이에 그만 빠져 버린 것이다.

구덩이 주위의 흙이 무너져 가장자리가 무디기는 했지만 한 면이 1미터쯤 되도록 판 사각형의 빈 우물이었다. 구덩이의 깊이는 2미터가 약간 넘는 정도로, 키가 큰 샘의 몸을 완전히 가렸다. 구덩이 벽은 말라 있었지만 바닥에 쌓인 거뭇거뭇한 낙엽은 물기를 잔뜩 머금은 채 썩어 있었다. 예전에는 우물이었을 것이다. 물이 마른 후에는 우듬지에 머무는 새와 숲을 지나는 짐승을 기다리며 숨어 있던 곳으로 쓰였는지도 모른다. 바닥에 받침대를 놓고 눈만 구덩이 가장자리로 내놓은 채 총을 쥐고 기다리는 장소로 쓰인 곳이라는 생각이 들었다.

황홀한 기분으로 멍하니 걷던 샘은 그제야 정신이 번쩍 들었다. 손을 뻗어 어깨에 메고 있던 기다란 총을 구멍 바깥쪽에 가로로 걸쳤다. 샘은 총을 잡고 팔에 힘을 주어 몸을 올리면서 벽을 발로 차 구덩이에서 기어 나왔다.

한참을 쭈그리고 앉아 놀란 마음을 진정시키던 샘의 귀에 희미한 물소리가 들렸다. 샘은 일어나서 숲 속을 향해 잰걸음을 옮겼다. 나무가 우거져 어둑어둑한 비탈면 바위틈에 샘물이 모여 흐르고 있었다. 샘은 물에 얼굴을 담근 채 차갑고 맛있는 물을 실컷 마셨다. 나무 사이로 하늘을 보니 해가 이미 기울고 있었다. 서두르지 않으면 해가 지기 전에 마을에 닿지 못하겠다는 생각이 들었다. 마을로 향하는 방향은 짐작이 가지만, 여하튼 산을 하나 넘지 않으면 안 된다. 한숨 돌린 샘은 다시 비탈길을 오르기 시작했다. 걸을 때마다 서로 부딪히는 수렵물에 이따금씩 눈길을 주면서 샘은 묵묵히 걸음을 옮겼다. 나무들이 사라지고 마침내 숲을 빠져나왔다고 생각한 순간이었다.

갑자기 목덜미의 털이 곤두서는 듯한 심상치 않은 예감이 샘의 온몸을 관통했다. 조금 전 연기처럼 보였던 것이 지금은 훨씬 장대한 크기로 푸른 허공의 저 끝에서 빠르게 다가오는 것을 발견했다. 폭풍 전의 하늘을 날아가는 검은 구름처럼, 또는 사막의 지평선에서 모래먼지를 감아올리며 맹렬하게 달려오는 회오리처럼, 그것은 순식간에 습격해 왔다. 멀리서 땅울림 같은 소리도 들렸다.

아까 보았던 커다란 무리의 몇 배, 아니 수십 배는 되는 양과 부피의 새 떼다. 그것은 이미 생명체의 무리로 보이지 않았다. 진로를 방해하는 그 무엇이라도 덮어 버리고 삼켜서 소멸시키는, 무시무시하게 크고 광폭한 괴물처럼 여겨졌다.

신변이 위험하다는 예감에 휩싸인 샘은 튕겨 나가듯 내달리기 시작했다. 그리고 방금 벗어났던 숲으로 뛰어들었다.

고오오 하는 배 속 깊숙이 울리는 소리와 함께 환했던 숲 속이 높은 하늘을 뒤덮은 것들로 순식간에 황혼 녘처럼 어두워졌다. 땅이 흔들릴 리가 없었지만 샘은 자신도 모르게 나무를 껴안았다. 눈사태 같기도 하고 땅이 밀리는 것 같기도 한, 하지만 들어 본 적 없는 불길한 굉음이 머리 위 높은 곳에서 소용돌이치듯 언제까지고 이어졌다.

당황했던 마음을 추스르자 샘의 천성적으로 강한 호기심이 다시 고개를 들었다. 무서운 것은 오히려 보고 싶어진다. 샘은 자세를 낮춘 채 숲이 끝나는 방향으로 다가갔다. 몸은 나무 뒤에 숨긴 채 서던 빌 마을이 내려다보이는 쪽 하늘을 엿보았다.

무수한 비둘기 떼가 샘이 몸을 숨기고 있는 산기슭의 이 숲에서부터 언덕을 뒤덮고, 마을 끝자락을 스치듯 크게 선회하고 있었다. 폭은 1.5킬로미터 정도였고 길이는 5킬로미터, 아니 끝이 보이지 않으므로 분명 그 이상일 장대한 새 떼가 왼쪽 방향으로 크게 원을 그리고 있었다. 새 떼는 띠처럼 평면이 아니라 두께를 짐작할 수 없을 만큼 겹겹이 쌓인 짙은 구름 같은 덩어리였다. 햇빛을 거의 가릴 정도의 넓이였지만, 수만 마리는 될 듯한 비둘기가 일제히 몸을 기울일 때 빨강에서 청록으로, 청록에서 보라색으로 순식간에 색채가 변화하여 새 떼가 선회하고 있음을 알렸다.

그것은 감청색 하늘을 비추고 있던 산속의 깊은 호수가 빠르게 이동하는 스콜의 공격에 잔물결을 일으키며 가장자리부터 수면의 색깔을 진한 녹색으로, 다시 진한 먹색으로 바꿔 갈 때 같은 웅장하고 아름다운 쇼였다.

잘 곳을 물색하는 것이라고 샘은 직감했다. 여행 도중에 하룻밤 묵을 곳을 찾는 것이라고 생각했다. 샘은 학교를 다니지 않았지만 새와 짐승의 생태를 꿰뚫고 있었다. 샘은 사냥감을 획득하는 기쁨보다 사냥을 수단 삼아 야생의 새와 짐승의 생생한 모습을 접하는 즐거움을 좇고 있었다.

그때였다. 산 쪽에서 일고여덟 마리의 크고 작은 매가 선회하는 새 떼의 가장자리로 덤벼드는 모습이 보였다. 줄무늬새매와 쇠황조롱이 등의 소형 매지만 민첩하고 가차 없는 킬러들이다.

놀라운 일이 일어났다. 뿔뿔이 흩어져서 도망갈 줄 알았던 비둘기 떼가 오히려 맹금들을 에워싸듯 모여들어 새까만 덩어리를 이루었다. 매들의 모습은 순식간에 사라졌다. 압도적인 숫자에 기가 꺾인 습격자는 이제 몸을 돌려 필사적으로 도망가려 하고 있었다. 비둘기 떼는 그 뒤를 집요하게 좇아 거대하고 두꺼운 원통 형태를 이루며 물결치듯 움직였다. 몸부림치는 거대한 용처럼도 보였다.

새까만 색이 마침내 옅어지기 시작했고, 용은 수묵화처럼 번지면서 퍼져 나갔다. 용은 순식간에 원래의 거대한 덩어리로 퍼지면서 말 그대로 깨끗하게 사라져 버렸다. 매들의 모습도 보이지 않았다. 맹금들은 갈가리 찢기고 짓이겨져 살도 뼈도 사라졌을 것이다.

샘은 엄청난 장면을 봤다고 생각했다. 한숨을 내쉰 순간 새로운 공포가 덮쳐 왔다. 시시각각으로 커져 가던 비둘기의 소용돌이 한 끝이 샘이 있는 숲을 향해 미끄러지듯 내려왔다. 광석을 가득 실은 다섯 량짜리 광차가 갱도 레일의 비탈길을 굴러 내려올 때의 그 귀가 먹먹해지는 소리처럼 저절로 몸을 움츠리게 하는 굉음을 내면서 비둘기 떼는 마치 성난 파도처럼 숲으로 떨어져 내려왔다.

샘은 순간 새 떼가 자신을 습격했다고 생각했지만, 물론 그런 것이 아니었다. 샘은 새의 안중에 없었고, 단지 안전한 잠자리로 이 숲을 선택한 것이다. 게다가 이 숲은 떡갈나무와 구실잣밤나무, 밤나무와 너도밤나무의 혼성림으로, 도토리를 비롯해 새의 먹이가 풍부한 숲이었다.

순식간에 가지란 가지에 온통 비둘기가 내려앉았다. 샘은 자신이 총을 갖고 있다는 사실을 떠올렸다. 샘은 사냥을 한다기보다는 떨어져 내려오는 새들로부터 자신의 몸을 지키려는 듯 서둘러 총을 어깨에 올리고 바로 머리 위의 나뭇가지를 마구 쏘아 댔다. 몇 마리의 새가 떨어졌다. 총소리에 도망가는 새보다 밀려오는 새의 수가 훨씬 많았다. 새들은 끊임없이 숲으로 밀려들었다. 나뭇가지의 수는 한정되어 있지만 새의 수는 무한이었다.

나뭇가지와 우듬지는 아주 작은 틈도 없이 새들로 메워졌다. 나뭇가지를 확보한 새는 날개를 파닥거려 뒤이어 온 새를 쫓아내려고 했다. 하지만 끝없이 내려오는 새는 개의치 않고 끼어들어 겹쳐 앉았다. 겹쳐 앉은 새 위로 다시 다른 새가 내려앉았고, 새는 떨어지지 않으려고 아래쪽 새의 등을 움켜쥐었다. 새는 비명을 지르고, 성내고, 부리를 부딪치고, 며느리발톱을 세우며 새털을 흩날렸다. 새 무게를 이기지 못한 나뭇가지가 부러져 새를 태운 채 떨어졌다.

샘은 계속해서 탄환을 장전해 가며 총을 쐈다. 그때마다 새가 툭툭 떨어졌다. 열다섯 발들이 탄띠를 배 앞의 버클 오른쪽으로 한 바퀴 돌려 산탄을 꽂고, 버클 왼쪽에 맹수용 벅샷을 세 발 더 꽂았다. 늘 그렇게 했다. 혼자 나선 사냥에서 사슴이나 살쾡이를 만나지 않는다는 보장이 없기 때문이다. 샘은 열두 발의 산탄을 다 쏘고 새 무리를 향해 벅샷까지 쏘았다.

지름 7밀리미터의 작은 탄알 아홉 개가 든 맹수용 벅샷의 산탄 한 알에라도 맞은 새는 수렵물로서의 가치가 사라질 만큼 크게 손상된다. 제정신이라면 새에게 벅샷을 쏘는 일은 절대 없다. 샘은 전대미문의 이 이상한 소용돌이에 갑자기 휘말려 어찌 할 바를 몰랐다. 홀린 듯 총을 쏘아 대면서 정신없이 탄환을 빼내던 손가락이 탄띠의 텅 빈 구멍을 만지작거렸다. 탄환을 전부 쏴 버렸다는 사실을 간신히 깨달은 샘은 이번에는 허둥지둥 뛰어다니며 떨어진 새를 그러모았다.

이미 앉을 나뭇가지도 없는 숲에 새들은 여전히 늘어나는 중이었고, 땅 위로도 눈이 쌓이듯 내려앉았다. 새는 떨어진 새를 줍고 있는 샘의 등과 어깨에도 앉으려고 했다. 샘은 수렵물을 셔츠 품에 밀어 넣고, 다시 양손 가득 끌어안고는 끊임없이 늘어나는 새 떼에서 도망가려고 했다. 하지만 숲은 이미 새로 가득 차서 도망갈 곳이 없었다.

그래, 거기야!

샘은 조금 전에 빠졌던 그 빈 우물을 떠올렸다. 샘은 쫓기는 짐승 같은 눈으로 숲 속을 살피며 그 커다란 떡갈나무를 찾았다. 그 순간, 총성이 들렸다고 생각했다. 수만 마리 새의 날갯짓 소리, 울음소리, 먹이를 쪼아 먹는 소리…… 온갖 불협화음의 합주 속에서 그 소리는 더없이 미약했고, 멀리에서 들렸다. 하지만 틀림없는 총성이 계속해서 울렸다.

샘의 얼굴빛이 변했다. 마침내 서던빌 마을의 무리가 달려와 숲 바깥에서 안을 향해 총을 쏘고 있는 것이다. 괴물 같은 새 떼의 공포에 총에 맞을지도 모른다는 두려움까지 더해져 샘의 몸이 부들부들 떨리기 시작했다. 샘은 몸을 낮추고 아까 본 커다란 떡갈나무를 향해 달렸다.

저기다! 목표로 했던 구덩이를 발견한 샘은 양손으로 끌어안고 있던 수렵물을 내팽개치고, 손도끼로 근처의 나뭇가지를 내리치고 주변의 마른풀을 움켜쥐고 베었다. 그 마른풀을 구멍 바닥에 던져 넣고 수렵물을 발로 밀어 넣었다. 그리고 잎이 달린 나뭇가지로 구덩이의 입구를 가리듯 덮었다. 샘은 나뭇가지 한쪽을 밀고 구덩이 속으로 발부터 미끄러져 들어가 총부리로 나뭇가지를 펴서 입구를 가렸다. 샘은 다시 한숨을 내쉬며 일단은 살았다고 생각했다.

귀를 기울이자 총성은 더욱 격렬해져 있었다. 여럿이서 숲을 에워싸듯 총을 쏘고 있을 것이다. 조금만 늦게 도망쳤더라면 유탄에 맞아 벌집이 되었을지도 모른다고 샘은 생각했다.

이 흉악할 정도로 어마어마한 숫자의 새들 한 마리 한 마리가 아까 자신이 숨죽이고 보았던 그 놀라울 정도로 아름다운 비둘기와 같은 새일까……. 샘은 품에 가득 밀어 넣었던 수렵물을 꺼내 가느다란 빛이 새어 드는 구덩이 입구에 대 보았다. 역시 그 우아한 비둘기가 틀림없었다. 샘은 비둘기를 구석에 모아 놓고 두툼하게 깔린 마른풀 위에 앉았다.

앉고 나니 협소하고 어두운 구덩이가 불편하게 느껴지기 시작했다. 하지만 이곳은 샘이 자진해서 뛰어든 구덩이였다. 지금 지상에서 펼쳐지고 있는 아비규환의 광란에서 몸을 숨기고 자신을 지키기에 이 이상의 장소가 없었다. 좁은 공간을 견디지 못하는 샘이었지만 지금은 그런 말을 할 처지가 아니었다. 숲 한쪽을 막고 있는 총구가 점차 숲 속으로 들어오는 듯했다. 그럼에도 여전히 상공을 뒤덮은 새 떼는 줄어들지 않았고, 비둘기는 여전히 착지를 강행하고 있었다.

갑자기 머리 위에서 커다란 무언가가 풀썩 떨어져 샘의 목덜미에 달라붙었다. 혼비백산한 샘은 비명을 지르며 그 부드럽고 묵직한 물체를 뿌리쳤다.

토끼다! 샘의 손에 뿌리쳐져 벽까지 날아간 것은 살아 있는 따뜻한 몸뚱이였다.

버둥거리는 다리의 강력한 발길질, 촘촘하고 거친 털의 감촉은 샘이 익히 알고 있는 솜꼬리토끼였다. 토끼는 좁은 구멍 속에서 마구잡이로 뛰어오르다가 샘의 몸에 부딪혔다. 샘은 토끼를 붙잡고 일어섰다. 구멍을 덮은 나뭇가지 한쪽을 열고 토끼의 짧은 귀를 잡아 밖으로 던졌다.

"깜짝 놀랐네." 샘은 앉으면서 중얼거렸다. 가슴의 동요가 가라앉기도 전에 다시 토끼가 떨어졌다. 도망갈 곳을 잃고 필사적으로 뛰어든 것이다. 자력으로는 나갈 수 없는 깊은 구덩이일지라도 도망쳐 들어올 수밖에 없었던 것이다. 밖은 참살과 파괴로 달아오른 도가니 속이었다.

새와 짐승은 천재지변이 다가오는 것을 일찍부터 감지해서 재빨리 도망치지만, 개중에는 이렇게 한발 늦거나 도망갈 방향을 잃어버리는 녀석들도 있다. 이 녀석도 자신과 같은 처지라는 생각이 들자 샘은 토끼를 같이 있게 해 주기로 했다. 뛰어오르다 벽에 부딪히기를 반복하던 토끼도 마침내 샘의 다리 사이에 고개를 묻고 몸을 동그랗게 말더니 움직이지 않았다.

수십 명이 연달아 쏘아 대는 끊이지 않는 총성은 새소리와 하나가 되어 비명이라고밖에 표현할 수 없는 커다란 음량으로 숲을 압도했다. 연못을 꽉 채울 만큼 폭발적으로 번식한 황소개구리가 목을 부풀리고 일제히 울부짖는 것 같기도 했고, 이제 막 종을 친 대성당의 종루에 고개를 박고 있는 것 같기도 했다. 구와앙 하는 커다란 소리가 사람의 사고를 마비시킨 것인지, 샘은 그 공포 속에서 신기하게도 졸음이 밀려왔다.

4

얼마의 시간이 흘렀을까? 잠이 들었는지 정신을 잃었었는지, 마취에서 깨어난 것처럼 문득 정신이 들었을 때 그 소리는 사라지고 없었다. 고막이 잘못된 게 아닌가 하고 샘은 양쪽 귀를 손가락으로 찔러 보았다. 사람을 두려움에 떨게 하다가 마침내는 미치게 할 것 같던 그 불길하고 꺼림칙한 소리는 들리지 않았다. 귀를 기울이자 무언가 부드러운 물체가 땅에 떨어지는 듯한 소리가 계속해서 들리기는 했지만, 조금 전의 울부짖음은 거짓말처럼 사라지고 숲은 조용했다.

샘은 일어나서 총을 벽에 기대 놓고 손과 발로 흙벽을 밀면서 몸을 끌어 올렸다. 잎이 달린 나뭇가지를 머리로 밀어 올리고 눈만 조심스럽게 내밀어 밖을 살폈다. 먼저 이상한 냄새가 코를 찔렀다. 시야 가득 새의 사체가 쌓여 있었다. 나무 위에서 여전히 새가 툭툭 떨어졌다. 석양빛인지 핏빛인지, 숲 속이 붉게 보였다.

사람들이 다가오는 소리와 말소리가 들렸고, 숲에 들어선 인파가 보였다. 남자, 여자, 어린아이까지 저마다 손에 막대기와 가래와 삽을 들고 있었다. 바구니를 등에 진 자, 짐수레를 밀고 오는 자, 여러 마리의 개를 끌고 오는 자……. 축제에 모인 마을 사람들처럼 밝고 즐거운 분위기로 떠들썩했다. 서던빌 마을 사람들이 총출동한 듯했다. 샘은 구덩이 안으로 미끄러져 내려갔다. 아니, 떨어졌다.

그들은 두 시간여에 걸쳐 모든 총알을 쏘아 대고 이번에는 그 수렵물을 수거하러 온 것이다. 분명 한 마리도 남기지 않고 수거하려 할 것이다. 그러는 동안 그들은 구덩이에 숨은 샘을 발견할 것이 틀림없다. 발각되면 그냥 끝나지 않는다. 더구나 지금은 마을 전체가 대참살의 광기로 흥분해 있어서 한층 더 눈에 핏발을 세울 게 틀림없다. 그 흥분의 여파로 샘을 피의 축제에 바치려고 들지도 모른다.

"이런, 또 큰일이네." 샘은 중얼거렸다. 공포로 공황 상태에 빠진 사람치고 입 밖에 내는 말은 늘 조금 싱거웠다.

사람들은 전에 없는 큰 수확에 미칠 듯이 기뻐하면서 서로의 어깨를 치고 큰 소리로 웃고 술 취한 사람처럼 소리를 지르며 비둘기를 수거했다. 끝이 없어 보였던 거대한 새 떼도 끊이지 않는 총격에 놀라 쫓기다가 마침내 단념한 채 숲을 버리고 날아간 것 같았다. 하지만 상처를 입었거나 지쳐서 날아갈 수 없었던 비둘기가 아직 나무와 덤불에 수십 마리나 남아 있었다. 사람들은 남은 비둘기를 막대기로 쳐서 떨어뜨리고 발로 밟아 죽였다. 그리고 그 비둘기들을 가래와 삽으로 퍼 올렸다. 펄쩍펄쩍 뛰어오르며 배회하던 개가 달려들어 비둘기를 물어뜯었다. 샘은 피에 굶주린 듯한 그 소름 끼치는 흉행을 직접 보지는 않지만 손바닥을 보듯 상상할 수 있었다.

쇠바퀴를 끼운 손수레가 다가왔다. 차축을 삐걱거리며 다가온 손수레는 구덩이를 바퀴 사이에 두고 바싹 움츠러든 샘의 바로 위에서 멈췄다. 주변에는 여러 명의 남자들이 있었고, 열심히 비둘기를 모아서 손수레에 쌓아 올리고 있는 듯했다. 고함을 지르듯 큰 소리로 하는 얘기가 전부 들렸다.

"올봄에 농기구를 팔러 조지아에서 왔다던 그 허풍쟁이 기억나지? 그자가 술집에서 했던 새 이야기가 바로 이거였어."

"거짓말이 아니었다니."

"아, 그때는 아무도 믿지 않았지."

"비둘기 떼가 그 자식의 마을 위를 날았을 때 세 시간 동안이나 하늘이 어두워졌다느니 하는 소리를 했으니까……."

"그런 터무니없는 얘기를 하니까 당연히 얼간이라고 생각했지."

"그 자식도 오기가 나서 끈질기게 우겨 대니까 분통이 터진 대장장이 앨이 녀석을 두들겨 패지 않았나."

"그런데 허풍이 아니었단 말이지."

"그 자식 마을인 조지아에서도 남자는 전부 나와서 총을 쏴 대고, 여자와 어린애는 납을 녹여서 탄환 만들기에 매달렸다고 했었지."

"게다가 말이지, 그 비둘기가 또 엄청 맛있다고도 했어."

"그래서 뉴욕에서는 한 마리에 이 센트나 하는데도 얼마든지 팔렸다고도 했지."

"그렇다면 이거 대단한 돈벌이가 되겠는데."

"완전히 횡재한 거지."

"그건 그렇고 냄새가 지독하군."

"똥이랑 내장 냄새야. 겉모습은 이렇게 예쁜데 말이야."

"그렇군. 이렇게 아름다운 새는 본 적이 없어."

"이대로 두면 금방 썩을 거야."

"내일은 모두 함께 털을 뽑아야겠어. 내장을 빼내고 고기는 소금에 절이는 거야."

"마을에 있는 나무통을 전부 써도 모자라겠는데. 덕분에 통장수도 한몫 벌겠어."

"모두 하던 일은 멈춰야 해. 전부 나와서 매달리지 않으면 안 돼."

"뉴욕은 너무 멀지만 애틀랜타나 어디 큰 도시에 파는 방법을 생각해 보세."

"어이, 누가 돼지 좀 데리고 와. 이 엉망진창으로 뭉개진 건 돼지에게 먹여."

"모처럼 하늘이 준 은혜야. 한 마리도 남기지 마."

샘은 지붕 삼아 걸쳐 놓은 나뭇가지를 총부리로 살짝 움직였다. 예상했던 대로 비둘기가 떨어져 샘의 얼굴에 맞았다. 샘은 조금씩 신중하게 나뭇가지를 움직여 구덩이 위 나뭇가지에 걸쳐져 있는 비둘기를 떨어뜨렸다. 그냥 두면 손수레를 움직일 때 사람들이 그 비둘기를 발견하고 주우려고 할 것이다. 그리고 그곳에 빈 우물이 있다는 사실도 떠올릴 것이다. 샘은 그런 상황을 우려했다. 샘은 나뭇가지를 고르게 펼쳐 놓고 다시 주저앉았다. 남은 것은 오로지 기도뿐이었다. 이 피비린내 나는 수거 작업이 한시라도 빨리 끝나서 무사히 탈출할 수 있기를 기도하는 것 외에는 달리 할 수 있는 일이 없었다.

샘을 거대하지만 무해한 존재로 판단한 듯 완전히 온순해진 토끼의 등을 샘은 무심하게 쓰다듬었다. 샘의 목덜미에 무언가가 툭 떨어 지더니 스르륵 움직였다. 샘은 무심코 작은 비명을 지르며 황급히 그 것을 떨어냈다. 어두워서 보이지는 않았지만 다리가 많은 벌레 같았 다. 그때서야 샘은 등과 엉덩이에서 꿈틀거리는 것이 또 있다는 것을 처음 깨달았다.

샘은 새와 짐승은 좋아하지만 곤충류는 도저히 좋아지지가 않았 다. 특히 작은 벌레가 모여서 꿈틀거리고 있는 것을 보면 소름이 끼 쳤다. 손으로 벌레를 만지는 일 같은 것은 절대 하지 못했다.

숲 속 나무와 흙에 사는 벌레들이 이 이변에서 도망쳐 구덩이로 기 어든 것이리라. 여러 마리의 벌레들이 스멀스멀 움직이고 있는 것 같 았다. 샘은 비명을 지르며 구멍에서 뛰쳐나가고 싶었다. 하지만 지금 은 참는 수밖에 없다. 자신의 얼굴은 분명 창백해져 있으리라.

"이게 무슨 꼴이람." 샘은 엉거주춤한 자세로 소리를 내지 않도록 조심하면서 모자를 휘둘러 보이지 않는 벌레를 몸에서 떨어냈다. 신 발로 우물 바닥을 구석구석 짓밟았다.

평상시라면 도저히 견딜 수 없는 두렵고 꺼림칙한 것들의 이중고, 삼중고에 짓눌린 상태에서도 샘은 눈을 굳게 감고 머리를 감싸 안은 채 버티고 있었다. 꼼짝달싹도 못하고 오로지 시간이 머리 위를 지나 가기를 기다렸다.

바깥의 소동이 조금 잠잠해졌다. 마침내 구덩이 위의 손수레가 움 직이는 듯했다. 힘을 실어 밀고 끄는 남자들의 구호와 숨소리가 들렸 다. 짐의 무게에 삐걱거리면서 손수레가 멀어져 갔다. 들 수 있고 옮 길 수 있을 만큼의 비둘기를 수거한 마을 사람들이 차례차례 돌아가고 있는 기색이었다.

살았다고 생각한 그 순간, 샘의 머리 위에서 개가 짖었다. 구덩이 가장자리에 다리를 버티고 서서 구덩이를 향해 짖어 대고 있는 것이다. 개에게 겁을 먹은 토끼가 도망가려고 좁은 구덩이에서 펄쩍펄쩍 뛰었다.

가, 저리로 가. 제발 가 줘. 샘은 구덩이 속에서 손을 내저으며 보이지도 않는 개를 쫓는 동작을 반복했다. 개를 부르는 남자의 목소리가 들렸다. 여전히 짖어 대며 움직이지 않는 개를 향한 날카로운 휘파람 소리가 울렸고, 남자의 성난 고함 소리가 이어졌다. 해가 지고 있었고, 일행에 뒤처진 남자는 귀가를 서두르고 있었다. 그것이 샘을 구했다. 개는 구덩이에 미련을 두며 어쩔 수 없이 걸음을 옮겼다.

5

샘은 아까와 같은 요령으로 몸을 일으켜 밖을 살펴보았다. 나무 틈새로 보이는 마을 길 쪽으로 희미한 빛이 남아 있을 뿐, 해는 숲에서 사라져 있었다. 인기척 하나 없는 숲은 죽은 듯했다.

샘은 조심스럽게 구덩이에서 상반신을 빼내 구덩이 가장자리에 앉았다. 아무래도 목숨은 건진 것 같다는 안도감이 끓는 물처럼 샘의 전신에 스몄다. 샘은 땅속과는 다른 대기의 냄새를 가슴 가득 들이마시고 내뱉었다.

지금 당장이라도 도망가고 싶었다. 하지만 주변은 이내 어둠에 휩싸인다. 불빛도 없이 밤에 산길을 걸을 수는 없었다. 구덩이와 낭떠러지, 날카로운 가시나무와 독초, 사나운 야행성 들짐승, 인간이 만들어 놓은 덫과 올가미……. 위험은 끝이 없었다. 충분히 익숙한 산이라면 달빛만으로도 마을로 내려갈 수 있지만 이곳은 다른 지역이다. 남의 눈에 띌까 횃불 하나 사용할 수 없다. 게다가 벌써 기온이 내려가기 시작했다. 밤중의 산속 한기는 특히 혹독하다.

샘은 이대로 이 구덩이에서 밤을 보낼 수밖에 없겠다고 판단했다. 더구나 구덩이 안은 낮과 밤의 기온차를 완충하여 바깥보다 훨씬 따듯하다. 이곳에서 쉬면서 날이 밝아 발밑이 보일 때까지만 기다리자. 그렇게 하는 게 가장 안전하고 확실하다고 생각했다. 샘은 힘없이 다시 구덩이로 들어갔다. 샘은 온화한 성격의 청년으로, 마음이 약하고 겁이 많았지만 위급 시 움츠러들긴 해도 도망가지 않고 의외로 냉정하게 사고하여 결국은 온건하고 정당한 판단을 해 왔다.

샘은 잊고 있던 갈증과 공복감을 느꼈다. 공복감은 샘을 무섭게 덮쳤다. 낮에 주머니에 넣어 두었던 샌드위치 세 조각과 사과 하나를 먹었을 뿐이었다. 항상 육포를 넣어 두는 가방을 왜 하필이면 오늘 안 가져왔는지 자신을 나무랐다. 하지만 다행히 피로가 샘을 잠으로 유도했고, 마침내 늪처럼 깊은 잠에 빠져들었다.

꼬리가 길고 아름다운, 이름 모를 새 한 마리를 쫓다가 바닥이 없는 어두운 구덩이에 거꾸로 떨어지는 꿈을 꾸다가 샘은 잠에서 깼다. 그리고 역시 구덩이 안이었다. 하지만 고맙게도 바닥이 있는 구덩이였다. 다리 사이에서 작게 몸을 말고 있던 토끼가 천천히 움직였다. 샘은 냉기에 몸을 떨며 자신의 몸을 감쌌다. 자리에서 일어나 옷 위로 몸을 문지르고 두드려서 피가 돌도록 했다. 구덩이 밖으로 얼굴을 내밀자 희뿌옇게 동이 트고 있었다.

"좋아, 지금이야." 샘은 자신을 격려했다. 바닥에 쌓여 있던 비둘기들의 목을 고리에 전부 걸었다. 열 마리가 넘는 비둘기 머리가 서로 겹쳐졌고 제법 무거웠다. 손에 들기에는 무거운 고리를 다시 덩굴로 동여매 총신에 매달았다. 샘은 총을 우물 입구에 가로로 걸치고 토끼를 품에 넣었다. 총에 매달려 구멍을 박차고 밖으로 나왔다.

"자, 가거라. 어서 도망가."

샘은 그렇게 말하며 토끼를 놓아주었다. 토끼는 숲의 심상치 않은 기운에 움츠러들었지만 '달아나는 토끼처럼 잽싸게'라는 말과는 한참 먼 느린 동작으로 솜뭉치처럼 생긴 하얀 꼬리를 치켜들고 폴짝폴짝 뛰어 도망갔다.

샘은 무거운 수렵물을 어깨에 메고 총을 들고 걷기 시작했다. 샘의 발이 부드러운 무언가를 밟았다. 밟힌 것을 들여다보니 비둘기의 사체였다. 사체라기보다는 잔해였다. 미명의 어슴푸레한 빛 속에서 본 것은 내팽개친 걸레 같은, 피와 살과 내장이 뭉개진 덩어리였다. 거기에 똥도 있었다. 수만 마리의 비둘기가 떨어뜨린 새똥이다. 피와 똥과 진흙으로 범벅이 된 채 짓밟히고도 여전히 선명한 색채의 날개 파편으로 그 오물이 새라는 것을 알았다.

샘은 용기를 내서 다시 걷기 시작했다. 걸음을 뗄 때마다 질퍽한 것이 밟혔고, 복사뼈까지 오는 워커는 순식간에 엉망진창이 되었다.

몇 번이나 미끄러져 넘어지면서 오물 속에 손을 짚었다.

일단 어제 발견한 샘물이 있는 데로 가서 물보라를 일으키며 떨어지는 물을 걸신들린 듯 마셨다. 물로 주린 배를 채우고 손과 얼굴을 씻었다. 그리고 다시 산을 향해 걸었다.

멀리서 닭이 울었다. 샘은 그 소리에 쫓기듯 발걸음을 서둘렀다. 아침 일찍 일어난 서던빌 사람들이 뭉개진 비둘기를 먹이기 위해 돼지를 데리고 올지도 모른다. 순식간에 동이 텄다. 숲에 비스듬히 비치는 아침 햇살 속에 새의 잔해가 땅 위를 빈틈없이 메우고 있었다.

참상은 땅바닥만이 아니었다. 숲 자체가 파괴되어 있었다. 모든 나무는 그 풍성했던 잎이 떨어졌고, 가지는 부러져 있었다. 비둘기의 무게를 견디지 못해 믿기 힘들 정도로 두꺼운 가지까지 부러졌으며, 인간이 휘두른 막대기와 괭이에 맞아 꺾여 있었다. 나무줄기에는 곳곳에 총알이 박혀 있었고, 윤기가 짙게 흐르던 나무껍질이 찢어지고 벗겨져 있었다. 검고 보기 흉한 곰보가 되어 쪼개진 틈으로 나무의 창백한 맨살이 드러나 있었다.

이 숲이 원래의 모습으로 돌아가려면 10년이라는 세월이 걸릴 것이다. 하늘이 준 이 재산을 마을 사람들은 자신의 손으로 파괴한 것이다. 이 얼마나 어리석은가. 샘은 참을 수 없는 분노를 느꼈다. 하지만 같은 일이 일어난다면 샘의 마을 사람들도 분명히 이와 똑같은 짓을 저지를 것이라는 생각이 들었다.

샘은 가끔씩 뒤를 돌아보면서 걸음을 재촉했다. 숲을 빠져나와 마침내 산기슭에 이르렀다. 서던빌 마을이 잠에서 깨어난 듯했다. 멀리서 소가 울고 개가 짖었다. 샘은 덤불과 나무에 몸을 숨겨 가면서 숨

을 헐떡이며 산을 올랐다. 등 뒤에서 흔들리는 포획물과 빈총이 무거
웠다. 탄환이 없는 총은 단지 나무와 철로 된 막대기다. 그래서인지
한층 무겁게 느껴졌다.

목이 타는 갈증을 견디며 간신히 산등성이까지 왔다. 샘은 침으로
혀끝을 적시며 어제 그랬듯이 서던빌 마을을 내려다보았다. 해는 마
을 위로 떠올랐고, 아침 햇살이 언덕을 비추고 호수를 반짝이게 했
다. 가장 가까운 집에서 피어오른 파르스름한 연기가 바람도 없는 하
늘에 길게 꼬리를 끌고 있었다. 어제의 광란이 믿기지 않을 정도로
평온한 풍경이었다.

산등성이를 넘어선 샘은 나무 그늘에서 총도 짐도 벗어 던지고 큰
대자로 드러누워 거친 숨을 가다듬었다. 여기까지 왔으니 이제 괜찮
아. 살았어. 안도감이 피로를 치유해 주었다.

오늘 아침도 하늘은 푸르고 맑았다. 손으로 빵을 찢듯이 멀리서 구
름이 두 개로 나뉘었다. 샘은 일어나서 비둘기를 매단 끈에서 암컷
한 마리를 꺼냈다. 왠지 포획물의 수가 줄어든 것 같았다. 미끄러지
고 구르며 무리하게 덤불을 헤쳐 나오는 동안에, 날개가 꺾이고 휘면
서 뽑혔는지, 다시 본 새의 모습은 빛이 바래고 뭉개져 보였다. 그 모
습이 가슴 한쪽에 녹슨 못을 박은 듯 아팠지만 샘은 곧 잊었다. 굶주
린 배를 채우는 쪽이 절실한 문제였다. 샘의 손은 새의 깃털을 잡아
뽑았다.

새의 깃털을 다 뽑은 샘은 자리에서 일어나 주변의 마른 가지를 모
아 와 젖지 않도록 납지蠟紙로 싸 두었던 성냥을 꺼내서 불을 피웠다.
깃털을 뽑은 비둘기를 불에 살짝 그슬려 남은 털을 태우고 칼로 비둘

기를 반으로 갈라 내장을 긁어냈다. 빨간 다리가 붙은 채인 비둘기를 뾰족한 가지에 꽂아 구운 다음 조끼 주머니에서 뇌관만 있을 뿐인 빈 탄피에 넣어 둔 막소금을 꺼내 고기에 뿌렸다.

샘은 뜨거운 고기를 덥석 물었다. 맛있었다. 고기는 부드럽고 육즙이 풍부했다. 홀쭉하게 보였던 겉모습과는 달리, 살집이 풍성한 가슴살은 마치 간™처럼 농밀한 감칠맛을 띤 미립자가 되어 혀에 녹았다. 서던빌의 남자들이 우물 위에서 큰 소리로 떠들어 대던 평판 그대로였다. 샘이 공복이었다는 점을 감안하더라도 충분히 훌륭한 맛이었다. 샘은 이를 으드득 갈며 짐승처럼 신음했다. 빨아 먹은 것처럼 깨끗하게 살을 발라낸 뼈와 다리만 남기고 한 마리를 전부 먹어 치운 샘은 그제야 살 것 같은 기분이 들었다.

샘은 행복이라고 해도 좋을 만족감을 위장에서 느끼면서 다시 수렵물을 등에 지고 총을 멘 다음 산을 내려가기 시작했다.

샘은 불현듯 새가 불쌍하다는 생각이 들었다. 방금 구워 먹었기 때문도 아니고, 어제의 대학살 때문도 아니었다. 새라는 생명체 자체가 왠지 가련하게 여겨졌다. 태어난 그 순간부터 먹이를 찾아 필사적으로 살아가야 하는 존재 같았다. 새벽부터 해가 질 때까지 오로지 먹이를 찾아 날아다닌다. 하지만 먹이는 좀처럼 구해지지 않고, 1년 내내 굶주린 채 포만감 한 번 느껴 보지 못하고 죽어 간다…….

마을로 이어지는 골짜기에 야생 귤나무 10여 그루가 군생하는 곳이 있었다. 샘은 그곳까지 내려갔다. 오렌지보다 짙은 노란색의 커다란 과실은 껍질이 두껍고 산미가 강했지만 과즙이 풍성했다. 입에 넣자 향이 진한 과즙이 용솟음치며 목을 적셨다. 그 새콤함에 샘은 생기를 되찾았다.

　과즙이 묻은 손을 바지에 문지르려다 문득 발밑을 본 샘은 눈살을 찡그렸다. 신발에 온통 말라붙은 오물이 바지 자락까지 튀어 무릎 부근까지 흩어져 있었다. 마치 돼지 사육장에서 한나절을 일하고 나온 것 같았다.

　샘은 치미는 불쾌감에서 도망치듯 눈길을 돌리고 걸음을 빨리했다. 걷고 또 걸었다. 마침내 자신이 사는 마을이 보였다. 좋아하지도 않았던 그곳이 이토록 반갑게 느껴지다니. 놀랍기까지 했다.

6

　운하처럼 하늘을 뒤덮었던 그 새 떼 이야기를, 그리고 그 새의 아름다움을 마을 사람들은 어떤 표정으로 들을까? 서던빌 사람들이 조지아에서 온 장사꾼의 이야기를 믿지 않았던 것처럼 샘의 마을 사람도 누구 하나 믿으려고 하지 않을 것이다. 착해 빠졌다며 무시만 당하던 샘의 이야기에 귀를 기울이려는 한가한 사람은 일단 없을 것이다. "너 또 악몽을 꾼 거냐?" 하고 웃어넘기고 무시하는 것은 그나마 낫다. 누굴 바보 취급하느냐고 화를 낼지도 모른다.

　하지만 이 이야기에는 확실한 증거가 있다. 자신이 총으로 잡은 비둘기가 있는 것이다. 샘은 솟구치는 기쁨을 주체할 수 없었다. 이 아름다운 새를 보면 어리석은 마을 사람들도 아무 말 못하고 자신을 다시 보게 될 것이다. 그리고 이 전대미문의 사건을 한복판에서 목격한 유일한 마을 사람인 자신의 행운을 부러워할 게 분명하다.

제인도 분명 마음을 바꾸겠지. 나를 자랑스럽게 생각해 줄지도 몰라. 이제껏 아무도 본 적 없는 신기한 포획물을 처음으로 마을에 가지고 돌아온 남자니까⋯⋯. 생각할수록 샘은 자신도 모르게 입가에 웃음이 번졌다. 기대감으로 가슴이 뛰었다. 발걸음이 저절로 가벼워졌다.

샘은 한시라도 빨리 돌아가고 싶은 마음에 멀리 우회해서 시내로 내려가는 산길로 가지 않고, 사암으로 된 비탈길을 일직선으로 내려가는 지름길을 택했다. 드문드문 있는 나무에 매달려 가며 나무에서 나무로, 그리고 바위 위를 한 번에 미끄러져 내려갔다. 엉덩방아를 찧고 모래 먼지를 일으키며 미끄러지듯 내려갔다. 산길 어귀로 뛰어 내리자 시내가 눈앞에 보였다.

제인이 근무하는 우체국 건물을 본 순간 샘은 의아했다. 어라? 문도 창문도 닫혀 있었고 차양이 내려져 있다. 샘은 곧 오늘이 첫째 주 일요일이라는 사실을 깨달았다. 한 달에 한 번, 첫 주 일요일에는 시내와 마을의 모든 관공서와 상가가 문을 닫았다. 시내는 인적이 드물고 한산했다. 사람들은 맑은 가을날의 휴일 아침을 각자의 집 의자에서 느긋하게 보내고 있을 것이다.

시내라고는 해도 끝에서 끝까지 2킬로미터 정도밖에 되지 않는다. 단선 철도의 역을 중심으로 교회가 있고, 관사 몇 채와 집회장, 은행과 사무실과 상점이 늘어선, 마치 뉴얼 컨버스 와이어스가 그린 미개척지의 마을 그림처럼 조그마한 시내였다. 시내를 감싸듯 크게 돌며 흐르는 샛강을 사이에 두고 편평한 촌락이 산재해 있으며, 사람들 대부분이 이 마을 쪽에 살고 있었다.

산 쪽으로 가까운 다리를 건넌 곳에 제인의 집이 있다. 샘은 시내로 내려가지 않고 시내 외곽에 있는 낙엽수 숲으로 들어갔다. 환한 숲 속을 바삐 걸어 제인의 집을 향했다. 샘은 짐짓 점잔 빼는 시내 사람들에게도 그 꿈 같은 체험과, 꿈이 아닌 이 포획물을 빨리 자랑하고 싶어서 근질근질했지만 제인을 먼저 만나고 싶은 마음이 더 컸다. 일단 제인에게 이야기를 하고 포획물을 보여 주기 전까지는 다른 사람을 만나고 싶지 않았다.

평상시에는 지나치게 기다란 몸이 부끄러운 듯 등을 살짝 굽히고 다니던 샘은 지금 등을 곧게 펴고 낙엽 향기가 감도는 숲 속을 걷고 있었다. 눈을 반짝이며 얼굴에 홍조를 띤 채 걷고 있었다. 마치 마을 사람들의 기대를 한 몸에 받고 악한과 대결하여 강적을 쓰러뜨리고 돌아오는 용자처럼 의기양양한 발걸음이었다.

샘은 제인의 집 문을 두드렸다. 문을 연 사람은 제인의 아버지였다. 이제 막 교회에서 돌아왔는지 지팡이처럼 마른 몸에 하얀 셔츠와 넥타이를 매고 말끔한 스리피스 정장을 입고 있었다. 파이프를 물고 나온 제인의 아버지는 샘을 보자마자 깜짝 놀란 표정으로 멈춰 섰다. 눈을 크게 뜨고 샘을 응시하더니 그 눈을 천천히 발끝까지 내렸다.

상대방의 표정에 당황한 샘 역시 무심코 발밑을 바라보았다. 역시 심한 꼴이군! 오물과 진흙이 말라붙어서 뭐라 할 수 없이 지저분했다. 게다가 수렁에서 건져 낸 메기를 그대로 햇볕에 말린 듯한 냄새를 풍겼다.

"아, 안녕하세요. 오코넬 씨."

샘이 허둥대며 인사했다.

제인의 아버지는 말없이 겨우 고개만 까닥하며 인사에 답했다. 그냥 침을 한 번 삼킨 것뿐인지도 모른다.

"저, 저기, 제인은 집에 있습니까? 할 얘기가……."

제인의 아버지는 샘을 뚫어지게 응시한 채 파이프를 든 손을 거실 쪽을 향해 휘저었다. 샘은 우물쭈물하며 고개를 한 번 숙이고, 방을 가로지르려고 카펫 위로 발을 내딛다가 우뚝 멈췄다. 그리고 소심한 미소를 지으며 살며시 들어 올린 신발을 다시 내렸다.

"아, 저, 뒤쪽으로 돌아가겠습니다."

말을 끝내기가 무섭게 샘은 등을 구부리고 나갔다.

지팡이처럼 말랐지만 지팡이처럼 완고하고 올곧은 성격인 제인의 아버지는 과묵하고 근엄한 노인이었다. 하지만 샘에게는 호의를 갖고 있는지 늘 쾌활하게 맞아 주었다. 그런 사람을 놀라게 한 것이 샘을 당황하게 했고, 샘은 이내 평상시의 소심하고 구부정한 키다리로 돌아와 있었다.

샘은 마당을 돌아 집 뒷문으로 갔다.

부친에게 이야기를 들었는지 제인이 뒤쪽 방충망 문을 열고 기다리고 있었다. 꽃이 활짝 핀 사과나무가 햇살을 받으며 선 것처럼 제인이 있는 곳만 환하게 밝았다. 옅은 핑크색 평상복이 제인의 하얀 피부에 잘 어울렸고, 새하얀 앞치마가 한층 청결한 느낌을 두드러지게 했다. 부드러운 옅은 금발이 햇살을 받아 폭신폭신한 솜사탕처럼 빛났다. 샘의 눈에는 부드럽고 아주 좋은 향기가 나는 흰색과 핑크색과 금색 존재로 보였다. 그 딱딱한 지팡이 같은 아버지의 딸이 어떻게 이렇게 부드러울 수 있는지 샘은 늘 신기하게 생각했다.

제인이 가느다란 눈썹을 찡그리고 입을 동그랗게 벌린 채 샘을 기다렸다.

"샘!"

"안녕, 제인."

샘이 마당에서 제인을 올려다보며 말했다.

"잘 지냈어?"

"당신은 못 지낸 것 같은데."

포치에서 샘을 내려다보며 제인이 말했다.

"꼴이 대체 왜 그래? 샘, 무슨 일이 있었던 거야?"

"응. 여러 가지로 힘들었어."

"그런 것 같네. 그래 보여. 어제는 어디에 갔던 거야? 어젯밤에 당신 형이 당신이 이곳에 오지 않았느냐고……."

"옆 마을에 있었어. 서던빌에."

제인은 헉하고 숨을 삼키고는 비명이 나오는 것을 막으려는 듯 손으로 입을 가렸다.

"거기서 험한 꼴을 당했구나."

"응. 아니. 그렇기는 한데…… 그게 아니고."

"뭐야, 대체 무슨 말을 하는 거야. 샘, 정신 차려."

"어, 엄청난 일이 있었어. 그곳에서. 하지만 서던빌 사람들에게 무슨 일을 당한 건 아니야."

샘은 이야기하면서 기다란 다리를 나무 계단에 걸쳤다.

"꼴이 엉망이어서 잘 모르겠지만, 샘, 괜찮아? 어디 안 다쳤어?"

제인은 그렇게 말하다가 흠칫 몸을 뺐다.

"어머, 무슨 냄새야…… 샘, 냄새도 지독해. 알고 있어?"

"응. 그런 것 같아. 미안해."

샘은 올라가려던 계단에서 다리를 내리고 바닥에 선 채 제인을 올려다보았다.

"제인, 들어 봐. 난 아주 엄청난 것을 봤어. 뭐랄까, 완전히 도깨비 같았어."

"샘, 당신도 그래."

"제인, 부탁인데 차 한 잔 줄래? 목이 말라."

"왜 거기 서 있어. 들어와. 오늘은 엄마가 외출하셔서 안 계셔."

제인은 묻지도 않은 말을 하면서 덧문을 열었다. 안에서는 케이크를 굽는 달콤한 향기가 감돌았다.

이 집의 럼 케이크는 천하일품으로, 그 맛은 마을에 소문이 자자했다. 물론 제인의 어머니가 굽는 케이크지만 어머니에게 직접 전수받은 제인의 솜씨도 만만치 않았다. 샘의 배에서 꼬르륵 소리가 났다.

"아니야, 여기가 좋아. 흙 묻히기 싫으니까 여기에서 얘기할게."

"알았어. 얼른 차 가져다줄게."

"응. 그리고 혹시 괜찮으면……."

"물론이야. 케이크 말이지?"

샘은 마당의 나무에 총을 기대 두었다. 눈은 제인을 좇으면서 덤불로 묶어 등에 졌던 포획물을 내려놓고 그 위에 더러워진 웃옷을 벗어던졌다. 제인과 따뜻한 차와 방금 구운 케이크에 정신이 팔려 포획물에는 눈길 한 번 주지 않았다. 샘은 문득 신발도 벗어 던졌다. 잔디의 차가운 감촉이 기분 좋았다. 샘은 포치로 오르는 계단 중간에 긴 다리를 접고 앉았다.

7

제인이 덧문을 밀며 엉덩이부터 나왔다. 한 손에 받침 위에 놓인 김이 나는 찻잔을, 한 손에는 큼지막한 케이크 한 조각을 담은 접시를 들고 다가왔다. 샘은 눈을 가늘게 뜨고 무척 좋아하는 시나몬 티를 홀짝이고 럼 케이크를 입안 가득 밀어 넣고는 맛있다고 중얼거리면서 오로지 먹기만 했다. 제인은 계단을 한 칸 내려와 포치 가장자리에 앉았다. 격자무늬 스커트가 펼쳐지면서 그 아름다운 다리를 감출 때 좋은 냄새가 샘의 코를 간질였다.

"이제 얘기해 봐. 그 힘들었던 모험을."

무릎에 얹은 두 손 위에 포동포동한 얼굴을 올리고 샘의 파란 눈을 들여다보는 제인의 눈동자 속에 조그마한 장난꾸러기 요정이 뛰어다니는 듯했다.

샘은 이야기했다. 원래 말을 조금 더듬는 느릿한 말투였지만, 더듬거리면서도 적당한 표현을 찾아 가며 열심히 이야기했다. 처음에 그 새를 보았을 때부터 자신도 모르게 산을 넘어 버렸던 일, 철새의 선발대인 듯한 작은 무리에 이어서 엄청나게 거대한 새 떼를 만났던 일을 이야기했다.

그리고 자신이 총을 쏴서 잡은 비둘기의 믿을 수 없을 만큼 아름다운 모습을 제인에게 전하려고 있는 힘껏 열변을 토했다. 하지만 새 떼의 무시무시한 위압감을, 새의 아름다움을 표현할 적당한 말을 찾지 못해 샘은 답답한 마음에 손짓 발짓을 섞어 이야기했다. 늘 어디에 두어야 할지 모르겠다는 듯이 보이는 기다란 팔을 흔들고, 기다란 손가락으로 공기를 뒤섞는 듯한 동작을 섞어 가며 말했다.

샘을 습격하듯 숲을 뒤덮은 새 떼에서 필사적으로 도망가 우물에 뛰어들었던 일, 거기에 옆 마을 사람들이 퍼붓는 총탄 세례까지 더해 새 떼와 사람의 이중 공격 속에서 절망적인 공포에 몸을 떨면서 견뎠던 일을 들려주었다.

바람도 없는 부드러운 햇살 속에서 마주 앉아 이야기를 나누는 두 사람의 모습은 다른 사람의 눈에 흐뭇한 광경으로 보였을 것이다. 젊고 늠름한 사냥꾼과 그 무용담을 넋을 잃고 듣고 있는 연인으로도 보였을 것이다. 하지만 그때, 더없이 잘 어울리는 커플로 보이는 두 사람 사이에는 눈에는 보이지 않는 벽이 생기고 있었다. 샘의 격앙된 흥분과는 반대로 제인의 표정은 차분해지고 있었다. 냉정한 비판이 아닌, 근심스러운 그늘이 흐린 봄날처럼 제인의 얼굴을 덮었다.

샘의 이야기가 끝났다. 제인은 샘의 맑은 눈동자를 응시하며 불쑥 내뱉었다.

"샘, 믿고 싶어."

그리고 그녀는 깊은 한숨을 쉰 후 이야기하기 시작했다.

"당신의 눈을 보면 거짓말이 아니라는 걸 알아. 아니, 당신은 어느 때라도 거짓말을 하지 않았지…….”

제인의 표정에는 샘에 대한 불신이 전혀 없었고, 연민만이 있었다.

“하지만 그 이야기는 다른 사람에게 하지 않는 게 좋겠어…….”

“왜? 무엇 때문에?”

“왜냐면…… 그러니까, 그 이야기는 너무…… 너무…….”

“그래. 그렇게 말할 거라고 생각했어. 나도 내가 본 것을 믿기 힘드니까. 그러니까 이제 보여 줄 거야. 한 번도 본 적 없는 비둘기를 보여 줄게.”

샘은 일어서서 나무 밑에 던져 둔 수렵물 꾸러미를 들어 올렸다. 하지만 샘은 깜짝 놀란 채 그 자리에 못 박혔다. 정수리를 얻어맞은 듯 몸이 굳은 채 서 있었다.

손에 든 것은 ‘꾸러미’가 아니었다. 덩굴로 묶어 둔 고리에 떨어질 듯 목이 매달려 있는 것은 날개가 너덜너덜해진 단 한 마리의 작은 비둘기였다. 그 선명한 빛깔의 길고 아름다운 꼬리가 달린 수컷은 한 마리도 없었다. 수컷과는 비교할 수도 없이 소박하고 평범한, 언뜻 보면 흔해 빠진 멧비둘기로 보이는 암컷 비둘기 한 마리만 달랑 남아 있을 뿐이었다.

이게 어떻게 된 거지!

샘은 비둘기를 붙들고 아무 말 없이 우두커니 서 있었다. 미끄러지고 구르고 엉덩방아를 찧고, 무리하게 덤불을 헤쳐 가면서 무턱대고 귀로를 서두른 탓에 비둘기는 그때마다 날개가 꺾이고 깃털이 흩어지고 짓눌려 훼손되었던 것이다. 털이 빠지고 살이 말라 버리면서 헐거워져 떨어져 나갔던 것이다. 바위산을 엉덩이와 등으로 미끄러져 내려왔을 때도 찢겨 흩어졌을 것이다.

새도 물고기도 짐승조차도 사냥한 그 순간부터 시들어 간다. 순식간에 윤기를 잃고 방금까지 날아다니고 뛰어다니던 생명의 아름다움을 지워 간다. 그냥 둬도 그럴진대, 샘의 수렵물은 기나긴 여정 동안 학대를 받으면서 두 번 죽임을 당한 것과 마찬가지인 상태로 소멸한 것이다. 한 마리의 암컷만이 우연히 남았던 것이다.

비할 데 없는 좌절감과 허무함에 완전히 무너져 버린 샘은 나무 밑에서 꼼짝도 못하고 멍하니 서 있었다. 샘의 어깨에 부드러운 손이 얹혔다. 제인이 샘에게 몸을 기댔다.

"샘, 자꾸 너무 멀리 가니까 그런 거야."

샘은 몸에 녹이 슨 듯 삐걱거리는 동작으로 돌아보며, 한 마리뿐인 비둘기를 말없이 내밀어 제인에게 보여 주었다.

제인은 비쩍 마른 작은 비둘기를 내려다보고, 다시 눈을 들어 샘을 보았다. 샘의 아름답고 푸른 눈동자에 희미하게 눈물이 어려 있었다.

샘에 대한 동정심이 밀물처럼 제인의 마음을 가득 채웠다. 제인은 괴로운 듯 말했다.

"샘, 이건…… 이건 그냥 멧비둘기 아니야?"

에필로그

이 비둘기는 여행비둘기passenger pigeon라고 불렸으며, 19세기 북아메리카에서만 수백억 마리가 서식했다고 한다. 멸종한 지금은 그 모습을 볼 수 없다. 크고 아름답기만 했던 게 아니라 살이 기름지고 부드러워 무척 맛있었다는 것이 비둘기에게는 재앙이었다. 애초에 진귀하게 여겨져 비싼 값에 팔렸고, 사람들은 앞다퉈 이 새를 잡아들였다.

항상 수만 마리라는 거대한 무리를 이루며 둥우리를 틀고 행동했기 때문에 쉽게 대량 포획을 할 수 있었다. 대부분은 총격에 살상되었지만, 그 외에도 사람들은 숲에 내려온 새 떼를 온갖 도구를 사용해서 닥치는 대로 때려잡았다. 망을 설치해서 일망타진하기도 했다. 한 가지에 너무 많은 무리가 떼를 지어 앉는 바람에 가지가 부러져 추락하면서 산 채로 잡히는 경우도 많았다. 상자나 바구니에 담겨 총을 쥔 여성들 앞에 놓여 사격 놀이의 표적이 되기도 했다. 현재 클레이사격에서 표적으로 날리는, 진흙으로 빚은 접시를 클레이피전이라고 부르는 것은 이 풍습에서 나온 것이리라.

샘이 똑똑히 보고 직접 가담했던 이 여행비둘기의 대량 살육을 사람들은 지치지도 않고 각지에서 반복했다. 믿기 어렵겠지만 수십 수백억 마리였던 이 새를 인간은 1백 년여에 걸쳐 마지막 한 마리까지 잡아서 전멸시켰다.

1907년 9월의 어느 날, 퀘벡주 숲에서 한 남성이 야생 여행비둘기의 마지막 한 마리를 쏘아 떨어뜨렸다. 또한 포획되어 사육된 마지막 여행비둘기 한 마리는 유달리 가냘픈 암컷이었고, 1914년 9월 1일 오후 1시 무렵, 자신이 태어난 신시내티 동물원의 철망 안에서 죽었다고 어떤 책에 쓰여 있다. 그 순간 여행비둘기는 이 지구상에서 완전히 소멸한 것이다.

여행비둘기라고 하는 새는 과거 어느 한 시대의 천공을 날아다니던 여행자 집단이며, 샘이라는 청년은 지금은 더 이상 돌아올 수 없는 어느 때 어느 곳의 풍요로운 자연을 접할 수 있었던 행운아이자, 그 역시 시간의 강물 한편을 지나간 한 명의 여행자였다.

1990년, 다시 한 세기가 끝나려고 하던 때, 지금 내게 그 새를 추억할 만한 실마리가 된 것은 단 한 장의 그림이었다. 한두 권의 책에 글자로 적힌 기록보다도, 그 그림은 훨씬 선명하게 그 환상의 새를 되살려 준다.

존 오듀본이 그린 대형 화집 『북미의 새』 중 어느 페이지에 암수 한 쌍의 아름다운 여행비둘기의 모습이 있다.

나는 지금 석양이 비치는 창가의 내 책상 위에 펼쳐진 책에서 채색이 바래기 시작한 희미한 새의 모습을 넋을 잃고 보고 있다.

여기에는 아름다운 두 마리의 비둘기가 빨간 눈꺼풀에 둘러싸인 검고 상냥한 눈으로 서로를 올려다보고 내려다보고 있다. 마치 눈에 보이지 않는 꿈을 쪼고 있는 것처럼 서로의 부리를 마주 대고 있는 것이다.

제3화 밀렵 지망자 密獵志願

1

그날 아침, 나는 새로운 무기를 들고 떡갈나무 아래에서 기다리고 있었다. 팔방으로 가지를 뻗은 커다란 나무줄기에 등을 기대고 나무 뿌리의 움푹한 곳에 앉아 꼼짝 않고 있었다. 보기에도 살벌한 무기를 안은 팔의 손목을 바라보았다. 6시 35분. 이제 5분 후면 녀석들은 모습을 보일 것이다. 시간은 철저히 지키는 녀석들이다. 매일 아침 같은 시간에 찾아오며, 5분도 틀리지 않는다.

초가을 아침의 신선한 미풍이 덤불을 흔들고 갔다. 섬뜩한 냉기의 감촉이 상쾌하다. 작은 새의 지저귐 외에는 아무런 소리도 들리지 않았고, 이제 막 잠에서 깬 덤불에는 평온한 정적이 내려앉았다.

파삭 하는 들릴 듯 말 듯 한 소리, 아니 기척이 있었다. 몸을 움직이지 않고 목을 젖혀 올려다보았다. 바로 위에 뻗은 가지에 이제 막 앉은 홀쭉한 멧비둘기 한 마리가 날개를 가다듬고 있었다. 뒤쫓듯 소리도 없이 활공한 다른 한 마리가 그 위의 작은 가지에 앉았다. 젊은 한 쌍이다. 발밑을 확인하듯 가느다란 연홍색 다리로 제자리걸음을 하며 옆으로 조금씩 자리를 옮기고는 주변을 엿보고 있다. 하지만 바로 아래는 눈치채지 못한다.

나는 조심스럽게 가슴에 밀착하듯 하여 석궁을 들어 올렸다. 힘에 겨울 만큼 무겁고 투박한 무기지만, 오늘 이 녀석에게는 새로운 장치가 장착되어 있다. 나는 투박한 형태의 가늠쇠 너머로 옅은 회갈색의 멧비둘기를 겨냥했다. 거리는 약 7미터. 실패할 리가 없다. 납작한 금속 방아쇠를 당겼다.

투웅! 활시위가 튕기는 귀에 거슬리는 커다란 소리와 함께 365밀리미터 알루미늄 화살이 날아갔다. 핑크색 살깃이 달린 오늬가 노란색 실을 끌고 간다.

은색 화살은 실을 끌며 가까운 쪽 멧비둘기의 5센티미터 앞을 날아갔다. 놀란 두 마리 비둘기는 날개를 파닥이며 도망갔다. 실패!

석궁의 나무 총목개머리판과 방아쇠 뭉치 사이의 움푹 팬 부분 밑에 단 릴이 실을 끝까지 풀었다. 화살은 갑자기 의욕을 잃은 듯 고개를 푹 숙이고 실에 이끌려 되돌아왔다. 화살은 하필 나뭇가지 너머로 떨어졌고, 실이 가지에 휘감겨 철봉을 돌듯 크게 회전했다. 그리고 나뭇가지에 실을 두 번 세 번 단단히 휘감고는 바닥을 향해 매달렸다. 방금까지 멧비둘기가 앉아 있던 그 자리에서 화살은 궁수를 비웃듯 히죽히죽 흔들리고 있었다.

좌절, 굴욕, 반성……. 나는 늘 하던 의식을 재빨리 마치고 느릿느릿 일어섰다. 손을 뻗으면 이내 닿을 곳에서 화살은 나를 가리키며 조롱하고 있었다. 나는 나무뿌리에 대고 실을 끊고 매달린 화살을 내버려 둔 채 분통을 터뜨리며 돌아갔다.

숲이나 덤불 속에서 쏜 화살은 사냥감에 명중하지 않는 이상 회수할 수 없다. 하나에 5백 엔인 알루미늄 화살을 스무 개나 잃어버렸을 때, 나는 날아간 화살을 회수할 수 있는 방법을 고민했다. 단지 화살을 아까워하는 좀생이여서가 아니다. 날아간 화살이 보이지 않는 곳에서 뜻하지 않은 사고를 일으킬 위험을 걱정해서였다.

이전에 양궁에 쓰는 화살을 머리 위를 향해 쏜 적이 있다. 떨어진 화살을 주울 수 있도록 시야가 트이고 사람이 없는 밭 한가운데서 시도했다. 활을 바로 머리 위의 허공을 향한 채 있는 힘껏 긴 화살을 쏘았다. 160센티미터, 48킬로그램인 나는 그때 로빈 후드였다.

대머리 털북숭이에 바지도 입지 않았던 숀 코네리 쪽이 아닌, 깔끔하고 우아한 에롤 플린 스타일로 쐈다.

화살은 여름 하늘을 끝없이 날아올랐고, 시야에서 사라진 것처럼 보였다. 그 순간, 하늘 한끝에서 화살은 방향을 180도 바꾸더니 햇살에 반짝 하고 빛나며 거꾸로 떨어져 내려왔다.

정수리부터 항문까지 꿰뚫을 듯한 화살의 기세에, 밭에 있던 로빈은 자신도 모르게 뒷걸음치며 도망갔다. 화살은 가속도를 붙여서 셔우드 숲이 아닌, 수확이 끝난 고구마 밭에 수직으로 꽂혔다.

빨간 살깃과 화살촉을 땅 위에 남기고, 7백 밀리미터의 화살대 대부분이 부드러운 흑토에 묻혔다. 허약 체질의 로빈 후드는 활과 화살의 위력을 실감하고는 소름 끼치게 놀랐다.

그런 연유로 나는 화살이 필요 이상으로 멀리 나가지 않게 하는 데다 확실하게 회수할 방법을 고민하다가 명안을 떠올렸다. 화살에 실을 묶어 두면 된다. 질기고 가볍고 쉽게 눈에 띄는 노란색 연줄을 화살촉에 묶는다. 그다음 연줄 끝을 낚싯대에 사용하는 릴에 감고, 다시 릴을 석궁의 총목 끝에 장착한다. 날아간 화살이 보이지 않더라도 실을 되감거나 따라가면 찾을 수 있겠다는 생각이었다. 오늘 아침은 그 장치를 장착한 새로운 무기의 성능을 실험하는 첫 출렵이었다. 이렇게 비참한 결과가 나올지는 생각도 못 했다.

나는 석궁이라는 무기를 단념했다. 처음부터 왠지 미덥지 않았고 마음에도 들지 않았다. 화살의 관통력만 강할 뿐 보기에도 흉악하고 다루기만 어려운 뻔뻔한 무기라고 생각했다. 일단 활시위를 당기는 데에 완력이 필요하다. 실베스터 스탤론이나 아널드 슈워제네거 같은 근육질들은 모르겠지만, 연약한 내게는 꽤 힘겨운 과정이다. 화살 폭발 방지용으로 총대 홈에 세팅된 안전장치가 전혀 안전하지 않다. 실수로 방아쇠를 건드렸을 때, 당겨진 활시위를 강제적으로 멈추게 하는 스토퍼가 있지만 스토퍼 후크까지는 손가락 두께 정도의 공간이 있다. 후크까지 가는 동안의 힘만으로 화살은 당겨진 활시위에서 튕겨 나가 5미터나 날아간다. 사용하는 사람까지 위협하는 위험한 무기다.

총목의 손잡이 부분도 너무 두꺼워서 시카고 불스의 마이클 조던 정도의 손이 아니면 잡을 수 없다. 그래서 나는 한나절이나 걸려 손잡이 부분을 유리 조각으로 열심히 깎아 가늘게 만들었다. 게다가 소리도 문제다. 한번 활을 쏘면 그곳에 궁수가 있다는 사실을 숲 전체에 알리게 된다. 석궁은 활을 닮았지만 활의 위용이 없고, 총을 닮았지만 총의 정밀함은 없다.

나는 이런 흉기는 두 번 다시 사용하지 않겠다고 결심했다.

이전에 이 잠복 장소에서 양궁으로 비둘기를 쐈는데 역시 실패를 반복했다. 체격은 비슷하지만 내게는 부시먼족의 피가 흐르지 않는다는 사실을 확인하고 활을 포기했다. 창고에 던져 둔 양궁과 마찬가지로 이 석궁도 이제 영창행이다. 양궁도 그렇고 석궁도 그렇고, 기껏해야 7, 8미터 앞의 사냥감도 못 맞힌다니 사출射出 무기로서는 실격이다. 부처님 얼굴도 세 번까지라는 말이 있듯 결국 나도 화가 치밀었다. 그래, 다음번에는 빗자루를 가져오자. 비둘기가 가지에 앉으면 그때 빗자루로 쳐서 잡으면 된다. 그 편이 훨씬 확실하다……

1백 엔짜리 동전으로 나사를 풀어 석궁을 분해하면서 아쉬운 마음으로 떡갈나무를 바라보았다. 잠복했다가 비둘기를 쏘기에는 이 주변에서 가장 좋은 장소였다. 비둘기는 아침저녁으로 먹이를 먹기 전에 먹이가 있는 곳을 둘러볼 수 있는 나무에 앉는다. 둥지에서 날아온 비둘기는 늘 일정한 시간에 찾아와 똑같은 나뭇가지에 앉는다. 사냥꾼은 먼저 비둘기가 앉을 만한 나무를 찾는다. 논밭이나 경작지에서 가깝고, 시야가 트여 있으면서 모습을 감출 수 있도록 잎이 무성한 나무다. 그 뿌리 주변에 하얀 똥이 흩어져 있으면 그 나무는 비둘기가 앉는 나무다.

나뭇가지에 앉은 비둘기는 동그란 눈을 크게 뜨고 주변을 정찰한다. 이상한 낌새가 있으면 곧바로 날아가 버리는 조심성 많은 녀석이지만, 무슨 이유인지 바로 아래는 맨 마지막에 살핀다. 비둘기 사냥은 그 틈을 타서 하는 것이다.

나는 이 나무를 발견한 후 최근 두 달 동안에 열 번 이상 비둘기를 쏘았다. 그리고 열 번 이상 실패했다. 그렇다. 나는 어설픈 밀렵꾼이다. 아니, 밀렵 지망자라고 해야 할까. 여하튼 아직 한 마리의 참새도 잡지 못했으니까.

밀렵! 이 단어를 눈으로 볼 때, 귀로 들을 때, 그리고 입에 올릴 때마다 나는 늘 머나먼 황야에서의 외침을 들은 것처럼 전율하고 순식간에 마음이 고양된다. 애초에 수렵과 전쟁만큼 남자를 열중하게 만드는 것이 있을까. 사냥과 전투만큼 남자의 오감을 자극하는 것은 없다. 남자들은 보고, 듣고, 맡고, 맛보고, 만지는 오감을 총동원해서 전념한다.

그리고 남자들을 한층 더 열중시키는 것이 밀렵이다. '쟁취하다', '빼앗다'라는 남자의 본능적인 욕망을 충족시키는 것이 사냥과 전투에도 있다. 하지만 밀렵에는 거기에 '훔친다'고 하는 지상 최고의 희열이 더해진다. 자신이 가진 모든 지혜와 능력을 발휘해 남의 것, 자연의 것을 훔치는 일만큼 남자를 도취시키는 것은 없다. 밀렵에는 법과 도덕을 저버리는 독성의 매혹이 있으며, 양심에 꺼리는 일 특유의 달콤한 관능이 있다.

나는 생각만으로도 도취되어 정신이 아득해진다. 말은 그렇게 하지만 지금까지의 인생에서 다른 사람의 돈을 훔친 적도 없을뿐더러, 다른 사람의 여자를 취한 적도 없다. 오로지 경리부에서만 25년 동안 근무했던 회사에서 장점이라고는 고지식함뿐이라는 험담을 들으면서 실수 한 번 하지 않았다. 사람은 자신이 저지른 실패나 실수를 후회한다지만 내게 그런 것은 없다. 내 후회는 아무것도 하지 않았던 것에 있다. NO!라고 거절하지 못한 일, 실컷 패 주지 못했던 남자, 끝내 고백하지 못했던 여성……

그래서 마음 깊숙이 남성다움을 동경하고 남성다운 행동을 갈망해왔다. 남자가 남자라는 것을 증명하는 단적인 모험─밀렵을 선망해왔다.

나는 밥 앨런 헌팅 재킷을 벗어서 총대와 활, 두 부분으로 분해한 석궁을 함께 감쌌다. 근처에 세워 둔 왜건까지 가져가는 동안 다른 사람 눈에 띄지 않도록 하기 위해서다. 그때 머리 위를 스치며 활공해 온 멧비둘기가 조금 떨어진 소나무에 앉았다. 소나무의 절반이 주변의 덤불 위로 나와 있었다. 이 주변에서 가장 키가 큰 나무다. 비둘기가 앉은 곳은 지상 15미터 정도의 높이에 있는 가지였다.

나는 역광 속 비둘기를 올려다보면서 덤불 밖으로 나왔다. 푹! 부드러운 물체를 때린 듯한 희미한 소리가 들렸다고 생각한 순간, 비둘기의 실루엣이 앞으로 고꾸라지더니 그대로 나뭇가지에서 떨어졌다.

깜짝 놀랐다. 방금 본 것을 믿을 수가 없어서 순간 우두커니 서 있었다. 새가 떨어진 곳으로 가 보려고 덤불을 빠져나온 그 순간, 소나무가 있는 덤불에서 불쑥 사람이 나왔다. 바가지 머리 소년이다. 지저분한 멜빵 청바지에 운동화 차림의 소년은 한 손에 축 늘어진 멧비둘기를, 다른 한 손에는 나무와 고무줄로 된 새총을 들고 있었다.

소년도 나를 보았다. 그리고 놀라는 기색도 없이 고개를 획 돌리고 나무숲 사이로 사라졌다. 소년은 인적 없는 이른 아침의 덤불 속에서 갑자기 맞닥뜨린 남자를 무서워하는 느낌도 없이, 오히려 사람을 무시하는 듯한 표정이었다. 내 쪽이 압도당해서 소년의 뒷모습을 멍하니 지켜보고 있었다.

소년을 처음 만난 아침이었다.

2

그날도 맑게 개어 있었다. 나는 하나키가와 강 부근의 키 큰 풀 속에 앉아서 물새와 강물을 지칠 줄 모르고 바라보고 있었다. 살랑이는 잎사귀에 나날이 깊어지는 가을이 느껴졌다.

이나바 늪에서 시작된 장장 20킬로미터의 하나키가와 강은 바다에 가까운 하류인 이 부근에서는 S 자로 크게, 때로는 작게 굽이굽이 굽어 있고, 풀이 우거져 사람들이 물가에 다가가기 어렵다. 그래서 새가 가장 많이 모이는 곳이기도 했다.

내가 숨어 있는 갈대 부근에서 조금 상류 쪽의 깊숙하게 꺾인 강 모퉁이까지의 주변은 언제 와도 7, 80마리의 오리를 볼 수 있었다. 50마리 정도의 쇠오리 떼와 일고여덟 마리의 흰뺨검둥오리가 서식하고 있으며, 계절에 따라서는 검은머리흰죽지와 댕기흰죽지, 때로는 넓적부리와 쇠물닭까지 볼 수 있다. 또한 백로 종류도 많았고, 자고새 울음소리도 요란했다.

이 지역으로 옮겨 온 날부터 석 달 동안 나는 거의 매일 이 강에 와 있다. 강가에서 1백 미터쯤 떨어진 둑의 나무 그늘에 왜건을 세워 두고, 아사히 펜탁스 9×21 작은 쌍안경을 하나 들고 비탈길을 내려와 풀과 잡목 속으로 숨어드는 것이다.

나는 새만 나타나면 활을 쏴 대는 사람이 아니다. 헤밍웨이라는 남자는 "모든 새는 잡히기 위해 태어난 것이라고 생각한다. 만약 그렇지 않다면 새들은 왜 어떤 미인을 보았을 때보다 가슴 뛰게 하는 날

갯소리를 내겠는가? 만약 그렇지 않다면 새들은 왜 그다지도 맛있겠
는가?"라며 말도 안 되는 억지 이론을 주장했다. 그 이론이야 어쨌든
새의 날갯소리, 울음소리, 하늘을 나는 모습, 물에 떠 있는 모습은 왜
그다지도 사람을 매료하는 것일까. 새에 대한 애증은 나도 남부럽지
않았다.

강 중앙 부근의 말뚝처럼 튀어나온 막대기 끝에 쇠오리 한 마리가
앉아서 미동도 하지 않는다. 왕좌를 독점하고는 양보하지 않는 모습
을 보면 무리의 보스인지도 모른다. 가을 햇살을 향해 가슴을 한껏
부풀린 채 깃털 구석구석까지 햇살을 담으려 한다. 동그랗게 팽창한
새의 몸이 햇살에 반짝반짝 빛났고, 구니야키의 항아리이시카와 현 구니아키
에서 생산하는 도자기로 화려한 색채가 특징처럼 보이기도 했다.

물 위에 내려앉으려는 녀석이 물갈퀴를 펼친 두 다리를 버티듯 내
뻗고 바람에 몸이 흔들리며 내려온다. 오리의 이 모습에 늘 혼자 웃
고 만다. 고물 차를 운전하는 도널드 덕이 눈을 부라리며 브레이크
페달을 밟고 있는 모습 같다.

하류 쪽 갈대 그늘에서 두 마리의 흰뺨검둥오리가 물장구치는 기
색도 없이 수면을 미끄러져 간다. 미묘한 갈색 명암뿐인 오리는 늘씬
하고 기다란 자태가 아름다운, 우아함 그 자체다. "정말 디코이사냥할
때 새를 유인하기 위해 사용하는 모형 새 같아!" 나는 중얼거렸다. 생각해 보면 본말
전도도 정도가 있다.

물 위에 내려앉으려는 오리의 모습에서 디즈니 애니메이션의 동작
을 연상하고, 매끈한 갈색 흰뺨검둥오리 모습에서 나무로 만든 모형
새를 떠올리다니. 우리는 진짜를 알지 못하고 진짜를 흉내 낸, 진짜

를 닮은 것에 먼저 익숙해진 것은 아닐까. 가짜, 복제품, 위조품만을 봐 온 탓에 사물을 피상적으로만 알고 있는 것은 아닐까.

강바람을 맞으며 멍하니 주변을 바라보던 나는 낯설고 이상한 풍경을 발견했다. 상류 쪽에서 10여 마리의 쇠오리가 이쪽을 향해 일제히 헤엄치고 있는 것이다. 통상적으로 강가의 오리 떼는 삼삼오오 짝을 지어 제각각 내키는 대로 움직인다. 퍼져 가는 파문처럼 10여 마리가 줄줄이 한 방향을 향하는 일은 드물다. 나는 풀 속에서 허리를 낮추고 엉거주춤한 자세로 주시했다.

쇠오리 떼의 뒤쪽 5미터쯤에서 크고 거뭇한 오리 한 마리가 뒤쫓고 있었다. 쇠오리는 그 오리에게 쫓기고 있는 듯 보였다. 오리가 오리에게 도망간다는 것도 묘했다. 뒤쪽에 있는 녀석은 꽤나 미움을 받는 모양이다.

일반적으로 오리는 갑자기 놀라게 하지 않는 이상 날아서 도망가지 않는다. 무언가가 다가오면 수면 위로 헤엄쳐서 멀어지려고 하는 법이다. 무리 중에는 파수꾼이 있어서 동료에게 침입자를 알리고, 외부의 존재와는 항상 일정한 거리를 유지하려고 한다. 배를 타고 쫓는 사냥꾼이 아무리 앞으로 나아가도 거리가 좁혀지지 않는 것처럼 느껴지는 것은 그 때문이다. 지금 쇠오리들은 수면을 미끄러지는 것처럼 보이지만, 수면 밑에서는 열심히 다리를 저어 물을 할퀴고 있다.

뒤쪽의 녀석은 확실한 의지를 갖고 쇠오리를 내몰고 있는 듯했다. 쇠오리가 옆으로 흩어지려고 하면 그렇게 놔두지 않겠다는 듯 때때로 방향을 휙 바꿔 가며 무리가 흩어지지 못하게 통제했다. 마치 흩어진 양 떼를 모으는 목양견 같다. 대체 무슨 일일까 싶어서 나는 눈을 크게 뜨고 지켜보았다.

쇠오리 떼가 마침내 맞은편 강가 한쪽으로 몰린 그때였다. 내가 숨어 있는 갈대밭에서 10미터 정도 상류 쪽 건너편 강가 풀숲에서 사람이 불쑥 일어섰다. 그 소년이다. 우듬지에 앉은 비둘기를 새총 한 발로 떨어뜨린 그 꼬마다.

소년은 갑자기 팔을 휘둘렀다. 끝에 추가 달린 밧줄이 바람을 휙휙 가르며 소년의 머리 위에서 회전했다. 소년은 밧줄을 휙 던졌다. 밧줄은 쭉쭉 뻗어 나갔고, 놀라서 날아오르려던 쇠오리 한 마리의 목에 빙글빙글 감겼다. 물을 박차고 거의 수직으로 날아오른 나머지 쇠오리는 한 덩어리가 되어 강 위에서 선회하고는 날아갔다.

뒤쫓던 오리가 갑자기 흥미를 잃은 듯 방향을 휙 바꾸더니 무슨 생각에서인지 이쪽을 향해 다가왔다. 나는 다가오는 오리가 뭔가 이상하다는 것을 깨닫고 순간 눈을 크게 떴지만, 소년에게서도 눈을 떼지 않았다.

소년은 밧줄을 조작해서 사냥감을 끌어당기고, 도망가려고 발버둥치는 쇠오리를 붙잡았다. 소년은 한 손으로 오리의 목을 잡고는 다른 손으로 태엽을 감듯 오리의 몸을 휙휙 돌렸다. 너덧 번 돌리고는 손을 놓았다. 쇠오리의 몸은 비틀린 몸을 원래로 돌리려고 반대 방향으로 세게 돌기 시작했고, 그 여파로 목뼈가 뚝 부러졌다.

나는 경악했다. 아이라고는 생각할 수 없는 잔혹한 짓에 충격을 받았다. 소년의 거침없는 동작에는 단호함이 있었다. 소년은 죽은 오리를 보려고도 하지 않고 풀숲에 툭 내려놓고는 다시 풀숲에서 무언가를 주워 올렸다. 소년은 물가까지 걸어가 내가 있는 강가 쪽을 향하고는 손안에 있는 검고 납작한 상자를 열심히 만지작거리고 있었다. 돌기가 있는 상자를 이쪽으로 내밀고 있는 모습을 보고 무선 조종기를 조작하고 있음을 알았다.

그렇군. 뒤를 쫓던 오리는 기계가 장착된 오리였구나. 그제야 깨달았다. 소년이 밧줄을 던지는 동안에 무선 조종기를 잃어버려 기계 오리가 폭주했던 것이다. 내가 있는 곳에서는 보이지 않았지만 기계 오리는 이쪽 강가에서 움직이지 못하고 있는 모양이었다. 나는 엉덩이를 들고 일어섰다.

소년은 이번에는 조금 놀란 것 같았다. 오리를 조종하는 데에 집중하고 있어서 건너편에 사람이 숨어 있다는 사실을 깨닫지 못했던 모양이다. 나는 물가까지 나가서 살펴보았다. 예상대로 소년의 오리는 수초와 부초 사이에 그 검은 칠이 된 괴이한 몸체를 박은 채 움직이지 못하고 바르작거리고 있었다.

나는 강가에 무릎을 대고 물가로 몸을 내밀어 두 손으로 오리를 안아 올렸다. 의외로 무거웠다. 오리로 보였던 것이 신기할 정도로, 보기에 울퉁불퉁하고 조잡하게 만든 것이었다. 본체는 가볍고 부드러운 발사나무를 나이프로만 깎아 만든 듯했으며, 검은색 래커가 칠해져 있었고, 노란색 눈동자가 그려져 있었다. 얼핏 보니 안쪽에는 작은 추진기에 방향타 그리고 균형을 잡는 추까지 제대로 달려 있었다.

나는 추진기에 엉킨 수초와 풀을 떼어 내고 송어를 놓아줄 때처럼 오리의 목을 소년 쪽으로 향하게 해서 물 위에 띄워 주었다. 소년이 조종하는 대로 오리는 똑바로 물살을 가르며 주인의 발밑으로 돌아갔다.

　소년은 무선 조종 오리를 회수하고 나를 향해 살짝 손을 올리더니 "하이." 하고 한마디 인디언 인사 같은 신호를 보내자마자 올가미에 묶인 쇠오리를 들고 순식간에 사라졌다. '저게 인사를 한 거 맞나?' 나는 이번에도 다시 멍하니 서 있었다. 혼잣말을 중얼거린 듯했다.

　"저 녀석…… 뭐 하는 꼬마지?"

　나는 그 꼬마에게 매료되어 있었다. 지혜와 도구와 육체를 구사한 사냥……. 전통적인 원초적 기법을 따른 데 더해 독자적이고 창의적인 방법으로 맞서는 야생동물과의 힘겨루기……. 내가 꿈꾸던 밀렵은 바로 이런 것이었다.

　야생동물을 포획하는 행위에 집착하면서도, 내게는 내 나름의 기준이 있었다. 총포, 화약, 전류 등을 사용하는 방법은 취급하지 않는다. 무차별적으로 대량 포획하는 새그물도 품격이 없다. 밀렵이나 킬러 같은 비합법적인 행위를 하는 자는 세상을 시끄럽게 하지 않는 은밀하고 깔끔한 일처리를 항상 가슴에 새겨야 한다. 소년이 우연히 내 앞에 나타나 보여 준 사냥은 내가 그려 온 밀렵의 구현과 다름없었다. 그리고 소년의 행동은 독자적이며, 솜씨도 더없이 깔끔했다.

　정신을 차리고 보니 나는 어느새 하나키 다리를 건너고 있었다. 하나키 다리는 내가 방금 전까지 잠입해 있던 강 두둑에서 5백 미터 정도 상류에 있는 커다란 콘크리트 다리다. 이 부근에서는 맞은편 강가로 가려면 이 다리를 건널 수밖에 없다. 나는 생각에 잠겨 거의 무의식 속에서 강변의 덤불로 돌아왔고, 강의 상류를 향해 둑길을 걸어 어느새 다리를 건넜던 것이다. 마치 부름을 받은 사람처럼 나는 소년이 있던 강가에 이끌리고 있었다.

다리를 건너 맞은편 들길을 따라 강 하류로 돌아갔고, 소년이 있던 곳이 이 부근이려니 짐작하며 둑을 미끄러져 내려가 대숲으로 들어갔다. 대숲 속은 해가 들지 않아 서늘하고 축축한 공기로 가득했지만 의외로 밝았다. 눈에 보이지 않는 에어커튼으로 바깥세상과 격리된 독특하고 작은 세계인 이곳이 왠지 지하 2층 같다는 생각이 들었다.

빽빽하게 자란 키 큰 대나무 너머로 강이 보이기 시작했을 때 소년을 발견했다. 소년은 죽순대 밑동 주변 마른 낙엽에 앉아 사냥한 쇠오리의 깃털을 뽑고 있었다. 역시 가차 없고 재빠른 손놀림이었다.

내 기척에 소년은 얼굴을 들었다. 더없이 고집스러운 얼굴이었다. 나를 보고도 손길을 멈추지 않은 채 웃음기 하나 없는 얼굴로 "하이." 하고 말했다. 나도 무심코 "하이." 하고 대답했다.

나는 선 채로 소년의 작업을 견학했다. 소년은 나를 신경 쓰는 기색도 없이 묵묵히 작업을 계속했다. '저, 엉뚱한 질문입니다만…….' 하는 태도로, 나는 소년에게 물어보았다.

"그건 어떻게 할 거니?"

"먹을 거야."

소년은 아무렇지 않게 대답했다. 나는 다시 한 방 맞은 것처럼 멈칫했다. 사냥한 새를 먹는다……. 생각해 보면, 아니 생각할 필요도 없이 당연한 일인데도 이 꼬마가 태연하게 말하자 심장이 조금 덜컹한다.

"여, 여기서?"

"응."

"어떤 방법으로?"

"구워서."

"여기서 불을 피우는 거니?"

"응."

"그, 그건 조금 위험하지 않을까. 오늘은 바람도 조금 불고……."

"익숙한걸."

확실히 그래 보였다.

쇠오리는 머리와 날개를 제외하고는 완전히 벌거숭이가 되었다. 소년은 멜빵바지 주머니에서 작은 접이식 칼을 꺼내 능숙하게 칼날을 뽑았다. 소년은 쇠오리의 양 날개를 잘라 냈다. 깃털이 뽑힌 벌거숭이 쇠오리는 어딘가 우스꽝스럽고 안쓰러워 보일 정도로 작았다.

"꼬마야, 어차피 먹을 거면 좀 더 맛있게 먹지 않겠니? 내 차에 요리를 할 수 있는 도구랑 재료가 있어."

소년은 처음으로 손을 멈추고 나를 올려다보았다.

"응, 알아. 엄청난 캠핑카."

"어? 어떻게 아니?"

"차 세워 둔 거 가끔씩 들여다봤어."

"내가 요리를 조금 할 수 있는데. 어때, 그 녀석을 갖고 내 차로 가지 않을래?"

"좋아. 잠깐 이 녀석 좀 정리해 올게."

소년은 일어서서 쇠오리를 들고 강으로 달려갔다. 대나무 사이로 보이다 말다 하는 소년의 모습은 숲 속을 달려 나가는 바람의 정령 같았다. 대숲의 빛과 그림자와 공기 탓인지 어딘가 비현실적으로 느껴졌다. 나는 지금 내가 좋아하는 숲 속 소년 이야기 여러 편이 뒤섞인 세계에서 길을 잃고 꿈속에서 놀고 있는 게 아닌가 하는 생각이 들었다.

하지만 소년이 현실을 들고 달려왔다. 쇠오리는 배가 갈리고 내장이 제거되어 있었다. 소년은 강물에 씻은 것 같은 손과 칼을 셔츠 소매에 닦고, 염낭허리에 차는 작은 주머니처럼 생긴 보시 주머니 같은 것을 어깨에 걸고, 이제 가자는 듯 나를 올려다보았다. 불룩한 염낭 안에는 그 기계 오리와 리모컨, 올가미가 들어 있을 것이다.

우리는 들길을 나와 다리로 돌아갔고, 내 차를 향해 발걸음을 서둘렀다. 나는 감언이설로 미녀를 유괴한 악당처럼 가슴이 두근두근 뛰었다. 그래 봐야 소년은 낯선 사람을 두려워하지도 의심하지도 않았지만.

"너는 이런 모험을 일 년 내내 하는 거니?"

나는 흥분한 속내를 감추고 그런 말을 하고 있었다.

나무 그늘에 세워 둔 왜건의 슬라이드 도어를 열고 올라탄 순간 소년의 바가지 머리에서 햇살 냄새가 났다. 소년은 호기심 어린 눈을 빛내며 차 안을 둘러보고 반짝반짝 빛나는 장비 하나하나에 놀라고 있었다. 나는 스테인리스 조리대에서 재빨리 요리를 시작했다.

쇠오리의 목과 다리를 자르고 몸통을 반으로 갈라서 재빨리 소금과 후추로 간을 했다. 야구공만 한 남작감자감자의 일종으로, 1907년 일본의 가와다 남작이 미국에서 들여온 것에서 유래한 이름 두 개를 프로판 가스레인지에 던져 넣었다. 제대로 요리를 할 때는 풍로를 차 밖으로 가지고 나가지만 나는 소년에게 빨리 요리를 해 주고 싶은 마음에 붙박이 스토브에 불을 켜고, 버터를 듬뿍 넣은 프라이팬에 오리를 구웠다.

지글지글 고기 굽는 소리와 고소한 냄새가 차 안을 가득 메웠다. 나는 열심히 요리를 하면서 냄비 소리에 지지 않으려고 큰 소리로 말했다.

"넌 새총도 올가미도 아주 잘 다루던데……. 올가미를 그렇게 깔끔하게 던지는 모습은 서부극에서밖에 본 적이 없어."

소년이 뭐라고 말한 것 같았지만 들리지 않았다. 나는 통조림 당근을 살짝 볶았다. 노릇하게 구워진 오리에 껍질을 벗긴 포근포근한 감자와 당근을 곁들여 두 개의 종이 접시에 나눠 담았다. 호밀 빵을 한 조각씩 얹어 조립식 테이블에 올렸다.

"다 됐다, 카우보이."

소년은 눈을 동그랗게 뜨고 접시의 요리를 응시하더니 고개를 휙 들고 나를 보았다. 소년의 웃는 얼굴을 그때 처음 보았다. 생명력이 꿈틀대는 웃음과 얼굴이 너무 사랑스러워 깜짝 놀랐다.

나이프와 포크를 건네면서 "네 사냥감, 나도 먹을게." 하고 양해를 구했지만 오리를 덥석 문 소년에게는 들리지도 않는 것 같았다. 소년의 식욕은 놀라울 정도로 왕성했다.

소년은 뜨거운 감자를 볼이 미어터지도록 머금은 채 물었다.

"이렇게 맛있는 걸 아저씨는 일 년 내내 먹어?"

나는 망설이고 있던 말을 과감하게 꺼내 보았다.

"의논하고 싶은 게 있는데……. 밀렵, 아니 그 새총 쏘는 법이라든가 사냥하는 요령을 내게 가르쳐 주지 않을래?"

술 취한 미소녀에게 음란한 짓을 부탁하는 소심한 남자처럼 나는 두려움과 기대와 부끄러움으로 긴장하고 있었다.

"좋아."

소년은 또 아주 간단하게 승낙했다.

나는 이렇게 해서 소년을 알게 되었고, 소년의 제자가 되었다.

3

소년은 이름이 곤도 히로시라고 했고, 나는 히로라고 줄여서 부르기로 했다. 스승님을 부르는 데 조금 가벼운 느낌일지도 모르지만, 히로는 히어로와도 발음이 비슷해서 나쁘지 않다고 생각했다. 소년에게 묻자 "좋아."라고 흔쾌히 허락했다. 아무래도 상관없다는 느낌이었지만……. 나는 니시키 지로라고 이름을 알려 주었고, 히로에게 먼저 새총을 배우기로 했다.

슬링샷이라고도 하는, 철과 고무 튜브로 된 새총과 탄알을 사 왔다. 새총은 미국산으로, 손가락 모양으로 움푹 들어간 그립에 접이식 팔이 달려 있었다. 손목 지지대를 손목에 대면 그립을 단단하게 세워서 쏠 수 있는 것이다. 탄알은 직경 8밀리미터의 납 구슬로, 짐승용 산탄총의 벅샷보다 조금 크다.

히로의 새총은 떡갈나무 가지와 납작한 고무줄로 만든 심플하고 정통적인 것이다. 미시시피의 톰과 허크도 바지 뒷주머니에 꽂고 다녔던 것이다. 하지만 탄알이 엄청나다. 동그랗고 묵직한 직경 11밀리미터 강철 구슬이다. 탄알 하나하나에 각인이 있었다. 마치 폼 나는 킬러가 자신의 은빛 탄환에 문장을 새긴 것 같아서 나는 눈을 가까이 대고 보았다. '역전 파친코 럭키'라고 새겨져 있었다. 파친코 가게의 구슬이다. 히로는 파친코도박 게임의 이름 외에 '새총'이라는 의미도 있다에도 달인이어서, 1백 엔 동전 하나로 늘 50개 정도의 구슬을 가지고 나온다고 한다.

히로는 오른쪽 주머니에 그 강철 탄알을 넣고, 왼쪽 주머니에는 동그란 작은 돌을 넣었다. 사냥에는 무거운 강철 탄알을 사용했다. 명중했을 때 사냥감이 도망가지 못하도록 탄알 한 알에 필살의 위력이 있어야 한다고 한다. 겨우 145센티미터 정도의 키에 말라 보이는 히로가 마음먹고 그 탄알을 쏘면 녹슨 드럼통이 뚫렸다. 히로는 사냥감이 떨어진 주변을 뒤져서 반드시 탄알을 회수했다. 작은 돌멩이는 감과 밤과 귤을 떨어뜨리기 위한 것이다.

나는 '화살은 빵보다 길면 안 된다'는 말을 떠올렸다. 『꿀벌 마야의 모험』을 쓴 본젤스의 『마리오와 동물들』에서 나오는 해오라기 할머니의 말이다.

히로는 내 새총을 들고 상태를 살피더니, 처음에는 고무줄을 힘껏 당기려고 하지 않는 편이 좋다고 조언했다. 그립에 달린 지지대를 손목에 대고 고무줄을 당기면 힘이 없는 나라도 탄알을 1백 미터는 날릴 수 있지만, 히로는 거리보다 일단 맞히는 것이 중요하다고 한다. 더구나 처음에는 작은 돌로 연습하라고 했다. 어떤 돌이 똑바로 멀리 날아가는지를 아는 것도 필요하다는 것이다.

나는 틈만 나면 새총 연습에 열중했다. "해 보는 수밖에 없어."라고 히로가 말한 대로, 말로 배우는 것보다 익숙해지는 편이 빠르다.

두꺼운 나무를 맞힐 수 있게 되자, 조금 가는 나무를 노리는 식으로 표적의 크기를 줄여 갔다. 평행으로 쏘는 것에 익숙해지자 높은 곳과 낮은 곳을 목표로 도전했다. 올려 보는 표적, 특히 똑바로 위에 있는 표적이 얼마나 맞히기 어려운지 알게 되었다.

우리는 거의 매일 만났지만 시간과 장소를 정하고 만나지는 않았다. 어느 한쪽이 상대방을 찾아냈다. 하나키가와 강 양쪽에 있는 덤불과 대숲이 우리의 놀이터였다. 히로는 내 왜건을 발견하면 그 주변의 덤불이나 물가에서 피리를 불어 신호를 보냈다. 히로는 숲 속에서 주웠다는 산탄총의 빈 탄피를 호루라기로 사용하고 있었다. 플라스틱 탄피 주둥이에 아랫입술을 대고 숨을 불어 넣는 것이다. 그 호오, 호오 울리는 부드럽고 우스꽝스러운 소리는 의외로 꽤 멀리까지 들렸다. 나는 히로에게 탄피를 하나 받아서 부는 방법을 배웠다. 우리는 둘만의 호루라기 소리로 각자 자신이 있는 장소를 알렸다.

둘이서 잡은 포획물이라고 하고 싶지만, 사실은 항상 히로가 잡고 나는 요리를 했다.

오리, 자고새, 비둘기, 참새, 거기에 개똥지빠귀 등을 나는 여러 가지 방법을 고안해서 요리했다. 개똥지빠귀는 단순한 소금구이가 맛있었다. 개똥지빠귀는 보호새로 사냥이 금지되어 있었지만, 사냥 기간도 구역도 없는 밀렵자가 신경 쓸 일은 아니다.

애초에 야생의 새를 수렵조와 비수렵조로 구분하는 것이 이상한 것이다. 수렵조로 선택된 새는 얼마나 화가 나겠는가.

히로는 먹기 위한 것이 아니면 새에게도 경작물에도 손대지 않았다. '먹는 것이 우선. 도덕은 그다음.' 누가 한 말인지 지당하기 그지

없는 말이다. 이 야생아 같은 소년과 친해지고 싶은 내 소망에 가장 도움을 준 게 왜건이었다. 도요타 하이에스 롱 밴을 개조한 캠핑카가 히로의 마음에 무척 들었던 것 같다.

3년 전 어느 날, 갑자기 내가 암에 걸렸다는 사실을 알았다. 6개월이라는 시한부 선고를 받았지만 열 시간 이상의 수술을 견디고 살아남았다. 하지만 수술 후 1년 3개월 뒤 소강상태에 접어들었다고 생각했을 즈음 암이 재발했다. 40킬로그램까지 야위었던 몸으로 두 번째 수술도 이겨 내고 다시 살아남았다.

3년 동안 내과와 외과를 합쳐 다섯 번의 입원과 퇴원을 반복했고, 일에서도 멀어졌다. 회사는 나를 잘 보살펴 주었다. 하지만 일도 못하고 언제 또 암이 재발할지 모르는 초로의 남자를 언제까지고 부양해 줄 만한 여유는 없었다. 55세 정년까지는 아직 몇 년이 남았지만 퇴직 신청을 했다. 회사 쪽에서도 안심한 표정을 감추지 않았다.

얼마간의 연금을 받기도 했지만, 다행인지 불행인지 나보다 아내가 훨씬 많은 돈을 벌었다.

도쿄 내의 번화가에서 미용실 두 개를 경영하는 데에 성공했고, 도쿄에 인접한 이 주택가에 얼마 전 세 번째 미용실을 개점했다. 마나님은 바다에 접한 이 동네가 마음에 들었는지, 가게 뒤에 집까지 새로 지었다. 자신의 이름을 건 도내의 '아야 뷰티 살롱' 1호점과 2호점을 각각 점장에게 맡기고 원격 운영하면서 자신은 이 새로운 곳에 정착해 새로운 가게를 경영하는 데에 집중하기로 한 것이다. 예전에는 내게 가게의 경리 업무를 시킨 적도 있었지만, 나보다 훨씬 융통성이 있고 탈세 공작에도 유능한 남자를 고용해 여성 경영자로서의 재능을 보이고 있었다. 이 믿음직한 마나님과 사는 한 경제적인 문제를 고민할 필요가 없었다.

나는 얼마 안 되는 퇴직금을 투자해서 오랜 꿈 중의 하나였던 캠핑카를 구입했다. 손재주가 있다면 직접 내 손으로 차를 개조하는 즐거움을 맛볼 수 있겠지만, 나는 못 하나 박지 못한다. 레이아웃만 내가 하고 전문가에게 맡겼다. 차량 본체 2백만 엔, 장비 등 개조 비용 2백만 엔. 합계 약 4백만 엔……. 내가 갖고 있는 장서藏書 이외에 값나가는 유일한 재산이다. 나는 이 차에 '세라 페케트호'라고 이름 붙이고, 차체 양쪽에 멋진 서체로 그 이름을 써넣었다.

세라 페케트호는 『제니의 초상』의 작가 로버트 네이선의 판타지 작품 『The Enchanted Voyage』의 주인공 페케트가 갖고 있는 소형 요트의 이름이다. 브롱크스의 목수인 헥터 페케트는 몽상가인 선량한 남자지만, 목수로서는 어설프고 장사를 할 줄 몰랐다. 페케트는 너무도 선원이 되고 싶은 나머지, 자신의 집 마당에서 수작업으로 열심히 작은 범선을 만든다. 선골船骨도 없는 이 배는 물론 물 위에 뜨지 않는다. 페케트는 담요를 들고 뒷마당에 있는 배에 머물면서 밤하늘을 바라보며 항해를 몽상한다.

남편의 경제적 무능력에 화가 치민 아내는 페케트의 허락도 없이 어느 날 이 범선을 근처 푸줏간에 팔아 버린다. 범선이 소시지 포장마차가 되기 전날 밤, 수레바퀴가 달린 요트는 페케트의 슬픔과 꿈을 싣고 마을을 떠난다. 꿈의 범선은 머나먼 플로리다를 향해 산 넘고 들 넘어 모험 여행을 떠난 것이다.

세라는 헥터 페케트의 아내 이름이다. 아내의 이름을 자신의 꿈의 상징인 범선에 붙일 만큼 페케트는 마음 따뜻한 남자였다. 나는 도저히 할 수 없는 일이다. 설사 아내가 먹여 살리고 있다고 해도. 무엇보다 아야 니시키호빶 같은 이름을 차에 붙이고 달릴 수는 없다. 금은보화를 잔뜩 실은 모모타로복숭아 동자의 커다란 짐수레 같지 않은가!

나는 차 이름의 유래를 히로에게 이야기해 주었다. 히로는 페케트 씨가 항해하는 동안 무엇을 먹었는지 물었다. '먹는 것이 우선. 꿈은 그다음'으로 바꿔야 할 듯하다.

히로는 자신에 대한 이야기를 하지 않았고, 히로에 대해서는 나이가 열 살이고 옆 동네 어딘가에 살고 있다는 것 외에는 거의 알 수 없었다.

실업자인 나의 하루하루가 일요일 같다는 것은 당연하지만, 열 살이면 초등학교 삼사 학년일 것이다. 왜 학교에 가지 않을까 생각한 적도 있었다. 히로는 장애아도 아니었고 지능이 부족한 아이도 아니다. 오히려 이렇게 생기 넘치고 영리한 아이를 나는 본 적이 없다. 입고 있는 옷이나 늘 굶주려 있는 것을 보면 부유한 가정이 아니라는 건 알 수 있다. 하지만 히로에게는 그늘도 주눅 든 모습도 전혀 없다.

예리하게 알아챈 세상의 어리석음을 상대조차 하지 않고 무시하면서도 왕성한 호기심과 솔직한 감수성이 있었다. 그리고 뭐 재밌는 것이 없을까 하고 늘 눈을 반짝였다. 히로가 학교에 가지 않는 이유는 학교가 시시하기 때문일 것이다. 들과 강과 숲이 훨씬 자유롭고 놀라운 모험으로 가득 차 있으리라.

"히로의 아버지는 무슨 일을 하시니?"

그렇게 물어본 적이 있었다.

"아버지는 없어."

무뚝뚝한 대답이었다.

"그렇구나. 그럼 엄마랑 사는 거니?"

"엄마도 죽었어."

나는 멈칫했다.

"몰랐어. 아픈 것을 물어봤구나."

"별로."

말과는 달리 표정이 굳은 히로의 눈과 입술에 동요를 감추려는 강한 의지가 엿보였다. 나는 소년의 씩씩함에 감동했다.

히로가 할아버지와 둘이서 살고 있는 곳은 민영 철도역에서 두 정거장 떨어진 인근 마을이다. 그 역에서 하나키 다리까지는 10킬로미터나 된다. 그런 거리를 이 아이는 어떤 방법으로 오가는 걸까. "전철이니 버스니?" 하고 물어보았다.

"스케이트야. 롤러스케이트."

이 아이의 모든 것이 놀랍기만 하다.

롤러스케이트를 신고 시도市道 교차로에서 대기한다고 한다. 신호를 기다리는 경트럭이 있으면 뒤에서 살며시 다가가 뒷문의 고리를 붙잡는다. 짐을 싣고 내릴 때 여닫는 쇠붙이다. 백미러에 비치지 않도록 운전석의 사각지대에서 고리를 붙잡고, 달리는 트럭과 함께 활주한다고 한다. 무엇보다 급브레이크를 조심해야 한다. 얼굴을 차에 박거나 차 밑으로 미끄러질 위험이 있기 때문이다. 뒤따라오는 운전자가 위험하니 멈추라고 고함을 지르거나 경적을 울려 경트럭 운전자에게 알리려고 하면 재빨리 차를 버리고 다음 신호에서 다시 다른 차를 기다린다.

목적지가 다가오면 슬쩍 차에서 멀어진다. 그렇게 하면 10킬로미터 정도는 순식간에 달린다는 것이다. 스케이트는 집에 돌아갈 때까지 다른 사람의 눈에 띄지 않는 곳에 숨겨 둔다고 ······.

맹랑한 꼬맹이다. 생각도 못 할 일을 저지르는 녀석이다. 활 대신 새총을 들고 롤러스케이트로 날아오는 장난꾸러기 천사······.

어느 날, 이 천사가 공을 품에 안고 왔다. 배구공만 한 크기의 튼튼해 보이는 고무공이다. 오늘부터 움직이는 것을 표적으로 쓰겠다고 한다. 둑의 비탈길을 굴러가는 공을 맞히는 연습에 들어가는 것이다. 공을 보니 먹물로 제3 초등학교라고 적혀 있었다. 슬쩍한 것인지 조심스럽게 물어보았다. "아니, 말도 안 돼. 학교 뒤쪽을 걷고 있는데 이 녀석이 담을 넘어 도망쳐서 품 안으로 뛰어들었어." 꼬마는 대답했다.

4

비가 온 후 갑자기 추워진 일요일 아침, 나는 멧비둘기를 잡았다. 밀렵 첫 수렵물이다. 그것도 두 마리!

그 떡갈나무에서 새총으로 쏘아 맞힌 것이다. 처음 한 마리를 맞혔을 때 나는 뛰어오를 듯한 기분을 억누르고 나무 아래에서 꼼짝도 하지 않았다. 손끝만을 움직여 주머니를 뒤져서 성냥 한 알을 꺼냈다.

성냥의 끝부분을 비둘기가 떨어진 방향으로 향하게 해서 발밑에 두었다. 그때, 방금 전까지 비둘기가 앉아 있던 나뭇가지에 다른 비둘기가 앉았다. 나는 머리 위의 비둘기에서 눈을 떼지 않고 살며시 두 번째로 메긴 총알의 시위를 당겼다. 비둘기는 순간 날개를 펼쳤지만 바닥으로 떨어졌다.

한 마리를 맞혔더라도 일어서지 마. 아침저녁으로 먹이를 먹는 시간에는 금방 다른 녀석이 와서 앉을 거야. 움직이지 않고 가만히 있으면 비둘기는 동료의 재난을 알아채지 못하거든. 총으로 쏘면 총성에 놀란 주변의 비둘기가 일단은 날아오르지만 동료가 방금 공격당한 나뭇가지에 곧 와서 앉아. 수렵물이 떨어진 방향에 표시를 해 두고 가만히 기다려. 히로가 그렇게 가르쳐 줬던 것이다. 히로는 그런 식으로 같은 나무에서 연달아 다섯 마리의 비둘기를 잡은 적이 있다고 한다.

두 마리를 잡은 나는 더 이상 참지 못하고 일어나 달려갔다. 마른 풀 사이에 진회색 멧비둘기 두 마리가 가만히 누워 있었다. 부들부들 떨리는 손으로 비둘기를 주워 올렸다. 연지를 바른 듯한 눈꺼풀을 덮고 있는, 아직 따뜻한 비둘기의 우아한 몸을 살며시 쓰다듬었다. 태어나서 처음으로 사냥에 성공한 기쁨과, 살아 있는 생명을 빼앗았다는 죄악감이 이렇게까지 마음을 어지럽힐 줄은 생각도 못했다.

나는 뜻밖의 동요에 쩔쩔매면서도, 이 역시 히로에게 배웠듯이 수렵물의 창자를 제거하는 데에 도전했다. 두 갈래로 갈라진, 철사처럼 가느다란 나뭇가지를 손가락 길이 정도로 분질러서 새의 항문으로 비틀어 넣고는 내장에 걸어 빼내는 것이다. 새를 잡으면 만사 제쳐 두고 그것을 가장 먼저 해야 한다고 히로는 말했다. 방치해 두면 고기가 썩어서 먹을 수 없게 된다는 것이다. 나는 기다란 창자를 끊지 않고 제대로 빼냈지만 손가락에 밴 냄새에는 항복했다. 강물로 손을 씻었지만 여전히 냄새가 남아 있는 것 같아서 결국 차로 돌아가 비누로 씻었다. 이런 것이 내가 야생을 지향하면서도 적성에는 맞지 않는 부분이다.

오늘 아침에는 아직 히로를 보지 못했다는 사실을 깨달았다. 첫 수렵물에 정신이 빼앗겨서 호루라기 소리를 놓친 걸까. 문득, 이 기념할 만한 수렵물을 좀 그럴듯한 요리로 만들어서 히로를 기쁘게 해 줘야겠다는 생각이 들었다. 부족한 재료를 가지러 서둘러 집으로 돌아가기로 했다.

우리 집은 강에서 5킬로미터 정도 떨어진 주택가 가운데에 있다. 나는 겨우 이만큼의 거리를 항상 이 2800CC 롱 밴을 끌고 오는 것이다. 헥터 페케트처럼 이 세라 페케트호 2세가 나의 안락한 공간이었다. 비가 오는 날에도 나는 이 녀석을 데리고 집을 나온다. 들판의 커다란 나무 아래나 강이 내려다보이는 둑에 세우고 빗소리를 들으면서 소파베드에 엎드려 책을 읽고 있으면, '아, 이곳이 내가 있을 곳이야.' 하는 생각이 절실하게 드는 것이다.

언젠가는 밧줄을 풀고 집도 아내도 모든 것을 버리고 출항하고픈 소망이 내 마음에도 깊숙이 묻혀 있는지 모른다. 사람이 집이라는 것에 모든 소망을 걸고, 집에 얽매이고, 집에 갇혀 꼼짝하지 않는 모습을 보면 나는 종종 헨리 소로의 『월든』에 나오는 이야기를 떠올린다. 미네르바 여신이 지은 집을 보고 비난의 신 모모스가 비난을 한다.

"이동할 수 없는 집을 지어서 나쁜 이웃을 피할 수 없게 되어 버렸잖아……."

집은 길가에 있는 미용실과 등을 맞대고 있다. 나는 집 바로 앞에서 엔진을 끄고 조용히 차를 주차한 후, 인기척 없는 신축 집으로 들어갔다. 아이가 없는 나는 아내와 둘이 살고 있다. 요리 재료를 가지러 곧장 주방으로 들어갔다. 거실 창문이 열려 있어서 미용실 손님들이 큰 목소리로 떠드는 소리와 요염한 웃음소리가 들렸다. 아내가 아양을 떨고 있는 것이다. 개점한 지 3개월 만에 이미 아내는 동네의 유력한 고객을 잡았다.

"그러면 완전히 폐가전廢家電이네."

손님의 목소리다.

"폐기물은 내놓으면 그만인데, 우리 집 양반은 아침에 내놔도 밤에는 다시 돌아오는걸요."

아내가 말했다. 내 이야기인 모양이다. 셰익스피어도 말했듯이 '그녀는 여자다. 떠들게 돼라.'다.

"그런 말 했다가 정말로 그 캠핑카를 타고 가출해 버릴라."

"그러고 싶은가 봐요."

"얼마 전에 그쪽 남편 봤어. 모퉁이 주유소에서 그 특이한 커다란 차에 기름을 넣고 있던데……. 뭔가 차분하고 깊이가 있어 보이는, 좋은 얼굴이야."

"그 얼굴이?"

"프랑스의 그 뭐냐, 샹송 가수를 닮았던데. 조금 오래된…… 왜 있잖아, 체구가 작은 가수……."

"이베트 지로?"

나는 부끄러워서 얼굴이 뜨거워졌다. 엿듣는 것이 부끄러운 것이 아니다. 듣고 싶지 않아도 들리는 아내 이야기에 얼굴이 붉어졌던 것이다. 내 이름이 지로인 것은 맞지만 그 지로는……

"어머, 이베트 지로는 여자잖아."

나는 와인비니거, 바질, 말린 표고버섯, 파이 반죽 등을 그러모아 도망 나왔다.

하나키가와 강 둑으로 돌아와 나무 밑에서 비둘기 깃털을 뽑고 있자 히로가 나타났다. 히로는 내 손에 있는 비둘기를 보고 눈을 동그랗게 떴다.

"잡았어? 맞혔구나!"

"아니. 걷고 있는데 나무에서 떨어지더니 내 품에 뛰어들었어."

나는 그렇게 말하고 싱긋 웃어 보였다. 히로는 다시 그 함박웃음을 보였다.

"대단해! 두 마리나 잡은 거야?"

나는 낯간지럽다는 생각에 머뭇머뭇 몸을 꼬았다.

"오늘은 이 녀석으로 프랑스 요리를 할 거야. 비둘기 파이를 만들어 볼게."

"대단하다……. 또 살찌겠는데."

오늘의 히로는 벌키스웨터라기보다 헐렁헐렁한 스웨터를 입고 있었는데, 그 탓만이 아니라 요즘 들어 볼도 통통해졌고, 녀석이 조금 컸구나 하는 생각이 들었다.

둘이서 둑 끝에 앉아서 비둘기 깃털을 뽑았다. 내려다보이는 강의

S 자로 굽은 부근에서는 서른 마리 정도의 오리가 놀고 있었다. 문득 강 상류 쪽을 본 히로가 "어, 저건 뭐지?" 하고 중얼거렸다. 히로가 말한 곳을 보니 둑 아래 강가에 난 좁은 길을 따라 대열을 이룬 일행이 멀리서 이쪽을 향해 다가오고 있었다.

반짝반짝 빛나는 기다란 물체를 메고 있는 모습이 멀리서도 보였다. 아코기시에도시대에 적의 집을 습격해 주인의 원수를 갚은 47명의 무사인가 싶을 정도로 어마어마한 집단이었다. "대체 뭐지?" 하고 나는 차에서 쌍안경을 꺼내 살펴보았다. 일행은 모두 흙과 풀 색의 옷을 입고 카메라와 스코프가 장착된 삼각대를 멨다.

"탐조회探鳥會야. 버드 워칭이니 하면서 새를 본다고 떼로 몰려다니는 사람들."

"저 사람들이 오면 새들이 한동안 멀리 가 버리는데."

히로가 내뱉는 듯한 말투로 말했다.

"사진 찍는다고 벌목을 하고 플래시로 새들을 놀라게 하니까."

일행 하나하나는 바주카포 같은 망원렌즈가 달린 일안리플렉스카메라, 기관단총 MAC-10 같은 비디오카메라, 피스톨 그립의 녹음 마이크 등을 들고 있었다. 리더인 듯한 선두의 중년 남성이 박식한 척하는 얼굴로 열심히 떠들고 있다. 손짓을 보니 바로 앞에서 꺾인 부분이 오리 떼를 볼 수 있는 좋은 지점이라고 가르쳐 주고 있는 듯하다.

히로가 왼쪽 주머니에서 작은 돌멩이 탄알을 꺼내고는 둑 풀숲에서 일어섰다. 나무 새총을 살짝 위쪽을 조준해서 쐈다. 작은 돌멩이는 포물선을 그리며 천천히 날아가 한 마리의 오리 바로 앞에 떨어졌다. 퐁당 소리와 함께 작은 물거품이 일었다. 오리 떼는 물거품을 일으키며 일제히 날아올라 하류 쪽으로 날아갔다. 탐조회 일행이 모퉁이를 돌았고, 리더가 의기양양한 얼굴로 가리켰던 수면에는 수초 하나 떠 있지 않았다.

나는 속이 후련했다. 꼴좋다고 말해 주고 싶었다. 탐조회니 하는 인간들은 하나같이 비닐 비옷을 입고 단체로 폭포의 물보라를 맞으며 좋다고 꺅꺅 소리나 질러 대는 나이아가라의 관광객이랑 다를 바가 없다. 관광 붐은 그나마 낫다. 자신만의 즐거움을 찾지 못한 인간들이 모여서 돈과 염치를 버리는 거야 딱히 남에게 해가 될 건 없다. 하지만 탐조 붐은 대체 무슨 짓인가.

들새를 보러 단체로 움직이겠다는 발상은 대체 어디서 나온 걸까. 저 많은 사람들이 일제히 카메라와 스코프를 들이대면 사자라도 놀랄 것이다. 야생동물에게 가까이 가고 싶으면 혼자서 조용히 움직이는 것이 최소한의 예의다. 먼저 침묵, 그리고 평온한 동작으로 나무와 풀과 바람과 친해지고 융화해야 한다. 색깔과 냄새조차 야생의 풍경에 동화해야 한다.

그들은 가이드북과 비디오와 소노시트_{보통의 음반보다 얇고 부드러운, 비닐로 된 음반}로 무엇을 배웠다는 것인가. 무엇을 이해했다고 생각하는 것인가. 야생의 숨겨진 부분까지 엿보면서 무엇을 보려는 것인가. 그보다는 인간이 볼 수 없는 신비를 품은 생명 하나하나가 남모르게 열심히 살아가고 죽어 간다는 것을 알고, 신의 섭리라고밖에 할 수 없는 수수께끼를 수수께끼인 채로 느끼면 되는 것이 아닐까 하는 것이 내 생각이다.

126

우리는 차로 돌아왔다. 히로에게서는 여전히 햇살과 풀과 땀 냄새가 났다. 조만간 이 아이를 샤워기로 씻겨 주겠다고 생각했다. 나는 요리를 시작했고, 히로는 내 『필드 앤드 스트림Field & Stream』과 『아웃도어 라이프Outdoor Life』를 열심히 들여다보았다.

나는 비둘기의 가슴살을 자르고 껍질을 벗겼다. 가슴살을 얇게 썰고 소금과 후추를 뿌린 후 두드렸다. 껍질을 벗긴 참마를 잘게 자르고, 소금과 후추로 간을 해서 밀가루를 입혀 살짝 볶은 후 으깼다. 마침 참마가 있어서 즉흥적으로 이용한 것이다. 으깬 마를 비둘기 가슴살로 싸고, 다시 파이 반죽으로 감싸서 오븐에 구웠다.

비둘기의 나머지 부분과 물에 불린 표고버섯을 삶고 바질을 넣은 후 역시 소금과 후추로 간을 했다. 아까 벗겨 둔 비둘기 껍질에 버터를 발라 바삭바삭하게 굽고, 다리 살과 간은 프라이팬에 넣고 뚜껑을 덮어 구웠다. 무를 가늘게 채 썰어서 소금과 화이트와인비니거에 재운다. 비둘기 껍질, 다리 살, 간과 무를 섞어서 올리브유와 와인비니거, 소금, 후추를 넣고 버무렸다.

전부 내 방식이다. 나는 요리를 배운 적이 없다. 한두 번 먹은 요리를 독단적으로 상상해서 재현하는 것뿐이다.

바삭하게 구워진 비둘기 파이의 한가운데를 자르자 내용물이 보였고, 지켜보던 히로가 환호성을 질렀다. 나는 정말로 1년 만에 와인을 잔에 채웠다. 두 번이나 칼을 댄 간에 좋을 리가 없지만, 밀렵의 첫 수렵물을 앞에 두고도 잔을 들지 않는 게 무슨 인생이겠나 하는 생각이 들었다. 눈을 반짝이며 비둘기 파이를 먹는 히로를 바라보면서 나는 혼자 건배했다. 고작 야마나시의 와인이었지만, 승리의 아름다운

술은 쪼그라진 내 간을 붉게 물들이고 오장육부에 스며들었다.

'병 있는 자, 고집스럽게 양생의 길만 지키려고 하면 병을 힘들고 고통스럽게 할지니. 힘들고 고통스러우면 기가 막혀서 병이 더해진다.'고 가이바라 에키켄에도시대 초기의 철학자 선생도 말씀하셨다. 나는 두 번의 큰 수술을 견디고 살아남았으며, 각오를 했다. 목숨이 아까우면 양생에 힘을 쏟자. 하지만 병이 무서워서 위축되어 살아가지는 않겠다. 조금 길거나 짧거나, 어차피 끝이 있는 인생을 앞으로는 마음 편히 느긋하게 살자고 결심했던 것이다.

"내일은 날아가는 비둘기를 쏘자."

비둘기 파이에 입맛을 다셔 가면서 히로가 말했다.

"나 말이야? 이제 간신히 앉아 있는 새를 맞혔을 뿐인데?"

"저녁에 둥우리로 돌아가는 비둘기가 떼를 지어서 강을 건너가는 곳이 있어."

"당연히 알지. 상류의 펌프장 조금 앞."

"응. 커다란 흰색 건물이 있는 주변이야. 노인들만 있는 병원 의……."

"양로 병원이야. 돈이 있어야 가는 시설이라더군."

"수십 마리는 되는 멧비둘기가 날아와."

"응, 나도 봤어. 하지만 난 아직 무리야."

"해 보지 않으면 모르지."

히로는 이렇게 맛있는 음식은 처음 먹어 봤다며, 내일은 그 하얀 건물 뒤에서 만나자는 말을 남기고 돌아갔다. 하루하루 추워지는 계절이었다. 늦가을 바람이 경트럭을 붙잡고 롤러스케이트로 질주하는 히로의 스웨터를 뚫고 들어가지는 않을까 걱정이 되었다. 자존심이 센 아이에게 상처를 주지 않고 선물할 수 있는 방법이 없을까 생각했다. 얻었다는 느낌이 들지 않도록 따뜻한 코트나 재킷을 입힐 수 있는 방법은 없을까 생각했다. 야생 고양이 새끼에게 방울을 다는 것만큼 어렵게 느껴졌다.

5

움직이는 표적을 열심히 쏘고 있는 내게 히로는 이렇게 가르쳐 주었다. 움직이는 표적을 쏠 때 표적 자체를 노리면 화살이나 탄환은 지나간 표적의 뒤를 통과할 뿐이다. 사수는 총이나 활로 움직이는 표적의 궤적을 그대로 따라가 표적을 앞질러 쏜다. 결국 움직이는 표적의 미래 위치에 화살이나 탄환을 보내는 것이다. 목표한 위치에 탄알이 도착하는 시간과 표적이 그곳에 이르는 시간이 일치할 때 명중하는 것이다. 탄알을 쏘는 목표 위치와 타이밍은 움직이는 표적의 속도와 각도에 따라 미묘하게 달라서 한마디로는 말할 수 없다. 자신이 체득하는 수밖에 없다고 한다.

나는 새총으로 비탈길을 굴러가는 고무공과 히로가 공중으로 던져 주는 공을 두 번에 한 번은 맞힐 수 있게 되었다. 하지만 커다란 공과 화살처럼 날아오는 비둘기는 속도도 크기도 다르다. '날아가는 새를 떨어뜨린다'는 말은 내게는 그냥 환상이었다.

　나와 히로는 강 상류에 있는 양로 시설 뒤쪽에서 합류했다. '사쿠라 타운하우스'라는 세련된 이름의 이 건물은 병이나 장애가 있는 노인이 치료와 재활 훈련을 받으면서 생활하는, 병원과 양로원을 겸한 민영 시설이다. 한 달에 수십만 엔이 들기 때문에 돈 많은 사람밖에 들어갈 수 없는 곳이라고 들었다.

　강가에서 15미터 정도 떨어진 강 연안에 높이 2미터의 콘크리트로 된 하얀 벽이 둘러 있다. 벽 너머로 건물 안은 보이지 않지만 강 건너편에서는 건물의 상층부가 잘 보였다. 언제 봐도 창문과 옥상에는 사람이 보이지 않았고, 청결하지만 차가운 위화감이 느껴졌다.

　우리는 건물 벽을 등지고 강가 근처에 서서 비둘기를 기다렸다. 비둘기는 강 맞은편의 숲을 스치며 이쪽으로 날아오는 것이다. 건너편에서 날아가는 비둘기를 쏘면 탄알은 목표물을 쫓는 화살처럼 힘을 잃어서 맞혀도 떨어뜨릴 수 없다고 히로는 말했다. 사쿠라 하우스 쪽의 강가에서 새를 마주 보고 쏘면 탄알은 카운터펀치가 되고 위력이 배가 된다고 한다.

　병원의 뒤쪽은 도로를 사이에 두고 골프장 한쪽 끝에 있으며, 그 너머에는 다시 숲과 언덕이 있었다.

　'남작의 숲'이라고 불리는 그 숲은 비둘기의 둥지일 뿐만 아니라, 꿩과 누른도요와 자고새가 많아서 사냥꾼들에게는 보물산 같은 곳이라고 한다. 언덕을 돌아 숲 가운데를 흐르는 강에는 1백수십 마리의 오리가 있다고 한다. 하지만 그곳은 어느 재벌가의 사유지로, 높은 벽과 철조망으로 둘러싸인 데다 경비원이 엄중하게 경비를 서고 있어서 아무도 다가갈 수 없다는 소문이 있었다.

"왔다."

히로의 말에 하늘을 올려다보았다. 해가 기운 서쪽 하늘에 첫 번째 비둘기 무리가 역광을 받으며 떠올랐고, 순식간에 우리 머리 위를 뒤덮었다.

"자, 쏴 봐."

히로의 재촉에 나는 비둘기를 향해 마구잡이로 새총을 쐈다. 일고여덟 마리의 비둘기가 낫 모양을 이루며 날아갔다.

"늦어. 뒤를 쏘고 있잖아."

히로가 꾸짖었다. 두 번째로 여남은 마리가 날아왔다.

"잘 봐."

히로가 머리카락을 한 번 흔든 후 새총을 조준했다. 비둘기를 따라 팔을 높게 올리고는 마지막으로 하늘을 휙 후비듯이 파며 새총을 쐈다. 무리의 선두에 있던 비둘기가 공중에서 휘청하고 자세를 무너뜨렸다. 그리고 강과 담장 사이의 풀숲에 공중제비를 하며 떨어졌다.

나는 히로를 따라서 계속해서 날아오는 비둘기를 향해 정신없이 새총을 쐈다. 두 발, 세 발…… 탄알이 스쳤는지 비둘기가 마치 몸을 피하듯 휘청하고 기울어질 때가 있었다. 그리고 다섯 발째에 명중했다. 나중에 돌이켜 생각해 보니, 맞힌 그 순간 '손맛'이라는 것이 확실히 있었다.

나는 믿을 수 없는 마음으로 떨어지는 비둘기를 응시했다. 비둘기는 비상하던 여세 그대로, 하필이면 사쿠라 하우스의 담장 너머로 날아갔다. 비둘기 떼의 비행은 순식간에 끝났다.

마치 벽이 내 포획물을 삼켜 버렸다는 듯 나는 비난 어린 눈으로 담장을 볼 뿐이었다. 날아가는 새를 명중시켰다는 행운과 그 포획물을 잃어버린 불운이 겹쳐 나는 어찌할 바를 몰랐다.

히로가 떨어뜨린 비둘기를 주우면서 다가왔다. 세 마리를 들고 있었다. 나는 담장을 가리키며 히로에게 하소연했다. 한심하게도 말을 더듬고 말았다.

"마, 맞혔어……. 잡았어……."

"응, 봤어."

아무렇지 않은 듯 히로가 말했다.

"잘하던데."

"하지만 담장 너머로 떨어졌어."

"괜찮아. 기다려 봐."

히로가 그렇게 말하는 동안에 담장 너머에서 무언가가 날아와 내 발밑에 풀썩 떨어졌다. 비둘기다. 내가 잡았던 멧비둘기인 듯했다. 나는 입을 벌리고 멍하니 서 있었던 모양이다. 아직 온기가 남아 있는 비둘기를 주워 들고 히로를 보았다.

"됐지?" 히로가 싱긋 웃었다.

"어, 어떻게 된 거야?"

놀란 나를 무시하고 히로는 담장 앞까지 가서 담장을 향해 외쳤다.

"할머니, 고마워!"

목 쉰 굵은 목소리가 담장 안에서 돌아왔다.

"유. 아. 웰컴."

확실히 그렇게 들렸다.

히로는 담장 밑의 풀숲을 뒤져 풀 속에 누워 있던 기다란 물체를 꺼냈다. 대나무 사다리다. 히로는 직접 만든 듯한 사다리를 하얀 벽에 기대더니, 나를 보며 오라고 손을 흔들었다. 날렵하게 사다리를 오른 히로가 담장 위에서 안쪽을 내려다보며 "하이!" 하고 말했다. "하이!" 하는 대답에 이어 "꼬맹이, 잘 지냈니? 한동안 못 봤네." 하는 소리가 들렸다. 굵직하고 힘찬 목소리였다.

나는 크게 흔들리는 대나무 사다리를 조심스럽게 올라갔고, 히로 뒤에서 고개를 내밀어 담장 안을 엿보았다. 몸집이 커다란 초로의 부인이 벚나무 아래 휠체어에 앉아 담배를 물고 있었다. 낙낙한 버버리 체크 가운을 걸치고 하얀 바지를 입은 노부인은 나를 보고 놀란 기색도 없이 말했다.

"어라, 누구지? 꼬맹이 아빠신가?"

소년 같은 밤색 단발머리에 높고 긴 광대뼈, 넓은 이마와 끝이 살짝 들린 가는 코, 크지만 모양이 예쁜 입술의 개성적인 얼굴이었다.

"아니요, 히로의, 그러니까, 친구입니다. 처음 뵙겠습니다."

"친구라. 아하! 친구군. 하지만 학교 친구는 아닌 것 같네."

살짝 치켜 올라간 긴 눈매의 눈동자에 짓궂음과 유머가 있었다.

"비둘기 돌려주셔서 고맙습니다."

노부인은 살짝 고개를 끄덕였다. 그리고 담배를 깊이 빤 다음 코로 연기를 내뿜으며 말했다. "보다시피 다리는 이 모양이지만 어깨는 아직 쓸 만해."

"할머니는 수영 선수였어. 옛날에 올림픽에도 나갔어."

히로가 말했다. 목소리에 자랑스러움이 넘쳐 났다.

"꼬맹이, 또 부탁해도 되나?" 노부인이 말하자 "좋아." 하고 히로가 대답했다.

노부인은 가운 주머니에서 마술을 하는 듯한 손놀림으로 짠 하고 두 장의 천 엔 지폐를 빼냈다. 한 손에 담배를 끼운 채, 겹쳐진 두 장의 지폐를 무릎 위에서 재빨리 접었다. 노부인은 종이비행기로 만든 지폐를 획 던졌다. 손목의 스냅을 살려 던지는 방식이었다. 날개가 두 겹인 종이비행기가 곧게 날아왔고, 히로가 익숙하게 잡았다. 엠파이어스테이트빌딩 위의 킹콩이다.

"다음에 올 때 주면 돼. 다시 그 피리 소리로 알려 줘. 알았지? 마찬가지로 물건 값은 천오백 엔, 나머지는 심부름 값이야."

그때 건물 모퉁이에 하얀 유니폼을 입은 두 남자가 나타났다. 그들은 노부인을 가리키며 "있다니까!" 하고 말하는 듯 보였다. 잰걸음으로 다가오면서 "또 담배 피우고 있어.", "잠깐만 방심하면 이렇다니까." 등등 화난 목소리로 말하고 있었다. 노부인은 돌아보지도 않고, "흥, 게슈타포 새끼." 하고 중얼거렸다. 나는 욕설의 기발함에 놀랐다. 노부인이 히로에게 손을 들어 보였다.

"또 보자, 꼬맹이."

그리고 나를 향해 말했다.

"생각났다. 당신, 아즈나부르 닮았어. 샹송 가수이자 배우인 샤를 아즈나부르."

"그리고 부인은 캐서린 헵번을 닮으셨습니다."

내가 말했다.

"흥, 〈황금 연못〉의?"

"아니요, 〈실비아 스칼렛〉의 헵번입니다. 캐서린 헵번이 스물아홉

살이었을 때 그런 헤어스타일이었습니다.”

“하핫, 잘도 그런 말을!”

딱딱한 노부인의 얼굴이 기분 탓인지 붉어진 것처럼 느껴졌다.

화난 표정의 간호사들이 양쪽에서 휠체어를 붙잡고 담장 위의 우리를 노려보며 날카로운 목소리로 말했다.

“당신들은 누구야?”

“친구야, 내 친구.”

불만 있느냐는 표정으로 노부인은 말했다. 휠체어째로 끌려가던 노부인이 돌아보며 말했다.

“빈말이라도 고마워. 샤를!”

6

정말로 독특하고 인상적이었던 노부인 캐서린(나는 그녀를 혼자 몰래 그렇게 부르기로 했다)과 히로의 만남은 이렇게 시작되었다고 들었다……

반년 정도 전의 어느 날, 히로는 강을 건너오는 비둘기를 쐈고, 비둘기는 담장 너머로 떨어졌다. 포획물을 포기한 순간, 비둘기가 담장 너머에서 던져져 되돌아왔다. 놀라서 담장 근처의 나무에 올라가 안을 엿보았다. 하얀 꽃잎이 하늘하늘 떨어지는 벚나무 아래 휠체어를 탄 한 ‘할머니’가 있을 뿐, 넓은 정원에는 인기척이 없었다.

"비둘기를 던져 준 사람이 할머니야?"

"응, 나야. 너, 새총 잘 쏘던데. 방 창문에서 가끔씩 봤단다."

"고마워, 할머니."

"고맙다……. 오랜만에 들어 보는 말이네."

"할머니는 다리가 아파?"

"응. 참 아이러니하지. 예전엔 누구보다 강하고 유연한 다리였는데 말이지. 젊었을 때는 물이랑 남자들을 걷어찼던 다리란다."

캐서린은 작은 은색 병을 이따금씩 꿀꺽꿀꺽 들이켜며 무언가를 마시고 있었다.

"그래서 약 먹는 거야?"

"이거 말이니? 이건 버번이라는 약인데, 나쁜 마음을 소독해 준단다. 꼬맹이, 너도 먹어 볼래?"

…… 두 사람은 그렇게 해서 알게 되었다.

그리고 그때 히로는 물건을 사다 달라는 부탁을 받았다. 역 앞 상점가의 켄터키프라이드치킨에서 체리 스모크 브로일러를 사다 달라며 2천 엔을 받았던 것이다. 할머니는 대리업의 몫으로 25퍼센트는 당연하고 타당하니까 받아야 한다고 우겼다고 한다. 히로는 사 온 브로일러구이용 영계를 끈으로 묶어서 담장 너머로 전달했다.

히로는 대숲의 대나무를 베어 사다리를 만들었다. 그리고 이곳에 올 때면 사다리를 이용해서 담 너머로 캐서린과 만났고, 그녀의 이야기를 듣는다고 한다.

캐서린은 헬싱키 올림픽에도 출전했던 유명한 크롤 선수였다고 한다. 더없이 수영 선수다운 넓고 원만한 곡선을 그린 어깨와 긴 팔에서는 여전히 강인함이 느껴졌다. 히로는 캐서린이 비둘기를 던지는 모습을 담장 위에서 몇 번인가 봤다. 캐서린은 휠체어에 앉은 채 한 손에는 담배 또는 버번 플라스크를 들고, 다른 손으로 멧비둘기의 다리를 잡아 크게 와인드업을 한 후 높이 내던지는 것이다. 넓은 등을 곧게 세우고 던지는 순간 단발머리가 화악 퍼져서 '멋있다'고 한다.

캐서린은 외국에서 살았던 적도 있어서, 그때 프랑스와 이탈리아의 새 요리 맛에 매료되었다. 지금은 갇힌 몸이라서 브로일러로 참고 있지만 좋은 시절이었다면 한 달에 한 번은 야마시타 초의 엑설런트 코스트와 긴자의 벨레 프랑스나 쉐르네 같은 곳에서 새 요리를 즐겼을 것이라는 이야기, 파리의 장 물랭에서 먹었던 살구 콩피 오리를 잊을 수 없다는 이야기 등을 들었다…… 나의 왕성한 상상력이 조금 윤색을 했겠지만 히로의 이야기는 그런 내용이었다.

더구나 히로는 이런 이야기도 했다……. 캐서린은 그 좋아하는 브로일러를 혼자서 먹는 것 같지 않았다. 가끔 다른 할머니와 함께 히로를 기다릴 때도 있었다. 체격이 큰 캐서린과 대조적으로 그 할머니는 '쪼그라든 경단처럼 하얗고 동그랗고 조그만 할머니'라고 한다. 서 있어도 휠체어에 앉은 캐서린과 키가 비슷할 정도였고, 항상 생글생글 웃고 있다고 한다. 그 할머니가 히로를 처음 봤을 때, "아, 이 아이가 당신이 얘기한 안타여보, 당신이라는 뜻구나." 하고 말했다. "바보 같이. 안타가 아니라 헌터. 새총의 달인이라고."

캐서린은 말은 거칠게 하면서도 그 조그마한 체구의 할머니를 이 것저것 돌봐 주고 있는 듯했다. 그 할머니는 배회하는 버릇이 있어서 때때로 '쇼핑'하러 나갔다가 모습을 감추기 때문에 눈을 뗄 수가 없는 모양이다. 아이처럼 작은 몸집 때문에 수위실 창문 아래로 부리나케 나가는 할머니의 모습이 수위에게는 보이지 않는다고 한다.

나는 장애가 있는 몸이면서도 타인을 배려하는 캐서린이 기골과 상냥함을 겸비했다고 판단했다. 어떤 사정이 있는지는 모르지만 담장 안에 갇혀 있기에는 너무 아까운, 매력이 넘치는 사람이라고 생각했다.

두 번째 수술, 열다섯 달째의 검진에서 나는 무사했다. 저번 수술 후 열다섯 달째에 재발했던 것이다. 혈액검사, 초음파, CT 촬영 등의 검사 결과, 암은 이제 전혀 눈에 띄지 않는다는 진단이었다.

솟아오르는 기쁨이 감사와 용기가 되었다. 여분으로 받은 보너스 같은 생명과 힘을 다른 사람에게도 나눠 주고 싶은, 무언가 과감한 것에 도전해 보고 싶은, 그런 의욕이 솟았다.

주치의 선생님이 검사 자료를 보면서 환한 표정으로 말했다.

"좋군요. 최근 일이 년 중에서 지금이 가장 안정적입니다. 그리고 보기에도 건강해 보입니다. 뭔가 생기가 넘쳐요. 젊은 애인이라도 생겼습니까?"

젊은 애인……. 만약 그런 존재가 내 건강을 호전해 주고 있다면 그 사람은 히로다. 히로와 만난 요 몇 개월, 나는 병에 대해 거의 잊고 있었다. 그 야생아가 뿜어내는 생기와 활력이 내게 침투한 걸까.

히로를 보고 있으면, 나도 과거에는 저렇게 눈을 반짝이고 있었을까? 저렇게 자유롭게 살았을까? 하는 생각이 든다. 그 아이는 할아버지에게 맡겨지면서 이곳에 오게 된 지 2년 정도가 된다고 한다. 그 동안 히로는 친구를 한 명도 만들지 않았다. 불행에 꺾이지 않고, 누구에게도 도움을 요청하지 않는 대신 자신 역시 아무것도 주지 않고 자신만을 위하면서 고독하게 원하는 대로 살아왔다.

부모님을 잃기 전까지의 생활에 대해서는 모르지만 아이를 보면 본래 좋은 교육을 받았을 거라 짐작된다. 남에게 폐를 끼치지 않고, 다른 사람에게 관여하지 않지만 자신도 남이 관여하는 것을 거부하는 성향이 있다. 그렇게 자긍심 높은 소년이 왜 나를 받아 줬을까.

나와 히로를 잇는 하나의 끈인 밀렵에 대한 갈망…… . 남자와 남자를 잇는 끈…… . '마음속까지 쏟는 깊은 교류는 금물입니다. 애정의 끈은 풀기 쉽게 해 둬서 만남도 헤어짐도 자유로운 것이 좋습니다.' 라고 한 사람은 누구였던가.

내게는 요즘 가끔씩 보는 꿈 같은 이미지가 있다. 나와 히로가 세라 페케트호로 여행을 하는 모습이다. 그 움직이는 집에서 둘이 살고 있는 모습이다…… . 그리고 신이 내게 준 이 젊은 애인과의 밀월 같은 나날이 어느 날 갑자기 끝나는 그 공포의 예감이 드는 이미지다.

호전된 병세를 자축하고 싶은 마음에 히로에게 바다로 드라이브를 가자고 꾀었다. 강바람이 12월을 알리는 호적號笛처럼 울고 있었다. 이날 히로는 두툼한 모직 셔츠에 오리털 재킷을 입고 있었다. 요전에 내가 술책을 부려서 입힌 옷이다. 최근 들어 갑자기 키가 큰 히로에게는 한 사이즈 크고, 내게는 한 사이즈 작은 재킷을 골라 구입했었다. 내구성이 뛰어나기로 정평이 난 브랜드의 제품이다. 셔츠는 일부러 두 번 정도 빨아서 새것처럼 보이지 않게 했고, 아깝지만 조금 더럽혀 두었다.

그날 아침 나는 캠핑카에서 20리터의 물을 끓여 두었다. 아침 사냥 후 생각났다는 듯 내가 먼저 샤워를 해 보였다. 수건 한 장만 걸친 내 몸의 배에 난 130바늘의 상처를 보고 눈을 동그랗게 뜨던 히로는 순식간에 내게 옷이 벗겨진 후 샤워실로 떠밀려 들어갔다. 히로가 신기해서 환호성을 지르며 샤워를 하고 있는 동안 나는 히로가 입고 있던 옷을 재빨리 빨아서 차와 버드나무 사이에 묶어 둔 빨랫줄에 널었다.

몸에서 김을 피워 올리며 나온 히로를 닦아 주면서, 네가 입고 있던 옷은 내 옷과 함께 빨았으니 내가 입던 옷이지만 마를 때까지 대신 그 옷을 걸치고 있으라고 했던 것이다. 히로는 의심도 하지 않고 주눅 든 기색도 없이 내가 주도면밀하게 준비해 둔 옷을 입었다.

다음 주, 다시 세탁소에 보냈다가 찾아온 히로의 옷을 돌려주면서 재킷도 함께 내밀었다.

"난 작아서 입을 수 없는 옷이야. 괜찮으면 네가 입어 줘."

"고마워. 나, 사실은 이 옷 엄청 마음에 들었어." 히로가 말했다. 그 한마디로 나는 보상을 받았다.

찬바람이 부는 초겨울 바다는 하얗게 파도가 일었고, 썰렁했다. 여름에 해수욕객으로 북적였던 해변에는 야윈 개 한 마리 없었다. 갯바람에 기울어진 듯한 식당에서 우리는 대합을 구워 먹었다. 풍로 숯불에 구운 조개에 간장을 떨어뜨리기만 한 소박한 요리였지만 히로는 '맛있다'를 연발하면서 세 접시나 먹었다.

우리는 거친 바다를 보면서 난방을 한 차 안에 엎드려 오후의 한때를 보냈다. 나는 지금까지 가슴 뛰며 읽었던 이야기 속에 나오는 밀렵의 교묘한 수법들을 히로에게 들려주었다. 이런 이야기다.

실을 꿴 바늘을 지렁이에 꽂는다. 자고새 발자국이 많은 덤불 근처에 지렁이를 두고 실을 늘어뜨린다. 모래로 덮어 둔 실 끝을 풀뿌리나 돌에 묶는다. 지렁이를 삼킨 자고새는 바늘이 목에 걸린다. 그리고 '춋토코이_{자고새의 울음소리가 춋토코이('잠깐 와 봐'라는 뜻)처럼 들린다고 한다}' 하고 동료를 부르지도 못하고 한바탕 날뛴 후에 뻗는다…… 이 이야기를 들은 히로는 "자고새가 바늘에 꿰인 지렁이를 국수처럼 후루룩 삼키겠어?" 하고 웃어넘겼다.

이런 이야기도 있어. 동그랗게 자른 도화지를 말아서 소프트아이스크림 콘처럼 고깔 모양으로 만든다. 꿩이 다니는 곳에 작은 구멍을 파고 그 종이 고깔을 꽂는다. 고깔 안쪽에 풀을 한 번 발라 두고 먹이를 떨어뜨린다. 먹이를 덥석 문 꿩은 고깔 끝으로 부리를 내민 채 고깔을 뒤집어쓰게 된다. 꿩은 얼굴에 딱 달라붙은 종이를 다리로 긁어 떼어 내려고 하지만 떨어지지 않는다. 눈이 보이지 않게 된 꿩은 날지 못한다. 어, 이상하네? 하고 고개를 갸웃거리며 꿩은 그 자리에 꼼짝 못하고 선다. 그때 붙잡는다…… "이야기로는 재밌지만," 하고 히로는 말했다. "경계심 강한 야생 꿩은 사람의 냄새가 풀풀 풍기는 것에는 일단 접근하지 않아."

그러면 이건 어때. 물에 불린 건포도 껍질을 칼로 잘라서 안의 과육을 도려낸다. 대신에 잘게 부순 수면제를 채우고 껍질을 다시 한 땀 한 땀 꿰맨다. 수면제를 넣은 건포도를 숲에 뿌린다. 이것을 먹은 꿩은 정신이 몽롱해져서 비틀비틀 날아와 그 주변 아무 곳에나 멈춘다. 걸어가서 잡으면 땡이다…… 히로는 큰 소리로 웃었다.

"수면제의 양도 적당하고 건포도를 꿰매는 작업도 제대로 했다고

쳐. 또 수면제와 실밖에 안 남은 건포도를 먹을 멍청한 꿩이 있다고
쳐. 약에 취한 꿩은 어느 쪽으로 날아가지? 그 주변에 멈춘다는 건
어디 주변이지? 어디 있는지 짐작도 못하고 꿩을 찾아 숲 속을 헤매
야 하는 거잖아." 히로는 말했다. 로알드 달이 쓴 청소년 문학의 명
작 『우리의 챔피언 대니』에서 선보인 기상천외한 명안도 히로에게 걸
리면 실현성 없는 탁상공론이라고 무시당하는 형편이었다.

"아직 남겨 둔 비장의 무기가 있지." 나는 끈덕지게 버텼다. 오리
떼가 있는 강에서 조심성 많고 겁쟁이인 오리들을 놀라게 하지 않고
재빨리 한 마리만 잡는 방법이다. 강가에서 가까운 수심 1미터 정도
의 물속에 말뚝을 박는다. 말뚝 윗부분이 수면에서 10센티미터 정도
나오도록 한다. 낚싯바늘을 매단 낚싯줄을 강가에 고정한다. 실 중
간에 크고 무거운 동글동글한 돌을 감아서 단단하게 묶는다. 낚싯바
늘에 베이컨을 끼워 물에 흘려보내고, 낚싯줄을 묶은 돌을 말뚝 위에
살짝 올려둔다. 돌이 말뚝 위에서 불안정하게 흔들리는 것이 중요하
다. 오리는 물 위에 뜬 베이컨을 삼키며 실을 잡아당긴다. 불안정한
돌은 말뚝에서 떨어져 물속에 잠긴다. 무거운 돌은 발버둥 칠 틈도
없는 오리를 물밑으로 끌고 간다. 오리는 순식간에 모습을 감추고,
동료 오리들은 눈치채지 못한다……

"응, 그건 한번 시도해 봐도 좋겠어."

마침내 히로가 그렇게 말했다. 어때, 기발하지? 이게 바로 발데마
르 본젤스가 생각해 낸 비책이야!

우리는 돌아오는 길에 도로변에 있는 식당에서 저녁을 먹었다. 주
문한 오야코돈親子丼 닭고기 계란덮밥을 보고 깜짝 놀랐다. 고봉밥 위에 올

려 있는 것은 소고기와 달걀이다. 소와 달걀이 오야코부모 자식 관계인지
는 몰랐다. 그런데 믿기 힘들겠지만, 맛있었다.

뒤쪽 좌석에서 식당 주인아저씨와 큰 소리로 떠들며 맥주를 마시
는 남자들이 있었다.

"우와, 완전히 당했어. 당했다고. 엉덩이를 맞았다니까."

"여기 봐, 이 꼴 좀 보라고."

"오른쪽 엉덩이에 암염이 너덧 알이나 박혔어."

"완전히 소금에 절인 돼지군. 양배추랑 먹으면 맛있지."

"소금절이 돼지가 돈가스에 술을 마시고 있군."

"닥쳐. 너도 맞았잖아. 그것도 얼굴을. 얼굴이 완전히 왕소금 크래
커야."

"흥, 이건 태어날 때부터 그런 거고."

"정말이지 인정사정없이 퍼붓더군. 그 숲의 경비 새끼들……."

"해 보라지. 끈질기게 가 줄 테니까."

"그건 그렇고. 그 숲에는 있던데."

"확실히 있어. 꿩도 오리도 바글바글해."

남작의 숲을 이야기하는 듯하다. 밀렵을 하려고 몰래 잠입한 동네
남성들이 숲의 경비에게 걸려 암염을 채운 엽총을 맞고 허둥지둥 도
망 나온 것이다. 슬쩍 돌아보니 엉덩이를 맞았다고 하는 억세 보이는
남자가 엉덩이의 절반만 의자에 걸치고 앉아 술을 마시고 있었다. 돼
지라기보다 멧돼지 같은 남자였다. 위험해 보이는 얼굴로 위험한 이
야기를 하고 있었다.

"나를 쏜 애송이 녀석 얼굴은 확실히 기억해 뒀어. 다음에 길에서

보면 덤프트럭으로 밀어 버릴라니까."

돌아오는 차 안에서 나는 부글부글 끓어오르는 모험심이라고 할까, 불끈불끈 솟아나는 무모한 행동에 대한 갈망을 억제할 수 없었다. 나는 핸들을 꽉 쥔 채 말했다.

"히로, 그 남작의 숲을 한번 쓸어 버릴까!"

히로는 놀라서 내 얼굴을 보았다.

"그것도 아주 철저하게. 백수십 마리라고 하는 오리를 싹쓸이해 버리자."

"무슨 소리야. 그곳은 절대 무리야."

"해 보지 않으면 모르지."

7

재벌이 자신 소유의 광대한 산림을 가꿔서 숲을 만들고 언덕을 녹지화하고 강물을 끌어와 그곳에 새를 풀어 놓고 먹이를 주면서 야생 조류 농원이라는 별천지를 만들었다는 이야기는 소문을 들어 알고 있었다.

엄중한 울타리로 외부인의 접근을 차단한 이 성역은 누구 할 것 없이 '남작의 숲'이라고 부르고 있다. 이 지역 내에서는 모르는 사람이 없지만 어디까지나 입에서 입으로 전해지는 소문이었으며, 이 숲의 실태를 명확하게 알려 줄 자료도 기록도 없다. 지주인 재벌을 사람들이 하겐베크라고 부르기도 하는 것을 보면 외국인인가 싶기도 했다. 하지만 사람들이 그 이름을 입에 올릴 때는 모두가 두려움과 질투가 섞인 혐오의 표정을 지었다. 갖가지 소문이 떠돌지만 숲의 주인이 누구에게도 호감을 얻지 못했다는 점에서는 일관적이었다.

내가 늘 이용하는 주유소 주인은 안테나를 세우고 사람들의 소문을 모으고 있어서, 근방의 일에 대해서는 모르는 게 없는 남자라고 들었다. 나는 세차를 하고 기름을 가득 채우는 동안에 주유소 주인에게 정보를 얻어 내기로 했다. 나의 세라 페케트는 헤비 드링커로, 한 번에 69리터의 연료를 삼키기 때문에 나는 이 주유소의 소중한 고객이었다.

주인은 석양을 향하고 있는 파라볼라안테나처럼 둥글고 크고 붉은 얼굴의 쾌활한 남자다. 나는 떫은 차를 얻어 마시면서 이야기를 자연스럽게 남작의 숲으로 끌고 갔다.

"남작이라고 하는 걸 보면 숲의 주인은 원래 귀족인가?"

"귀족은 무슨. 원래 비적匪賊이야."

안테나에게서 호의적이지 않은 대답이 튀어나왔다.

"삼대 전에는 만주에서 마적을 했었나 봐. 약탈한 금은을 들고 대지진 다음 해에 일본으로 돌아왔어. 재목, 건재를 독점해서 재산을 늘렸고, 쇼와시대가 시작될 무렵 이 부근 일대의 산림을 헐값에 손에 넣었지."

직접 본 듯한 말투였다.

"삼대째인 지금 주인은 알 만한 사람은 다 아는 멍청이지. 십 년 전에 토지의 절반을 한창 붐이 일었던 관광사업에 팔아넘겼어. 그게 저 골프장이지."

"그러면 남작이라는 호칭은?"

"그 골프장이 된 땅이 원래는 감자밭이었거든. 남작감자의 남작."

나도 모르게 웃음을 터뜨렸다.

"감자 벼락부자인 건가. 하지만 하겐베크 어쩌고 하는 이름은? 북미나 독일의 피라도 섞인 사람?"

"하겐베크는 무슨. 그냥 하게_{대머리}지. 속을 알 수 없는 수상한 놈이야. 내가 보기에는 말이지."

낙천적이고 성격 좋아 보이는 주인이지만 하겐베크에 대해서는 말투도 거칠게 마구잡이로 헐뜯는다.

"이곳에 한 번 금색 캐딜락을 타고 온 적이 있어. 거름통에 빠진 것 같은 황금색이었지. 요즘 같은 시대에 캐딜락이라니……. 취향하고는. 그때 하필이면 우리 신참인 젊은 애가 잘못해서 일반 휘발유를 넣어 버린 거야. 대머리 주제에 빨갛게 염색한 머리를 치켜세운 커다란 남자가 차에서 뛰어나왔는데, 완전히 대머리 곰이었어. 송충이 눈썹을 치켜세우며 고함을 치더군. 이 무식한 자식, 이게 일반 휘발유로 달리는 차로 보이느냐면서. 우리 주임이 달려 나가 사과하면서 바로 고급 휘발유로 바꿔 드리겠다고 차로 다가가는데, 그 더러운 손으로 차를 만지지 말라고 달려드는 거야. 도저히 참을 수 없었던 내가 뛰쳐나가서 한마디 해 줬지. 내가 우리 점원에게 차를 보지 말고 사람을 보고 가솔린을 결정하라고 교육했다고 말이지. 대머리는 화가 나서 날뛰더군. 이 주유소 문 닫게 해 주겠다고 큰소리치고는 돈도 내지 않고 가 버렸어."

석양 속의 파라볼라안테나가 한층 붉어졌다.

"서양의 귀족이 산다는 샤토 같은 성에 살고 있다던데."

"허 참! 샤톤지 철탑인지 모르겠지만, 러브호텔이야. 역 앞의 남녀가 들락거리는 여관처럼 덕지덕지 날림으로 지은 집이지. 공사 도급을 맡았던 토건업자가 내 지인인데, 돈을 못 받아서 도산했어."

"그곳의 숲과 강에는 꿩도 오리도 엄청 많다면서."

"응, 그건 사실이야. 하지만 그 뭐냐, 동물 애호니 그런 게 아니야. 그 반대지. 총을 쏘려고 키우고 있으니까. 키워서 총으로 잡는 거야. 사냥 기간도 면허도 수렵세도 전부 무시하고, 그곳에서는 하고 싶은 때 아무 때나 사냥을 해."

내가 타인의 위법에 대해 이러니저러니 할 수는 없는 처지지만, 이건 대의를 위해서다. 나도 모르게 속으로 뻔한 거짓말을 하면서 나는 파라볼라 씨를 부추겼다.

"아무리 자기 땅이라고 해도 그건 위법 아닌가. 단속 못 하나?"

"경찰서장도 시의원도 한통속이야. 놈들도 그곳에 초대받아서 밀렵을 하거든. 사실 밀렵 따위는 애교야. 서장은 대머리 곰의 브라우닝을 빌려서 쏜다니까. 서장도 총기 불법 소지인 셈이지. 이건 친하게 지내는 방범 순경에게 들은 확실한 이야기야. 그곳에서 가끔씩 하는 가든파티의 사냥과 바비큐를 놈들도 즐기고 있어."

"사병 비슷한 경비가 있어서 총을 들고 지키고 있다던데."

"동서남북에 초소가 있어서 온종일 순찰을 돌아. 총을 쏘고 싶어서 근질근질한 놈들뿐이야. 거기다가 개도 있지. 난폭한 개를 풀어놓고 키워……. 여하튼 이거고 저거고 다 흉내 내는 거야."

"무슨 말이야?"

"십 년 전에 대머리 곰이 토지의 절반을 골프장에 팔아 버린 돈으로 요란한 세계 여행을 떠났어. 그때 의원의 소개로 독일의 진짜 귀족이 사는 진짜 샤토가 있는 영지에서 메추라기 사격을 해 본 거야. 꼴에 또 그 진짜의 풍요로움과 우아함에 크게 감격한 거지. 바로 이거야! 하고 생각했겠지. 좋아, 나도 이 노선으로 가겠어, 하고 말이지. 그런 어리석은 일념으로 저렇게 가짜 샤토를 만들어 냈지……. 아, 니시키 씨. 세차에 왁스까지 다 끝났어."

이런 이야기를 들어도 남작의 숲을 습격하겠다는 내 야망은 조금도 식지 않았다. 소문이기는 해도 숲 주인의 인품을 알게 되자 오히려 물을 먹이고 싶다는 마음이 강해졌다. 불가능해 보이는 일에 도전하려는 사람도, '해 보지 않으면 모른다'고 말한 사람도, 이번에는 히로가 아닌 나였다. 그 사실을 깨닫고 나 자신이 놀랐다.

숲 습격은 어디까지나 히로와 나, 둘이서 할 생각이다. 하지만 나 혼자라면 몰라도 히로를 숲에 잠입시켰다가 위험한 상황에 처하게 할 수는 없다. 호랑이 굴에 들어가지 않고 호랑이 새끼를 잡는 방법은 없을까? 나는 생각했다. 일단 무엇보다도 적의 진영을 아는 것이 우선이다. 모든 계획은 그다음부터다.

의욕이 충만할 때는 머리도 잘 돌아간다. 신의 계시처럼 번쩍 떠오르는 것이 있었다. 화살에 줄을 매다는 그런 실효성 없는 아이디어가 아니었다. 진정한 명안이었다.

나는 히로를 만나자마자 말했다.

"히로, 너, 무선조정으로 움직이는 거 잘 만들지?"

"응, 좋아해."

"저번 그 기계 오리에 감탄했어. 공중을 나는 것도 만들 수 있니?"

"모형 비행기나 모형 헬리콥터 같은 거?"

"응, 그런 거. 비행기 구조인데 겉모양이 오리인 것을 만들 수 있을까?"

"할 수 있을걸. 부품만 있으면."

나는 내 생각을 히로에게 들려주었다. 남작의 숲 습격 계획이다. 내키지 않는 표정으로 듣고 있던 히로가 조금씩 흥미를 갖기 시작했음을 알 수 있었다. 마침내 그 뭔가 재밌는 일이 없을까 하고 눈을 반짝이는 평상시의 히로가 되었다.

"하지만 돈이 많이 들어. 재료와 모터, 프로포셔널도 내 걸로는 안 돼. 더구나 그건 조종이 어려워. 자이로도 필요하고……."

프로포셔널이 무선조종기라는 것, 이 계획에 맞추려면 소음과 배기통이 없는 전동 모터를 동력원으로 해야 한다는 것, 비행 자세 제어에 자이로 등 하이테크 기재가 필요하다는 것, 보통은 열 시간이 걸리는 충전을 30분에 끝내는 급속 충전식 배터리가 필요하다는 것, 그것들을 구입하는 데에만 7, 8만 엔은 필요하다는 것 등을 히로가 설명해 주었다.

"돈은 걱정하지 마. 내게 맡겨. 그 정도 출자는 아무것도 아니야. 우린 큰일을 하려는 거니까."

"좋아, 해 볼래."

"당연히 그래야지."

우리는 시내 상가에서 기재와 부품을 사 모았다. 그리고 나는 과거 근무처의 한 남자에게 전화해 내가 원하는 물건의 제작을 의뢰했다. 그 남자는 고장 나서 버려진 카메라를 모아 재조립해서 세상에 없는 이상한 카메라를 만드는, 이상한 취미가 있는 조금 별난 남자다.

무선조종 오리 제작은 내 차에서 진행했다. 히로가 들고 옮기기에는 조금 무거운 기재도 있고, 부품을 추가해야 할 때는 바로 달려가서 사 올 수 있는 편리함도 있고, 공구도 갖춰져 있는 세라 페케트호가 공작실로 적합했다.

히로는 여전히 차로 데려다주는 것을 거절했고, 추운 날에도 비 오는 날에도 롤러스케이트로 찾아왔다. 날씨가 궂은 날에는 도중에 사고가 나지 않을까 걱정이 돼서 히로의 모습을 보기 전까지 안절부절 못했다. 진눈깨비가 내리는 날이면 나는 뜨거운 샤워를 시켜 주기 위해서 물을 끓여 두고 히로를 기다렸다.

히로가 공작에 열중하고 있는 동안 나는 옆에서 책을 읽기도 하고, 테이프로 엘라 피츠제럴드와 페기 리의 곡을 듣기도 했다. 비 오는 날의 빌리 홀리데이는 특히 애절했다. 또는 쌍안경으로 새를 바라보기도 하고, 꾸벅꾸벅 졸기도 했다. 혼자서 강변이나 덤불을 걷기도 했지만, 왠지 사냥을 하고 싶은 마음은 들지 않았다. 카지노의 대형 금고 습격을 도모하고 있는 남자가 노상강도 짓을 하지 않는 것과 마찬가지다. 대업을 목전에 두고 있자 다른 일에는 손이 가지 않았다.

히로는 손을 놀리면서 이야기를 하는 때가 있었다. 역시 불평도 신세 한탄도 아닌, 숲 속 생활의 지혜로 가득한 이야기뿐이었다. 예컨대…… 산토끼가 뛰어오를 때 휘파람이든 뭐든 짧고 날카로운 소리를 내면 토끼는 우뚝 멈춘다. 귀를 쫑긋 세우고 눈을 동그랗게 뜨며

'뭐야, 뭐야?' 하듯 뒤를 돌아본다는 이야기, 도망간 토끼는 한 바퀴 돈 다음 반드시 원래 장소로 돌아오므로 나무 그루터기에라도 앉아 담배 한 대 피우면서 기다리고 있으면 된다는 이야기…….

자고새 무리가 숨어 있을 만한 풀숲에서 사람이 새와 보조를 맞춰 다가가면, 새는 일정 거리를 유지하면서 풀숲으로 들어가 모습을 감춘다. 따라서 걷다가 갑자기 우뚝 멈춰 서면 된다. 그러면 자고새는 자신들이 발각되었다고 생각하는지 그 순간 연달아 날아오른다는 이 야기…….

이런 이야기도 했다. 사람이 애지중지 키워 딸기가 빨갛게 열리면 까마귀가 하루아침에 먹어 버린다. 요란하게 울리는 종도 커다란 눈 동자가 그려진 풍선도 까마귀는 금방 익숙해져 놀라지 않는다. 그럴 때는 딸기 잎 사이에 낚싯줄을 마구잡이로 둘러놓으면 된다. 그러면 그 즉시 까마귀가 다가오지 않게 되는데, 낚싯줄이 발에 감기는 것을 엄청 싫어하는 것 같다는 이야기…….

사람들은 부부 사이가 좋으면 원앙에 비유를 하는데, 비둘기도 왜 가리도 배우자가 총에 맞으면 일단 도망가지만 이내 되돌아온다. 그 때를 기다려 다시 사냥한다는 이야기에는 생각하게 하는 부분이 있 었다. 히로의 이야기는 모두 그 자신이 직접 보고 경험해서 알게 된 사실이다.

"말을 타는 것, 총을 쏘는 것, 진실을 말하는 것……."이라고 했던 이자크 디네센덴마크 작가의 말을 나는 문득 떠올리기도 한다.

나는 세라 페케트호에 있을 때 가장 마음 편했다. 그리고 히로와 함께하는 시간이 가장 충만했다. 3년 동안의 병고의 기억은 날마다

옅어졌다. 인생은 사람을 몹시 아프게 할 때도 있지만 꾹 참고 견디
면 다시 평온한 시기가 찾아온다는 생각이 들었다.

히로는 무선조종 오리를 일주일 만에 완성했다. 쭉 편 날개, 길게
뻗은 부리 끝에 프로펠러를 달았다. 오리 모양의 형태는 가벼운 알루
미늄 뼈대에 면사를 씌워 만들었다. 머리와 목은 초록색, 목 아래에
하얀 링, 몸체는 갈색으로 칠해져 있었다. 아오쿠비파란 얼굴라고도 불
리는 청둥오리의 모습이었다.

어제 도착한 주문 제작 카메라를 오리 배에 장착했다. 카메라는 불
필요한 부분을 전부 제거하고 구조를 그대로 노출시켜서, 도저히 카
메라로는 보이지 않았다.

"카메라를 단 가모오리니까, 이 카메라를 단 녀석의 이름은 가모라
라고 하자." 내가 제안했다.

"그리고 강에서 추적하는 오리는 도크라고 하자."

"도크? 개?"

"양 떼를 모으는 양치기 개 같으니까, 개의 도그와 오리의 덕을 합
쳐서 DOCK야."

"뭐든 상관없지만…… 이름 붙이는 걸 좋아하네."

그때 나는 분명 얼굴이 빨개졌을 거라고 생각한다.

8

바람이 잔잔하고 맑게 갠 날, 하나키가와 강 둑 위에서 가모라호의 비행 테스트를 했다. 히로는 금방 요령을 터득했다. 이런 일에서 히로는 놀라울 정도의 재능을 보인다. 겨울 하늘에 높게 낮게 나는 가모라는 멀리에서 보면 활공하는 물오리로 보였다. 보고 있으면 즐거웠다. 나도 언젠가 히로에게 조종하는 법을 배워서 이렇게 무선조종 오리를 날려 보고 싶다고 생각했다. 히로의 손끝 하나로 가모라는 멋지게 회전한 다음 발밑에 착륙했다. 이제 행동 개시다.

나는 5만분의 1로 축소한 지형도를 들고 히로와 함께 세라 페케트 호를 출동시켰다. 지도는 이 지역 일대의 지형은 정확했지만, 정작 중요한 남작의 숲 부분은 예전의 산림이었던 상태 그대로여서 현재의 상황을 아는 데에는 도움이 되지 않았다. 지도로 볼 때, 남작의 숲 내에는 강이라고 할 만한 강은 없었다. 하지만 근처 한 곳에서 일급 하천수인 요로이가와 강이 숲의 외곽을 스치듯 흐르고 있다.

요로이가와 강은 현의 남부 구릉지의 산에서 시작해 70킬로미터를 굽이굽이 흘러 유유히 바다로 들어가는 큰 강이다. 남작의 숲 내에는 지형도에 표기될 정도는 아니지만 원래 작은 물길이 있었을 것이다. 숲의 주인은 아마도 그 요로이가와 강 일각에서 끌어온 물을 수로나 운하처럼 만들어 물길을 넓히지 않았을까.

남작의 숲 바깥쪽을 차로 달려 보았다. 20킬로미터 정도 되었다. 역시 소문대로 키가 큰 나무들이 늘어선 곳과 산울타리가 두껍게 둘러진 곳이 있었고, 어떤 곳은 담장과 가시철사를 두른 삼엄한 울타리로 완전히 둘러싸여 있었다. 경비 초소 같은 곳도 있었다. 잠입하지 않는 한 택지 안을 엿볼 수는 없을 것 같았다. 멀리서 총성이 들렸다. 오늘도 새나 사람의 엉덩이를 쏘고 있는 모양이다.

요로이가와 강과 남작의 숲에 가장 가까이 다가갈 수 있는 강가를 샅샅이 뒤져서 취수구를 찾아냈다. 버드나무와 수초가 무성한 강가에 언뜻 보면 배수구로도 보이는, 마름돌과 콘크리트로 만든 도랑이 커다란 입을 벌리고 있었다. 배수가 아니라, 반대로 큰 강의 물을 조용하지만 거침없이 빨아들이고 있었다. 예상했던 대로였다.

마침내 가모라호의 출격이다. 무선조종 전파가 닿는 최장 거리는 약 1천 미터다. 고도 30미터 정도의 높이로 이 도랑 끝에서 남작 숲 안으로의 비행이 가모라의 첫 정찰이었다. 5백 미터쯤 침입했다고 여겨지는 곳에서 카메라 셔터를 눌러 두세 장의 사진을 찍고 돌아오게 했다.

가모라의 모습이 나무숲 사이로 사라졌을 때는 불안했다. 나무나 높은 물체에 부딪히지는 않을까, 경비에게 발각되어 격추당하지는 않을까 안절부절못했다. 가모라가 아무 일 없었다는 듯이 돌아왔을 때, 히로와 나는 자신도 모르게 얼굴을 마주 보고 웃었다. 지도에 가모라를 날린 위치와 방향, 셔터를 눌렀다고 생각되는 장소를 표시했다. 그날은 그것으로 철수했다. 한 번에 너무 많이 보면 안 된다고 생각했다. 그날은 총성도 들렸고, 가모라의 광각렌즈와 카메라의 자동 초점 성과도 빨리 확인하고 싶었다.

현상해서 확대한 종이 사진은 의외일 정도로 선명했다. 30미터 높이의 조감으로 정원 같은 풀밭 가운데를 흐르는 강을 포착했다. 강은 석양을 반사하며 빛났다. 숲 일각이 찍힌 것도 있었다. 테스트는 아주 성공적이었다. 하지만 사진은 어디까지나 아주 일부분에 불과해서 남작의 숲의 전모를 파악할 자료는 되지 못했고, 또한 그곳에는 한 마리 새도 보이지 않았다.

다음 날 다시 출격했다. 쾌청하지만 뼛속까지 한기가 스미는 추운 날이었다. 남작의 숲 주변을 다시 차로 달려 보았다. 총성은 들리지 않았다. 우리는 이곳저곳에 차를 세우고 가모라를 날렸다. 그리고 그 장소와 방향을 지도에 표시했다. 35밀리 ASA200의 36매 필름을 다 쓸 때까지 가모라는 고장도 없이 믿을 수 없을 만큼 순조롭게 날아가 임무를 완수했다. 다른 사람에게 발각되지 않은 것도 행운이었다. 무척이나 추운 날이어서 경비도 초소에서 움츠리고 있었던 것일까.

확대한 사진과 표식을 한 지도를 대조해 가며 맞춰 보았다. 우리의 정찰은 직박구리가 거대한 복숭아의 이곳저곳을 부리로 쪼아 과즙을 빠는 식이어서 핵심에는 이르지 못했다. 하지만 적지의 주변 상황은 꽤 상세하게 알 수 있었다. 강의 굴곡 부분에 오리 떼로 추정되는 수십 개의 흑점이 보이는 사진이 있었다. 나는 사진을 툭툭 치며 외쳤다. "히로, 이건 오리야!"

"와, 있네, 있어. 소문이 진짜였구나."

나는 용기백배했다. 갑자기 세운 포획 계획도 대상이 없으면 이야기가 되지 않는다. 이제 목표로 하는 사냥감이 있다는 사실만은 확실해졌다.

적의 본거지도 찍혀 있었다. 필요 이상으로 높은 첨탑을 세운 커다란 건물로, 샤토는커녕 성이나 보루, 저택 그 어느 것도 아니었다. 주유소 주인이 단정적으로 말했던 것처럼 그냥 러브호텔처럼 보였다. 악취미는 분명하지만, 그럼에도 이 정도의 건물을 지으려면 나름대로 돈은 들었을 듯했다.

하지만 내 관심은 숲 주인의 주거지가 아닌, 영지를 흐르는 물길이 영지 밖으로 빠져나가는 지점이었다.

가모라가 찍은 사진과 지도를 맞춰 보다가 나는 의외의 사실을 발견했다. 물길은 끝부분이 S 자로 굽은 후, 서쪽을 향해 경비 초소를 지나 옆 골프장 부근에서 사라졌다. 그리고 그곳은 바로 하나키가와 강 상류의 한 지점이었다.

"잡았다!"

나는 무심코 소리를 질렀다.

"여기 봐!"

나는 히로에게 그 사실을 알리고 설명했다. 남작의 숲을 흐르는 물길은 하나키가와 강의 한 지점과 합류하면서 그 물을 방류하고 있는 것이다. 더구나 오리가 밀집해 있는 곳은 물길 끝부분에 가까운 곳이다. 히로의 얼굴이 환하게 밝아졌다. 엉뚱한 장난을 떠올렸을 때나, 한판 붙어 볼까 할 때의 그 반짝이는 눈이다.

우리는 다음 날 아침 일찍 물길이 하나키가와 강과 합류하는 장소를 찾으러 골프장에 잠입하기로 했다. 남작의 숲에는 들어갈 수 없어도 골프장에는 들어갈 수 있을 것이다. 산탄총을 든 남자나 도베르만을 풀어놓은 골프장은 없을 테니 말이다. 나는 그날로 바로 골프장으로 달려가서 코스 안내도가 있는 팸플릿을 받아 왔다.

도비노다이 컨트리클럽과 하나키가와 강 상류가 접한 곳은 7번 홀이었다. 우리는 미명의 시골길에 차를 세워 두고 하얀 철조망을 넘어 아침 안개가 떠다니는 골프장으로 들어갔다. 이른 아침의 냉기 속에서 히로는 볼이 빨갛게 물들어 있었다. 우리는 잔디의 이슬에 발이 흠뻑 젖은 채 서둘러 강가로 향했다. 맞은편의 거뭇거뭇한 나무숲이 남작의 숲이다. 이쪽에서는 보이지 않지만 나무숲 바로 너머로 삼엄한 울타리가 쳐져 있는 게 분명했다.

물가를 천천히 걸으며 맞은편 풀숲을 응시했다. 수초에 숨어 있는 쇠물닭을 찾는 요령이었다. 이번에는 히로가 먼저 찾아냈다. 풀에 가려진 도랑의 배수구 같은 곳에서 물이 콸콸 흘러나오고 있었다. 수면 위로 살짝 얼굴을 내밀고 있는 낡은 말뚝 하나가 있을 뿐, 역시 웬만큼 주의 깊게 보지 않으면 찾을 수 없는 은밀한 모습이었다.

지도에 표시를 하고 주변의 모습을 머리에 확실히 새긴 후 철수했다. 아침 안개가 걷혀 가는 7번 홀 그린에 꿩 일곱 마리가 일렬로 줄을 서듯 서서 잔디를 쪼고 있는 모습이 멀리 보였다. 7은 행운의 숫자다.

9

결행 전날은 준비로 매우 분주했다. 창고 대들보에 매어 둔 채 방치했던 고무보트를 끌어내렸다. 이 보트를 샀던 2년 전, 이전에 살던

집 근처의 강에 띄워 본 후 치워 두었던 것이다. 그때 잘 씻어 두었고 바람을 충분히 맞혔던 기억이 나기는 하지만 오랜 시간이 흐른 탓에 고무가 약해지지는 않았을지 걱정하며 펼쳐 보았다. 발로 밟아 공기를 넣는 공기 주입기로 공기를 넣어 부풀리자 고무보트는 순식간에 재생했다. 파란색과 노란색도 여전히 선명했으며, 구멍 하나 상처 하나 없이 빵빵하게 부풀었다. 과연 카누 여행의 본고장 캐나다 제품답다. 다다미 한 장 정도 크기의 4인승이다.

생각해 보면 노다 도모스케의 『일본의 강을 여행하다』라는 책에 감동해서 충동구매한 것이었다. 언젠가 나도 뱃놀이라는 것을 해 보고 싶다고 생각하면서도 잊고 있었다. 1인용 카누나 카약이 아닌, 뜬금없이 왜 4인용 공기 주입식 보트를 샀는지 나 자신도 모른다. 아마도 무엇이든 큰 것을 좋아하기 때문이리라. 하지만 뜻밖에도 지금 이 크기가 도움이 될 것 같다. 보트 끝에 보트를 계류할 수 있는 줄을 단 다음 알루미늄 노와 밧줄과 함께 보트를 차의 루프에 싣고 케이블 타이로 고정했다.

다음은 자루 제작이었다. 이 작업이 꽤 힘들었다. 크리스마스 세일로 붐비는 상점가에서 사람들의 눈을 의식하며 더블 사이즈 시트를 네 장 구입했다. 이불보 크기의 커다란 자루 두 개를 히로와 둘이서 꿰맸다. 물론 밀렵의 수렵물을 넣기 위한 것이다. 누군가가 봤다면 웃음을 터뜨렸을 것이다. 노약한 초로의 남자와 바가지 머리 소년이 차 안에서 시트를 펼치고 손가락을 피로 적신 채 익숙하지 않은 바느질과 격투를 벌이고 있는 모습도 물론 우스꽝스럽게 보일 것이다. 하지만 산타클로스 열 명의 선물 보따리는 될 만큼 큰 주머니를 가득 채우겠다는 목표에 사람들은 더 기막혀 할 것이다. 마침 모레가 크리스마스이브였다.

하지만 우리의 꿈은 컸다. 뜻을 다 이루지 못하더라도 적당히 잡으면 된다는 미지근한 생각은 없었다. 목표는 오로지 하나, 남작의 숲에 있는 오리를 전부 잡겠다는 것뿐이었다.

배터리가 내장된 작은 헤드라이트 두 개, 일회용 주머니 난로 두 개, 담요 한 장, 보온병 하나, 그리고 이번 작전의 주요 병기인 도크를 실었다. 양몰이 개처럼 오리를 모는 그 무선조종 오리다. 또 하나의 무선조종 오리인 가모라는 임무를 완수하고 휴가를 얻었고 이제 도크가 나설 차례가 된 것이다.

히로와 함께 마을 식당에서 저녁 식사를 끝내자 밤의 출격 시간이 되었다. 하나키가와 강을 따라 천천히 차를 달려 골프장에서 가장 가까운 곳에 차를 세웠다. 남작의 숲의 하천 방수로에서 3백 미터 정도 떨어진 강 하류다. 좁은 하천 부지에서 잡초를 스치며 차를 돌려 두었다. 도망갈 때를 위한 준비다. 가로등 하나 없는 풀숲에서 차의 헤드라이트를 끄자 갑자기 어둠에 휩싸였다.

차 안의 실내등을 켜고 각자의 도구를 점검했다. 히로는 도크와 무선조종기의 상태를 확인했다. 히로는 도크에 새로운 장치를 첨가했다. 이전에 래커로 그림만 그려 두었던 눈동자에 알전구를 끼웠던 것이다. 무선조종기를 조작하면 눈에 불이 들어왔다. 눈을 빛내며 밤의 강물 위를 미끄러져 가는 모습을 어서 보고 싶었다.

나는 바로 데울 수 있도록 양파 수프 냄비를 조리용 난로 위에 올려놓았다. 그리고 알람 시계 두 개를 오전 2시에 맞췄다. 운명의 결전 시간을 알리는 알람이 혹시 울리지 않을까, 혹시 못 듣지는 않을 까 하는 걱정에 시계를 두 개 준비한 것이다. 결전은 한 번에 끝나는 생방송으로, 리허설은 없다.

이른 아침이라기보다 한밤중의 출동에 대비해 우리는 차 안에서 눈을 붙이기로 했다. 히로가 이 차에서 숙박을 하는 것은 처음 있는 일이다. 가족에게 양해를 구하고 오도록 주의는 했지만 다른 집 아이 를 데리고 있으니 역시 신경이 쓰인다. 나는 잠들지 못하고 어둠 속 에서 눈을 뜬 채 천장을 응시하고 있었다. 몇 시간 뒤에 있을 습격에 대한 불안과 기대감으로 신경이 날카로워진 탓도 있었지만, 그보다 는 이렇게 히로와 둘이 나란히 누워 있다는 사실에 흥분했던 듯하다.

깊은 잠 속으로 빨려드는 듯한 히로의 숨소리가 들렸다. 그러고 보 니 오늘은 평상시와 달리 히로의 말수가 적었다. 두려움을 모르는 이 소년도 내일 있을 모험을 생각하고 긴장했던 것일까. 그렇다고 해도 역시 간이 큰 아이다. 벌써 이런 숨소리를 내다니.

…… 어느새 나도 잠이 들었던 모양인지 요란한 알람 소리에 벌떡 일어났다. 동시에 히로도 눈을 떴다. 나는 난로의 불을 켜 두고 차 루 프로 올라가 고무보트를 내렸다. 히로는 도크와 무선조종기를 늘 들 고 다니는 시주 주머니에 넣고, 담요와 도구도 함께 옮겨 왔다. 나는 뜨거운 수프를 보온병에 담았다. 우리는 양말을 두 켤레씩 신고 주머 니 난로를 문질러 배에 대었다. 각자 10분 만에 옷을 입고 털모자 위 로 헤드라이트 밴드를 끼우고 두꺼운 고무 밑창이 있는 신을 신은 다 음 차에서 내렸다.

3시 15분. 컴컴한 강가의 냉기에 나는 몸을 부르르 떨었다. 아니,

그것은 흥분의 떨림이다. 헤드라이트로 발밑을 비추면서 둘이 멘 고무보트를 강으로 옮긴 뒤 보트를 물에 띄우고 조심스럽게 올라탔다. 히로를 앞에 태우고 나는 두 손으로 노를 잡았다.

"간다." 나는 히로의 눈을 들여다보며 그렇게 말했고, 팽팽하게 긴장한 표정의 히로가 고개를 한 번 까닥했다. 나는 상류를 향해 힘껏 노를 저었다.

카누는 양쪽 끝에 날개가 달린 하나짜리 패들을 사용하지만 4인용 고무보트는 한쪽 끝에만 날개가 있는 노 두 개를 사용한다. 고무보트는 카누나 카약에 비해 방향 조절이 어렵고 바람의 영향을 받기 쉬운데, 다행히 바람은 없었다. 학생 시절에 아주 잠깐 보트를 탄 적도 있었고, 2년 전에 단 한 번뿐이었지만 이 배를 시승했었기 때문에 강의 흐름을 거슬러 순조롭게 나아갈 수 있었다.

강이 꺾어지기 직전에 헤드라이트를 껐다. 이제 곧 오른쪽 강가부터 남작의 숲의 영지가 된다. 만에 하나라도 숲의 경비에게 빛을 보이고 싶지 않았다. 머릿속에 기억해 두었던 강변의 키 큰 삼나무가 밤의 어둠 속에서도 하늘을 향해 거뭇거뭇하게 솟아 있는 것이 보였다. 나는 보트를 오른쪽 강가에 붙이고 헤드라이트를 켜서 목표 지점을 찾기 시작했다. 먼저 말뚝이 보였고, 이어 배수구가 보였다. 보트를 말뚝에 묶었다. 히로는 어둠 속에서 시주 주머니를 뒤져 도크와 무선조종기를 꺼냈다.

배수구를 통해 도크를 침입시키는 계획인데, 그 타이밍이 문제였다. 강의 오리가 잠들어 있는 동안에 도크를 슬쩍 도랑의 상류로 잠입시킨 후, 날이 밝고 오리가 슬슬 잠을 깰 즈음까지 그곳에 정박시

켜 둔다. 도크는 무게가 있어서 쉽사리 떠내려가지는 않겠지만, 그래도 너무 일찍 보내면 수렵이 시작되기 전에 하류를 떠돌게 된다. 오리 떼가 있는 곳을 지나쳐 버리면 도크도 활약할 방법이 없다.

기상청 발표에 따르면 지금 이 지역의 일출 시간은 6시 45분쯤이다. 하지만 실제로는 좀 더 이른 시간에 하늘이 밝아진다. 사물의 윤곽이 보이기 시작하는 시간은 더욱 이르고, 새가 눈을 뜨는 것은 더더욱 이르다. 우리는 도크가 오리를 쫓는 시간을 5시 반으로 정하고, 그보다 30분 전에 정해진 위치에 대기시키기로 했다.

가모라가 상공에서 찍은 사진에서는 오리 떼가 배수구 부근에 모여 있었는데, 그 거리가 어느 정도인지는 정확하게 알 수 없다. 전파가 닿는 최대 거리까지, 도크가 움직이지 않는 것처럼 보일 만큼 미세한 속도로 헤엄쳐 가는 시간을 역으로 계산해 두었다. 손목시계의 야광 문자판에 따르면, 그 시간까지는 아직 20분 정도 남아 있었다.

강 위는 지상보다 훨씬 기온이 낮다. 12월 말의 강물 냉기가 고무 한 장을 뚫고 다리를 기어오른다. 우리는 바싹 달라붙어서 담요를 뒤집어쓰고 기다렸다.

나는 시계를 보고 히로에게 속삭였다.

"시간 됐다. 도크를 보내자."

히로는 배수구를 향해 크고 검은 전기 오리를 물 위에 띄웠다. 무선조종기 안테나를 뽑고 스위치를 켰다. 도크는 소리도 없이 조용히 앞으로 나가더니 배수구에서 사라졌다. 흘러나오는 물소리 외에는 아무런 소리도 들리지 않았고, 밤의 강은 으스스할 정도로 조용했다.

히로는 조종에 신중에 신중을 기하고 있었다. 머릿속에 새겨 둔 사진의 지형을 감으로 따라가면서 도크가 강 중앙으로 나가도록 조종하고 있었다.

"좋아." 히로는 적당한 때를 노려 도크를 정지시키고 안도의 한숨을 쉬었다. 나는 종이컵을 이중으로 해서 뜨거운 양파 수프를 부어 히로에게 건넸다. 혀를 달군 수프는 차갑게 식은 몸에 스며들었다. 보트를 구멍 앞에 가로질러 세우고 우리는 다시 기다렸다.

기분 탓인지 어둠이 옅어지고 주변이 희미하게 밝아지는 듯했다. 썰물이 밀려가듯 순식간에 어둠이 밀려가고 있었다. 일찍 일어나는 작은 새들의 지저귐이 들린 듯했다. 나는 다시 시계를 보았다.

"좋아, 하자!"

나는 히로의 어깨를 두드렸다. 히로는 배수구의 어두운 구멍을 향해 무선조종기의 안테나를 내밀었다.

나는 마음으로 그것을 보았다. 도크는 무거운 몸을 흔들며 천천히 방향을 바꿔 이쪽을 향했다. 눈에서 빛을 뿜었다. 빛은 수면을 갈랐다. 도크는 잠에서 덜 깬 멍한 오리들을 위협하며 쫓기 시작했다. 오리들은 뭐가 뭔지 모른 채, 우락부락한 오리에게 쫓겨 투덜투덜 강 하류로 도망쳤다. 무척이나 성질 나빠 보이는 낯선 녀석에게서 일단 벗어나서 화를 피하려는 것이다.

오리들이 아직 잠이 덜 깬 둔한 몸을 서로 부딪치면서 우왕좌왕 도망치기 시작하자 도크는 눈의 빛을 껐다. 경비원 눈에 띌 위험이 있기 때문이다. 도크는 오른쪽 왼쪽을 견제하면서 한 마리도 놓치지 않고 오리를 몰아간다……. 나는 뇌리에 그 광경을 그리며 숨죽인 채 배수구를 응시하고 있었다. 길고 긴 답답한 시간이 흘렀다.

뜻대로 되지 않았다는 생각이 들기 시작했다. 실패다……. 원래 계획 자체가 가정 위에 세운 허상으로, 처음부터 성공 가능성 따위 없었다는 생각이 들기 시작했다.

"왔다!"

히로가 배수구를 응시한 채 조그맣게 외쳤다. 첫 번째 오리 한 마리가 기우뚱거리며 흘러나왔다. 나는 재빨리 손을 뻗어 오리의 목을 쥐고 펼쳐 둔 커다란 주머니에 밀어 넣었다. 이내 너덧 마리가 한 덩어리가 되어 나왔다. 어두운 도랑을 자맥질하다가 갑자기 밝은 곳으로 밀려 나와 잘 보이지 않는 탓인지, 날아가려는 녀석은 없었다. 나는 계속해서 오리를 잡아 주머니에 밀어 넣었다. 자루 속의 오리는 꿈틀꿈틀 움직일 뿐 의외로 소란을 부리지 않았다.

이번에는 한꺼번에 일고여덟 마리가 서로 밀치며 나왔다. 바로 뒤에서 따라오는 큰 무리에 밀려 나온 듯 옆을 향한 채 떠내려오는 녀석, 밀지 말라고 투덜거리듯 뒤를 돌아보는 녀석도 있었다.

나 혼자서 감당할 수 없게 되었다. 내가 "히로, 도와줘."라고 하기도 전에, 히로는 안테나를 배수구로 향한 채 무선조종기를 내려놓고 오리를 잡기 시작했다. 이어서 커다란 무리가 배수구를 가득 메운 채 한꺼번에 밀려 나왔다. 오리들은 마침내 꽥꽥 꽥꽥 떠들기 시작했다.

한 마리라도 놓칠쏘냐 우리는 정신없이 손에 닿는 대로 오리를 잡아들였다. 커다란 주머니가 부풀어 올라 가득 찼다. 재빨리 주머니 주둥이를 끈으로 묶고 다른 주머니를 펼쳤다. 놓친 오리가 보트에 뛰어들고, 하나키가와 강으로도 날아갔다. 넘쳐 나는 오리, 소용돌이치는 강물, 휘날리는 깃털……. 엄청난 아수라장 속에서 나는 온 힘을 하얗게 불태웠다.

대체 얼마나 많은 오리를 생포했을까. 끝이 없어 보이던 오리의 숫자가 갑자기 줄어드는 듯했을 때, 산처럼 부풀어 오른 두 개의 주머니가 배의 흘수吃水를 내리누르고 있었다. 더 이상 한 마리의 오리도 넣을 수 없게 된 두 번째 주머니의 주둥이도 묶었다. 문득 주위를 돌아보니 완전히 밝아져 있었고, 보트 주변의 수면은 오리 깃털로 덮여 있었다. 잡지 못한 열 마리의 오리가 하나키가와 강으로 도망갔다.

그때 "도크가 돌아오질 않아." 하고 히로가 초조한 목소리로 말했다. 히로는 심각한 표정으로 열심히 무선조종기를 조작 중이었다.

오리 포획에 빠져 있는 동안 도크가 전파에서 벗어나 좌초된 걸까.

"가져올게."

히로는 배잡잇줄을 휘익 당겨 보트를 강가에 댔다.

"히로, 그만둬. 다시 만들면 돼."

말이 끝나기 전에 히로는 무선조종기를 들고 강가로 뛰어내렸다.

"위험해! 가면 안 돼, 히로!"

히로는 발이 미끄러지면서도 젖은 비탈길을 기어올라 덤불로 뛰어들었다. 나는 포획물이 강에 빠지지 않도록 서둘러 주머니를 밧줄에 걸어 두고 히로를 뒤쫓으려고 했다.

갑자기 숲에서 총성이 울렸다. 산탄총의 총성이다. 나는 벌떡 일어나 우뚝 멈춰 섰고, 보트가 크게 흔들렸다. 나는 노를 쥐고 강가로 뛰어내려 덤불로 뛰어들었다. 나무숲 속은 아직 어두컴컴했다. 키 작은 나무의 낭창낭창한 나뭇가지가 얼굴을 철썩 쳤고, 가시나무가 손을 할퀴었다. 이내 좁은 물길이 나왔고 그 물길을 따라 달리자, 풀에 파묻힌 산울타리가 길을 막고 있었다. 갑자기 산울타리를 가르며 무언가가 튀어나왔다. 히로다. 순간 방향을 잃어버린 짐승처럼 몸을 도사린 채 필사적으로 도망갈 길을 찾고 있었다.

"히로, 여기야!"

나는 히로를 향해 헤드라이트를 켰다. 히로가 달려왔다. 도크를 꼭 안고 있다. 산울타리 너머에서 들소가 초목을 짓밟으며 돌진해 오는 듯한 소리가 다가왔다. 히로가 갈라놓은 산울타리 구멍으로 총을 든 덩치 큰 남자가 튀어나왔다. 순간 히로가 내 앞을 달려 빠져나갔다.

이미 헤드라이트를 끈 나는 몸을 낮춰 풀숲에 숨었다. 남자가 히로를 쫓아 거친 숨을 쉬며 뛰어왔다. 나는 벌떡 일어서서 남자를 향해 노를 휘둘렀다. 혼신의 힘을 다한 일격이었다. 남자가 품고 있던 총이 굉음과 함께 불을 뿜자 새벽하늘에 섬광이 번쩍였다. 노가 총을 가격했고, 노의 넓적한 끝부분이 남자의 코에 부딪혀 부서졌다. 남자는 비명을 지르며 총을 떨어뜨리고는 몸을 젖힌 채 그대로 뒤로 쓰러졌다. 날개가 깨진 노를 던져 버리고 나는 도망가기 시작했다.

무슨 생각에서인지 나는 앞으로 고꾸라질 듯 갑자기 멈췄다가 몸을 휙 돌려 다시 돌아갔다. 그리고 남자가 떨어뜨린 총을 쥐고 다시 도망쳤다. 풀숲을 빠져나온 순간 하마터면 강에 빠질 뻔했다. 히로가 이미 보트에 타고 창백한 얼굴로 나를 기다리고 있었다.

"빨리!"

말할 것도 없다. 나는 보트에 뛰어들었다. 히로가 지체 없이 배잡잇줄을 풀고 힘껏 말뚝을 밀었다. 보트가 강가에서 벗어났다. 나는 하나뿐인 노를 저었다. 오른쪽을 젓고 왼쪽을 젓고, 그렇게 힘을 배분하며 노를 저었다. 이번에는 강물의 흐름을 타고 내려가는 것이어서 다행이었다.

시집가는 색시의 물가 마을 배처럼 커다란 흰색 짐을 실은 고무보트가 천천히 앞으로 나아갔다. 배의 느린 속도에 마음이 초조했지만 강가의 세라 페케트호가 보인 순간, 처음으로 '살았다!'는 생각이 들었다. 보트를 내렸던 곳으로 돌아왔다. 그때서야 빼앗은 총을 그대로 갖고 있다는 사실을 깨달았다. 총신을 꺾자 탄피 두 개가 튀어나왔고, 화약 냄새가 강하게 났다. 나는 총을 강에 던졌다.

포획물을 담은 커다란 주머니는 부드럽고 따뜻했지만 엄청 무거웠다. 둘이서 끌다시피 옮겨 차에 밀어 넣었다. 우리는 쫓아오는 사람이 없는지 가끔씩 강을 돌아볼 뿐 시종 말이 없었다. 보트의 물건을 전부 차에 던져 넣고 보트를 루프에 올렸다. 세라 페케트는 겨울 아침의 냉기 속에서 시동 한 번에 깨어나 주었다. 공회전할 틈도 없이 차를 출발시켰다.

정신없이 강을 따라 달리다가 하나키 다리가 보인 순간, 핸들을 쥐고 있는 내 손이 가늘게 떨리고 있다는 사실을 깨달았다. 혼자 쓴웃음을 지으며 어깨의 힘을 뺐다. 나는 계속 달리면서 말했다.

"이제 괜찮아."

히로는 아무 말 없이 미동도 하지 않고 앞을 응시하고 있었다. 이제 괜찮다는 생각을 하면서도 나는 차를 세울 수 없었다. 그대로 달려서 바다까지 나갔다. 이른 아침의 바닷가에는 인적이 없었고, 부드러운 햇살을 받은 파도는 무아지경에 빠져 몸을 비틀며 장난치고 있었다.

나는 뻣뻣하게 굳은 손을 핸들에서 떼고 창문을 활짝 열었다. 신선한 조수의 내음이 밀려오는 와중에 깊은 한숨이 새어 나왔다. 조수석에서도 작은 한숨이 새어 나왔다. 나와 히로는 처음으로 얼굴을 마주보았다. 누가 먼저랄 것도 없이 우리는 웃음을 터뜨렸다. 거세게 솟구치는 감정을 참지 못하고 우리 둘은 소리 높여 웃었다.

"히로, 해냈다."

"해냈어, 아저씨!"

운전석과 조수석에서 손바닥을 찰싹 맞부딪쳤다. 남자와 남자의 악수였다.

10

히로의 이야기를 들어 보니 예상대로 도크는 강가 풀숲에 박힌 채 움직이지 못했던 모양이다. 리모컨으로 도크의 눈에 빛이 들어오게 해서 간신히 있는 곳을 찾았다고 한다. 그런데 그 빛을 경비도 본 것이다. 갑자기 공격을 받은 히로는 이제 죽었다고 생각한 와중에도 도크를 구해서 도망쳤다고 한다. 대단한 꼬맹이다.

필사적으로 도망가면서도 되돌아가서 총을 들고 온 내 행동도 위험했다. 2연발식이라 총이 비어 있으리라는 계산을 했는지 어땠는지, 남자가 일어나서 다시 탄환을 채워 쏠지도 모른다는 생각을 했는지 안 했는지 나도 알 수 없다. 쓰러진 남자가 어떤 상태였는지 보지도 않았다. 생각해 보면 무척 위험한 짓이었다. 우리는 남은 수프를 나눠 마셨다. 수프는 아직 뜨거웠고, 이렇게 맛있는 수프가 세상에 또 있을까 싶었다. 두 사람은 동시에 차 안을 돌아보았다. 포획물을 담은 주머니가 롱 밴의 공간을 전부 막고 있었다. 얼굴을 마주 보고 다시 웃었다. 새겨진 웃음 주름을 펴기라도 하듯 나는 얼굴을 문질렀다. 아침 식사 전의 잠깐 벌이로는 지나치게 많은 포획물이라고 생각한 순간, 나는 공복을 느꼈다.

"배고픈데."

그렇게 말한 사람은 히로였다. 이심전심이라고 할까. 지금 두 사람은 완전히 같은 파장으로 호흡하고 있는 것 같았다. 냉장고의 햄과 달걀로 아침 식사를 했다. 눈앞에 살진 오리가 산더미처럼 쌓여 있는데도…….

우리는 차에서 나와 바닷바람을 맞으며 해변을 걸었다. 막바지에 다다른 12월의 바닷바람이 상쾌했다. 우리는 다시 같은 생각을 하고 있었다.

"음, 히로. 저건 어떻게 할까?"

나는 턱으로 차를 가리켰다. 포획물을 말한 것이다.

"아, 저거."

재갈매기 두 마리가 바람을 타고 날고 있었다. 긴 침묵이 있었다.

"결국……."

내가 말을 꺼냈고, 히로가 마무리했다.

"놓아주는 수밖에 없어."

저렇게 많은 오리를 먹을 수도 없고, 더구나 팔 생각은 눈곱만큼도 없다. 우리의 목적은 도전에 있었다. 난공불락이라고 하는 남작의 숲 속 오리를 모조리 **빼앗**아서 지주의 코를 납작하게 해 주는 일이었다.

"우리는 해냈어. 이긴 거야, 히로."

"응."

"그걸로 된 건가."

"그걸로 된 거야."

"그래도 뭔가 말이야. 저 오리는 우리 것이라는, 그런 표식이 있으면 좋겠어."

"할 수 있으면……. 오리는 언젠가 다시 그 숲으로 돌아갈 거야. 저 녀석들은 바보라서 쉽게 먹이를 구할 수 있는 곳으로 돌아가 버리거든."

"지금쯤 하겐베크는 화가 나서 날뛰고 있겠지. 영지 내의 오리를 전부 도둑맞았으니까. 몽땅 털린 그 경비인은 총살이야……. 하지만 히로가 말한 대로 오리는 한 마리, 또 한 마리, 익숙해진 그 숲으로 돌아가겠지. 그때 그곳 녀석들에게 오리가 한 번은 다른 사람의 소유였다는 사실을 알려 주고 싶어."

"그거 좋은데."

"돌려주기는 하는데 네 것은 아니라는 표식. 왜, 서부극 같은 걸 보면 소 엉덩이에 낙인을 찍잖아……. 그런 것처럼. 그렇다고 오리에게 인두를 댈 수는 없지만."

"우리 오리가 날고 있으면 우리만 알 수 있는."

"저기 봐, 히로. 우리의 오리가 날아가고 있어, 하고."

"오리를 아프지 않게 하면서 한눈에 알아볼 수 있는 그런……. 발

목 링보다 가볍고 페인트를 칠하는 것보다 간단한……."

"그래, 바로 그거야. 히로, 생각해 봐."

"테이프는 어떨까. 흰색 절연테이프를 오리 다리에 감는 거야."

"그거야. 그게 좋겠어."

우리는 차 공구함에서 폭 3센티미터의 하얀 접착테이프를 꺼냈다. 길이 6센티미터 정도로 자른 수십 장의 흰색 테이프 한쪽 끝을 열어놓은 차 문 가장자리에 덕지덕지 붙였다. 커다란 주머니의 주둥이를 풀고 오리를 한 마리 꺼냈다. 커다란 흰뺨검둥오리였다. 답답하게 한 것에 대한 불만을 꽤액꽤액거리며 항의하고 있었다. "운 좋은 녀석들이야." 히로가 말했다. 오리의 오른쪽 복사뼈 부근에 테이프를 이중으로 단단하게 감았다.

히로는 두 손으로 오리를 안아 들고 바다를 향해 놓아주며 "날아가." 하고 외쳤다. 우리의 순백의 표식이 언제까지고 보였다.

히로가 자루에서 오리를 한 마리씩 꺼내 안으면, 내가 차 문에서 테이프를 떼어 내어 오리의 오른쪽 다리에 감았다.

"개펄로 날아가서 친구를 찾아."라든가 "숲으로 돌아가지 마." 등등 히로가 한 마디씩 건네며 오리를 바다에 놓아준다……. 50마리까지 숫자를 세었지만, 그다음에는 세지 않았다. 나는 새 냄새에 숨이 막혔고, 목이 따끔했다.

"히로, 잠시만 혼자 하고 있을래? 맥주가 너무 마시고 싶어. 자동판매기에서 캔 맥주를 사 올게."

나는 해변을 걸어 마을로 들어갔고, 자동판매기를 찾아 캔 맥주와 콜라를 샀다. 해변의 이런 벽촌조차 연말의 부산함이 사람과 차를 바삐 달리게 하고 있었다. 히로와 나 둘만이 속세를 떠나 꿈속 세상에서 희로애락하고 있는 것처럼 느껴졌다.

차로 돌아와 보니 오리는 전부 날려 보내고 없었다. 빈 주머니 위에 히로가 큰대자로 누워 있었다. 바다를 보면서 나는 맥주를, 히로는 콜라를 마셨다. 저 멀리 외국 선박인 듯한 거대한 유조선이 떠 있었다.

"끝났구나, 히로."

"응, 끝났어."

이걸로 됐다는 걸 알면서도 역시 뭔가 미련이 남았다. 궁극의 밀렵에 성공했고 자신의 용기를 증명했다. 그걸로 충분하다고 하면서도 사냥의 결과물이 아무것도 없다는 데에 약간의 앙금이 있었다.

"히로, 솔직히 말하면 조금 아까운 기분도 들어."

"응, 들어."

"하하하. 이제 와서 한두 마리 남겨 둘걸 하는 생각이 드는군."

"응, 그렇게 했어."

"뭐?"

"두 마리 남겨 뒀어."

놀라서 히로를 본 내게 히로는 싱긋 웃어 보였다. 히로가 자루를 확 젖히자 통통하게 살진 한 쌍의 청둥오리가 묶인 채 축 늘어져 있었다. 맹랑한 꼬맹이다.

"히로, 이 녀석들이 제일 큰 놈들이군. 그래, 이 두 마리를 어떻게 먹을까?"

"한 가지 생각이 있어."

"말해 봐. 솜씨를 발휘해서 어떤 요리든 만들어 줄게."

"혹시 괜찮으면 할머니에게 대접하고 싶어. 그 휠체어 할머니."

나도 모르게 무릎을 쳤다. 생각도 하지 못했다.

"그거야! 히로, 넌 정말이지 훌륭해."

"할머니는 무엇보다 새 요리를 좋아하니까 분명 기뻐하실 거야."

"내일은 크리스마스이브야. 선물로는 더할 나위 없지. 할머니가 파리에서 먹었다던 새 요리를 재현해 보자."

우리는 바다를 뒤로하고 하나키가와 강으로 돌아왔다. 나는 장을 보고 재료를 가지러 집으로 가기로 하고, 히로는 캐서린에게 내일 일을 전하기 위해 사쿠라 하우스로 가기로 했다. 히로는 강가에 있는 그 벽을 앞에 두고 탄피 호루라기를 분 다음 대나무 사다리를 이용해 캐서린과 만나는 것이다. 나는 히로에게 '내일 저녁, 새 요리 만찬회에 초대합니다. 장소는 이곳 사쿠라 하우스의 정원. 우리가 출장 서비스를 하겠습니다. 친구분을 초대해서 기다려 주세요.'라고 말하라고 알려 주었다. 히로와는 내일 오후 하나키가와 강 부근에서 만나기로 약속하고 헤어졌다.

다음 날인 12월 24일에는 올해 첫눈이 아주 조금 내렸다. 화이트크리스마스다. 나는 어젯밤 늦게까지 장을 봐 오고 준비를 해 두었다. 오늘은 아침부터 열심히 오리를 요리했다. 내장을 빼낸 오리를 반으로 가르고 뼈를 발라낸다. 푸아그라와 양송이버섯 등을 넣고 오리를 실로 묶었다. 그리고 표면이 황금색이 되도록 올리브유에 살짝 구워 두었다. 그다음은 출발 직전에 오븐에 넣기만 하면 된다. 뼈를 굽고, 칼바도스_{사과를 원료로 만든 브랜디}와 퐁드보_{송아지 뼈로 만든 육수} 등을 끓여서 소스를 만들고, 버터를 발라 구운 순무와 트뤼프를 바싹 졸여 소스를 만들고, 사과를 시럽에 넣고 살짝 끓여서 식혔다.

또 하나, 씹기 편한 음식을 고민하다가 연어 마리네를 생각해 냈다. 연어 살코기를 하룻밤 양념해 두었다가 접시에 담고 소금, 후추를 섞은 레몬즙을 발랐다. 그 위에 파슬리, 차조기를 뿌려서 보기에도 아름다운 요리다. 풋사과 수프, 콘 포타주, 그린샐러드, 디저트로는 얼린 딸기와 모로조프_{일본의 유명 케이크 회사명} 치즈케이크. 치즈케이크는 아내가 좋아하는 간식으로, 손님에게 받은 선물을 슬쩍한 것이다. 그리고 큰맘 먹고 샤블리도 한 병 샀다.

오사카에서 요리사로 일하는 처남이 내 메뉴를 봤다면, '매형, 엉망진창인데요.'라고 할지도 모른다. 알 게 뭐람. 나는 생각나는 대로 예전에 먹었던 맛있는 요리를 내 식으로 재현하려고 했을 뿐이다.

모든 준비를 끝냈을 무렵, 히로가 찾아왔다. 위험천만했던 밀렵이 히로에게도 고단했는지 열다섯 시간을 자 버렸다고 했다. 어쩐지 얼굴이 산뜻했다. 히로의 보고에 의하면 캐서린은 "손님이 세 명이어도 괜찮을까." 하고 걱정스러운 듯 물었다고 한다. 생각지도 못한 좋은 소식도 있었다. 오늘은 사쿠라 하우스도 크리스마스 특별 휴가로 당직 몇 명 이외에는 직원이 없다는 것이다.

나는 캠핑카에서 뜨거운 샤워를 했다. 음식 냄새와 땀을 씻어 내고 면도를 했다. 히로에게도 샤워를 시키고 준비해 두었던 빛나는 하얀 셔츠를 입혔다. 싫다고 했지만 거의 강제적으로 빨간 나비넥타이도 매 주었다.

"나, 이런 거 싫어. 답답해." 투덜거리는 히로에게 정식으로 숙녀를 방문하는 남자의 옷차림이라고 말해 주었다. 나도 회사를 그만둔 이래 입은 적이 없었던 해리스 트위드 정장을 입었다. 오븐에 오리 두 마리를 넣고 높은 온도에 5분을 맞추고 불을 켰다. 사 놓았던 꽃다발을 히로에게 들게 했다. 나는 마치 롤스로이스를 몰듯 세라 페케트호를 천천히 몰았다.

사쿠라 하우스 정면 입구에 당당하게 차를 세웠다. 당직에 걸린 불운을 온몸으로 드러내고 있는 중년 수위에게 면회를 왔다고 한 후, "메리 크리스마스."라고 말하며 따뜻하게 데운 종이 팩 정종 두 개와 나무 도시락에 담긴 초밥을 내밀었다. 크리스마스에 어울리는 메뉴는 아니지만 따뜻하게 데운 정종을 주면 누구라도 바로 마실 게 틀림없었다. 술을 마시면 소소한 일은 신경 쓰지 않게 된다. 갑작스러운 선물에 수위 아저씨가 놀란 동안 나는 차를 몰고 안으로 들어갔다.

벚나무 아래에 세 사람이 모여 있었다. 휠체어를 탄 캐서린과 히로가 '경단 같다'고 했던 자그마한 할머니, 그리고 멋지게 지팡이를 들고 있는 장신의 노신사. 나와 히로는 차에서 뛰어내려 세 사람을 차 안으로 안내했다. 휠체어 한쪽을 내가, 다른 한쪽을 히로와 노신사가 들어서 캐서린을 차 안으로 옮겼다. 노신사가 히로에게 "학생, 힘이 세네." 하고 속삭였다.

우리는 서로 인사를 나누었다. 캐서린은 작은 체구의 할머니를 자신의 친한 친구라고 했고, 계속 미소를 띠고 있는 체격 좋은 노신사를 자신의 보이프렌드라고 소개했다. 히로가 캐서린에게 꽃다발을 주었다. 캐서린은 히로를 껴안고 볼에 뽀뽀했다. 캐서린이 노래하듯 말했다.

"신은 이 아이와 함께하시나니. 아이는 자라서 황야에 살며 활을 쏘는 자가 되었다……."

나는 감동했다. 히로를 표현하는 데에 이 이상의 말은 없다고 생각했다.

부드러운 미소를 띤 자그마한 할머니 하나 씨가 나를 보면서 캐서린에게 말했다.

"아, 이분이 당신의 차를르 씨군."

"차를르가 아니라니까, 바보. 샤를. 샤를 아즈나부르, 샤를 부아예_{프랑스의 영화배우}와 같은 샤를이라고."

노신사가 내게 말했다. "당신과 이 젊은 신사 이야기, 많이 들었습니다."

내가 아즈나부르라면 노신사는 슈발리에_{프랑스의 가수이자 배우}다.

"오늘 밤 초대해 주셔서 고맙습니다." 노신사는 인사를 하고 차 안을 둘러보더니 "이건 정말 멋진 캠핑카군요." 하고 칭찬했다.

"자, 여러분. 자리에 앉아 주세요. 요리라고 해 봐야 아마추어가 흉내나 낸 것입니다만." 나는 오븐에서 오리를 꺼냈다.

"그러니까, 들오리 푸아그라와 샹피뇽 알라 크렘, 시드르 소스, 순무 콩피와 향긋한 사과 그리고 이건 연어 마리네입니다."

그 비슷한 것이라고 해야 맞지만 나는 그 말은 과감하게 생략하고 조금 잘난 체하며 설명했다. 환호와 박수가 캠핑카를 가득 채웠다.

히로가 나를 따라서 자른 오리를 접시에 나눠 담았다. 속은 아름다운 분홍빛으로 구워져 있었다.

"오리는 히로와 제가 어제 사냥한 것입니다."라는 말을 덧붙이고,

나는 적당하게 차가워진 와인의 코르크를 땄다. 와인의 맛 판정은 슈발리에에게 부탁했다. 노신사는 그 매부리코를 잔에 넣어 향을 맡고, 입에 머금은 와인을 혀로 굴리고는 목으로 넘겼다.

"좋은 샤블리군. 십 년 만에 맛보는 아름다운 술입니다." 노신사가 말했다. 캐서린은 오리를 먹고 입맛을 다시며 파리의 향기라고 칭찬했다. 하나 씨는 이렇게 맛있는 오리는 처음이라고 말했다. 모두가 진심으로 즐거워했다. 내게는 무엇보다 히로가 즐거워 보이는 것이 즐거웠다. 내게는 생애 최고의 크리스마스이브였다.

나는 샤블리 한 잔에 취한 눈을 무심코 창밖으로 돌렸다. 순간 벚꽃 잎이 날리고 있다고 생각했다. 다시 눈이 내리기 시작한 것이다.

결국 참지 못하고 그해 마지막 날 사쿠라 하우스 뒤로 찾아갔다. 크리스마스이브에 헤어진 이후 일주일 동안 히로의 모습이 보이지 않았다. 이전에도 하루나 이틀 나타나지 않는 경우가 가끔 있었다. 하지만 엿새, 이레나 모습을 보이지 않은 것은 처음 있는 일이었다. 나는 히로가 놀 만한 곳을 찾아 돌아다녔다. 그 어느 곳에나 히로와 함께 보냈던 때의 생생한 기억만 있을 뿐 히로는 없었다. 나는 초조해서 아무것도 손에 잡히지 않았다. 어디 아프기라도 한 걸까. 어디 다치기라도 한 걸까……

그리고 그 즐거웠던 기억도 새로운 사쿠라 하우스에 이끌리듯 와버렸다. 히로가 사다리를 숨긴 벽 근처까지 왔다가 나는 그것을 발견했다. 풀에 파묻힐 듯한 작은 팻말이 있었다. 엽서 크기 정도의 베니어판 조각을 구부러진 못으로 나뭇가지에 박아 흙에 꽂아 둔 것이었다. 그 팻말에 매직으로 쓴 작은 글자가 보였다.

　나는 떨리는 손으로 팻말을 뽑았다. 히로의 필체인 둥근 글씨가 나열되어 있었다.

　　할아버지가 돌아가셨어. 친척 집으로 가. 또 올게. 여러 가지로 고마워.

　　　　　　　　　　　　　　　아저씨에게 히로가

　나는 베니어판 조각을 쥔 채 멍하니 서 있었다. 말도 안 돼. 이러는 법이 어디 있어. 신이시여, 당신은 내 유일한 보석을 거두어 가겠다는 것입니까…….

　나는 마음속으로 외치고 있었다.

　"돌아와! 히로. 어디로 갔는지 모르겠지만 그 롤러스케이트를 타고 달려와! 그리고 세라 페케트호로 여행을 떠나자! 사냥을 하면서 함께 살자!"

모놀로그

꿈에서 깬 내 눈앞에 사냥감을 노리는 뜸부기가 있었다. 내 눈알을 찌르려고 피 묻은 사벌sabel 같은 빨간 부리를 쳐들고 조심스러운 한 걸음을 막 내디디려 하고 있었다.

나는 책상에 엎드려 잠이 들었던 모양이다. 꾸벅꾸벅 졸다가 새鳥 꿈을 꾸고, 잠에서 깼다가 다시 졸기를 반복하고 있었던 것이다. 차 밖은 어둠 속에서 여전히 비가 내리고 있었다. 끄지 않은 스포트라이트 빛 속에서 스무 마리 정도의 새들이 눈에 보이지 않는 화살을 맞고 일순 정지해 있었다. 새들은 모두 나를 노려보고 있었다.

저녁이면 새장을 천으로 덮어 주듯이 나는 돌 속의 새를 하나하나 천으로 다시 감쌌다. 선잠 뒤의 굼뜬 동작으로, 천으로 감싼 돌을 남자의 가방에 집어넣었다. 돌을 꺼낼 때 두 번째 가방에 물감 상자와 한 장씩 쓰고 버리는 노트식 팔레트 페이퍼가 있는 것을 보았었다. 물감 상자에는 리퀴텍스 아크릴물감 튜브와 면상필가늘고 작은 글씨를 쓰는 붓의 종류이 담겨 있었다. 수용성으로, 즉시 마르고 마른 후에는 내수성이 생기는, 색깔이 선명한 물감이다. 들이나 강에서 즉흥적으로 그리는 여행 화구로 적합하다.

하지만 이 돌에 그려진 새는 어떤 화구로 어떻게 그렸는지 짐작이 되지 않았다. 누구의 것도 아닌 독자성이 눈에 띄었다. 나는 이런 것을 본 적이 없었다. 집단에 동조하지 않고, 타인의 눈을 두려워하지 않고, 속세를 혐오하고, 이질성을 고집하는, 비뚤어진 근성이 있었다. 그리고 오로지 유희의 마음이 넘쳐 나 있었다.

남자가 말한 시간 때우기 같은 것과는 본질적인 차이가 있다고 생각했다. '유희'는 맞지만, 결코 시간 때우기는 아니었다. 한결같은 생명의 연소가 있고, 대범한 여유가 있었다.

남자가 잠결에 좌석에서 몸을 뒤척였다. 남자에게는 처음 보는 상대를 경계하는 기색도 없이 편안하게 숙면하는 대범함과 함께 단엄한 품격 같은 것이 있었다.

나는 운전석으로 자리를 옮겨서 일시적인 기분으로 헤드라이트를 켜 보았다. 바람에 흔들려 반짝이는 빗줄기가 휘몰아치고 있었다.

제4화 위퍼윌 ホイッパーウィル

1

픽업트럭이 크게 튈 때마다 차 지붕에 동여맨 수사슴이 튀어 올랐다. 오랫동안 거친 땅을 달린 탓에 줄이 느슨해진 것이다. 차 지붕에서 튀어 오르는 소리의 중량감이 포획물의 크기를 생각나게 했고, 나는 저절로 입가에 미소가 지어졌다. "거의 다 왔어." 나는 소리를 내어 중얼거렸다. 지붕의 사슴에게 말한 것이다.

픽업트럭의 짐칸에는 도끼로 팬 전나무가 가득 실려 있어서 사슴은 지붕에 올리는 수밖에 없었다. 내장은 제거했지만 애리조나 초가을의 강한 햇살을 계속 받고 있다. 바람이 통하는 그늘에 빨리 걸어야 한다는 생각에 초조해진 나는 액셀을 밟아 철과 고무로 된 사나운 말에 채찍을 가했다.

시야를 막고 있던 나무숲이 끝났을 때 내 집이 보였다. 집이라고 해 봐야 통나무를 쌓아 만든 오두막이지만, 스물네 시간 만에 돌아온 내 집이다. 나바호족 노인의 고르지 못한 치열처럼 듬성듬성 서 있는, 전선줄이 걸린 나무 전봇대가 전부인 살풍경한 붉은 대지 속에서 오두막은 온기를 품고 있는 유일한 존재처럼 보였다.

오두막 뒤쪽에 널어 둔 빨래가 보였다. 어제 아침에 내가 빨아서 넌 시트와 속옷이다. 그때 나는 어떤 사실을 눈치챘다. 마음의 경종이 쿵 하고 한 번 울렸다. 나는 시동을 끄고 타력으로 차를 움직여 오두막을 우회했다. 픽업트럭을 오두막 뒤쪽에 조용히 세웠다.

좌석에 눕혀 놨던 M1 개런드 라이플을 집어 탄환을 약실로 보냈다. 그리고 차 문을 열어 둔 채 차에서 내렸다. 나는 총을 가슴 앞에 들고 오두막 뒷문으로 천천히 다가갔다. 오두막에서 10미터쯤 떨어진 곳에서 발자국을 하나 발견했다. 붉은 흙에 박힌 그 신발 자국은 내 것이 아니었다. 나보다 훨씬 크고 무거운 자의 것이었다. 뒤꿈치에 P라는 각인이 있었다. 나는 빨래를 본 순간 차 라디오에서 흘러나오던 뉴스를 떠올렸다. 다시 빨래를 훑어보며 그것을 확인했다.

나는 허리를 구부려 몸을 낮춘 채 달렸다. 총격이 있으리라 예상했지만 총성은 들리지 않았다. 포치로 뛰어오르자마자 널빤지 문을 발로 차서 열었다. 총을 허리춤에서 겨누고 오두막으로 뛰어들었다.

눈에 익은 주방 테이블 너머에 커다란 남자가 태연하게 앉아 있었다. 마치 그자가 이곳의 주인이고, 내가 갑작스러운 침입자 같았다. 남자는 탁한 눈을 크게 뜨고 나를 올려다볼 뿐 움직이려고도 하지 않았고, 더구나 놀란 것처럼 보이지도 않았다. 다가오는 자동차 소리를 민감하게 알아챘는지 이미 내가 온 것을 알고 있었던 듯이 보였다.

남자는 흐릿하고 둔한 시선으로 나를 응시할 뿐 말은 하지 않았다. 진 작업복이 두툼한 어깨와 가슴에 찢어질 듯 꽉 끼여서 무척이나 갑갑해 보였다. 테이블은 먹다 남은 음식물과 빈 술병으로 어질러져 있었다. 내가 아껴 둔 버번이다. 남자는 두 손을 테이블 위에 올려놓고 있었고, 손에는 아무것도 들고 있지 않았다. 내 주방용 수건이 남자의 오른쪽 팔에 덮여 있었다.

나는 말없이 총구와 턱 끝으로 '일어나서 밖으로 나가'라고 남자에게 명령했다. 남자는 시키는 대로 테이블 위에 두 손을 짚고 천천히 일어났다. 그리즐리베어가 일어서는 것처럼 보였다. 그는 오른손에 쥔 수건을 늘어뜨린 채 테이블을 돌아 나왔다. 나도 남자의 움직임에 맞춰 테이블을 따라 돌아 남자와 위치를 바꿨다. 총을 겨눈 채 한 손으로 조리대 찬장을 열었다. 재빨리 훑어보고 요리용 칼의 숫자를 확인했다.

다시 턱을 치켜 올려 남자를 뒷문으로 내몰았다. 남자는 한 발을 끌면서 걸어갔고, 그 거구의 몸으로 뒷문을 꽉 채우며 판자를 댄 포치로 나갔다. 여러 번 빨아서 색이 바랜 진 멜빵바지는 군데군데 탄 작은 구멍은 있을지언정 지저분하지는 않지만 튼튼해 보이는 신발은 물을 흠뻑 머금어 거무스름했고, 진흙으로 뒤덮여 있었다. 바지 뒤쪽에도 검게 말라붙은 얼룩이 있었다.

남자는 의외로 순순히 내 지시를 따랐고, 느릿한 동작으로 포치의 나무 계단을 내려갔다. 절뚝이는 다리를 끌면서 한 계단 내려간 순간, 남자는 돌아서자마자 오른팔을 크게 휘둘렀다. 수건이 벗겨지고 두꺼운 쇠사슬이 소리를 내며 습격해 왔다. 내 총을 쳐서 떨어뜨리려고 했던 것이다. 눈에 보이지 않을 정도로 빠른 동작에 거센 공격이었다.

하지만 나는 그렇게 나올 것이라고 짐작하고 있었다. 반걸음 뒤로 물러나면서 총신을 내려 쇠사슬을 피했다. 다음 순간 달려들어 총신으로 남자의 팔 관절을 내려쳤다. 감전된 듯한 마비에 한동안은 팔을 사용할 수 없을 것이다. 틈을 주지 않고 총구로 남자의 급소를 찔렀다. 빠르고 가볍게 명치를 일격했다.

남자는 윽 하는 신음 소리와 함께 비틀거렸고, 계단을 헛디뎌 계단 밑으로 떨어졌다. 그리고 큰곰 같은 몸을 웅크린 채 왼팔을 들어 머리를 감쌌다. 다음으로 이어질 게 분명한 개머리판의 타격에서 머리를 보호한 것이다. 하지만 나는 쓰러진 자를 고통스럽게 하는 짓은 하지 않는다. 나는 남자를 내려다보고 총구를 치켜 올리며 일어나라고 재촉해 픽업트럭 쪽으로 걷게 했다.

남자를 차 뒤쪽으로 몰아 짐칸을 향하도록 세운 후 트럭 뒷문에 양손을 붙이게 했다. 나는 불의의 공격에 대비하면서 총신으로 남자를 쿡쿡 찔러 다리를 뒤로 내딛게 한 후 두 다리를 최대한 벌리게 했다. 남자는 느릿하고 둔중해 보이지만 필요하면 언제든지 빠르게 움직일 수 있는 상대다.

나는 방심하지 않고 달려들어 남자의 오른 손목에 이어져 있는 수갑의 쇠사슬 끝을 잡았다. 두껍고 긴 특이한 쇠사슬이다. 노예 선박에서나 쓸 것 같은 이런 수갑을 채워야 할 정도로 난폭해지면 손을 쓸 수 없는 남자일 것이다. 남자의 팔이 올라가도록 쇠사슬을 당기고는, 트럭 뒷문의 잠금장치를 열고 쇠로 된 갈고리에 쇠사슬 고리 하나를 끼운 후 잠갔다. 쇠사슬의 남은 부분을 잠금장치에 비스듬하게 교차해 휘감고, 마지막으로 맨 끝 고리를 고정 바에 집어넣었다.

남자는 오른팔이 잠금장치에 높게 매달린 부자연스러운 자세가 되었다. 남자는 움직임이 민첩하고 힘도 센 듯했지만 이 자세로 쇠사슬을 빼려면 시간이 걸릴 것이고, 통나무를 가득 실은 픽업트럭을 끌고 달릴 수는 없을 터이다.

나는 남자의 등 뒤로 돌아가 혈흔으로 보이는, 얼룩이 묻은 바짓단을 총신 끝으로 걷어 올렸다. 깨끗한 하얀 천을 찢어서 만든 붕대가 다리에 감겨 있었다. 내 베개 커버다. 생각했던 대로였다.

그때 오두막의 전화가 울렸다. 총을 겨누고 있음을 남자에게 보여 주고 서둘러 오두막으로 갔다. 창문을 열어 남자를 지켜보면서 벽에 걸린 수화기를 들었다.

"켄? 돌아왔나?"

쉰 목소리는 카운티 보안관 앨 던컨이다.

"네, 지금 돌아왔습니다."

"별일 없고?"

"뿔이 여덟 갈래인 사슴을 잡았습니다."

"아. 사실은 주 교도소에서 죄수 네 명이 탈옥했네. 오늘 새벽에 교도관을 죽이고 도망갔지."

그는 씹는담배를 입안 가득 물고 있을 것이다. 평상시처럼 우물거리는 말투다. 인사를 생략하는 것도 평상시 그대로다.

"차 라디오로 들었습니다."

"한 명은 총에 맞아 부상을 입은 모양이야. 다른 세 명은 산으로 들어갔는데, 총을 맞은 놈은 미처 따라가지 못했지. 그자가 그쪽으로 갔을지도 몰라."

"네, 여기 있습니다."

앨의 목소리가 끊기더니 목이 멘 듯 기침을 했다. 씹는담배를 잘못 삼키기라도 한 걸까.

"뭐? 뭐라고 했나?"

"그자인 듯한 자가 여기에 있다고요."

"죽였나? 자넨 무사한가?"

"잡아 두고 있습니다. 저는 괜찮습니다."

"……."

"덩치가 큰 남자군요. 멕시코인 같은데 한쪽 다리에 총을 맞았습니다. 특수한 수갑을 차고 있는데 그 쇠사슬을 어디선가 끊었습니다."

"대장장이 해머의 작업장에서 끊었지. 해머의 작업복을 훔쳤고."

"그렇군요. 그러면 이자를 데리러 오십시오."

나는 전화를 끊으려고 했다.

"잠깐만. 한 가지 묻고 싶은데. 녀석을 어떻게 찾았지? 자네를 기다리고 있었나?"

"우리 집 부엌에서 편하게 쉬고 있더군요."

"집에 누가 있다는 것은 어떻게 알았나?"

"세탁물."

"세탁물?"

"빨래 말입니다. 나가기 전에 널어 둔 빨래 하나가 없더군요."

신음하는 듯한 소리가 났다.

담배를 씹다가 침을 뱉는 듣기 거북한 소리가 나고 앨의 목소리가 이어졌다.

"조심하게. 그자는 황소도 때려잡을 만큼 힘이 센 녀석이라더군."

"잠깐만요."

나는 그렇게 말하고 수화기에서 살며시 손을 뗀 후, 총을 어깨에 올리고 창밖을 향해 쐈다. 7.62밀리 구경이 굉음과 불을 뿜었고 남자의 부상당한 쪽 발 밑에서 붉은 흙이 튀어 올랐다. 남자는 자신도 모르게 다리를 펄쩍 뛰고 몸을 움츠렸다. 나는 다시 수화기를 들었다.

"미안합니다……."

"뭐야! 무슨 일이야! 지금 총성은?"

"녀석이 차에 걸어 둔 쇠사슬에 손을 댔죠. 손을 못 대게 하려고 녀석의 종아리를 쏜 것뿐입니다."

한숨 소리가 들렸다.

"자넨 대체 어떻게 된 사람인가……. 금방 가지, 켄. 조심해."

2

쇠테를 두른 커다란 오크 통처럼 생긴 보안관 앨 던컨이 세 남자와 함께 지프 두 대를 끌고 왔다. 보안관은 보안관보 크리스 캘헌과 젊은 조수 엘리 그리고 처음 보는 중년의 남성을 데리고 있었다. 낡은 보스턴백을 멘 그 남성은 쉰셋인 앨과 비슷한 나이로 보였지만, 커다란 몸집의 농부 같은 앨과는 달리 혈색이 좋고 윤기가 흐르는 얼굴에 땅딸막하고 둥글둥글한 체형이었다. 카운티 경찰 제복은 아니지만 황토색의 관급 제복인 듯한 옷을 입고 있었다. 그는 무기를 소지하지 않았지만 나는 주 교도소 직원이라고 판단했다.

그 남자가 픽업트럭 뒷문에 묶여 있는 덩치 큰 남자를 보자마자 말했다.

"오, 이 녀석이 곤살레스요."

땅딸막한 남자가 탄성을 질렀다.

"곤살레스 로메로. 강도와 상해 전과 팔 범인 사내지."

앨이 끄덕이며 말했다.

"엘리, 수갑 채워."

빨강 머리를 짧게 깎아 올린 대학생 같은 엘리가 잔뜩 긴장한 채, 매달려 있는 곤살레스의 오른손에 먼저 수갑 한쪽을 채우고, 뒷문에서 왼손을 잡아떼듯 하여 다른 한쪽 고리를 채웠다. 곤살레스에게 그럴 마음만 있었다면 그는 엘리를 끌어안고 허리의 권총을 빼앗을 수도 있었다. 하지만 앨이 서부 시대의 유물 같은 큼직한 피스메이커 콜트에 손을 얹은 채 슬며시 뒤를 지키고 있었다.

이내 엘리는 곤살레스의 몸을 뒤져 무기가 없는 것을 확인했다. 엉거주춤하고 어색한 동작이지만 교과서 그대로 열심히 실행하는 고지식함이 풋풋하게 느껴졌다.

"크리스, 엘리, 둘이서 이자를 유치장에 처넣고 와."

앨이 말했다. 조금 떨어진 곳에서 허리에 손을 대고 선 채 가무잡잡한 핸섬한 얼굴에 옅은 웃음을 띤 크리스는 수상하다는 표정으로 나를 머리에서 발끝까지 몇 번이고 훑듯이 내려다보았다. 나를 도발할 생각인 것이다. 내가 꽤나 마음에 안 드는지 나만 보면 싸움을 걸고 싶어 안달이다.

"알았습니다."

크리스가 시선을 내게 둔 채 떨떠름하게 대답했다.

"엘리, 넌 사무실에 남아. 곤살레스를 집어넣은 유치장에는 가까이 가지 마. 무전기 앞에서 꼼짝 말고 우리 연락을 기다려. 낮이 되면 시내에서 지원을 해 줄 테니."

크고 단단한 배를 내민 앨이 쉰 목소리로 계속해서 지시했다.

"우리는 먼저 가서 캘러멧 소나무에서 기다린다. 도망자들의 흔적을 찾아서 추적 방향을 확인할 거야. 크리스는 독 오른 브라이언을 데리고 쫓아와. 녀석은 만반의 준비를 하고 기다리고 있을 거야. 오인분의 휴대 식량과 물통 다섯 개 그리고 침낭을 가져와. 물을 채워오지 않아도 돼. 물은 스프링 강에서 채운다."

"오인분이라고요?"

크리스가 의아한 듯 물었다.

"다섯 명이야. 켄을 데려간다."

앨의 대답에 크리스보다 내가 더 놀랐다.

"데려간다고요? 나를?"

"응, 그럴 생각이야."

"농담합니까? 누가 간다고 했죠?"

"내가 결정했어. 자네가 필요해."

일방적인 말투에 어이가 없어서 앨의 얼굴을 다시 봤다. 오랫동안 애리조나의 산바람과 햇살을 견뎌 온 앨의 붉은 얼굴은 아무렇지도 않은 듯 태연했고 무표정했다.

"싫은데요. 인간 사냥은 안 좋아합니다."

"알아. 하지만 이번 탈옥수는 만만치 않은 녀석들뿐이야. 추격대는 적어도 다섯은 있어야 해. 도와주게."

앨은 그 말을 끝으로 이야기가 끝났다는 표정을 짓고 고개를 돌렸다. 그리고 입속에서 담배 덩어리를 한 번 굴리고는 말을 돌렸다. "크리스, 엘리, 뭘 멍하니 있나? 죄수를 데려가."

크리스가 곧바로 권총을 뽑았다. 공이치기를 당긴 리볼버를 허리춤에서 겨냥하고 픽업트럭으로 다가가 잠금장치에서 쇠사슬을 푼 다음 곤살레스를 거칠게 일으켜 세웠다.

"걸어! 이 돼지 새끼야. 허튼짓하면 그 냄새나는 한쪽 다리에도 구멍을 뚫어 주지."

크리스는 증오의 대상을 바꾼 듯했다. 지프 쪽으로 쫓겨 가던 곤살레스가 내 앞에서 걸음을 멈추고 나를 뚫어지게 응시했다. 크리스와 엘리가 곤살레스의 양어깨를 쥐고 걸리려 했지만 거구의 남자는 꿈쩍하지 않았다. 이 남자가 걷지 않겠다고 하면 아무도 그를 움직일 수 없는 것이다.

곤살레스가 온화한 목소리로 내게 물었다.

"형씨, 인디언인가?"

"이자는 쪽발이야."

대답한 사람은 크리스다. 곤살레스는 크리스를 완전히 무시하고 나를 응시한 채 중얼거렸다.

"입이 무거운 친구군. 벙어린가 했네."

그 목소리는 담담했고, 원한도 집착도 없었다. 다시 크리스가 끼어들었다.

"벙어리라고? 이자의 아무 곳이나 눌러 봐. 째지는 목소리로 외쳐댈 테니까. 만세, 돌격, 만세, 돌격! 하고."

나는 엉겁결에 웃음을 터뜨릴 뻔했다.

"그만해! 크리스."

앨이 탁한 침과 함께 내뱉듯 말했다.

곤살레스의 불룩하게 처진 눈두덩이 살짝 누그러진 듯 보였다.

"형씨, 미안하게 됐군. 당신 물건을 훔쳐서. 덕분에 상처도 처치했고, 오랜만에 배불리 먹었어. 거기다 실컷 마셨고. 그건…… 사슴 고기였나? 고기도 술도 맛있었어. 솜씨가 좋더군, 형씨."

곤살레스는 내게 한쪽 눈을 찡긋하더니 거구를 흔들고 다리를 질질 끌면서 걸어갔다.

곤살레스를 태운 지프가 모래 먼지를 일으키며 떠나자 앨이 데려온 중년 남자가 고개를 흔들며 중얼거렸다.

"곤살레스의 저런 모습은 처음이군."

남자가 앨에게 하는 이야기를 등 뒤로 들으며 나는 픽업트럭 지붕에서 수사슴을 내리기 시작했다.

"곤살레스는 평생의 절반을 교도소에서 보낸 사내야. 강도 상습범에게 욕심이 없다고 하는 게 이상하지만, 녀석은 야심도 계략도 없는 사내지. 주린 배와 갈증을 해소하려는 욕망밖에 없는 놈이야."

"아, 그런 사람이 있지."

"교도소에서 나가도 제대로 일을 구할 수 없으니까 금방 도둑질이나 강도질을 해서 돌아와. 불쌍한 놈이지."

"……"

"하지만 일단 난폭해지면 손을 쓸 수 없어. 녀석이 날뛰기 시작하면 곤봉을 든 힘센 교도관 대여섯이 달려들어도 늘 부상자가 몇 명 나왔으니까. 그 사나운 녀석을 저 젊은이가 혼자 잡았네. 그런데도 저놈에겐 원한조차 보이지 않는군. 오히려 충족감 같은 게 있었어. 뭔가 '속이 시원하다'는 듯 후련한 표정이었지. 여기서 무슨 일이 있었는지 모르지만 곤살레스를 그렇게 다룬, 맹수 조련사 같은 저 젊은 이는 대체 누군가?"

앨은 그 물음에 대답하지 않고 내게 다가오며 중얼거렸다. "좀 도 와줄까."

차 지붕에서 수사슴을 내리는 일을 도와주면서 앨이 말했다. "이 거, 백 킬로그램은 되겠는데. 살이 잔뜩 오른 사슴이군. 이번 시즌 첫 수확물인가?"

"네. 이걸로 한겨울을 날 수 있죠."

땅에 내려놓고 보니 한층 커 보이는 수사슴 옆에 동그란 무릎을 꿇 은 초로의 남자가 사슴의 앞다리 위쪽에 난 총상을 살펴보며 말했다.

"삼공-공육 아니, 칠육 밀리인가. 심장에 한 발. 멋진 솜씨군."

그는 총기와 수렵에 일가견이 있는 남자 같았다.

앨이 씹는담배 틈으로 목소리를 내어 그와 나를 소개했다.

"켄, 이쪽은 주 교도소 소속의 도널드 맨디. 경찰이지."

남자가 끙 소리를 내며 몸을 일으켰다.

"돈, 이쪽은 켄 다카하시. 미국 시민이야."

"잘 부탁합니다, 맨디 씨."

"돈이라고 부르게."

웃는 얼굴로 돈이 내민 손은 부드럽고 따뜻했다. 돈의 밝은 웃음은 사람을 매료했다. 언제 어디선가 본 듯하다고 생각했는데 산타클로 스였다. 하얀 수염을 깎고 제복을 입은 산타클로스.

"켄은 하와이 출생의 일본계 미국인 이세야. 요전 전쟁에서 이세 부대2차 대전 당시 일본계 2세로 구성된 부대에서 싸웠던 사내지."

앨이 불필요한 말을 했다.

"호, 어쩐지……."

인디언으로도 보이는 내 외모를 이해했다는 건지, 내가 총 다루는 것을 수긍했다는 건지 알 수 없지만 돈은 묘하게 감동한 눈치였다.

"그래서, 저 군용 총이."

돈이 내 M1 개런드를 가리키며 말했다.

"저 총에 대해서는 들었네. 위력적이고 정확하고 견고한 믿을 만한 총이라고. 게다가 모양도 근사해. 나무 부분이 많아 좋군."

애용하는 총을 칭찬해 주는데 기분이 좋지 않은 남자는 없다. 나는 처음 보는 이 초로의 남자에게 쉽게 호감이 갔다. 돈이라는 남자는 남에게 호감을 주는 기술이 무의식적으로 몸에 뱄는지 모른다. 앨은 침을 거하게 뱉고 말했다. "이러고 느긋하게 있을 때가 아니야. 켄, 가지."

타인의 의사에 신경 쓰지 않는 이 강제적이고 제멋대로인 앨에게 나는 왠지 화를 내지 못했다. 늘 그랬다. 이 남자의 부탁을 거절하지 못한다. 그것을 '부탁'이라고 할 수 있을지는 의문이지만……. 거기다가 '자네가 필요하다'는 말만큼 남자를 움직일 수 있는 말은 없다. 나는 하나 마나 한 반항은 포기하고, 고개를 저으며 앨에게 말했다.

"사슴을 수조에 넣고 가겠습니다. 도와주십시오."

셋이 달려들어 수사슴을 끌듯이 옮겨서 창고 그늘의 나무 수조에 넣었다. 70센티미터는 되는 여덟 개의 뿔이 물 위로 삐져나왔다. 매나 들개의 습격을 받지 않도록 수조 위에 통나무를 올렸다.

"옷을 갈아입고 오죠. 내 픽업트럭은 창고에 넣어 줘요."

나는 아버지뻘이 되는 앨에게 그렇게 말하고, M1 개런드를 들고 오두막으로 들어갔다.

"쳇, 사람을 함부로 부리는 녀석이군."

들으라는 듯 말하는 앨에게 등을 돌리고 걸으면서 나는 싱긋 웃었다. 그래서 뭐? 나름대로 소심한 복수다.

만 하루 내내 입었던 옷을 전부 벗었다. 바싹 마른 흰색 면 팬티, 티셔츠, 양말의 순으로 속옷을 입자 기분이 조금 좋아졌다. 빨아서 개어 둔 두툼한 갈색 면 셔츠와 바지를 입고, 비브람 솔이탈리아 비브람사의 상품명으로, 스파이크 타이어와 같이 뚜렷한 요철 무늬가 있는 고무 밑창 워커를 신었다.

부엌의 무거운 떡갈나무 테이블을 밀고 닳아 해진 카펫을 말았다. 군용 나이프에서 뺀 칼날을 마룻바닥 틈새에 꽂아 바닥 널빤지 두 개를 뜯었다. 비밀 총기 보관함이 드러났다. 총대의 체인을 풀어 가볍고 짧은 M1 카빈을 꺼내고 개런드를 수납했다. 그리고 바닥을 원래대로 돌렸다. 문득 생각나서 찬장 구석에서 담뱃갑 크기의 납작한 질그릇 병을 꺼냈다. 위스키를 넣어 바지 뒷주머니에 숨길 수 있는 병이다. 등나무로 짠 케이스로 감싼 병을 살짝 흔들어 보고 주머니에 밀어 넣었다.

한 손에 카빈 총, 다른 한 손에는 빨강과 검정의 버펄로 체크 재킷을 쥐고 집을 나왔다. 애초에 문단속은 하지 않는다. 지프에서 기다리던 앨이 재빠르게 내 총을 보고 말했다. "총을 바꿨군." 운전을 교대하자는 내 말을 무시하고 앨은 내가 조수석에 탄 순간 날듯이 지프를 출발시켰다. 뒷좌석의 돈이 소리를 지르며 재빨리 모자를 눌렀다. 평소에는 느긋하고 온화한 앨은 핸들만 쥐면 사람이 바뀌듯 난폭해진다. 앨에게는 역시 말이 어울리는 모양이다.

앨이 전방을 노려보며 고함을 지르듯 말했다.

"왜 굳이 작은 구경으로 바꾼 거지?"

"긴 여정에는 짐이 가벼운 게 좋아요. 더구나 이 총은 삼백 구경으로, 개런드와 거의 같죠. 이걸로 쓰러뜨리지 못한 건 없습니다."

"그 코딱지만 한 총알로?"

"총알이 크다고 무조건 좋은 건 아니죠. 어느 거리에서 어디를 노리는지가 중요하지. 사냥감에 보다 가깝게 다가가서 보다 확실하게 급소를 쏘면 알래스카 불곰이면 모를까 대부분은 이거에 뻗죠. 하긴 당신에게 이런 말 하는 건 부처님한테 설법이지만."

"자넨 욕할 때면 일본어로 하는 나쁜 버릇이 있어, 켄."

3

"개는 안 된다고 했지!"

앨은 그답지 않게 노골적으로 화를 내며 크리스를 나무랐다. 캘러멧 소나무의 집합 장소로 달려온 크리스가 조력자와 함께 검은 개 한 마리를 데리고 온 것이다. 무척이나 정갈하고 용맹스럽게 생긴 도베르만이다. 크리스가 사육하는 개로 그가 자랑하는 놈이다.

"손이 부족하잖습니까. 추격대가 필요했던 것 아닙니까? 사람을 쫓는 데는 이 주변에서 이 녀석을 따라갈 자가 없단 말입니다."

"멍청하긴. 그놈은 사람의 목을 물고 싶을 뿐인 위험한 짐승이야."

앨은 담배보다 쓴 것을 씹은 표정으로, 쓴 즙을 뱉듯 갈색 침을 뱉고 말했다.

"돌아갔다 올 시간이 없어. 언제 이곳으로 돌아올지도 모르는데 차에 묶어 두기도 그렇고……. 사람이든 짐승이든 빤히 굶길 수도 없는 노릇이고……. 어쩔 수 없군. 데리고 가기는 하는데, 잘 들어, 그 녀석을 확실하게 붙잡아. 내 근처에 못 오게 해."

그런 실랑이에 아랑곳하지 않고, 지프에서는 브라이언이 무릎에 기대 세운 묵직한 총을 부드러운 천으로 문지르고 있었다. 브라이언 폭스. 38세. 대형 트럭을 몇 대나 소유한 운송업자다. 엽총 수집가로, 열정적인 헌터…… 라기보다는 움직이는 것을 사격하는 것을 무엇보다 좋아하는 인물이다. 사람을 추격할 때면 반드시 지원해서 달려오는 남자다.

등장할 시기를 엿보고 있던 브라이언이 검게 빛나는 커다란 장총을 들고 장식 자수가 놓인 카우보이 부츠의 발끝부터 천천히 지프에서 내려왔다. 여우보다는 하얀 족제비를 연상시키는 얼굴이 TV 영화의 '비정한 현상금 사냥꾼'을 연기하며 무표정하게 다가왔다. 총은 웨더비 378매그넘. 맹수용 대구경 소총이다. 언뜻 보기엔 무거운 총을 다루기에는 약해 보일 만큼 브라이언은 극히 평범한 체구의 사내다. 아무렇지 않은 듯 태연한 표정을 가장하고 있지만 자신이 나서지 않으면 사냥은 시작되지 않는다고 믿는 교만을 감추지 못했다.

그런 브라이언을 앨이 무심한 듯 돈에게 소개했다. 대략적인 소개를 끝내자마자 앨이 브라이언에게 말했다.

"자네에게도 해 둘 말이 있어. 항상 하는 말이지만 죄수는 최대한 생포한다."

그는 브라이언의 살벌한 무기를 싸늘하게 내려다보며 못을 박듯 말했다.

"보상금은 생사와 상관없이 똑같지만, 어차피 자네에게는 총알 값도 안 되겠지. 홀로 포인트 탄은 사용하면 안 돼. 덤덤탄은 금지다. 만약 갖고 있다면 차에 두고 가."

브라이언은 연기를 쫓는 것처럼 코앞에서 손을 한 번 흔들고 말했다. "압니다." 알긴 쥐뿔이나 알겠느냐고 나는 생각했다. 이 남자는 탄두에 구멍이 뚫린 홀로 포인트 탄으로 살아 있는 생명을 쏘는 것을 즐긴다. 구멍이나 틈이 있는 탄환은 사냥감에 맞으면 틈이 찢어지면서 버섯 같은 모양으로 변형되어 사냥감의 체내를 휘젓고 파괴한다. 생명의 죽음에 필요 이상의 고통과 손상을 가하는 것이 이 남자의 취미인 것이다. 지금도 분명히 덤덤탄을 갖고 있으리라 생각했다.

카운티 보안관인 앨과 크리스, 주 경찰인 돈, 민간인인 브라이언과 나. 추적대가 갖춰졌다. 나는 손목시계를 보고 아직 오전 9시라는 사실에 조금 놀랐다. 나는 오늘 아침 산에 여명이 밝아 오자마자 일어났다. 침낭에서 빠져나와 모닥불에 끓인 커피와 칠리 빈 카르네 캔만으로 초라한 아침 식사를 끝내자마자 1백여 킬로미터나 되는 산길을 운전해 왔다. 빈집을 찾은 뜻밖의 손님과의 대치 후 한숨 돌릴 틈도 없이 내몰리듯 오게 된 산속 추적대…… 등의 많은 일들이 있었던 탓에 한나절은 지났을 줄 알았는데 아직 오전 9시라는 사실에 어리둥절했다.

크리스가 딱딱한 비스킷 한 봉지와 물통 하나씩을 집어던지 듯 나눠 줬다. 이렇게 마른 과자 한 끼만으로 일을 끝내고, 저녁 식사는 각자의 집에서 하리라는 생각은 앨조차 하지 않을 것이다. 다음 식사는 사냥으로 해결하겠다는 생각을 한 순간, 불현듯 곤살레스가 내가 만든 키드니 파이까지 먹어 치웠을까 하는 생각이 들어 조금 신경이 쓰였다.

근처를 흐르는 샛강으로 가서 각자 자신의 물통에 맑고 차가운 물을 채웠다. 물을 한 모금 마신 돈이 정말 맛있다고 칭찬했다. 이 샛강의 뛰어난 물맛은 마을의 물과는 비교가 되지 않는다. 강바닥에서 솟아난 지하수가 넘쳐서 이루어진 강이다.

그리고 이 캘러멧 소나무라고 불리는 지점은 산으로 가는 자들의 거점이 되는 장소였다. 차로 갈 수 있는 곳은 여기까지로, 그다음은 걸어서 가야 한다. 예전에는 말을 타거나 짐을 실은 말을 끌고 지났다. 하지만 계속해서 암석이 떨어져 나오고 토사가 흐르면서 산길이 좁아진 곳이 생겼고, 말이 골짜기로 떨어지는 사고가 늘어나면서 최근에는 말을 이용하지 않게 되었다. 짐이 많은 사람은 산기슭을 따라 멀리 우회하는 가도를 이용하는 수밖에 없다. 최단 거리로 산을 넘고 싶은 사람, 산으로 들어갈 사람은 모두 이 캘러멧 소나무부터 걷기 시작한다.

캘러멧은 인디언의 기다란 담뱃대를 가리킨다. 전투 의식에 사용하는 길고 곧은 담뱃대로, 새의 아름다운 깃털 장식에 빨간 칠이 되어 있다. 이 강의 모퉁이에 집채만 한 커다란 바위가 있고, 그 위에 캘러멧처럼 가늘고 길고 곧은 붉은 소나무 한 그루가 하늘을 향해 있다. 소나무인데 곧고, 신기하게도 우듬지 한쪽에만 잎이 달린 가지가 뻗어 있었다. 그 모습이 캘러멧을 세워 놓았을 때의 깃털 장식과 꼭 닮았던 것이다. "과연……." 주 교도소의 돈이 한동안 소나무를 올려다보며 감탄하더니 일로 돌아갔다. 모두를 모이게 한 그는 여섯 시간쯤 전에 일어난 탈옥극의 상황과 도망자의 프로필에 관해 말했다. 이야기는 이랬다.

먼저 오키 빅혼이 사건을 일으켰다. 43세. 나바호 인디언으로 추장의 후예다. 무기징역을 선고받고 3년째였다. 딱 한 번, 관청 직원과 싸우다 무섭게 폭발해 주 공무원과 경관 여러 명을 살상한 사건을 빼면 조용한 남자였다. 뭔가 커다란 아픔을 꾹 참고 있는 듯한 금욕적인 분위기를 풍기는 사색가 유형의 남자다. 3개월 전에 있었던 교도소의 건강검진에서 암이 발견되었다. 이미 말기인 폐암이 전이됐고, 애석하게도 한창때인 남자의 수명이 반년밖에 남지 않았다는 진단을 받았다.

오키에게 병명을 알리지는 않았지만 중노동에서 열외가 된다거나 주변 사람들의 태도와 표정으로 그는 그 사실을 알아챈 듯했다. 자신의 죽음을 예지하는 인디언의 지혜인지도 모른다. 그는 최근 들어 현저하게 쇠약해졌고, 며칠 전부터 식사를 하지 않고 독방 침대에 누워만 있었다. 당장이라도 병원으로 옮겨야 할 상황이었다.

한밤중, 고통스러워하는 오키의 신음 소리를 들은 옆 독방의 죄수가 교도관을 불렀다. 그날 당직이었던 나이 든 교도관은 오키가 불치의 병마와 싸우고 있다는 사실을 알고 있었고, 평소 말썽 하나 일으키지 않는 이 조용한 인디언에게 오히려 동정심을 갖고 있었다. 교도관은 오키의 상태가 위급해진 게 아닐까 하고 놀라 부주의하게 혼자 독방에 들어갔다.

갑자기 담요를 걷어차고 일어난 오키가 교도관을 덮쳤다. 신발 끈으로 교도관의 팔을 뒤로 묶고, 권총과 총알이 담긴 스피드로더와 열쇠 꾸러미를 빼앗았다. 오키는 그 이상 교도관을 괴롭히지 않고, 단지 '소리를 지르면 쏘겠다'고 속삭인 후 그를 감방에 두고 밖으로 나와 철창문을 잠갔다. 그리고 뒷마당으로 통하는 문의 자물쇠를 열어둔 채 열쇠 꾸러미를 옆 독방으로 던진 뒤 소리 없이 어둠 속으로 사라졌다. 갇힌 나이 든 교도관은 무사히 이 상황이 지나가기만을 빌었고, 소리도 내지 않고 죄수의 뒷모습을 지켜볼 뿐이었다.

열쇠 꾸러미를 받은 감방의 죄수가 곤살레스 로메로였다. 고통스러워하는 오키의 목소리를 차마 듣지 못하고 교도관을 부른 사람이 그였다. 발밑에 떨어진 열쇠 꾸러미를 손에 든 곤살레스는 상황을 파악하는 데 시간이 조금 걸렸다. 이내 수용실 철창 사이로 두꺼운 쇠사슬에 묶인 팔을 내밀어 어렵사리 문을 열었다. 대각선의 위치에 있던 죄수가 느릿느릿 감방을 나오는 곤살레스를 발견하고 낮고 날카로운 목소리로 그를 불러 자신의 감방 문을 열게 했다.

그자가 빅터 맥로드다. 40세. 체력과 기력 모두 충분한 장년이다. 살인 전과만 없을 뿐 강도, 상해, 폭행, 사기, 도박 등 무수한 전과와 체포 이력이 있는 범죄자다. 이번 탈옥수 가운데 가장 흉악하고 악랄한 남자다.

빅터는 곤살레스처럼 단순히 힘만 센 난폭범과는 달리 힘도 두뇌도 뛰어나고 간계에도 능했다. 교도소 안에는 그를 두려워해서 그의 말에 무조건 따르는 죄수들이 많았다. 그런 빅터가 을러대며 위협하자 곤살레스는 두말없이 빅터의 감방 문을 열었다.

키는 크지 않았지만 두툼한 가슴에 어깨가 턱없이 넓고 유난히 팔이 긴 빅터는 손쉽게 감방을 빠져나온 후 곤살레스에게 명령해 옆 감방의 문도 열게 했다.

마르고 창백한 얼굴이 긴장감으로 굳은 채 나온 젊은 남자는 해리 찬스. 마피아의 살인 청부업자다. 살인 청부업자라고는 해도 총이나 칼로 목표 대상만을 죽이고 그림자처럼 사라지는 전문 킬러가 아니라, 다이너마이트로 차와 건물을 통째로 폭파하는 식의 난폭한 양아치다. 그러다 보니 당연히 행인이나 옆에 있던 사람까지 사건에 휘말리게 했다. 사형을 면한 것이 이상할 정도로 경멸스럽고 비열한 범죄자였다. 병적일 만큼 하얀 피부와 가녀린 체격의 그는 빅터의 동성애 상대였다.

빅터가 두 사람에게 지시해 오키의 감방에 갇혀 있던 교도관을 끌어내 복도로 통하는 정면에 있는 문으로 끌고 갔다. 죄수들은 문 뒤에 숨은 채 교도관에게 사람을 부르도록 시켰다. 하품을 연발하면서 다가온 젊은 교도관을 빅터가 때려눕혔다. 그는 기절한 교도관의 자동 권총과 총신이 짧은 펌프식 엽총을 빼앗았다. 미끼로 이용한 나이든 교도관도 개머리판으로 때려 쓰러뜨렸다.

빅터는 왜인지 뒷문을 이용하지 않고 두 사람을 데리고 정면으로 탈출하려고 했다. 그때 빅터는 무슨 생각을 했는지 굳이 돌아가서 쓰러져 있는 두 교도관의 머리를 총대로 마구 내려쳤다. 결국 젊은 교도관은 죽고, 나이 든 교도관은 중상을 입었지만 목숨은 건졌다.

　세 사람이 한 무리가 되어 요란하게 탈옥을 시도하면서 교도관과 총격전을 벌였지만, 심야 시간이어서 교도관이 적었던 것이 도망자를 도왔다. 빅터가 교도관 한 명을 사살했지만, 죄수 중 한 명도 총을 맞았다. 그자가 곤살레스였다. 빅터는 다리에 총알이 관통해 달릴 수 없는 곤살레스를 남겨 두고 해리를 데리고 도망갔다.

　곤살레스는 철컹거리는 수갑을 찬 채 피를 흘리며 필사적으로 도망가 근처의 숲에 몸을 숨겼다. 특수 제작된 수갑의 쇠사슬은 두껍지만 길이가 긴 만큼 움직임이 자유로웠다. 수갑을 채운 채 노역을 시키려면 길게 만들 수밖에 없었던 것이다. 그는 나뭇가지를 잘라 지팡이를 만들고 지팡이에 의지해 걷고 또 걸었다. 놀랄 만한 체력이라 할 만했다. 새벽녘, 숲 가장자리에서 엿보니 드문드문 마을의 집들이 보였다. 몸을 숨기면서 다가가자 가장 먼저 나타난 건물이 대장간이었다. 끌과 모루 등 필요한 도구가 갖춰져 있다. 곤살레스는 괴력으로 해머를 휘둘러 쇠사슬을 끊었다. 주변을 뒤져 보았지만 음식 부스러기도 없어서 벽에 걸려 있던 작업복을 훔쳐 대장간을 나왔다. 다시 숲에 몸을 숨기고 피 묻은 죄수복을 작업복으로 갈아입었다. 그리고 계속 걸어 마을에서 떨어진 곳에 있는 오두막 한 채를 발견했다. 조심스럽게 다가가서 상황을 살폈다. 널어놓은 채 걷지 않은, 살짝 모래 먼지가 앉은 빨래를 보고 사람이 없다고 판단해서 침입했다. 그곳이 켄의 거주지였다.

　이렇게 해서 네 명이 탈옥했지만 곤살레스는 켄에게 붙잡혔다. 앞으로 쫓아야 할 죄수는 맨 처음 탈옥한 오키, 그리고 그와는 별개로 움직이고 있는 빅터와 해리까지 세 명. 양쪽 모두 무기를 소지한 위험인물이다.

오키는 S&W 38구경 리볼버, 빅터 일행은 콜트 거버먼트 44구경 자동 권총과 소드오프 12게이지 산탄총을 휴대하고 있을 것이다.

해리는 도시에서 한 발도 나간 적이 없는 남자지만, 빅터는 이전에 광산에서 일한 경험이 있어서 이곳 앞쪽에 있는 폐쇄된 광산의 식당을 향했을 공산이 크다. 길의 요지에는 이미 경비가 수배되었다. 하지만 탈옥수가 틀림없이 산속으로 도주하고 있다고 판단한 주 경찰이 이 주변의 산세를 잘 알고 있는 카운티 보안관에게 도움을 청하고 죄수를 잘 아는 돈을 파견했다. 차후에 대거 추적대를 편성해 추적을 실시할 예정이었다.

오키는 과연 어디로 도망갈 생각일까. 그는 야외에서 생활하는 인디언이다. 산이나 숲에 몸을 숨긴 채 며칠이고 지낼 수 있을 것이다. 하지만 그는 고향을 향하고 있지 않을까. 이 산줄기 너머 인디언의 어머니인 대지로 돌아가고 있을 것이다. 그럴 것 같은 예감이 든다……. 돈은 그렇게 결론을 내리며 이야기를 끝냈다.

"그 이후의 정보가 있습니다."

크리스 보안관보가 말했다.

"사무실에 도난 피해 신고가 들어왔습니다. 장소는 주유소. 피닉스 방면 가도에 주유소가 하나 덩그러니 있습니다. 그곳의 빌어먹을 놈이 전화로 신고했죠. 어젯밤에 술을 처먹고 죽은 듯 뻗어 있었던 모양입니다. 도둑이 들었다는 건 일어난 지 한 시간이나 지나서 알았다는군요. 멍청한 놈이 그제야 놀라 허둥대며 하는 말을 알아듣기 힘들었는데…….”

칠흑같이 검고 윤기 있는 머리카락에 이가 새하얀 라틴계의 이 미남자는 입만 열면 소름이 끼칠 만큼 차갑고 거친 말을 내뱉는다.

“도둑이 뒤쪽 창문으로 숨어든 모양입니다. 잠에 빠져 있는 점원에게는 손도 대지 않고, 성냥불로 실내를 비추면서 소리도 없이 떠난 듯합니다. 애초에 점원은 다리에 불을 붙여도 모를 정도로 술이 떡이 되어 있었겠지만요. 이 멍청한 놈이 떠들기로는, 도난당한 것은 계산대에 있던 거스름돈용 칠 달러 오십 센트와 판매용 초콜릿 바 다섯 개, 코카콜라 세 병, 점원의 가죽점퍼와 사이즈 9E 작업화, 주머니칼 하나 그리고 하모니카입니다.”

“오.”

돈이 이상하게도 기쁜 듯한 소리를 냈다.

“하모니카라고?”

앨이 물었다.

“하모니카요. 주유소 직원 거랍니다.”

“오키야. 오키 짓이야.”

돈이 단정했다. 돈은 잊고 있던 물건이 생각났는지 지프로 돌아가 가져온 가방에서 벨트 홀스터와 권총을 꺼냈다. 어깨부터 겨드랑이에 걸치는 샘 브라운식 붉은 가죽 벨트와 경찰용 리볼버. 친절한 서기처럼 보였던 통통한 남자가 권총을 찬 것만으로 노련한 경관으로 변신했다.

돈이 말했다. “녀석들의 총기에 대해 잠깐 설명하자면, 오키는 리볼버를 한 발도 쏘지 않았소. 총은 비어 있으니까 스페어 탄창까지

합하면 탄환은 열 발. 빅터는 교도관과 총격전을 벌였소. 남은 탄환은 몇 발인지 몰라요. 오키는 수렵에도 뛰어난 전사인 데다가 빅터도 해리도 총기에 능숙하지. 특히 빅터는 손이 빨라. 아무쪼록 주의하기 바라겠소."

앨이 고개를 한 번 끄덕이고 말했다.

"자, 놈들 셋 모두 역시 이곳을 지나 산으로 들어갔어. 강에서 물을 마신 듯하다. 교도소의 P 자 각인이 새겨진 발자국이 그 주변에 있었지. 그 발자국 위로 또 하나의 발자국을 발견했는데 거기엔 각인이 없었어. 먼저 탈주한 오키일 거야. 주유소에서 훔친 신발과 바꿔 신었을 것으로 추정된다. 거기엔 왼쪽 신 뒤축 한 곳에 깊게 팬 자국이 있다. 이 사항들은 모두 켄이 현장을 보고 판단한 내용이다."

"뒤축에 팬 자국이 있다고?" 돈이 의아한 듯 물었다.

내가 대답했다. "칼로 새로 새긴 자국입니다."

"왜?"

"자신의 발자국을 구분하기 위해서죠. 산길은 사냥꾼도 헤맬 때가 있습니다. 잘 쓰는 발의 반대쪽으로 크게 도는 경향이 있거든요. 그래서 같은 곳이 나왔을 때 스스로 깨달을 수 있도록 한 거죠."

"역시!"

'오!' 하고 탄성을 지른 후, '역시.' 하고 끄덕이는 것이 돈의 버릇인 모양이다.

앨이 자신의 방법으로 자신의 흔적을 남기듯 수풀에 침을 뱉고 말했다.

"가자."

4

강물을 따라 강의 흐름을 거스르며 나아갔다. 날뛰는 개를 끌고 있는 크리스를 선두로 브라이언이 뒤를 이었고, 앨과 돈이 나란히 조금 뒤처져 걸었다. 후미는 내가 맡았다. 나이가 많은 두 사람의 침낭은 내가 멨다. 돈이 앞서 가는 크리스를 턱으로 가리키며 앨에게 말했다. "당신 쪽의 저 젊은 사람, 힘이 넘쳐 나는군."

"응, 녀석도 그렇고 녀석의 개도 그렇고 사람 사냥을 좋아해."

"난 저런 종류의 개는 도저히……."

"나도 마찬가지야. 특히 저 개는 싫어. 개를 시켜 사람을 쫓는 것도 성미에 안 맞고."

나는 문득 크리스와 저 개가 닮았다고 생각했다. 동물은 주인을 닮는다고 하지만, 저들은 타고난 성질이 유사한 듯하다. 갈색 벨벳 같은 매끄러운 피부, 강인한 근육과 하얀 치아, 정갈하고 균형 잡힌 체구, 거기에 무엇보다도 사냥감을 몰아넣고 숨통을 끊어야만 직성이 풀리는 한결같은 가학성이 꼭 닮았다고 생각했다.

"저 개는 사람을 물어 죽인 적이 있어. 크리스가 개를 부추겨서 시시한 좀도둑을 덮치게 했지."

앨이 마치 자신의 치부를 드러내듯 괴로운 목소리로 말했다.

"게다가 저자는 라이플광이야."

앨이 브라이언의 등을 향해 고개를 저으며 말했다.

"산불 소집이나 조난자 구출에는 나선 적이 없어. 하지만 사냥 비수기의 유해 동물 포획과 인간 사냥에는 반드시 참가하지."

"무기도 엄청나군."

"저 총에 맞는 날에는 어디를 맞더라도 살아남지 못해. 발이든 팔이든 잘려 나가고 과다 출혈로 사망이야."

말문이 막힌 돈이 앨을 올려다보며 불쑥 말했다.

"당신 일도 쉽지는 않겠군."

크리스와 브라이언 같은 인간들까지 부려야 하는 앨의 입장을 배려한 말일 것이다.

기분 전환이라도 하려는 듯 돈이 강으로 시선을 돌렸다. 산쑥이 드문드문 우거져 있는 둔덕 너머 맑고 찬 스프링 개울이 흐르고 있다.

"멋진 강이야." 돈이 말했다. "아까부터 저 강의 모습에 마음을 빼앗기고 있었네. 송어가 살 만한 좋은 골짜기야. 봐, 저기 깊고 완만한 곳, 커다란 바위 아래…… 분명히 있어. 커다란 놈이……."

돈은 진심으로 이 강에 매료된 듯했다.

"자네, 낚시를 하나?" 앨이 앞서가는 두 사람을 살피면서 말했다.

"좋아하지. 취미는 그것뿐이야."

"송어는 제물낚시인가?"

"그래, 플라이낚시야. 시즌 중에는 물론 송어지만 어떤 낚시든 하지. 강, 연못, 호수……. 쉬는 날에는 물이 있는 곳으로 가네. 낡은 모터사이클을 타고 어디든 가."

돈의 목소리가 평온해졌다. 순록 썰매를 오토바이로 바꿔 탄 산타클로스 같다고 할까. 이 통통한 나이 든 남자가 등 뒤에 낚싯대를 비스듬히 메고 오토바이에 올라타 바람을 맞으며 즐겁게 달려가는 모습을 떠올리자 내 입가에 저절로 미소가 번졌다.

돈이 앨에게 말했다.

"자네는 낚시를 하나?"

"해 본 적 없어. 나는 오히려 사냥 쪽이야. 시즌이 정해져 있기는 하지만."

"이 주변에서는 주로 뭘 사냥하지?"

"뇌조, 자고새, 누른도요, 꿩 그리고 연못이나 호수에서는 오리 종류. 거기에 토끼와 사슴……. 사냥감은 많지만 나이가 드니 눈이 나빠져서 이젠 못 잡아."

"나도 그래. 낚싯바늘을 줄에 꿰기가 힘들어졌어."

위험한 탈옥수를 추적하고 있는 행로로는 한가로운 이야기였다. 마음이 맞는 초로의 남자끼리 일요일의 다과 모임을 즐기는 듯한 두 사람의 대화를 의도치 않게 들으면서 나는 왠지 도망간 인디언 남자를 생각하고 있었다.

오키 빅혼. 자긍심 높은 나바호 추장의 혈통을 이은 전사. 만난 적도 없고, 거의 아무것도 모르는 그 남자가 나는 왠지 마음이 쓰였다.

교도관을 해치지 않고, 자고 있는 주유소 직원에게 손도 대지 않던 남자. 자신을 절제하고 무익한 싸움이나 살상을 피하려고 애쓰는 남자. 그 냉정하고 침착한 남자가 관청 직원과 싸워 여러 명을 살상했던 사건에는 대체 어떤 사정이 있었을까.

이번 탈옥수 중에서 가장 힘겨운 상대는 이 남자가 아닐까 하는 생각이 들었다. 주 교도소 소속인 돈의 이야기에 따르면 세 사람 모두 위험하고 방심할 수 없는 상대인 듯하다. 그중에서도 빅터라는 태생적인 범죄자가 간계에 능하고 가장 흉악하다고 한다. 도널드 맨디라는 남자는 관찰력과 통찰력을 갖춘 공정하고 정직한 인물인 것 같았다. 그런 돈의 판단이라면 분명 그의 말이 맞을 것이다. 하지만 오키라는 남자에게는 흉악하고 위험하다는 것과는 조금 다른 무언가가 있는 것처럼 느껴진다.

가죽점퍼와 교도소 각인이 없는 신발, 거기에 필요한 만큼의 식량과 음료. 산을 넘는 데 반드시 필요한 것을 구할 수 있는 만큼만 취할 뿐 그 이상을 바라지 않고, 흔적을 흐트러뜨리는 일도 없다. 단지 하나, 아무런 쓸모도 없을 듯한 작은 악기를 훔쳐 갔다는 사실에 나는 묘하게 마음이 끌렸다. 탈옥과 도주라는 절박한 상황 속에서 그것은 그 남자의 여유를 보여 주는 게 아닐까.

전체가 적동색인 한 장의 그림 같은 이미지가 갑자기 내 뇌리에 떠오른다……. 나바호 산의 바윗장 끝자락에 길고 검은 머리카락과 윤곽이 또렷한 엄숙한 얼굴의 남자가 늠름한 반라의 몸에 석양을 맞으며 홀로 서 있다. 눈을 가늘게 뜨고 멀리 콜로라도 강 너머로 지는 해를 바라보며 피리로 가늘고 서글픈 음색을 낸다……. 오늘이라는 하루를 기리고, 감사하고, 그 끝을 애도하며 인디언의 서사시를 부르고 있다…….

숲의 인간, 야생의 인간, 전투의 인간으로서의 인디언에 대한 나의 강렬한 경앙의 마음이 그려 낸 환영일까, 언젠가 보았던 레밍턴^{Frederic Remington 서부에 매혹되어 카우보이와 인디언을 주제로 한 그림을 주로 그렸다}의 그림에 대한 잔상일까……. 나의 나쁜 버릇이다. 사람들과 그다지 이야기를 나누지 않고 공감도 못하면서 툭하면 혼자서 끝도 없는 공상에 빠지는 성향이 있나 보다.

앞을 걷는 앨과 돈, 두 사람의 대화가 다시 귀에 들렸다. 돈이 뭔가 생각난듯 웃음소리를 내며 말했다.

"송어 시즌이 끝나면 나는 고양이를 낚아."

"고양이? 메기^{catfish} 말인가?"

"푸시캣. 야옹이 말이야. 집고양이인지 도둑고양이인지 모르겠지만 고양이를 낚으면서 놀아."

앨이 제정신이냐는 표정으로 돈을 보았다.

"무슨 말이야?"

"믿기 힘들겠지만, 일단 들어 보게."

……돈은 강에 가지 않는 날이나 비번일 때는 주로 제물낚시 연습을 한다. 목표로 하는 포인트에 낚싯바늘을 떨어뜨릴 수 있도록 틈이 날 때마다 연습하는 것이다. 관사 뒤쪽의 인적 없는 공터에서 마음껏 낚싯대를 휘두른다. 바람을 가르며 날아가는 낚싯줄 끝에 물론 바늘은 없다.

어느 날이었다. 나무숲 앞에 있는 수풀에 두세 번 낚싯대를 던졌을 때였다. 쭉쭉 뻗어 가던 낚싯줄 끝에 무언가가 걸렸다. 잡아당기자 낚싯줄이 팽팽해졌고, 만만치 않은 손맛이 느껴졌다. 가느다란 줄 끝이 풀에 엉켰나 생각했을 때 줄이 휙 당겨졌다. 마치 3킬로그램은 되는 대물이 낚싯바늘을 물고 달리며 바위 밑으로 끌고 가는 듯한 강력한 힘이었다.

"뭐야, 이건!" 돈이 낚싯대를 세우면서 자신도 모르게 이끌리는 대로 한두 걸음 디뎠을 때, 녀석이 보였다. 어두운 수풀 뒤로 하얀 새끼

고양이가 보였다. 꿈인가 싶었다. 그런 일이 두세 번 반복되었다. 고양이는 늘 소리도 없이 불쑥 나타났고, 순식간에 모습을 감췄다. 돈의 연습에 새로운 재미가 더해졌다. 새끼 고양이가 장난을 치는 건지 자신이 장난을 치는 건지 알 수 없었지만 고양이와 보내는 그 짧은 한때의 고양감은 송어를 낚을 때의 흥분과 다르지 않았다. 고양이는 나타나는 날도 있었고, 모습을 보이지 않는 날도 있다고 한다.

"이상한 녀석이야. 나랑 그렇게 놀면서도 내가 다가가려고 하면 모습을 감춰. 절대 길들여지려고 하지 않아."

"맞아, 그런 녀석이 있지."

내게는 앨의 대답이 고양이가 아닌 사람을 이야기하는 것처럼 들렸다. 이를테면 나 같은 남자를.

5

"크리스, 기다려. 개를 잡아."

앨이 소리를 질렀다. 산의 분수령에서 흐르는 물이 스프링 개울로 흘러드는 합류 지점이 보였다.

"켄, 찾아봐." 앨이 내게 말하고 다른 사람들에게는 쉬라고 했다.

"개가 흔적을 정확하게 찾습니다. 이 녀석에게 맡겨요. 개가 사람보다 수백 배는 냄새를 잘 맡는다고요." 크리스의 항변은 무시되었다. 나는 등에 멘 3인분의 침낭을 벗고 총 이외의 모든 짐을 내려놓은 다음 탐색에 들어갔다.

짐승의 발자국을 찾아내 그 동정을 살피는 사냥 기술은 연습으로 어느 정도 익힐 수 있지만 그 이상으로 본능적인 직감이 필요하다. 앨은 나의 그런 천성적인 능력을 높게 평가하는 모양이다. 덕분에 이렇게 추적대의 정찰 담당이나 견인 역할로 혹사당하게 된 것이다.

내가 이곳에 와 있는 3년 동안 앨과 사냥을 한 적이 몇 번 있다. 그는 그때 내 시각과 후각을 판단한 것 같았다. 앨과 나의 관계는 '기분 좋게 같이 사냥할 수 있는 몇 안 되는 사이' 이외의 아무것도 아니다. 빚을 진 것도 받을 것도 없다.

하지만 인종 편견이 강한 이 지역에서 앨은 처음부터 나를 평등하고 공평하게 대해 주었다. 앨에게 어떤 주의나 사상이 있어서 그런 것은 아니라고 생각한다. 아마도 그의 타고난 성격일 것이다. 나는 그 점을 내심 감사하고 있었다. 그리고 쉽게 동요하지 않는 데다 도량이 넓은 앨의 인품에도 경의를 느꼈다. 그의 가식 없는 무뚝뚝한 성품이 좋았다. 그가 내게 원하는 것이 있으면 나는 그것을 안 할 수 없었다. 그런다고 해서 그가 기쁜 내색을 하는 것도 아니지만…….

수색을 마치고 돌아오니 브라이언은 총을, 크리스는 개를 손질하느라 여념이 없었다.

"죄수 신발을 신은 두 사람은 역시 폐광을 향하고 있습니다." 나는 앨에게 보고했다. "한 명이 다리를 절기 시작했습니다. 익숙하지 않은 산길에 다리를 삔 것 같습니다. 뒤처져서 다른 한 사람을 따라가고 있군요."

"흥, 본 것처럼 떠드는군. 그것까지 어떻게 알지?"

또 크리스다. 나는 계속 앨을 보며 얘기했다.

"한쪽 다리를 저는 자가 좀 더 큰 발자국 위를 밟고 있습니다. 둘다 꽤 지쳐서 발걸음이 흐트러졌습니다."

"그자들은 먹을 것도 구하지 못하고 무턱대고 폐쇄된 광산의 식당을 향해 서두르고 있다. 이미 폐업한 식당에 뭐가 있을 리도 없는데, 시내에서 살던 자는 왠지 지붕이 있어야 안심하는 법이지."

앨의 목소리에는 탈주자를 가엾게 여기는 듯한 울림이 있었다.

나는 보고를 계속했다.

"신발에 표식을 한 남자는 숲으로 향했습니다. 이자는 최대한 풀과 바위를 밟고 이동해서 발자국을 찾기가 힘듭니다. 광산을 지나지 않고 숲을 빠져나가 산을 넘을 생각인가 봅니다."

"흐음."

"숲으로 들어가기 전에 천천히 휴식을 취하고 있습니다. 꾸겨 버린 밀키웨이 포장지가 있었는데 주유소에서 훔친 초콜릿 바일 겁니다. 아직 개미가 꼬이지 않은 걸 봐도 그리 오래되지 않았습니다. 같은 곳에 콜라 뚜껑은 있었지만 병은 없었어요. 물을 받아 간 듯하군요."

"알았네. 그대로겠지."

고개를 한 번 끄덕인 앨이 누구에게랄 것 없이 얘기했다.

"이 친구가 개보다 낫다는 건 알겠지. 이쪽은 말을 할 줄 아니까."

이런 점이다. 이래서 기분이 좋아진다⋯⋯.

앨이 주머니 속의 시계를 보며 말했다.

"조금 이르긴 하지만 이곳에서 점심을 먹고 가지. 오후에는 일을 좀 해야 할 거다."

다섯 명의 남자가 각자 편한 장소에 앉아 점심으로 건빵을 먹었다. 크리스의 개는 건빵은 쳐다보지도 않았다. 피 냄새가 안 나는 건 먹지 않을 것이다. 짠맛이 살짝 감도는 갈색 비스킷을 씹자 입안에 구수한 풍미가 퍼진다. 오랜만에 느끼는 맛이다. 나는 이탈리아 전선에서 먹었던 K-레이션이 생각났다. 밤이고 낮이고 그 전투 식량밖에 먹을 게 없었던 때를 떠올렸다.

불현듯 살레르노 여자의 체취가 생생하게 되살아났다. 린다는 열여덟에 이미 성숙해 있었다. 온몸이 우윳빛이었고, 콧날이 오뚝하고 선이 가는 얼굴의 눈꺼풀과 귓불만 옅은 장밋빛이었다. 이탈리아 여성은 스무 살만 넘으면 갑자기 몸에 지방이 붙기 시작하면서 이내 풍만을 넘어 체형이 무너지기 시작한다. 그 해체 직전의 남쪽 나라의 과일에서 감미로움의 정점을 맛볼 수 있다는 것이 프랭크의 지론이었다. 부사관인 프랭크 이나미는 나보다 세 살 위인 오사카 출신의 일본계 2세다.

하지만 나는 이탈리아 여자의 싱그러운 아름다움은 열일고여덟까지라고 생각한다. 그 순간순간 발산되는 이국 과실의 농후한 향기는 당시 스물하나였던 내게 정신이 아찔할 정도로 요염했다.

때와 장소를 가리지 않는 느닷없는 망상에 순간 나는 당황했다. 예고도 없이 불쑥 솟아난 사념을 내게서 내쫓았다.

빅터와 해리로 추정되는, 폐광 쪽을 향한 두 사람을 먼저 쫓기로 했다. 숲으로 들어갔을 게 분명한 오키는 이후로 미룰 수밖에 없었다. 오키는 투병 중인 데다가 목적지를 짐작할 수 있다고 돈은 말한다. 쫓아갈 수 있다고 판단한 것이다.

침엽수 숲을 곁눈질하면서 경사가 급해진 길을 일렬로 나아갔다. 이번에는 내가 선두에서 걸었고, 아까와는 반대의 순서로 섰다. 숲에서는 '피이- 치이-' 하고 우는 휘파람새의 아름다운 목소리가 들렸다. 나는 노란 머리에 두꺼운 붓으로 먹물을 그은 듯한 무늬의 귀여운 작은 새의 모습을 머릿속에 그렸다.

나는 사방을 살피고 모든 것에 귀를 기울이며 걸었다.

"이제 반년이면 퇴직이야."

주 교도소의 돈이 앨에게 이야기하는 소리가 이번에는 뒤에서 들렸다.

"얼마 되지 않지만 연금도 받아. 그렇게 되면 매일이라도 강에 갈 수 있지. 그게 삶의 낙이야."

"행복한 처지군. 가족은?"

"아내랑 둘이 살아. 아이는 안 생겼어. 작지만 집도 있고, 사치를 바라지만 않으면 그런대로 살 만하지."

"좋아하는 일만 하고 사는 것이 가장 큰 사치지."

"그날을 위해 삼십오 년 동안 일했네."

"그렇게 되면 매일매일이 휴가인 건가."

"응, 시간만은 충분하지."

나는 갑자기 걸음을 멈췄다. 뒤돌아서 앨에게 신호를 보내고 숲의 한 지점을 가리켰다. 어두운 숲을 등진 나무들 구석에 커다란 야생 칠면조가 있었다. 마치 온몸에 석양을 받고 있는 적동색 동상 같은 거구가 보였다. 유일하게 새파란 색인 머리와 목을 불쑥 쳐들고, 인디언 노파의 머리카락처럼 푸석푸석하고 긴 털을 늘어뜨린 채 멈춰

서 있다. 녀석은 저보다 키가 작은 우리를 발견하지 못했다. 그리고 두껍고 긴 늠름한 다리로 천천히 한 걸음을 내디뎠다. 브라이언이 라이플을 어깨에서 내렸다.

앨이 브라이언에게 두꺼운 손가락을 들이대고 소리를 낮춰 쏘지 말라고 명령했다. 앨은 모두에게 움직이지 말라는 신호를 하고, 말없이 손가락으로 나를 가리킨 다음 다시 칠면조를 가리켰다. 네가 쏘라고 말하고 있는 것이다. 나는 칠면조에 시선을 고정한 채 등에 멘 짐을 살며시 떨어뜨리고, M1 카빈의 안전장치를 풀었다. 가늠쇠를 칠면조 머리 위의 허공에 향했다가 재빨리 내리며 방아쇠를 당겼다.

"탕!" 가벼운 총성이 숲에 퍼졌고, 칠면조는 날리듯 쓰러졌다.

"훌륭하군!"

돈이 탄성을 질렀다.

"쳇, 저까짓 거……. 왜 날 못 쏘게 한 겁니까?"

브라이언이 앨에게 투덜거렸다. 내 사격에 정신이 팔려서 멍하니 담배를 물고만 있던 앨이 다시 생각난듯 입을 우물거리면서 말했다.

"자네의 그 대포 소리는 엘패소까지 들려. 도망 중인 녀석들에게 되도록 총성이 들리지 않게 하려던 것뿐이야. 게다가 그걸로 잡은 사냥감은 먹을 게 안 남잖나."

"나라면 눈알을 맞혀 쓰러뜨렸을 거요."

브라이언의 얼굴이 분노로 일그러졌다.

나는 3백 구경의 작은 탄피를 주워 주머니에 넣었다. 이것도 전쟁터에서 얻은 습관이다. 서른 걸음쯤 걸어가 목 윗부분을 잃어버린 칠면조의 다리를 잡고 돌아왔다. 바닥에 끌리지 않도록 들어 올려 옮기는 데에는 힘이 조금 필요했다.

"엄청나게 크군!"

돈이 바로 앞에 있는 칠면조의 크기에 놀라 말했다.

"야생 칠면조는 처음 봐."

그리고 마치 커다란 접시에 담긴 스테이크를 보듯 기쁜 목소리로 말했다.

"저녁 식사로 이걸 먹을 수 있는 건가? 두 달 빠른 크리스마스군."

발밑에 불룩하게 쓰러져 있는 야생 칠면조가 내게는 전혀 식욕을 불러일으키지 않았다. 칠면조는 쇳녹색 미늘로 된 갑옷을 입고 있는 것처럼 보였다. 미늘 하나하나가 동판인 갑옷을. 희미하게 광택이 도는 늠름한 다리는 자홍색을 품은 회색의 젖은 타일을 연이어 붙여 놓은 듯했으며 검은 엄니 같은 며느리발톱이 있었다. 지금은 없는 머리와 목은 새파란 색이지만 이마에 무덤처럼 솟아 있는 살빛 볏도 그렇고 드세고 우락부락한 체격은 방금 막 더없이 원통하게 죽음을 맞이한 산적처럼 보였다. 크리스마스의 성스러운 새라기보다 오히려 저 승사자 같았다.

나는 스위스 군용 나이프의 얇은 칼날로 칠면조의 배를 갈라 내장을 긁어내고 피를 뽑았다. 그리고 강에서 손을 씻고 돌아와 칠면조의 커다란 몸뚱이를 침낭 밑에 매달았다. 무거운 짐이 추적자인 내 동작에 방해가 되선 안 된다며 앨이 짐을 받아 들었다. 수렵물과 침낭 두 개를 앨이 등에 메고, 또 하나의 침낭은 돈이 멨다. 몸이 가벼워진 나를 선두로 다시 추격이 이어졌다.

6

총의 가늠쇠를 목표물의 조금 위에 두고 재빨리 내리면서 방아쇠를 당긴다……. 조금 전의 칠면조 저격이 잊고 있던 기억을 억지로 떠올리게 했다. 나는 사방을 살펴 걸으면서 다시 그 악몽 같았던 전장을 떠올리고 있었다.

나는 전쟁이 시작됨과 동시에 지원했다. 하와이 출신의 2세로 편성된 제100 보병대대의 후속 부대인 422연대 소속으로 참전했다. 유럽 전선에서의 용맹무쌍한 전투와 혁혁한 훈공으로 미국 전쟁사에 이름을 남기게 된 그 전투 부대.

그 전쟁에 다수의 일본계 2세가 지원해서 종군했다. 그들 대부분은 무기를 들고 싸우지 않았다. 영어와 일본어 양쪽을 사용할 수 있는 언어 능력을 활용해 참전했다. 문서 번역, 암호 해독, 취조, 투항 권고, 선무공작전시나 사변으로 군대가 출병하여 적국의 영토를 점령하였을 때, 그 지역에 거주하는 주민을 군에 협력하도록 하거나 적어도 적대 행위를 하지 않도록 하는 선전, 원조 따위의 활동 등으로 활약했다. 알류샨, 버마, 과달카날, 괌, 사이판, 이오 섬, 오키나와 등 태평양 주변의 적전지에서 싸웠고, 그들의 활약으로 전쟁을 2년 단축하여 1백만 명의 목숨을 구했다고 사료된다.

하지만 나는 무기를 들고 싸우고 싶었다. 총탄 속에서 적과 직접 싸우는 전투를 하고 싶었다. 그리고 유럽 전선에서는 일본인과 직접 싸우지 않고 끝났다. 이후에 422부대에 들어가 유럽에서 싸우고 싶다는 지원자가 쇄도하여 하와이의 지원병 모집 사무실을 폐쇄하기까지 했지만, 나는 처음부터 총탄 속에서의 실전을 원했다.

함께 살았던 부모님은 다른 재미 일본인, 일본계와 마찬가지로 강제수용소에 감금되었다. 나는 뒤에 남을 부모님에 대한 떨치기 힘든 사모의 마음을 잘라 내고 결연하게 사지로 달려갔다. 그때 나를 내몰았던 그 격정적인 감정은 대체 무엇이었을까……

미국에 대한 애국심. 그런 게 있을 리가 없다. 귀화한 국가에 대한 충성심. 그건 있었다. 하지만 그건 아니었다. 일본인에 대한 구제 불능의 편견, 박해에 대한 반발. 그것도 있다. 비인도주의적인 취급을 받는 부모님을 안타까워하는 혈육의 정에서 발산된 분노. 그것도 컸지만 전부는 아니다. 죽을 각오였지만 자포자기의 파멸 원망顚望은 더더욱 아니다. 어떻게 표현해야 할지 모르겠지만 그것은 극한 상황에 몸을 던지는 자기 존엄성의 확인 같은 것에 대한 갈망이었을까.

전투는 원하던 대로 격렬했다. 아니, 원한 것보다 훨씬 가혹했다. 수많은 일본계 2세의 젊은 목숨이 산화했다. 하지만 나는 죽지 않았다. 기억할 수 없을 만큼 많은 사람을 죽였으면서도 나는 살아남았다. 임무이기는 했지만 나의 특별한 입장 때문은 아니었을까 하는 생각이 지금 나를 괴롭힌다. 전쟁이 끝나고 5년. 그때를 떠올릴 때마다 통한에 시달린다……

목이 화끈거리고 비지땀이 흘렀다. 갑자기 얼굴을 씻고 싶어졌다. 앨을 돌아보며 1분만 달라고 하여 길에서 벗어나 요란하게 흐르는 계곡 물가에 무릎을 꿇고 얼굴을 물에 담갔다. 돈이 다가와 내 등 뒤에서 말을 걸었다.

"켄, 이런 거 아나?"

고개를 들어 보니 돈이 강가 수풀 속에서 낮은 나무의 잎사귀를 쥐어뜯고 있었다. 그는 살집이 두툼한 손바닥으로 그 잎사귀를 문질렀다. 갑자기 진한 박하 향이 퍼졌다. 돈은 손안의 박하 잎 절반을 내 손바닥에 올리고 남은 쪽을 자신의 입에 머금었다. 그리고 물가까지 가서 몸을 숙이고 뭉개진 잎사귀를 올린 손바닥으로 물을 퍼서 마신 뒤 남은 물로 얼굴을 씻고 나를 봤다.

"이렇게 하는 거지."

돈을 따라서 물을 머금자 순식간에 상쾌한 민트 향이 입속에 퍼졌다. 박하 잎을 띄운 차가운 물로 얼굴을 씻었다. 정신이 번쩍 드는 느낌이었다. 청량한 바람 한 줄기가 부는 듯했고, 피곤함이 사라졌다.

"인디언의 지혜일세."

혈색 좋은 젖은 얼굴에 미소를 띠며 돈이 가르쳐 주었다.

돈의 시선이 강 표면을 따라 빠르게 움직이더니 그의 얼굴에서 웃음이 사라졌다.

돈이 강 상류를 가리켰다. 배를 뒤집은 물고기가 서너 마리 떠내려오는 것이 보였다.

"저쪽에도. 저기, 또 오는군."

요란한 소리를 내며 흐르는 깨끗한 물결에 떠밀리면서 배를 그대로 드러낸 채 떠올랐다 가라앉는 물고기는 불길해 보였다.

"이게 무슨 일이지?"

돈이 물가로 가 물고기를 한 마리 집어 왔다. 15센티미터쯤의 여윈 송어다. 결국 10여 마리의 물고기가 배를 드러낸 채 떠내려갔다.

손바닥 위의 물고기를 관찰하던 돈이 고개를 들고 말했다.

"발파다! 상류에서 다이너마이트를 던진 놈이 있어."

"발파라고요? 확실합니까?"

앨이 돈이 내민 물고기를 손 위에 올리고 살폈다.

"살이 떨어져 나갔군. 살이 뼈에서 분리됐어. 폭발의 급격한 수압으로 순식간에 이렇게 되지. 독이나 전기를 흘려보내면 이렇게 되지 않아."

"야만스러운 짓이군."

"해리야. 해리 찬스가 폐광 식당에서 남은 폭발물을 발견한 걸 거야. 해리는 폭약을 잘 다루거든."

"그렇게 해서 손쉽게 물고기를 잡으려고 했다는 건가."

"해리는 그런 놈이야. 먹을 양의 몇 배나 되는 물고기를 무참하게 죽이는. 이런 무익한 살생은 그의 짓이야."

"녀석들이 배 터지게 먹고 있다는 뜻이군."

크리스가 그렇게 말하자 브라이언이 미소를 지으며 중얼거렸다.

"그렇다면 한동안은 그곳에 있겠는데."

앨이 추격 재개를 알렸다.

"여기서부터는 조금 험하더라도 지름길로 가겠다. 발밑을 조심하면서 올라가. 켄, 선두에 서."

나는 총을 슬링_{총을 거는 멜빵}으로 등에 메고 가파른 산길을 올라갔다. 돌아보니 각자 짐을 등에 지고 바위와 초목을 붙잡아 가며 일렬로 묵묵히 나를 따라오고 있었다.

바로 뒤의 돈은 휴일의 낚시로 다리와 허리가 단련되었는지 통통한 체형에 어울리지 않게 꽤 잘 걷고 있었다. 가장 큰 짐을 진 앨은 좁고 험한 산길을 걷는 벌목꾼처럼 익숙해 보였고, 짐의 부피도 무게도 전혀 문제가 되지 않는 것 같았다.

개에게 이끌리는 크리스는 편해 보였다. 키우고는 있어도 아끼는 마음은 없는 것이다. 브라이언은 고전하고 있었다. 하얗고 뾰족한 얼굴이 땀으로 젖어 있었다. 브라이언도 사냥은 하지만 종일 산과 들을 돌아다니며 사냥감의 발자국을 쫓는 사냥이 아니다. 최대한 걷지 않고 끝내려 한다. 차로 쫓아가 총을 쏘고, 몰이꾼을 보내서 잡는 방식이다. 그에게 사냥 방식은 문제가 되지 않는다. 총을 쏠 수 있으면 그만이다. 빠르게 움직이는 생명을 쏴서 죽이면 되는 것이다. 브라이언은 사냥꾼이라고 해도 황야의 남자가 아니다. 이런 상황에서 그의 크고 무거운 총은 말 그대로 짐일 것이다. 그렇다고 해도 나는 전혀 걱정되지 않지만……

지름길을 찾으며 걸어가는 내 앞에서 날카로운 날갯소리를 내며 뇌조 몇 마리가 날아올랐다. 저 소리에는 항상 놀란다. 익숙해지지가 않는다. 그건 그렇고, 목도리도요가 이런 곳에도 있다니.

7

산길을 다 오르자 갑자기 평지가 나타났다. 성긴 나무숲 너머로 광산의 폐가가 보였다. 불그스름한 갈색 경사면에 크고 작은 목조 오두막 일고여덟 채가 늘어서 있었다. 가쁜 숨을 내쉬며 올라온 일행은

제각각 한숨을 내쉬고, 앓는 소리를 내고, 욕설을 퍼부으며 어깨의
짐을 내렸다.

계단처럼 층이 진 경사면에 산재한 오두막 식당까지의 거리는 5백
미터. 그 사이에 폭은 넓지 않지만 빠르게 흐르는 강이 있었고, 오른
편으로 강에 걸쳐 있는 나무다리가 있었다. 다리 주변에는 썩은 망루
와 버려진 광차가 보였다. 산 너머 수풀에 옅은 연기가 한 줄기 솟아
오르는 곳이 있었다.

"있다. 소리 내지 마."

앨이 소리를 죽이고 말했다.

갑자기 크리스의 개가 소리를 내어 으르렁거렸다. 전류 같은 무언
가가 개의 전신을 훑고 지나갔다. 개는 식당을 향해 내달렸다가 목줄
에 당겨져 우뚝 멈췄다. 한숨 돌릴 틈도 없이 순식간에 긴장감이 되
살아났다.

그때 건너편의 연기가 피어오르는 곳 주변에서 사람이 일어섰다.

"해리 찬스다!"

돈이 단정적으로 말했다. 그 순간 크리스가 개의 목줄을 푸는 것을
아무도 알아채지 못했다. 땅을 박차고 달려가는 개를 보고서야 앨이
크리스에게 호통을 쳤다.

"멍청한 자식! 잡고 있으라고 했잖아!"

멀리 있는 남자는 오두막이 아닌 다리 쪽을 향해 강을 따라 달렸
다. 높은 수풀에 가려 보였다 안 보였다 했지만 다리를 절고 있는 것
같았다. 검정개는 날렵한 몸을 튕기며 남자를 향해 쏜살같이 강으로
뛰어들었다. 다리를 건넌다는, 정도正道를 걷는 개가 아니다. 주인을

닮아서 최단 거리로 사냥감을 쫓으려는 것이다.

달리던 해리가 갑자기 멈춰 서서 강을 향해 오른손을 크게 휘둘러 무언가를 던졌다. 포물선을 그리며 천천히 허공을 가른 것이 강에 떨어졌다. 헤엄치는 개 앞에.

펑 하는 둔탁한 폭발음이 강 속에서 올라왔고, 물이 불쑥 솟아올랐다. 개의 검은 몸이 수면 위로 솟아올랐다가 뒤틀리며 떨어졌다. 옆으로 몸을 누인 개는 두세 번 발을 휘젓고 그대로 강물에 떠내려갔다. 브라이언이 신음했다.

"다, 당했다. 그랬다 이거지!"

상황을 지켜보던 건너편의 해리가 다시 달리기 시작했다. 방향을 바꿔서 오두막으로 도망칠 작정인 듯했다. 브라이언이 라이플을 조준했다.

"쏘지 마!"

앨과 크리스가 동시에 외쳤다. 크리스는 리볼버를 뽑아 들면서 말했다. "녀석은 내가 해치울 거야. 손대지 마."

브라이언은 아무 소리도 들리지 않는 듯, 4백 미터쯤 앞서서 달리고 있는 자에게 총을 쏘았고, 그리고 맞혔다. 요란한 총성과 함께 브라이언의 라이플은 반동 때문에 옆으로 꺾였다. 풍압이 내 귀에 박혔다. 해리가 앞으로 고꾸라졌다. 총성이 산에 메아리치다 사라졌다.

"뭐 하는 작자들이야."

돈이 혐오스러운 듯 중얼거렸다.

어안이 벙벙해 있던 크리스가 즉각 권총을 치켜들더니 브라이언을 내리쳤다. 앨이 질타했다.

"크리스! 이성을 잃지 마. 자네 신분을 잊었나. 임무를 잊었느냐 말이다."

그때 문이 열려 있던 오두막 한 채의 문 안쪽 어두운 곳에서 희멀건 것이 움직인 듯 보였다. 나는 그 사실을 앨에게 알렸다. 앨은 자신도 봤다며 고개를 끄덕이고는 크리스를 향해 단호하게 명령했다.

"해리의 생사를 확인하고 와. 개는 나중이다. 잘 들어. 이건 일이야. 다리를 건너가."

앨은 크리스를 내몰고 돈을 향해 말했다.

"나와 함께 가서 저자가 해리가 맞는지 확인하지."

브라이언은 살진 쥐를 잡아먹은 고양이처럼 만족스럽게 보였다. 그는 여전히 연기가 피어오르는 탄피를 튕겨 내고 두껍고 길쭉한 번쩍이는 탄환을 장전했다. 잘 손질된 호두나무 재질의 총대에 둘러 있던 폭 넓은 고무 띠에 어느새 길이 95밀리의 탄환을 여섯 발 꽂아 놓았다. 이 남자는 필요에 따라 단발총인 라이플의 총알을 순식간에 연발로도 쏠 수 있는 것이다.

앨은 그런 브라이언을 불쾌한 듯 내려다보며 말했다.

"자네는 저 오두막을 지켜보고 있어. 다시 또 그걸 쐈다가는 내가 자넬 쏴 버릴 거야. 그리고 그 꼴 보기 싫은 총을 분질러 주지."

브라이언이 얼굴을 들고 천연덕스럽게 말했다.

"당신은 대체 누구 편입니까? 마치 죄수들 편 같군."

"난 언제나 누구의 편도 아니야. 나는 내 편이야." 앨은 그렇게 말하고 이내 고개를 저으며 브라이언을 노려보았다. "그만두지. 어차피 자네는 이해 못 할 테니. 잘 들어. 저기 가장 가까운 쪽 오두막이야. 마침 저 부근까지 강을 가로질러 징검돌처럼 바위 끝이 튀어나와 있는 곳이 있다. 그걸 밟고 강을 건너. 그리고 가만히 오두막을 지켜보는 거다. 우리가 가서 포위하기 전까지는 움직이지 마. 오두막에서 오십 미터 정도 떨어져 있어. 만약 오두막에서 총을 쏜다고 해도 권총이나 산탄총으로는 맞힐 수 없어. 무슨 일이 있으면 나를 불러. 남은 녀석은 생포한다. 알았나? 쏘지 마."

앨은 턱을 들어 내게 따라오라는 신호를 하고 돈과 함께 다리를 향했다. 나는 오두막 쪽이 신경 쓰여서 그쪽으로 가고 싶었지만 앨의 말을 따랐다.

크리스는 떠내려가는 개를 걱정하면서도 곧 다리를 건넌 다음 리볼버를 허리춤에 쥐고 해리의 등 뒤로 다가갔다. 우리가 다리를 건넌 순간 크리스는 쓰러진 채 꼼짝도 않는 해리의 바로 뒤에 멈춰 섰다. 크리스는 쓰러진 남자의 등을 발로 차려고 한쪽 다리를 들었다. 누구도 말릴 틈이 없었다.

그 순간 해리가 재빠르게 몸을 뒤집었다. 내뻗은 손에는 커다란 권총이 쥐어 있었다. 표적을 잃은 크리스의 발이 헛발을 디뎠고, 리볼버를 쥔 손이 아래로 떨어졌다. 해리의 권총은 이미 공이치기가 당겨져 있었고, 그 총구는 30센티미터 거리에서 크리스의 사타구니를 겨누고 있었다. 표적 거리다. 벗어날 수 없다.

"형씨, 총을 버리시지."

해리가 위협적인 웃음을 지며 크리스에게 말했다.

"불알이 날아가고 싶나, 형씨. 그대로 총을 내려놔."

죽은 자가 살아난 것을 본 것처럼 놀란 크리스는 커진 눈에 입을 멍하니 벌린 채 굳어 있었다. 손끝에서 리볼버가 떨어졌다.

"이 거리에서 요 녀석을 쏘면 스치는 것만으로 네놈의 그 매끈매끈한 사타구니가 시커멓게 그을걸. 네놈은 게이지? 난 척 보면 알아."

앨과 돈과 나는 총에는 손을 대지 않고 서로 간격을 벌리면서 천천히 해리에게 다가갔다. 해리가 우리를 향해 고개를 휙 돌렸다.

"거기 서! 다가오기만 해 봐. 네놈들도 거기에 총을 버려."

"알았다."

돈이 대답하며 온화한 목소리로 말을 걸었다.

"해리, 총에 맞은 게 아니었나? 상처는 없나?"

"오, 교도소장 영감 아니신가. 내 특별사면 통지서라도 갖고 오셨나? 아, 총에 맞았지. 팔이 뭉개져 버렸어."

몸 아래에 깔려 있던 왼쪽 팔뚝이 피로 흠뻑 젖어 있었다. 한 팔은 잃었지만 목숨은 무사했다. 브라이언이 놀랄 일이었다. 그는 해리가 죽었다고 믿고 있었다.

"해리, 그대로 두면 죽어. 빨리 지혈하지 않으면 위험해. 내가 응급처치를 해 주지. 쓸데없는 발버둥은 그만두고 총을 버려."

"닥쳐. 내가 속을 줄 알아?"

"곧 손을 쓸 수 없게 돼. 해리 찬스. 그 좋은 이름과 반대로 넌 지금까지 살아오면서 모든 찬스를 뭉개 버렸어. 지금, 이 마지막 기회를 놓치면 요절하는 수밖에 없어."

"별걱정을 다 하시는군. 영감, 닥치고 총을 버려. 아니, 잠깐. 거기, 눈 째진 젊은 놈."

해리가 내게 말했다.

"먼저 네놈 라이플을 가만히 내려놔. 그리고 두 늙은이의 허리에서 권총을 빼."

나는 시키는 대로 어깨의 M1 카빈을 조심스럽게 내려놨다. 그러면서 티를 내지 않고 슬쩍 해리에게 한 발 다가갔다.

"어이, 다가오지 마. 허튼짓했다가는 이 예쁘장한 보안관이 먼저 죽게 될 거다."

그렇게 된다고 해도 나는 슬프지 않다.

해리가 갑자기 얼굴을 심하게 찡그리며 신음했다. "제길, 팔이 불타는 것 같아." 그는 비지땀을 흘리며 이를 악물고 고통을 견디고 있었다. 궁지에 몰린 짐승의 모습이다. 대항하는 자에게는 가장 위험한 상태의 상대다.

앨이 입속에서 담배를 짓이기며 평상시의 느긋한 말투로 해리에게 물었다.

"우리가 온 걸 알고 있었나?"

"알고 있었지. 숲에서 날아오른 뇌조를 보고 빅터가 눈치챘다."

"네놈은 가장 먼저 개를 해치울 생각이었나?"

"그래. 난 세상에서 개가 제일 싫으니까. 개 냄새라면 백 미터 앞에서도 맡을 수 있어. 항상 보이는 즉시 죽였지."

그는 지나치게 말이 많다고 나는 생각했다. 앨은 해리가 의기양양하게 떠들게 해서 시간을 벌어 틈을 엿보려는 것이다.

"폭발물은 아직 남았나?"

앨은 담배가 있느냐고 묻기라도 하는 것 같은 말투로 말하면서 한 발 다가갔다.

"멈춰! 쉽게 생각하지 마. 거기, 젊은 놈. 늙은이의 그 골동품을 오른손 손끝으로 꺼내, 당장!"

나는 해리에게 달려들 생각으로 앞으로 나아갔다. 그때 앨이 소리를 내며 거칠게 침을 뱉었다. 갈색 침이 쓰러져 있는 해리의 발끝에 떨어졌다. 해리는 자신도 모르게 발을 피했고 순간 집중력이 흐트러졌다.

앨이 허리에서 리볼버를 빼내 쏘는 순간을 아무도 보지 못했다. 구시대의 '피스메이커' 콜트가 불을 뿜었고, 해리의 손에 있던 1.1킬로그램의 자동 권총이 날아갔다. 돈이 재빨리 움직여 떨어진 권총을 집었다. 돈이 아무 일도 없었다는 듯 담배를 씹고 있는 앨에게 말했다. "눈이 나빠졌다고? 요즘에는 사냥을 못한다고?"

앨의 얼굴을 뚫어지게 바라보던 돈이 기가 막힌다는 표정으로 고개를 흔들었다.

"총을 뽑는 손조차 보이지 않을 만큼 빠르게 쏘는 건 서부극에서나 나오는 줄 알았네."

해리는 눈을 부라리며 마비되어 감각이 없는 오른손을 이리저리 살폈다. 손이 남아 있다는 사실이 믿기지 않는 듯했다. 앨은 오크 통 같은 배를 내밀고 선 채 피스메이커에서 탄피를 하나 빼내고 탄환을 보충했다. 그리고 크리스에게 시선도 주지 않고 작지만 위압적인 목소리로 말했다. "크리스, 총을 주워." 자식의 불미스러운 오욕을 참는 아버지의 씁쓸함 같은 게 느껴졌다.

급전한 상황에 어안이 벙벙한 채 새파랗게 질려 몸을 웅크리고 있던 크리스가 눈앞에서 누가 손뼉이라도 친 듯 정신을 차렸다. 발밑에 떨어진 자신의 총을 주워 흙을 털더니 갑자기 극심한 굴욕감이 덮쳤는지 이를 갈며 악담을 퍼붓고는 다시 해리를 걷어차려고 다리를 들어 올렸다.

앨이 재빨리 팔을 휘둘러 긴 피스메이커 캐벌리 총신으로 크리스의 얼굴을 한 차례 후려쳤다. 크리스가 고개를 꺾으며 몸을 젖혔다.

"아직 덜 혼났군, 크리스. 자네는 수치심도 없나? 자넨 죽은 사람을 걷어찰 작정이었겠지. 그 죽었다고 생각한 자에게 위협을 당했고. 얼마나 더 부끄러운 짓을 할 생각인가?"

얼굴을 누르고 있는 크리스의 손 밑에서 한 줄기 선혈이 흘렀다. 콜트의 가늠쇠가 뺨을 찢은 것이다. 앨은 허리 옆에서 획획 돌린 리볼버를 순식간에 홀스터에 넣었다. 남에게 과시하려는 동작이 아니다. 어렸을 때부터 해 오던, 몸에 밴 무의식적인 행동으로 보였다.

8

"앨, 이건 빈총이야. 총알이 없어."

해리의 콜트 자동 권총을 살펴보던 돈이 말했다. 누구보다 놀란 사람은 해리인 듯했다. 그는 아연실색한 표정으로 돈을 올려다보았다. "거짓말! 허튼 수작 부리지 마." 잠꼬대처럼 중얼거리는 목소리에는 힘이 없었다. 돈이 앨의 총에 맞아 그립 윗부분이 부서진 권총과 거기서 꺼낸 빈 탄창을 보여 주면서 다가왔다.

"슬라이드가 움직이지 않아 약실을 볼 순 없지만 사실이야."

손가락으로 공이치기를 당기고 하늘을 향해 방아쇠를 당겨 보았다. 해머가 허공을 치는 공허한 소리만 들릴 뿐이었다.

앨이 코웃음을 쳤다.

"크리스, 이런 거라고. 자네는 빈총에 겁을 먹은 거야."

"제길!"

소리를 지른 자는 크리스가 아닌 해리였다.

"사람을 바보 취급하다니. 그 원숭이 새끼…… 죽여 버릴 테다. 오두막째로 날려 버리겠어."

그는 증오로 일그러진 얼굴을 오두막으로 향하고 욕을 퍼부었다.

빅터가 해리에게 탄환을 뺀 총을 주었던 모양이다.

"한심하긴. 어느 손으로 그러겠다는 거지? 봐, 해리, 그 피를. 자, 치료해 주지."

돈은 고철이 된 1.1킬로그램 군용 콜트를 던져 버리고 해리에게 다가가 재빨리 수갑을 채웠다. 해리의 몸을 가볍게 두드리며 수색해 짧은 전선이 달린 원통형 폭발물 두 개를 찾아내 압수했다. 앨이 크리스에게 짐을 내려 둔 곳에 가서 구급약품 상자를 가져오라고 명령했다. 허무한 눈빛의 크리스는 시키는 대로 다리를 건너 나무숲을 향했다. 발걸음이 불안정했다.

그때 브라이언이 외치는 소리가 들렸다.

"있다!"

브라이언의 정면에 있는 오두막 입구에 남자가 나타났다. 그는 유인원을 연상시키는 묘하게 긴 팔을 천천히 올려 항복 자세를 취했다.

"저자가 빅터다!"

돈이 다시 즉각적으로 말했다.

"저놈이 순순히 잡힐 리 없어. 뭔가 속셈이 있을 거야. 조심해."

앨이 돈에게 부상자를 부탁한다고 말하고 눈길은 오두막을 향한 채 내게 말했다.

"켄. 총을 들고 대각선 방향으로 오두막에 다가가. 녀석은 무방비처럼 보이지만 산탄총이 있을 거야. 뭔가 속셈이 있어. 나는 옆쪽으로 간다."

나는 조금 전에 내려놨던 M1 카빈을 집어 들고 몸을 숙인 채 주변에 굴러다니는 잡동사니에 몸을 숨기면서 달렸다. 그때 대구경 라이플을 어깨에 올린 브라이언이 뭐에 홀린 듯 두 발, 세 발 오두막으로 이끌리듯 다가가고 있었다. 그 주변에도 커다란 나무 상자와 목재가 어지럽게 쌓여 있었지만, 브라이언은 마치 주변에 아무것도 없다는 듯 오로지 오두막을 향했다. 앨이 굵직한 목소리로 외쳤다.

"브라이언! 거기서 멈춰! 더 이상 다가가지 마!"

빅터는 이미 30미터 앞까지 다가온 브라이언에게 말했다.

"어이, 어마어마한 무기에 비해 솜씨는 엉망이더군."

나는 빅터가 웃는 것을 확실하게 봤다.

"그 게이 새끼 숨통 하나 끊어 놓지 못했지."

빅터가 비웃었다. 브라이언은 손쉽게 도발에 말려들었다. 그는 뭔가 욕설을 퍼부으며 빅터를 향해 달려갔다.

"위험해!" 얼떨결에 나도 달렸다. 눈에 보이지 않는 올가미에 발을 넣으려는 순간처럼 목덜미의 털이 곤두서는 불길한 예감이 스쳤다.

하지만 늦었다.

"탕!" 묵직한 총성이 울렸다. 총은 보이지 않았지만 산탄총임을 알수 있었다. 쌓아 놓은 목재 뒤로 쓰러져 브라이언의 모습은 보이지 않았다. 내 위치에서는 보이지 않는 낮은 곳에서 대구경 매그넘의 무시무시한 총성이 울렸다. 브라이언이 쓰러진 채로 총을 쏜 것이다. 순간 재빨리 몸을 숙인 빅터의 등 뒤 오두막 기둥에 커다란 도끼로 내리친 것처럼 나뭇조각이 날아올랐다. 기둥이 꺾이고 처마가 기울었다. 몸을 숙인 자세로 짐승처럼 달린 빅터는 몸을 날려 사라졌다. 쓰러진 브라이언을 덮친 것이다.

나는 달리면서 총의 안전장치를 풀었다. 벌떡 하는 소리가 날 정도의 움직임으로 빅터의 상체가 목재 너머로 솟구쳤다. 그는 브라이언의 라이플을 들고 있었다. 빅터는 피스메이커를 움켜쥐고 달려오는 앨을 힐끔 보고 바로 라이플로 시선을 옮겼다. 그는 탄피를 빼낸 단발총에 총대 밴드의 새 탄환을 넣으려고 서두르고 있었다. 앨은 피스메이커의 유효 사정거리에 들어가려고 서둘렀지만 앨의 무거운 몸은 빨리 달리는 데 적합하지 않았다.

브라이언의 총이 빅터에게 익숙하지 않아 시간이 걸린 것이 다행이었다. 나는 15미터 앞까지 다가갔다. 빅터가 앨을 향해 총을 들었다. 나는 주저하지 않고 방아쇠를 당겼다.

산탄총과 대구경 라이플의 굉음과는 비교도 되지 않는 가벼운 총성과 함께 빅터의 손에 있던 라이플이 떨어졌다. 총알이 라이플을 받치고 있던 그의 왼쪽 손바닥을 관통했다. 총만 날려 버렸던 앨의 마술 같은 명인의 솜씨를 흉내 낼 여유가 없었다. 보다 확실한 곳을 노렸다.

나는 우회해 달려가 허리춤에 총을 대고 두 발을 연사했다. 빅터의 발 앞에서 흙덩이가 튀어 올랐다. 그 사격이 오른손으로 총을 집으려는 빅터의 움직임을 막았다. 빅터는 마지못해 양손을 올리고 일어섰다. 나는 달려가서 먼저 그의 총을 멀리 차 버리고 빅터에게 카빈을 겨눈 채 2미터 거리에서 그와 마주 섰다.

"쏘지 마, G맨."

그렇게 말하는 빅터는 여전히 웃고 있었다. 1930년대의 갱 '머신건 켈리'의 대사로 나를 조롱했다.

"켄, 그대로 녀석을 잡아 둬. 브라이언을 보고 올 테니."

등 뒤에서 앨의 목소리가 들렸다.

"조금이라도 움직이면 녀석의 배를 쏴 버려."

앨은 빅터를 견제해 '들으라고' 말했다.

어깨 높이로 올리고 있던 빅터의 왼손 끝에서 선혈이 흘렀다. 새끼손가락과 약지가 찢겨 있었다. 빅터는 손은 보려고도 하지 않고 엷은 웃음을 띠며 나를 응시했다. 그는 강렬한 독기를 발산하고 있었다. 웃으면서 사람을 위협하고 있었다. 교도소에 있던 모든 사람들이 이 남자를 두려워했다는 말이 이해되었다.

"군인인가?" 빅터가 물었다.

"그랬었지." 내가 대답했다. 빅터는 작게 고개를 끄덕이고 중얼거렸다.

"실전 경험이 꽤 많았나 보군."

목재 뒤에 쓰러진 브라이언을 살펴본 앨이 돌아왔다.

"죽었어. 목이 꺾였어. 게다가 다리에 벅샷의 산탄을 맞았어. 장치해 둔 총에 맞은 거야."

그는 방아쇠에 끈을 묶어 둔 짧은 산탄총을 들고 있었다. 총대의 절반이 없었다. 거치대에서 발사된 총이 그 반동으로 로켓처럼 뒤로 날아가 낡은 목재에 부딪혀 총대를 두 동강 냈다.

해리를 앞세운 크리스와 돈, 세 사람이 다가왔다.

"켄, 시원하게 한 방 날려 줬군."

돈이 붙임성 있는 목소리로 말하면서 수갑을 꺼내 빅터에게 다가가려고 했다.

"아, 제가 하겠습니다."

나는 돈을 제지하며 수갑을 받고 카빈총을 맡겼다. 빅터에게 손을 내밀라는 몸짓을 하며 다가갔다. 나는 빅터의 지독한 입 냄새에 나도 모르게 고개를 돌릴 뻔했다. 빅터가 올리고 있던 손을 내리고 순순히 양손을 마주한 채 앞으로 내밀었다고 생각했다. 그의 오른쪽 소맷부리에서 날카로운 칼날이 스르륵 밀려 나왔다. 빅터는 칼끝부터 미끄러져 나온 칼의 자루를 쥐자마자 내 배를 향해 달려들었다. 나는 한쪽 다리를 뒤로 빼며 몸을 비꼈고, 허공을 찌른 빅터의 손목을 손날로 한 차례 내리쳤다. 젖은 나뭇가지가 꺾이는 듯한 소리와 함께 칼이 떨어졌다.

빅터는 지체 없이 두 손으로 내 목을 잡으려고 했다. 나는 얼굴 앞에서 합장하듯 마주한 양손을 순식간에 펼치면서 빅터의 손을 쳐냈다. 목은 피했지만 어깨를 붙잡혔다. 손목이 부러졌을 손과 손가락 두 개가 찢어진 손은 그럼에도 바이스처럼 강력했다. 그는 나를 밀어 쓰러뜨리려고 몸을 덮쳐 왔다.

나는 그대로 밀려 후퇴하면서 빅터의 옷깃과 겨드랑이를 붙잡은 채 힘껏 뒤로 쓰러졌다. 한쪽 다리로 빅터의 사타구니를 걷어차면서 상대방의 힘을 이용해 빅터를 내던졌다. 고릴라 같은 몸이 나를 넘고 허공을 날아 나무 상자에 부딪혔다. 머리가 썩은 널빤지를 뚫고 상자 안으로 처박혔다. 말 그대로 땅이 울리는 소리를 내며 빅터는 떨어졌다. 나는 몸을 벌떡 일으켜, 엎드린 채 쓰러져 있는 빅터의 등 신장 부위에 정권을 내리쳤다. 빅터는 숨을 내뱉으며 기절했다.

순식간에 일어난 일이라 모두가 숨을 삼킨 채 지켜볼 뿐 아무것도 할 수 없었다. 돈이 한숨을 쉬며 말했다. "대단한 친구군!"

나는 빅터의 손을 뒤로 해서 수갑을 채우고 몸을 끌어당겨 그를 상자에서 빼낸 다음 목에 두른 스카프를 풀어 아직 출혈이 멈추지 않은 빅터의 손가락을 단단하게 묶어 줬다.

빅터가 소매에 숨겨 두었던 칼을 집어 살펴보았다. 길고 날카로운 흉악한 칼은 줄칼을 그라인더로 간 것이었다. 식당에서 발견해 만들었을 것이다.

9

크리스의 개가 뛰어나간 순간 시작된 짧고 치열한 싸움은 사람 한 명과 개 한 마리가 죽고 부상자 두 명이 발생한 채 막을 내렸다.

앨은 크리스에게 무전기로 산 밑의 사무실과 연락을 취하라고 명령했다. 우리를 뒤쫓아 출발해서 이미 캘러멧 소나무까지 와 있던 후발대의 무전 장비를 중계해 마침내 연락이 이루어졌다. 산속 추적에 필요한 장비를 충분히 갖춘 여덟 명의 후발 분대는 지역 사냥꾼의 안내를 받으며 곧바로 우리를 쫓아오고 있는 모양이었다. 엘리 보안관보의 말에 따르면 곤살레스 로메로는 거나하게 취한 채로 순순히 주교도소로 돌아갔다.

돈과 크리스는 검거한 두 사람을 감시하면서 이곳에서 지원군을 기다리기로 하고, 앨과 내가 마지막으로 남은 인디언 오키를 계속해서 쫓기로 했다. 후발대가 도착하면 절반은 돈과 크리스와 함께 죽은 브라이언과 탈주범 두 명을 호송해 산을 내려가기로 했다. 해리는 수혈과 치료가 시급했다. 나머지 절반의 후발대는 나와 앨을 쫓아오게 한다는 계획이었다.

브라이언을 이곳에 묻어 장사를 지낼 수는 없었다. 그에게는 가족이 있고 여남은 명의 고용인도 있다. 그들은 사체를 인수받기 원할 것이며, 일단은 공무 협조 중 사망했기 때문에 복잡한 절차도 필요했다. 게다가 한나절이면 사체를 산 밑으로 내릴 수 있다.

브라이언은 거의 고릴라 같은 빅터의 힘에 의해 목뼈가 부러져 죽었지만, 그렇지 않더라도 살아남기는 힘들었을 거라고 앨이 말했다. 하체를 벌집으로 만든 직경 7밀리미터의 벅샷은 브라이언의 내장을 찢고 골반을 부러뜨려서 설사 목숨을 건졌다고 해도 평생 일어날 수 없는 불구자가 되었으리라는 게 앨의 견해였다.

빅터의 손가락을 날린 내 카빈 총탄은 브라이언의 라이플 포어엔

드를 부러뜨리고, 푸르게 빛나는 강철의 두툼한 총신에 자국을 냈다. 앨이 그 라이플에서 총탄을 빼냈다. 그리고 오두막 처마 그늘에 눕혀진 브라이언 옆에 라이플을 놓아 주었다.

브라이언은 지옥인지 천국인지 모르지만, 저세상에서도 좋아하는 라이플을 들고 화려한 스티치의 웨스턴 부츠를 울리며 또 무언가를 쫓아다니고 있을 것이다.

"멍청한 녀석이야." 앨은 중얼거리며 브라이언의 탄환을 내게 던져 주었다. 묵직하고 기다란 탄환의 납으로 된 탄두에 열십자가 새겨져 있었다. 생각했던 대로 브라이언은 마지막까지 덤덤탄을 포기하지 못했다.

전갈은 전갈. 죽는 순간까지 다른 것이 될 수 없다. 캐릭터는 그런 것이라는 내용의 우화를 떠올렸다. 이런 이야기다…….

전갈은 연못 건너편으로 가고 싶었지만 헤엄을 못 친다. 전갈은 개구리에게 자신을 등에 태워 연못 맞은편으로 데려다 달라고 부탁한다. "농담해? 네가 나를 찔러 죽일 게 뻔한데." 개구리는 거절한다.

"그렇게 했다가는 나도 함께 빠져 죽게 돼. 그런 멍청한 짓을 할 리가 없잖아." 전갈은 그렇게 개구리를 안심시킨다. 개구리는 전갈을 등에 태워 연못을 헤엄친다.

연못 중간까지 왔을 때, 전갈은 역시 개구리를 찌르고 만다. 함께 물에 잠기면서 개구리는 믿을 수 없다는 듯 묻는다. "왜 그런 거야? 너도 죽는데!"

연못 바닥으로 떨어져 가면서 전갈이 대답한다. "응, 알아. 알지만 멈출 수가 없어. 그게 내 캐릭터야."

쳇, 캐릭터란 말이지! 캐릭터라면 나도 만만치 않다. 억제하지 못하는 성마른 성격, 자신이 손해라는 걸 알면서도 어쩌지 못하는 완고함, 사람들과 융합하지 못하는 고집불통……. 사람들은 이런 나를 싫어하지만 나 자신도 내 캐릭터를 좋아하지 않는다…….

"장치 총이라는 건 뭐지?"

돈이 앨에게 물었다. 앨은 여전히 입을 오물거리며 대답했다. 사냥감이 지나다닐 만한 곳을 노려서 총을 숨겨 둔다. 격발 상태로 해 둔 총의 방아쇠에 끈을 묶고 그 끈을 나무에 묶는다. 목표물이 지나갈 때 발에 걸리도록 낮은 곳에 끈을 걸어 둔다.

식당 주변에는 광산이 폐업했을 당시 그대로 방치된 기계와 목재 등이 흩어져 있었다. 오두막에 다가가기 위해 반드시 지나갈 만한 통로 한 곳에 빅터는 산탄총을 장치해 둔 것이다. 서로 총을 들고 대치하면 사정거리 면에서 훨씬 유리한 라이플을 이길 수 없다. 놈은 총을 숨긴 채 상대방을 산탄총의 유효 사정거리까지 유인해야 했던 것이다.

브라이언은 손을 들고 나온 빅터가 맨몸이라는 사실을 의심조차 하지 않았고, 산탄총은 생각지도 못했다. 그는 해리를 쏘았을 때 급소를 놓쳐서 동요하고 있었다. 브라이언은 나름의 프라이드와 자신감에 금이 가면서 당황했다. 결국 브라이언은 빅터의 모욕적인 말 한마디에 발끈해서 이성을 잃고 함정에 발을 디뎌 어이없이 자멸했다.

그때 정신이 돌아온 빅터가 뒤로 수갑이 채워진 부자연스러운 자세 그대로 상체를 일으켰다. 조금 전까지 죽여 버리겠다고 으르렁대던 해리가 조금 떨어진 곳에서 겁먹은 눈으로 그런 빅터를 살피고 있었다.

빅터는 뻔뻔한 얼굴에 다시 엷은 웃음을 띠며 주위를 둘러보았고, 나와 눈이 마주쳤다.

"오, 군인 양반. 나한테 무슨 짓을 한 거지? 대체 무슨 일이 일어났지?" 빅터가 말했다.

"유도." 돈이 대답하며 내게 사실을 확인했다. "맞지? 아니면 가라테인가?"

"둘 답니다. 저자를 던진 기술은 배대되치기." 내가 대답하자 빅터가 중얼거렸다.

"그런 꼴을 당한 건 처음이었다."

"우리도 그저 숨죽이고 바라볼 뿐이었지. 나라면 그냥 죽여 버렸을 거야. 켄 덕분에 목숨 건진 줄 알아."

돈이 차근차근 말했다.

"그런데 그런 마술 같은 기술은 언제, 어디서 배운 건가?"

돈의 그 한마디가 의도치 않게 다시 나를 이탈리아의 전장으로 되돌렸다.

10

그 치열한 전투 중에도 겨울의 따뜻한 날처럼 평화로운 날이 있었다. 전투도 행군도 아무것도 없는 휴일 같은 날이 불현듯 찾아오는 것이다. 그런 시간의 대부분을 나는 프랭크와 보냈다. 무뚝뚝하고 말이 없고 대인 관계가 좋지 않은 내가 활달하고 말도 많고 무례한 프랭크 이나미와는 왠지 잘 맞았다. 프랭크는 162센티미터, 60킬로그램의 작지만 다부진 근육질 체형으로, 터질 듯한 생명력으로 가득 찬 남자였다. 먹보에다가 호색한에 장난을 좋아해서 전투 이외의 시간에도 여기저기 뛰어다니고 움직였다.

프랭크의 둥근 안경 너머의, 작지만 표정이 풍부한 눈과 웃을 때마다 하얗고 고운 치열을 드러내는 입이 닫혀 있는 때는 자고 있을 때뿐이었다. 간사이 사투리가 섞인 우스꽝스러운 영어로 시시한 농담만 떠들어 대는 그는 사람들을 웃게 만들었고, 어디까지가 사실이고 어디서부터 농담인지 알 수 없었다. 어이없을 정도로 쾌활하고 들떠 있는 듯한 겉모습 뒤에는 강한 개성이 있었다. 어떤 힘든 일도 웃음으로 넘겨 버리는 강인한 근성과, 누구의 말도 듣지 않는 불굴의 반항심이 있었다. 그리고 유도의 달인이었다.

그가 유도를 하고 내가 가라테를 한다는 사실을 서로 알게 된 것은 이런 사건을 통해서였다.

이탈리아 북서부의 항구도시에서 전투의 휴지기가 있었다. 우리 소대는 그 며칠 동안 항구 근처의 창고에 모여 있었다. 나와 프랭크는 햇볕이 드는 수풀에서 뒹굴며, 오키나와 상륙작전이 개시되어 격전 중이라는 소문에 대해 이야기 중이었다. 어둡고 무겁고 걱정스러운 화제에 프랭크도 나도 침울해했다.

그곳에 오하라 중위가 왔다. 그는 늘 그렇듯 막 욕조에서 나온 것처럼 벌건 얼굴로 늘 그렇듯 몇몇 백인들로 이루어진 사병 같은 친

위대를 데리고 있었다. 머리가 타오르듯 붉은 아일랜드인 오하라는 188센티미터의 거구다. 대담하고 용감한 좋은 군인이었지만 천박하고 단순했으며 전형적인 국수주의자에다가 구제 불능의 인종 편견이 있었다.

오하라라는 중위가 상관으로 편입된다는 얘기를 들었을 때 일본계 2세들은 활기를 띠며 반색했다. 오하라라는 이름을 일본인 이름으로 생각했던 탓이다. 당시 일본계 장교는 드물었다. 백인 병사가 3계급 승진하는 동안 일본계 병사는 1계급밖에 진급하지 못했다. 오하라를 수많은 훈공을 세운 우수한 동포라고 기대했다. 하지만 착각이었다. 그리고 오하라 자신도 2세 부대에 배치된 것을 생애 최대의 불운이라고 생각하는 듯했다. 일본계 사람들을 극도로 싫어했으며, 거친 백인들을 모아 소대 내에 개별 군단을 만들었다.

오하라는 프랭크에게 뒤쪽 민가에서 닭을 징발해 오라고 명령했다. K-레이션뿐인 식사에 약간의 신선한 닭을 곁들이자는 것이다. 뒤쪽 민가란 이 주변의 창고에 고용된 관리인의 집이었다. 나이 든 부부 둘이서 뜰 정도의 작은 땅에 채소를 심고 암탉과 수탉을 한 마리씩 키우면서 아침 식사용 달걀을 얻고 있었다. 젊은 2세 병사들이 가끔씩 차를 얻어 마시는 곳이기도 했다.

프랭크는 단번에 거절했다. 오하라는 평상시에도 좋지 않은 일은 전부 일본계 병사에게 떠맡겼다. 다 그런 것은 아니지만 동양인, 특히 일본인을 경멸하고 증오하는 백인이 많았다. 적국이라는 것 이전에 일본인의 치켜 올라간 눈매만으로 혐오했다.

오하라가 프랭크에게 닭을 훔쳐 오라고 명령한 데에는 이전의 사건이 작용했다. 지난달, 우리는 산간의 비옥한 농장 지대에 주둔하고 있었다. 어느 날, 프랭크가 커다란 양계 농가의 수백 마리 닭 중에서 유난히 살이 오른 수탉 두 마리를 훔쳐 왔다. 양 옆구리에 한 마리씩 들려 있는 수탉은 잠이 들어 있었다. 프랭크가 닭의 눈앞에서 손뼉을 치자 닭은 눈을 뜨고 멀뚱거리다가 갑자기 요란하게 울어 대며 달아나려고 했다. 프랭크는 닭을 훔칠 때 울지 않도록 닭에게 최면을 걸었다.

수많은 병사들 앞에서 프랭크는 그 비법을 밝혔다. ……닭의 등에 가만히 손을 대고 먼저 닭을 바닥에 웅크리게 한다. 그다음 닭의 눈앞에 집게손가락을 세운다. 그 손가락을 곧장 끌어 바닥에 선을 하나 그린다. 닭은 뻗어 가는 선을 응시하다가 순간 혼수상태에 빠진다. 품에 안건, 들고 뛰건 한동안은 잠에 빠진다.

마술처럼 신선한 프랭크의 기술에 모두 갈채를 보냈다. 누군가가 다시 채소를 훔쳐 왔다. 그리고 철모를 냄비 삼아 만든 일본식 닭고기 전골에 모두 입맛을 다신 일이 있었다.

지난달에는 했는데 오늘은 왜 못 하느냐며 오하라가 다그쳤다. 프랭크는 오늘은 기분이 내키지 않는다고 단호하게 거절했다. 오하라는 네 기분 따위 상관없다, 자신은 식량 조달을 명하고 있다며 위압적으로 나왔다.

"저번에는 닭을 수백 마리나 키우는 부유한 집이었습니다. 하지만 뒤쪽 민가는 노인들이 여의치 않은 형편에 겨우 닭 한 쌍을 키우는 집입니다. 그걸 훔칠 수는 없습니다."

프랭크는 그렇게 말하고 꼼짝도 하지 않았다. 뒤에서 지켜보는 부하들의 눈도 있어서 오하라는 물러설 수 없었다.

오하라가 뒤를 돌아보며 부하에게 명령했다. "이 원숭이 새끼를 영창에 집어넣어."

한 중사가 짐짓 이해한다는 표정으로 자리를 뜨며 말했다. "내가 외상으로 사 오지."

나는 일어나서 중사 앞에 섰다.

"그 닭은 파는 게 아니야."

나는 중사를 올려다보며 말했다. 중사는 흉측한 벌레를 보는 듯한 눈으로 나를 내려다봤다.

"비켜! 쪽발이 새끼!"

그가 그렇게 내뱉으며 곰 발바닥 같은 손으로 나를 밀치려고 했다. 나는 그 손을 잡고 꺾으면서 팔꿈치로 중사의 관절에 일격을 가했다. 부러지지 않을 정도로 힘을 조절했다. 그걸로 끝낼 생각이었다.

중사는 어깨를 쥐고 얼굴을 찡그린 채 고통을 견디고 있다가 갑자기 몸을 날려 부딪쳐 왔다. 나는 한쪽 발꿈치를 축으로 몸을 틀었고, 헛발을 디딘 중사 옆에 몸을 나란히 함과 동시에 백핸드로 중사의 어깨를 수평으로 후려쳤다. 손날이 중사의 양미간에 박혔다. 중사는 목을 젖혔다. 나는 그 두꺼운 목을 다시 한 번 후려쳤다. 과도한 일격이었다. 중사는 뒤로 쿵 하고 쓰러졌다. 그는 코피를 흘리고 피가 섞인 침을 내뱉으며 목을 쥔 채 일어섰지만 완전히 전의를 상실했다.

그래야 할 때는 인정사정 보지 말고 두들겨야 한다. 특히 크고 강한 상대와 처음 붙었을 때는. 더구나 오늘은 나도 프랭크도 기분이 좋지 않았다.

등 뒤에서 욕설이 들렸다. 내가 몸을 바로 돌리자 나를 덮치려던 오하라가 무언가에 걸려 비틀거렸다. 프랭크가 풀밭에 앉은 채 다리를 뻗었던 모양이다. 프랭크가 이내 몸을 일으켰다. 오하라는 분노로 얼굴이 더욱 벌게진 채 붉은 머리카락을 쓸어 올리며 프랭크와 마주 섰다. 프랭크는 자신보다 30센티는 키가 큰 오하라의 거구를 감탄한 표정으로 올려다보며 일본어로 중얼거렸다.

"코쟁이 금강역사. 금강역사가 불타고 있어!"

오하라가 큰 낫을 휘두르듯 롱 훅을 날리려고 했다. 몸집이 큰 인간들은 대체로 이런 식이다. 그 주먹에 맞으면 소도 쓰러지겠지만 소조차 느긋하게 피할 속도다. 펀치가 소리를 내며 허공을 가른 순간, 프랭크는 이미 오하라의 가슴팍에 들어가 있었다. 프랭크는 오하라를 허리에 태우고 한 발을 드높게 걷어 올렸다. 1백 킬로그램의 오하라가 프랭크의 등 뒤로 반 바퀴 돌았고, 3미터쯤 앞에 등부터 떨어졌다. 그는 한참 동안 일어나지 못했다.

오하라는 놀라서 눈을 크게 뜨고 프랭크를 보았다. 한주먹거리라고 생각했던 이 작은 남자에게 손도 대지 못한 채 내던져진 것이다. 술집에서 거구들과 난투를 벌여도 반 시간은 주먹질을 할 수 있다고 자부하던 남자도 이런 경험은 처음이었을 것이다.

프랭크가 말했다. "오하라 중위님. 이것이 유도입니다. 당신도 이 무도에 대해선 들어 보셨죠? 작은 남자가 덩치 큰 남자를 쓰러뜨리는 것이 유도입니다. 아무리 거구라도 약한 급소는 마찬가지입니다. 불구로 만드는 것도, 죽이는 것도 간단하죠. 하지만 같은 편끼리 싸우는 짓은 그만합시다, 중위님."

그때 진격 명령이 떨어졌고, 이 다툼의 결말은 흐지부지되었다. 보복을 각오했지만 오하라는 의외로 깔끔한 성격의 남자로, 뒤탈은 없었다. 그때 그는 무언가 새로운 깨달음을 얻었던 게 아닐까. 그 이후 오하라를 포함한 백인들이 우리 일본계 2세를 바라보는 눈길이 변한 것처럼 느껴졌다. 불합리한 치욕을 묵묵히 받아들일 놈들이 아니라고 인식했으리라.

그렇게 해서 프랭크가 유도를, 내가 가라테를 한다는 것을 서로 알게 되었다. 이후에 내가 프랭크를 놀리며 한 말이 있다.

"그 오하라 중위의 콧등을 부러뜨리고 다리를 걸었을 때 말인데, 자네의 그 짧은 다리가 어떻게 닿았을까?"

프랭크는 이렇게 말했다.

"켄, 못 봤나? 그때 내가 뻗은 건 가운뎃다리였다고."

각자의 기술을 서로에게 가르쳐 주기로 했다. 그 첫날의 일도 잊을 수 없다. ……어느 화창한 일요일이었다. 전쟁조차 휴일 같았던 하루였다. 포격으로 무너진 담벼락의 벽돌 뒤, 사람들이 오지 않는 곳에서 각자의 도복을 입고 마주 섰다. 나도 프랭크도 나라를 떠날 때 오랫동안 사용해 왔던 도복 한 벌을 군용 배낭 바닥에 숨겨서 계속 휴대해 왔다. 무엇을 위해서인지 제대로 설명할 수 없지만, 자신의 근거로, 신념의 상징으로 부적처럼 갖고 있었다. 지금 생각해 보면 나약하고 사내답지 못한 행동이다.

서로의 도복 차림을 보고 두 사람은 예기치 않게 웃음이 비죽 나왔다. 나와 그 모두 흰 띠를 매고 있었다. 각자의 유파에서 꽤 높은 단을 갖고 있으면서도 굳이 검은 띠를 지참하지 않았다. 단이라는 것은 다른 사람에게는 기준이 되겠지만, 깨달음을 얻고자 하는 무예가에게는 의미가 없다고 생각했다. 아마 프랭크의 생각도 그랬을 것이다. 그날 나는 '배대되치기'를 가르쳤다.

두 사람은 틈을 엿보며 짧은 시간이나마 불꽃이 튀듯 진지하게 연습에 임했는데, 돌이켜 보면 무도에 대해 이야기한 적은 없었다. 이야기할 필요가 없었다. 실기를 나누면서 충분히 이야기를 나눴다.

하지만 어느 날, 프랭크가 이런 이야기를 했다.

"사람들은 나와 연습하는 걸 좋아해. 내 유도를 기분 좋은 유도라고 하지. 보고 있으면 기분이 좋고, 내던져져도 기분이 좋다는 거야. 내던져졌을 때 아프지 않다는 게 아니라, 뭔가 기분 좋은 낙법이 된다는 거야. 난 무술이니까 적당히 하지는 않아. 하지만 어딘가에 내던져질 상대방의 몸을 생각하는 마음이 있는 걸까……. 내 약점은 그거야. 그런 습관이 몸에 뱄다가 목숨을 건 승부에서 자칫 화가 되지 않을까 걱정이 돼……."

나는 오사카 가와치 출신의 이 자그마한 남자가 더욱 좋아졌다.

오사카 출신 하면 떠오르는 또 하나의 장면이 있다. 떠올릴 때마다 나는 웃는다. 웃음 뒤에는 견딜 수 없는 슬픔이 기다리고 있지만.

적의 박격포 집중포화로 고립되어 전멸 직전인 텍사스 부대를 구출하기 위해 독일 국경 근처의 프랑스 산악 지대로 날아가기로 한 날의 전날이었다. 대원 모두 살아서 돌아올 수 없다고 마음의 준비를 하고 있었다. 죽음을 각오하면서도 일본계 2세 부대의 병사들은 비통함을 드러내지 않았다. 단지, 무사의 당당함을 끝까지 지키고 싶다고 바랄 뿐이었다.

나와 프랭크는 거리의 포장도로 갓돌에 앉아 남은 오후 시간을 멍하니 보내고 있었다. 제100 보병 사단이 아닌 듯한, 낯선 얼굴의 장교가 종이컵에 든 커피를 마시면서 다가와 우리에게 말했다.

"자네들은 인디언인가?"

자주 들은 말이라 익숙해져 있었다.

"그렇습니다."

프랭크가 우울한 듯 대답했다.

"역시 그렇군. 어느 부족이지? 아파치? 체로키인가?"

프랭크는 시침을 떼고 대답했다.

"가와치."

장교는 잠시 생각하더니, "가와치? 아, 그 가와치족 말이군. 알지, 알아." 하며 크게 고개를 끄덕이고 떠나갔다. 프랭크는 떠나는 장교를 지켜보면서 목소리도 낮추지 않고 말했다.

"저 녀석은 바보야."

그 다음다음 날, 프랭크는 전사했다. 나는 전우들과는 다른 단독 임무를 맡았고 생환했지만, 부대는 병사의 절반을 잃었다. 프랭크 이나미는 그 뛰어난 무예를 발휘하지도 못하고 한 발의 총탄에 가슴을 관통당해 죽었다. 자고 있을 때 외에는 닫히지 않는다고 생각했던 생기 있게 움직이던 가는 눈도, 잘 웃던 그 입도 두 번 다시 열리지 않았다.

11

앨의 목소리가 나를 애상의 심연에서 구출해 주었다.

"켄, 아직 두 시다. 오키를 쫓아 숲으로 들어가기 전에 단단히 먹어 두는 게 좋겠는데. 그 칠면조를 요리하지 않겠나?"

"그거 좋군." 돈이 손바닥을 비비며 기쁘게 대답했다. 먹는다는 것에는 나도 이견이 없지만 지금은 칠면조를 맛있게 요리하기에는 재료도 도구도, 그리고 무엇보다 시간이 없다. 요리라고 해 봐야 날개를 뽑고 굽는 것뿐이다. 안됐지만 돈이 칠면조 요리에 품고 있는 환상에는 맞춰 줄 수 없다. 나는 칠면조를 강가로 옮겼다. 앨이 크리스에게 불을 피우라고 말했다.

크리스는 혼이 나간 듯 생기가 없었다. 서러브레드말 품종의 하나의 털 같던 갈색 피부도 윤기가 없었고, 겨울 호수처럼 푸른 눈동자도 지금은 흐렸다. 앞으로도 이 남자는 변함없이 나를 혐오하겠지만, 얼굴만 마주쳐도 시비를 거는 일은 없을 것 같았다. 나야 어떡해도 상관없지만. 문득 생각해 보니 크리스의 죽은 개에 대해 아무도 이야기하려고 하지 않았다. 어찌 보면 개도 불쌍한 녀석이다.

나는 칠면조의 날개를 대충 뽑고 불에 살짝 그슬려 털을 태웠다. 군용 나이프로 칠면조의 하얀 살을 뼈에서 발라냈다. 로스트를 하려면 통째로 한 번 구워 두는 것이 좋다. 그래야 육즙이 빠지지 않고 칠면조 특유의 풍미를 살릴 수 있다. 냉동하면 퍼석퍼석한 닭고기와 다를 바 없게 된다……. 그런 것들을 무심코 떠올린다. 하지만 귀한 칠면조도 지금은 단지 배를 채우는 고기에 지나지 않는다.

나는 불현듯 생각이 나서 칠면조의 가슴뼈에서 Y 자 모양의 작은 뼈를 골라냈다. 살점을 긁어내고 깨끗하게 씻었다. 위시본^{wishbone}이다. 사람들은 이 쇄골이 소원을 이루어 주는 행운의 부적이라고 해서 귀하게 여긴다.

나는 위시본을 주머니에 넣다가 셔츠 어깨와 깃에 거무스름한 얼룩이 잔뜩 묻어 있다는 걸 깨달았다. 빅터에게 붙잡혔을 때 묻은 핏자국이다. 나는 셔츠를 벗고 말라붙은 피를 강물에 빨았다. 공복보다도 수면 부족보다도 나를 짜증 나고 불안하게 하는 건 몸에 묻은 더러움이다. 더러워진 옷을 입고 있을 수 있는 성격이 아니다.

나는 강가의 돌을 빼내고 그 파인 곳에 깃털과 뼛조각을 묻은 후 다시 돌로 눌러 그것들이 흩어지지 않게 했다. 나뭇가지를 깎아 만든 꼬치에 여덟 등분으로 나눈 고기를 꿴 것을 두 팔로 껴안아 모닥불이 있는 곳으로 돌아왔다.

크리스가 받아 든 고기를 모닥불 주변에 늘어놓았다. 앨은 지도를 펼치고 돈과 이야기하고 있었다. 해리는 핏기 없는 석고상 같은 얼굴로 불을 마주 보고 있었지만, 그 눈은 아무것도 보고 있지 않았다. 출혈로 몽롱한 상태인 듯했다. 빅터는 자고 있었다. 흙 위에 누운 채 정말로 자고 있었다. 끝을 모르는 대담함이다.

"……하지만 비버 계곡은 댐 밑에 잠겼을 텐데."

앨이 돈에게 말했다.

"맞아. 그의 고향은 이제 없어. 현재 그의 일족은 정부가 조성해 놓은 보호구역에서 살고 있지. 하지만 오키는 과거에 산림이 무성한 계곡이었던 자신의 고향을, 지금은 그림자도 없이 사라진 환영의 땅을 한 번 보려는 걸 걸세."

"추장이었다는 그의 부친은 그 보호구역에 있나?"

"아니, 추장은 이미 죽었네. 오키의 부모님은 보호구역에 강제수용되던 그날 죽었어."

나는 갑자기 가슴을 얻어맞은 듯 멈칫했다. 역시 강제수용소에서 돌아가신 부모님의 모습이 문득 뇌리에 되살아났다. 생각할 때마다 애끓는 심정을 주체하지 못하는, 치유될 수 없는 마음 깊은 곳의 상처였다.

나는 돈에게 말했다.

"궁금한 게 있습니다. 오키라는 남자가 죄를 저지르게 된 사정 말입니다. 무슨 일이 있었습니까?"

돈이 고개를 끄덕이며 이야기를 시작했다.

"댐이야. 모든 발단은 댐이었어. 몇 년 전, 미합중국 정부는 갑자기 강가에 거대한 댐을 건설하겠다는 계획을 발표했지. 강이 범람할 때마다 수많은 인명과 재산과 농경지를 잃었거든. 그때마다 대책을 세우지 않는다고 비판을 받아 왔던 정부의 대응책이 댐이었지. 곧바로 계곡 개발 공사라는 공공기업체가 설립됐네. 오키를 비롯해 나바호족이 오랫동안 살았던 비버 계곡을 포함한 광대한 하천 유역 일대에서 퇴거 명령이 내려졌지. 삼사 년 전의 일이야."

"응, 그랬었지."

앨이 끄덕였다. 내가 이곳에 오기 조금 전의 일이다.

"토지를 팔아넘기고 병원과 학교까지 갖춰진 보호구역으로 재빨리 옮긴 자도 있었지만, 토지를 포기 못 한 자도 있고, 여하튼 여러 가지 문제가 있어서 개발은 난항을 겪었네. 오키 일족은 퇴거를 거부하고 끝까지 저항했지. 오키 빅혼이 나이 든 추장을 보좌해서 개발 공사 측에 대항했고, 그들을 쫓아냈어. 힘에 부친 공사 측이 무장한 경찰을 내세우기에 이르렀고, 상황은 더욱 험악해졌지. 결국 강제집행이 시작됐어. 집행관이 나이 든 추장에게 선고문을 읽었고, 도끼를 들고 대기하던 일행은 신호가 떨어지면 부락의 숲에 있는 나무를 일제히 베어 버리려고 했지."

돈은 물통에 새로 채운 찬물을 몇 번이나 마시며 목을 적셨다.

"오키는 곧바로 도끼 하나를 빼앗아 집행관의 팔을 베어 버렸네. 그리고 말을 탄 채 집행인들을 쫓아내고 그대로 산으로 도망갔지. 그 이후에도 기회를 엿보며 공사 측과 경비대원을 습격했네. 그는 산속으로 쫓아온 추적대에 혼자 대항하다가 화살로 두 명을 살해하고 여러 명에게 부상을 입힌 다음 체포됐지."

나라도 그렇게 했을 것이다. 얼굴도 본 적 없는 오키 빅혼에게 나는 강한 공감을 느꼈다.

그때 크리스가 고기가 다 구워졌으니 먹자고 외쳤다. 빅터가 눈을 뜨고 천천히 상체를 일으켰다. 가볍게 코까지 골며 자던 녀석이 누군가가 "식사다. 일어나." 하고 흔들어 깨우기라도 한 것처럼 순식간에 잠에서 깼다. 정말로 짐승 같은 본능과 직감을 지닌, 대담하고 뻔뻔한 남자다.

"교도소장 나리, 손을 뒤로 한 채로는 먹을 수가 없잖아."

그는 돈에게 그렇게 불평했다. 놀라운 남자다.

"커피 한 잔 없지만 먹어 볼까." 앨이 중얼거리며 모닥불 옆에 털썩 앉았다. 커피도 포트도 못 가져왔지만, 크리스는 소금과 후추를 짐 속에 챙겨 왔다. 돈이 빅터의 수갑 찬 손을 앞으로 돌리는 동안 내가 지켜보고 있었다. 우리를 전채 요리 삼아 먹어 버릴 수도 있는 녀석이었다. 돈은 빅터와 해리에게 소금을 뿌린 커다란 꼬치를 넘겨주었다. 해리는 식욕이 없었지만 안 먹으면 죽는다고 돈이 나무라자 내키지 않는 얼굴로 고기를 씹었다.

함께 모닥불을 에워싸고, 소금과 후추와 물만으로 칠면조를 먹기 시작했다. 나는 바지 뒷주머니에 감춰 두었던 질그릇 병을 꺼냈다. 돈이 재빨리 알아챘다.

"오, 그거 고마운 일이군. 센스가 있어."

난 다시 돈의 기대를 저버리게 됐다.

앨이 변명하듯 알려 주었다. "아니야, 돈. 술이 아니야."

나는 심술궂은 미소를 띠고 있었는지도 모른다. 육즙이 촉촉하게 밴 노릇한 칠면조 고기에 병 속에 든 것을 떨어뜨렸다. 간장이다. 사냥감을 야외에서 먹을 때는 늘 간장을 뿌린다. 내게는 역시 이 맛이 일품이다.

돈은 미심쩍은 눈길로 나를 보면서 물었다. "대체 그건 뭔가?"

"간장입니다. 일본 소스인데 먹어 보겠습니까?"

나는 돈의 고기에 간장을 살짝 떨어뜨려 주었다. 조심조심 먹어 본 돈이 뭐라 표현하기 힘든 복잡한 표정을 지었다. 나는 나도 모르게 웃음을 터뜨렸다. 웃는 게 오랜만이었다.

간장에 관한 잊지 못할 우스꽝스러운 일화가 있다. ……하와이의 매킨리 고등학교를 함께 다녔던 토니 와타나베는 어학에 뛰어나고 두뇌가 좋은 남자였다. 그는 나와 같은 시기에 지원했다. 미네소타 주에 있었던 육군 정보부의 일본어 학교인 새비지 캠프에서 선택된 정보 요원으로 교육을 받았다. 4천 명의 일본계 2세 중에서 선택된 60명. 그중에서 다시 최우수 우등생 15명 중의 한 명이었다. 그는 일본어와 영어를 자유롭게, 그리고 완벽하게 구사했다.

토니는 태평양 연안의 전장에서 정보전에 종사하며 활약했다. 버마에서의 일이다. 퇴각한 일본군의 작전 본부였던 지하 요새에서 토니는 어느 날 간장이 들어 있는 나무통 하나를 발견하고 그것을 감춰 두었다.

훈공을 세운 토니에게 2주일의 휴가가 포상으로 주어졌다. 미네소타에 있는 새비지 캠프와의 정보 교류도 필요했던 탓에 그는 하와이가 아닌 미국 본토로 귀국하게 되었다. 토니는 일본어 학교의 '부다 헤즈^{Budda heads}'에게 선물로 간장 통을 가져가려고 했다.

부다 헤즈는 새비지 캠프의 하와이 출신 2세를 가리키는 별명이다. 별명이라기보다 멸칭에 가깝다. 승려처럼 동그란 머리라는 뜻에서 그렇게 불렸다느니, 잘못해서 야단을 맞는 '보브라 헤드^{얼간이라는 뜻의 봉쿠라에서 변형된 말}'의 약칭이라느니 하는 여러 가지 설이 있었다. 반면 본토 출신 2세는 '가톤쿠스'라고 불렸다. 이는 하와이 출신 2세가 본토 출신자들의 목덜미를 쥐고 '가톤^{쿵 하는 소리}' 하고 박치기를 시켰을 때 나는 소리라고도 했고 다른 무언가라고도 하며 제멋대로 떠들어 댔다. 그 정도로 새비지 캠프의 일본계 2세 사이에서는 하와이 출신과 본토 출신끼리의 묘한 반발이 있었다. 경쟁이라고 말할 수 있을지도 모른다.

토니는 환호성을 지르며 기뻐할 부다 헤즈에게 어떻게든 간장을 가지고 돌아가겠다고 생각했다.

토니와 함께 간장 통을 옮긴 다코타의 기장이 코를 찡그리며 토니에게 물었다.

"이 지독한 냄새가 나는 통은 대체 뭔가?"

"적의 신종 화학약품 샘플입니다. 성분을 분석하기 위해 운송하는 것입니다."

토니 와타나베는 시치미를 떼고 대답했다.

미국 본토의 세관에서 나이 지긋한 담당관이 통을 살펴보고는 싱긋 웃으며 말했다고 한다.

"상사, 저 화학약품은 간장이랑 아주 비슷하군."

돈은 술도 커피도 없이 소금뿐인, 처음 먹어 보는 칠면조 요리를 그래도 정말 맛있게 먹었다. 그런 돈이 문득 생각났다는 듯 내게 말했다.

"켄, 이번에는 내가 뭐 하나 물어봐도 될까?"

나는 눈으로 끄덕였다.

"이전 대전에서 이세 부대 소속으로 참전했다는 이야기는 앨에게 들었는데," 돈은 내 얼굴을 보았다. "자네, 혹시 저격수 아니었나?"

가슴에 묵직한 펀치를 한 방 맞은 듯한 충격을 받고 나는 말을 잇지 못했다.

"아니, 그냥, 자네 사격 솜씨도 그렇고, 냉정하고 기민한 동작을 보니 그런 생각이 들었네."

"맞아."

앨이 대신 대답했다.

"미합중국 육군도 그걸 놓칠 리가 없지. 켄은 저격병으로 싸워 훈공을 세웠어."

앨은 모닥불 연기에 얼굴을 찡그리며 이야기를 계속했다.

"그 얘기를 본인은 달가워하지 않아. 비록 임무였지만 사람을 죽였다는 죄책감에 계속 얽매여 있는 모양이야. 필요에 의한 사냥은 해도 사람은 두 번 다시 쏘지 않기로 결심했지."

"역시 그랬군."

"이것도 본인에게 직접 들은 건 아니야. 이전에 내가 조사했지. 정체 모를 남자가 혼자 훌쩍 나타나서 눌러앉았으니 지역 보안관으로서 당연히 해야 할 업무였지. 실버스타와 퍼플하트 같은 훈장을 몇 개나 받은 군인이라는 것도 그때 알았네. 이 친구는 자기 입으로는 아무 말도 하지 않아."

숨기려던 것은 아니다. 숨길 수 있는 것이 아니다. 그리고 다른 사람에게 이야기할 만한 것도 아니다.

"'조용한 미국인'이라는 건 켄, 자네 같은 남자를 말하는 것 같군."

돈이 진실한 목소리로 말했다.

"이제 슬슬 갈까, 켄?"

주머니에 든 시계를 들여다보고 앨이 말했다.

"갔다 와 주겠나?"

돈은 일어서서 남은 고기 두 조각을 자신의 깨끗한 손수건에 재빨리 싸 주며 중얼거렸다. "해가 지기 전까지는 지원대가 도착할 테니 이곳에는 필요 없지."

돈은 짐에서 수갑 하나를 꺼내 앨에게 건네주었다.

"조심하게. 환자라고는 해도 오키는 쉽게 여길 상대가 아니야. 교도소에서 빅터를 두려워하지 않았던 자는 그자뿐이었네. 자긍심이 높은 남자라서 비열한 짓은 하지 않을 거야. 하지만 싸울 때는 철저하고 인정사정없지. 내가 알려 주지 않아도 그자라는 걸 한눈에 알 수 있겠지만, 그래, 한 가지 표식이 될 만한 게 있네."

"그게 뭐지?"

"목걸이야. 일족의 우두머리라는 표시지. 푸른 터키석과 와피티의 이빨로 만든 길고 아름다운 목걸이. 와피티, 그러니까 엘크의 위 송곳니 말일세. 추장인 부친이 교도소에 보내왔는데, 오키는 항상 그 목걸이를 걸고 있었고 누가 뭐라고 해도 벗으려고 하지 않았네."

"알았네. 돈, 자네도 조심하게."

"물론이지. 아마도 이게 내 마지막 업무일 걸세. 남은 건 퇴직하는 날을 기다리는 것뿐이야."

앨은 크리스에게 두세 가지 지시를 내렸다. 마치 기절한 사람을 깨울 때처럼 절박한 어투였다.

나는 라이플과 짐을 메고 돈 앞에 섰다.

"그럼, 돈."

"고맙네. 자네 같은 청년을 만날 수 있어서 다행이야."

"그보다는 좋은 송어를 만날 수 있기를, 맨디 씨."

12

숲으로 들어가자 풍경이 크게 달라졌다. 광물 함유율에 따라 노란 색에서 갈색까지 다채로운 변화를 보이는 산맥과 강가에 우거진 산 쑥과 백양나무 등이 수놓은 다양한 황갈색 세상과 시야를 가리는 전 나무, 가문비나무, 잎갈나무 등이 만들어 낸 암갈색, 농갈색의 거대 한 돔으로 들어온 듯했고, 숲은 공기까지 촉촉하게 물기를 머금고 있 었다.

수많은 로지폴 소나무의 가는 줄기가 비 오는 날 항만에 정박한 배 의 돛대처럼 곧게 우뚝 솟아 있는 곳도 있었다. 솔방울이 달린 올리 브색 가지 끝이 일제히 뒤집어져 있었다. 나뭇잎 사이로 해가 비치는 곳에는 산딸기와 머루 등이 무성했다.

숲은 향기로운 냄새를 강하게 내뿜고 있었다.

"켄, 위퍼윌을 볼 수 있을지도 몰라."

묵묵히 걷던 앨이 말했다.

"위퍼윌이라고요?"

"응. 한번 보고 싶다고, 새소리를 들어 보고 싶다고 언젠가 얘기하 지 않았나?"

내 마음은 환하게 하늘로 날아갔다.

"쏙독새는 원래 여름새라서 남아 있을지 어떨지는……."

앨은 들뜬 내 마음에 찬물을 살짝 끼얹고는 이야기를 계속했다.

"우리는 숲 속을 지나 산을 내려갈 걸세. 숲을 빠져나가면 '나이트

호크 언덕'이 나와. 그때쯤 해가 질 거고. 밤에는 추격을 할 수 없네. 그 전에 녀석을 붙잡지 못하면 언덕에서 노숙하고 다음 날 아침 일찍 출발해야 해."

나는 앨의 목소리를 흘려들으면서 위퍼윌이라는 새를 생각했다.

위퍼윌WHIP-POOR-WILL은 쏙독새의 일종이다. 낮에는 모습을 보이지 않고 어두워질 무렵 활동하기 시작한다. 날아다니면서 그 기다란 수염을 더듬어 나방과 벌레를 잡아먹는다. 이 새의 독특한 이름은 그 울음소리에서 유래한다. 위-퍼-윌로 들리는 그 울음소리가 그대로 이름이 된 것이다. 오듀본의 화집에서 그 쏙독새의 모습을 본 순간부터, 나는 왠지 그 새에게 매료되었다.

내가 보물처럼 아끼는 존 오듀본의 화집에는 한 마리의 수컷과 두 마리의 암컷 위퍼윌 그림이 있었다. 수컷은 짧은 날개를 펼치고 꽁지깃을 부채처럼 활짝 펼치고 있었다. 위에서 내려다본 모습이었다. 전체적으로 노란색이 감도는 흑갈색으로, 머리와 등에 검은 반점이 뻗어 있었다. 펼친 날개는 날개가 꺾이는 부분부터 날개깃 끝을 향해 선홍색 불꽃이 흩어져 있는 듯한 무늬가 물결처럼 퍼져 있었다. 부채처럼 펼쳐진 꽁지깃의 무늬는 세로로 삼등분되어 중앙이 황갈색, 좌우가 순백색이었다.

눈앞을 날아가는 커다란 나방을 삼키려고 쩍 벌린 입속은 복숭아색이다. '귀까지 찢어진'이라는 표현이 떠오르는 커다란 입이었다. 줄무늬가 있는 머리도 그렇고, 날카롭게 반짝이는 눈도 그렇고, 부리에서 좌우로 뻗은 드센 수염도 그렇고, 고양이랑 똑 닮았다고 생각했다. 입을 벌리고 무언가를 한껏 위협하는 귀 없는 새끼 얼룩 고양이처럼 보였다.

날개를 접고 옆을 향하고 있는 암컷은 지나치게 큰 머리를 날개에 묻고 있었다. 땅딸막한 삼등신인데도 더없이 민첩해 보여서, 나는 엉뚱한 연상이지만 그러면 전투기의 실루엣을 떠올렸다.

새보다 큰 초록색 잎사귀가 달린 큰떡갈나무 나뭇가지를 배경으로 한 이 세 마리의 새 그림에 나는 마음을 빼앗겼다. 귀여우면서도 사납고 날렵할 것 같은 이 새가 비상하는 모습을 꼭 보고 싶었다.

더구나 플루트나 바이올린을 연주하면 위퍼윌은 그 소리에 반응해서 노래를 부르기 시작하고, 마침내 새와 사람의 협주가 이루어진다는 꿈 같은 이야기까지 듣자 위퍼윌을 향한 내 연모는 소리 없이 깊어질 뿐이었다. 잊고 있던 소소한 꿈이 이루어질지도 모른다는 기대에 나는 조금 흥분했다.

"비버 계곡이 있던 자리까지는 우리 걸음으로도 내일 한나절은 가야 하는데. 병든 몸이면 더 걸릴 테고. 남은 수명이 기껏해야 두세 달이라는 남자가 그곳까지 갈 수 있을까?" 앨이 혼잣말처럼 중얼거렸다. "설사 간다고 해도 그곳에는 아무것도 없어. 골짜기도 강도 숲도 사람도, 아무것도 없어. 오로지 커다란 저수지가 있을 뿐이야. 오키는 그런 곳에서 무얼 찾으려는 걸까……. 죽음을 알게 된 코끼리는 혼자 조용히 죽기 위해 깊은 숲 속으로 모습을 감춘다고 하는데, 그도 그럴 생각인가." 앨이 자문자답했다. "가슴 아픈 이야기군."

나는 일본어로 중얼거렸다. "고향, 잊을 수가 없습니다……."

아버지의 마지막 편지에 있던 말이다.

"뭐라고 했지?"

"아, 서글프다고요. 하지만 고결하군요."

"인디언의 인사 중에 '죽기에 좋은 아침이다'라는 말이 있지. 갑자기 찾아오는 죽음에 당황하지 않도록 그들은 늘 죽음을 각오하고, 목숨이 붙어 있는 한 자연스럽게 살아가려고 하지."

혼잣말이라고 해도 이렇게 말을 많이 하는 앨 던컨을 나는 알지 못한다. 앞에서 기다리고 있는 앨 자신의 노년에 생각이 미친 것일까. 그 어떤 것도 두려워하지 않는 앨처럼 대담한 남자조차 임박한 노년의 날들을 생각하면 순간순간 마음이 동요하는 때도 있는 걸까.

마침내 해가 기울기 시작한 듯했다. 나무 사이로 보이는 하늘은 구름이 많아져 푸른빛을 잃어 가고 있었다. 나는 기온이 낮아졌음을 느끼고 침낭에 끼워 두었던 버펄로 플래드 울 재킷을 입었다. 앨도 낡은 가죽 상의를 입었다.

머루 덩굴을 살짝 흔드는 미세한 바람이 일었다. 하얀 깃털이 발밑으로 둥실 떨어졌다. 나는 시선을 돌려 깃털을 떨어뜨린 것의 정체를 찾아냈다. 숲 속에 쓰러진 전나무의 어두운 한 부분을 손가락으로 가리키며 앨과 함께 다가갔다.

마른 나뭇가지를 태운 정도의 작은 모닥불 흔적이 있었다. 쓰러진 나무 밑에는 한 줌의 뇌조 깃털이 있었다. 앨은 무릎을 꿇고 쓰러진 나무를 살펴보고 단정했다. "오키다. 삽십팔 구경 탄환이 뇌조를 관통한 후 이곳에 박혔군. 한번 날아오른 새가 다시 땅으로 내려온 것을 확인하고 눈이 익숙해지길 기다렸다가 리볼버로 쐈겠지. 그 새를 그 자리에서 먹어 치웠어. 요즘은 뇌조가 살이 한창 오른 때지. 한 마리를 전부 먹었으니 녀석은 최소한 허기진 상태는 아니겠어."

"게다가 버섯과 과일 디저트까지 곁들였죠."

모닥불 옆에 나팔버섯과 송이버섯 잔해, 솜털이 난 머루 잎과 덩굴이 있었다.

쓰러진 나무에 느긋하게 등을 기대고 숲이 베푸는 천혜의 맛을 음미하는 강인한 인디언의 모습이 떠올랐다. 사람이 앉았던 흔적인 듯 잡초가 눌려 있는 곳에 담배꽁초가 있었다. 꼼꼼히 불을 끈 흔적이 보였다.

"이곳에서 한참 머물렀던 모양입니다. 담배를 세 대나 피웠군요."

"주유소 남자의 점퍼에 들어 있었겠군."

"서두르지도 초조해하지도 않습니다. 느긋합니다."

"아니, 일어서지 못했던 거야." 앨이 말했다. "쇠약해진 몸으로 산길을 강행하다가 한 번 쉬고 나면 다시 일어서지 못하게 돼. 녀석은 정신력으로 걷고 있는 걸세."

나는 모닥불 자리에 손바닥을 대어 보았다. 아주 미약하지만 재에 온기가 있었다.

"한 시간, 기껏해야 한 시간 반 정도 됐겠습니다. 그가 출발한 건."

"따라잡겠군."

앨은 그렇게 중얼거리며 일어섰다. 앨에게는 마지막 탈주범의 검거를 앞둔 긴장감도 의지도 보이지 않았다. 앨이 시계를 보며 말했다. "해가 지기까지 앞으로 두 시간. 그때까지 숲을 벗어나세."

우리는 묵묵히 숲을 걸었다. 해가 지기 전에 도망자를 붙잡아 오늘 중에 일을 끝내고 싶다는 마음이 발걸음을 서두르게 했다. 오키를 체포하면 불을 크게 피워 뒤따라올 지원대에 신호를 보내고 기다리는 것이다. 지원대에 죄수를 인도하고 이 산속 추격전을 끝내고 싶었다. 도망자를 뒤쫓아 체포하는 일은 늘 마음을 무겁게 하지만, 지금 마음을 한층 불편하게 하는 것이 있었다.

오키는 전사다. 호락호락 잡히지는 않을 것이다. 그가 총을 겨눈다면 나는 그를 쏠 수 있을까?

숲의 끝자락이 보였다. 하늘이 밝았다. 숲 저편은 언덕 정상이었다. 온통 풀밭이어서 바람이 드나드는 개방감이 있었다. 언덕 기슭을 거뭇거뭇한 나무들이 감싸고 있다.

그때, 나는 들었다. 저 멀리 음악 소리를! 아득한 기적 소리가 섞인, 어딘가 허무하고 서글픈 멜로디를 들었다고 생각했다.

나는 앨을 손으로 제지했다. 앨도 그 소리를 들은 듯했다. 귀를 기울이던 앨이 어깨의 짐을 그 자리에 조용히 내려놓았다. 나도 그렇게 했다. 나는 앨에게 속삭였다.

"하모니캅니다. 오키가 하모니카를 불고 있습니다."

앨이 고개를 끄덕이고 말했다.

"위퍼윌을 부르고 있는 거야."

우리는 자세를 낮추고 바람에도 사라질듯 가벼운 소리가 들리는 쪽으로 다가갔다.

"〈적막한 휘파람Lonesome Whistle〉!"

나도 모르게 곡명이 입 밖으로 나왔다. 더없이 쓸쓸하고 어딘가 아련한 멜로디는 행크 윌리엄스의 노래였다.

무심코 멜로디에 빨려 들고 있는 내 어깨에 앨이 손을 얹었다. 앨이 가리키는 20미터쯤 떨어진 곳에 남자가 있었다. 나뭇가지도 잎도 없는 가느다란 한 그루의 나무 아래에. 무릎까지 오는 수풀 속의 그루터기에 남자는 몸을 이쪽으로 향하고 앉아 있었다. 등을 조금 굽히고 하모니카를 불고 있었다. 붉은 하늘과 바람에 흔들리는 풀 외에 아무것도 없는 들판에서 남자는 야위고 시든 고독한 그림자 같았다.

"가자."

앨은 피스메이커 콜트를 뽑아 숲을 나왔다. 나는 카빈총의 총신을 어깨에 기대고 앨 오른쪽에서 나란히 섰다. 간격을 벌리며 천천히 걸어 남자의 좌우, 대각선 방향으로 에워싸듯 다가갔다. 언덕을 지나는 석양의 바람이 수풀을 사락사락 흔들어 우리가 움직이는 소리를 지웠는지, 남자는 고개도 들려고 하지 않고 무심하게 하모니카를 연주하고 있었다. 그는 주유소 남자의 것으로 보이는 가죽점퍼를 입고 있었다. 나는 오키라고 확신했다.

그때였다. 위퍼월의 울음소리가 들렸다. 오른쪽 숲에서 한 마리가 노래하고 있었다. 남자가 불쑥 고개를 들었다. 그의 시야에 우리가 들어왔을 테지만 그는 우리를 보지 않았다. 새를 불러낸 것에 만족한 것 같았고, 그렇게 생각해서인지 그의 입가에 미소가 번진 듯 보였다. 남자는 하모니카를 고쳐 들고 다시 연주에 몰두했다. 왼쪽 숲에서도 한 마리가 울었다.

위, 퍼, 월 하고 끊어 가며 연속해서 세 번 울었다. 아! 이게 위퍼월의 소리다. 아! 이게 음악에 이끌려 노래하기 시작한다는, 그 순간이다……. 눈에 보이지 않는 무언가가 내 등을 스르륵 기어오르는 듯 불가사의한 감각이 나를 덮쳤다.

좌우 두 마리의 듀엣은 어느새 숲 속 위퍼윌의 합창이 되었고, 하모니카와의 대합주로 변해 있었다. 내 머리를 스치듯 새가 날았다. 꽁지깃이 하얗다. 위퍼윌이다! 소리도 없이 비상한, 비둘기 정도의 자그마한 새가 몸을 틀어 산뜻하게 회전했다.

실린더와 방아쇠울을 손바닥으로 감싸듯 쥔 앨이 리볼버를 어깨 높이로 올리고 남자에게 말했다.

"오키? 오키 빅혼?"

오키는 하모니카에서 얼굴을 떼고 끄덕였다. 나무를 조각한 듯한 그 얼굴에서 어떤 감정도 엿볼 수 없었다. 흥분도 반발심도 원한도 없었다. 그렇다고 낙담도 굴종도, 더더구나 애원도 없었다. 굳이 말하자면 깊은 체념 같은 것이 있었다.

이런 얼굴은 본 적이 없었다. 이렇게 엄숙하고 이렇게 쓸쓸한 얼굴을 나는 지금까지 본 적이 없었다.

오키는 오른손에 하모니카를 든 채 두 팔을 올리고 천천히 일어났다. 나는 어깨에서 총을 내려 허리에 대었다. 오키가 왼손잡이라는 것을 알고 있었다. 그가 훔친 신발의 뒤꿈치에 표식을 새긴 곳은 왼쪽 신발의 바깥쪽이었다. 나이프를 쥐고 그것을 새기는 것은 왼손이 할 일이라고 생각했다.

"나는 카운티 보안관 앨 던컨이다. 이쪽은 조수 켄. 오키 빅혼, 당신을 체포한다."

앨이 선고했다. 오키는 반항도 복종도 하지 않고, 그냥 말없이 서 있었다. 여남은 마리의 쏙독새가 벌레를 쫓아 조용하고 민첩한 비행을 반복했다.

앨이 피스톨을 홀스터에 다시 집어넣고 수갑을 꺼내 오키에게 다가가려고 했다.

"잠깐."

나는 앨을 제지했다.

"오키, 그 왼손 움직이지 마. 우린 당신을 쏘고 싶지 않다."

나는 총을 보이면서 오키의 등 뒤로 돌아갔다. 가죽점퍼 등에 권총이 매달려 있었다. 나는 카빈총의 볼트를 세게 쳤다. 캉 하는 날카로운 금속음과 함께 연필 뚜껑 정도의 작은 탄환이 튀어나왔다. 약실에들어 있던 탄환이 튀어나오고 탄창의 다음 탄환이 대신 장전되었다. 의미 없는 불필요한 행동이었지만 오키의 움직임을 견제하기 위해일부러 소리를 냈다.

나는 주머니칼을 꺼내 접힌 날을 폈다. 총을 풀 위에 가만히 내려놓고, 오키의 등에 있는 스미스 앤드 웨슨을 잡았다. 그리고 가죽점퍼의 깃을 젖혀 보았다. 짐작했던 대로 별도의 끈으로 리볼버를 묶어목걸이에 매달아 두었다. 쳇, 난 항상 다른 사람의 옷깃을 젖히게 되는군⋯⋯.

힘으로 잡아당겨서 끊을 수도 있지만 목걸이는 존엄의 표시다. 게다가 나는 아름다운 터키석을 수풀에 뿌리고 싶지 않았다. 나는 리볼버의 총목에 묶인 끈을 칼로 잘랐다. 오키에게 그럴 마음만 있었다면몸을 비틀어 권총을 잡아채 쐈을 것이다. 나는 라이플과 풀 속에 떨어진 탄환을 집었다. 탄환이 떨어진 곳에 개머리판을 두어 나중에 회수할 수 있도록 표시해 두었던 것이다.

앨이 오키에게 수갑을 채웠다.

"어떻게 알았지?"

앨이 오키의 몸을 수색하면서 내게 물었다.

"목걸이가 목을 조이고 있었으니까요." 내가 대답했다. "돈이 긴 목걸이라고 했죠. 긴 목걸이를 등 뒤로 늘어뜨리는 사람은 없습니다. 보통은 앞으로 늘어뜨리지. 뒤에 매달린 물건의 무게로 목걸이가 당겨진 것이라고 판단했습니다."

앨은 무언가 중얼거리면서 오키에게서 탄환이 채워진 권총의 스페어 로드와 주머니칼을 압수했다. 그리고 내게서 건네받은 스미스 앤드 웨슨에서 남은 탄환을 꺼냈다. 네 발이었다. 오키는 뇌조를 잡는 데에 역시 한 발만을 사용했다.

나는 수갑이 채워진 오키의 손에 들린 하모니카를 받아 그의 주머니에 넣어 주었다. 언뜻 본 하모니카는 호너사*의 포켓 타입이었다. 앨은 권총의 탄환을 수풀에 던져 버렸다. 그리고 스미스 앤드 웨슨의 총부리를 잡고 그것을 하늘로 던졌다. 피스톨은 빙글빙글 돌면서 놀라울 정도로 멀리 날아가 어두운 수풀에 떨어졌다. 갑자기 위퍼윌의 울음소리가 멈췄다. 난무하던 새의 모습도 사라졌다.

오키가 무너지듯 다시 그루터기에 앉았다. 저물어 가는 붉은 태양 속에서도 오키의 안색은 흙빛으로 보였다.

"아픈가?" 앨이 물었다.

"아니."

오키가 처음으로 입을 열었다.

"오키, 당신 고향은 물속에 있다. 있지도 않은 고향에 그래도 돌아가겠다는 건가?"

오키는 대답하지 않았다.

"그 몸으로 힘들게 가 봐야 아무것도 보이지 않을 텐데."

오키는 고개를 들어 앨을 보았다. 그리고 깊고 조용한 목소리로 말했다.

"내게는 보인다."

앨도 나도 우뚝 선 채 말없이 인디언을 내려다볼 뿐이었다.

임무를 완수했다는 만족감도 해방감도 없었다. 긴 침묵의 시간이 흘렀다. 바람 소리만 들릴 뿐이었다.

"켄."

앨이 나를 보지 않고 말했다.

"해가 지는군. 아무것도 안 보이겠어."

'그래서?'라고 묻고 싶었지만 잠자코 있었다.

"우리는 아무것도 못 봤어."

앨이 중얼거렸다.

"오늘 우리는 이 남자를 보지 못했어."

나는 놀라 앨을 보았다.

"나도 자네도 오늘 이 남자를 따라잡지 못했다. 켄, 이걸로 됐지?"

나는 나도 모르게 환한 웃음을 지었다.

"앨, 당신은 멋진 사람이군요!"

앨이 오키의 수갑을 풀었다. 표정이 보이지 않는 황혼의 희미한 빛 속에서 두 사람은 마주 보고 있었다. 나는 짐을 놓아둔 곳으로 달려가 칠면조가 든 꾸러미를 들고 돌아왔다. 오키의 주머니에 꾸러미를 밀어 넣었다.

앨이 오키에게 말했다. "우린 밤에는 움직이지 못해. 여기서 밤을 새울 거야. 자네는 밤길을 갈 수 있겠지. 그렇다면 자, 오키 빅혼."

한동안 우뚝 서 있던 오키가 순간 등을 돌려 걷기 시작했다.

"아, 잠깐⋯⋯."

내가 오키를 불러 세웠다. 나는 주머니에서 칠면조의 위시본을 꺼내 오키의 손에 쥐여 주었다.

"행운의 부적이다."

오키는 하얀 뼈를 셔츠의 윗주머니에 넣고 단추를 잠갔다. 점퍼에서 무언가를 꺼내 내게 건넸다. 하모니카였다. 오키는 다시 뒤돌아 말도 소리도 없이 바람과 함께 사라졌다.

불현듯 다시 한번 그 위퍼윌의 울음소리가 듣고 싶었다. 그 심포니에 실컷 젖어 들고 싶었다. 지칠 때까지 그 자유롭게 비상하는 모습을 보고 싶었다. 하지만 이 언덕에서의 사건과 함께 위퍼윌의 모습은 내 마음에 각인처럼 새겨져 있을 것이다.

숲 위로 달이 떠올랐다.

제5화 파도의 베개 波の枕

프롤로그

노인은 마루에서 무적 소리를 듣고 있었다. 늘 보이는 등대의 모습도 보이지 않았고, 창문은 짙은 안개에 덮여 있었다. 노인은 자신이 곧 죽는다는 사실을 알았고, 따뜻한 담요 속에 야윈 몸을 뉘고 느긋하게 쉬고 있었다.

노인은 깜박 졸면서 무적 소리에 이끌려 다시 그 따뜻한 바다에서 헤엄치기 시작했다. 커다란 파도가 그의 몸을 들어 올려 먼바다로 데려갔다. 노인이 무척 좋아하는 꿈속 바다였다. 그곳에서의 노인은 젊고 늠름했다.

1

청년 겐조는 넘실거리는 파도에 몸을 맡기고 가만히 떠 있었다. 열대 한낮의 태양은 오븐처럼 바다를 데우고 있었다. 태양과 바닷바람에 그은 건장한 겐조의 맨발은 더 이상 물을 찰 힘도 없었다. 손만 무의식적으로 움직이며 가끔씩 물을 저었다. 수면에 얼굴만 내민 채 눈을 감고 떠 있는 모습은 익사체처럼도 보였다.

겐조는 죽을 거라고 생각했다. 내 삶이 이런 일로 허무하게 끝나는가. 어이가 없군. 한심해……. 대체 무슨 일이 일어난 걸까…….

"불이다! 화재가 발생했어. 일어나!"

멀리서 누군가가 외치고 있다……. 겐조는 꿈결에 듣고 있었다. 오늘은 풍어豐漁였다. 낮 동안의 전쟁 같은 노동에 완전히 지친 겐조의 젊은 육체가 깊은 잠의 심연으로 급속하게 가라앉던 그때였다.

누군가가 겐조를 두들겨 깨웠다. 배가 불타고 있다는 걸 깨닫는 데에는 시간이 걸렸다. 기관실에서 뿜어져 나오는 불길을 보자마자 겐조는 순식간에 잠에서 깼다.

"화재다. 이미 늦었어. 도망가!"

기관사가 고함쳤다.

"연료에 불이 번질 거야. 서둘러!"

어로장이 겐조를 사다리 쪽으로 밀쳐 냈다. 로쿠샤쿠 훈도시일본의 전통적인 남성 속옷의 일종 한 장만 걸친 맨몸으로 자고 있던 겐조는 비틀거리다가 그곳에 있던 누군가의 한텐일본의 전통적인 방한용 겉옷을 집어 들고 정신없이 갑판으로 뛰쳐나갔다. 흔들리는 알전구 아래에서 몇 사람이 아우성치며 우왕좌왕하고 있었다.

그때 뱃바닥에서부터 복부에 울리는 무거운 폭발음이 일었다. 불과 검은 연기와 파편이 승강구로 솟아올랐다. 겐조는 기울어진 갑판을 미끄러져 내려오다 무언가에 걸렸고, 새카만 바다로 내동댕이쳐졌다.

겐조는 한텐을 허리에 묶고 물을 박차며 필사적으로 헤엄쳐, 배에서 조금이라도 멀리 떨어지려고 했다. 배의 불길이 반사된 붉은 바다 곳곳에 사람의 머리가 있었다. 가라앉는 배에 휩쓸리지 않으려고 모두 필사적으로 헤엄치고 있었다. 구명보트를 내릴 시간조차 없었던 듯했다. 흘러나온 기름을 따라 뻗어 가는 불길에 휩싸일까도 두려웠다. 서로 말을 주고받을 여유도 없었다.

있는 힘을 다해 한바탕 헤엄을 친 겐조가 돌아보니 당장이라도 가라앉을 것 같은 배의 불길이 엄청나게 작게 보였다. 주위는 이미 인기척이 없었다. 겐조는 동료들의 이름을 차례차례 부르고는 귀를 기울여 보았지만 대답하는 이는 없었다. 들리는 것은 속삭이는 듯한 파도 소리뿐이었다. 도깨비불처럼 멀리 있는 불은 마침내 소리도 없이 사라졌다. 어둠과 불안감이 덮쳐 왔다.

그때부터 겐조는 헤엄치기를 그만두었다. 방향도 짐작할 수 없는 어두운 바다에서 무턱대고 헤엄쳐 봐야 헛수고일 뿐이다. 자칫 잘못하면 육지에서 더 멀어질 수도 있다. 날이 밝아 방향을 판단할 수 있을 때까지는 체력을 허비하지 않는 편이 좋다고 생각했다.

바다에 떨어진 그때가 몇 시쯤이었을까? 새벽 두 시나 세 시 정도라고 생각한다. 어둠에 눈이 익자 남해 하늘에 총총히 빛나는 별빛으로 바다 위의 형체를 분간할 수 있었다.

대체 화재의 원인은 무엇이었을까? 겐조가 깼을 때 불은 이미 맹렬하게 타오르고 있었다. 화재 발견이 늦었던 것이다. 낮 동안의 혹독한 노동으로 모두가 기진맥진했고, 당직자마저 잠에 곯아떨어졌던 걸까? 불이 번지는 속도를 봤을 때 분명히 SOS도 발신하지 못했을 것이다. 그렇다면 구조의 손길도 기대할 수 없다. 교신이 없었다면 누군가가 배에 문제가 있음을 알게 될 때까지는 시간이 한참 걸릴 것이다.

배는 확실히 북위 4도 부근의 말레이시아 바다를 남서로 항해하고 있었다. 멀리 남쪽은 보르네오, 그리고 서쪽으로 말레이 반도를 바라보는 남중국해의 한복판이다. 수프가 담긴 커다란 접시에 빵 부스러기를 뿌린 것처럼 크고 작은 섬과 암초가 무수히 산재한 해역이다. 배는 그 부근 어딘가에 침몰했을까?

강렬한 태양이 내리쬐는 낮과 비교하면 밤에는 역시 기온도 수온도 한참 내려가지만, 그래도 바닷물은 차갑지 않았다. 그것이 무엇보다 다행이었다. 만약 이곳이 북해의 얼어붙은 바다였다면 순식간에 목숨을 잃었을 것이다.

겐조는 열한 명의 동료들을 걱정했다. 불이 난 배에서 무사히 탈출했을까? 나처럼 이렇게 다친 곳도 없이 바다 어딘가에 어쨌든 살아 있을까? 모두 한 집안의 가장이었다. 아내, 아이 그리고 나이 든 부모를 부양하는 한 가족의 기둥이었다. 어로장의 그 절구통 같은 아내는 넷째를 임신하고 있었다. 이런 곳에서 태연하게 죽을 수 없는 자들뿐이었다. 그들의 생사는 그대로 가족의 생사로 이어진다.

그 점에서 보면 자신은 편하다고 겐조는 생각했다. 부모도 형제도 없는 혈혈단신이다. 먹여 살릴 사람도 없고, 내가 죽는다고 울어 줄 사람도 없다. 난폭한 괭이상어가 죽어 버렸다고 기뻐할 놈은 있겠지만……. 겐조는 어두운 바다 위에서 홀로 쓴웃음을 지었다.

문득 올려다본 하늘에는 수많은 별이 손을 뻗으면 닿을 듯 가까이서 반짝이며 하늘을 온통 뒤덮고 있었다. 저 커다란 별이 방금 막 반짝인 듯 보인 빛은 사실 수천 년, 아니 수만 년 전의 아득한 옛날에 보낸 빛이라고 한다. 정신이 아득해질 만큼의 시간과 거리를 달려와 지금 막 눈앞에 도달한 것이라고 언젠가 마을의 노인에게 들었다. 대우주의 어마어마한 시간과 공간 속에서 한 인간의 생사 따위는 아무것도 아닌 것이다. 겐조는 바닷가의 모래 한 알밖에 되지 않는 자신의 하찮음을 깨달았다.

그건 그렇다. 하지만 그래서 어떻다는 건가. 그래서 죽어도 좋다는 것은 아니지 않은가. 당치도 않다. 하찮은 목숨이지만 쉽사리 죽지는 않을 테다. 살 테다. 살아남아야 하지 않겠는가! 겐조는 생각했다. 그때는 그렇게 생각했다.

겐조는 지금 널빤지 한 장이라도 있으면 좋겠다고 생각했다. 널빤지든 낡은 타이어든 무엇이든 좋다. 몸을 의지해서 떠 있을 수 있는 물건, 잡을 곳이 있는 물건이 있다면 얼마나 좋을까 생각했다. 따뜻하다고는 해도 밤의 바닷물은 겐조의 체온을 천천히 빼앗고 근육을 수축시키고 있었다. 전날의 피로가 남아 있는 몸은 점점 무거워졌고, 기껏해야 떠 있는 게 고작이었다.

바다에 빠진 지 세 시간 정도 지났을까. 무거운 몸을 다시 뒤집으려던 겐조는 하늘 한쪽이 희미하게 붉어지는 것을 깨달았다. "아침이다!" 겐조는 엉겁결에 소리를 질렀다. 됐다! 날이 밝아 오고 있어…….

저쪽이 동쪽이다! 겐조는 새벽빛을 향해 헤엄치기 시작했지만, 이내 그 무의미함을 깨닫고 그만두었다. 여명에 조금이라도 다가가고 싶었을 뿐인지도 모른다.

하늘과 바다가 이어지는 부근에 띠 형태로 퍼진 다홍빛이 하늘과 구름을 분홍과 보라색으로 물들였다. 세상이 윤곽과 색채를 되찾고 있었다. 겐조 주변의 해면도 밝아졌다. 수평선의 한 지점이 급격하게 밝아졌다. "뜬다!" 겐조가 응시하고 있는 동안에 해는 환하게 빛나는 얼굴을 내밀었다.

겐조가 보물처럼 간직하고 있는 스페인 금화 한 닢이 아직 형태를 이루지 않은 채 도가니에서 미끄러져 나온 것처럼, 금색과 붉은색의 새로운 태양이 밀려 올라왔다. 순식간에 사방팔방으로 뻗은 빛이 바다 위를 환하게 비췄다. 어제, 다 타 버리고 무너져 바다에 빠진 태양이 다시 새롭게 되살아난 것이다. 태어난 그 순간부터 눈부시게 강한 빛을 발산하는 열대의 태양이었다.

해가 떠오르면서 점차 붉은 기운을 잃어 가는 동쪽 바다에는 섬 그림자 하나 없었다. 겐조는 선헤엄으로 몸을 돌리고 주시했지만 동서남북의 어느 수평선에도 육지는 보이지 않았다. 육지는커녕 부유물 하나 없는 잔잔한 바다가 오로지 막막하게 펼쳐질 뿐이었다. 절망감이 겐조의 다리를 붙잡고 깊은 물 밑으로 끌고 가려는 듯했다.

2

겐조를 사정없이 달구던 태양도 조금씩 서쪽으로 기우는 듯했다. 바다에 빠진 지 열 시간 이상이 흘렀다. 겐조는 서쪽을 향해 표류하고 있었다. 시야에 들어오는 육지가 없자 나아갈 방향을 서쪽으로 정했다. 동쪽을 향하면 강력한 햇살을 계속 마주 보게 되어 실명할 위험도 있었다. 게다가 지금 계절에는 이 부근의 바다에 북동 무역풍이 불고 있다. 북적도해류北赤道海流가 천천히 남서쪽으로 향하고 있을 것이다.

바람과 파도를 타고 흘러가는 편이 유리하다고 판단했다. 그리고……. 겐조는 혼자 웃었다. 명이 다해서 죽게 된다면, 이왕이면 극락이 있는 서녘을 향하다가 죽는 게 좋지 않을까 생각했던 것이다. 눈에는 보이지 않는 서녘의 정토淨土에 아주 조금이라도 가까이서 죽겠다고 생각했다.

겐조는 허리에 묶었던 한텐을 가끔씩 머리에 쓰고 강한 햇살을 피했다. 헤엄친다기보다 떠서 흘러갈 뿐인데도 겐조는 기진맥진해 있었다. 아, 지금 널빤지 하나만 있었으면 하는 이룰 수 없는 소망이 다시 복받쳤다. 거기에 무언가 먹을 것이 필요했다. 닥치는 대로 잡았던 어제의 그 가다랑어가 한 마리라도 좋으니 지금 여기에 있었으면 했다.

날치가 물에서 날아오를 때의 푸르르 하는 소리가 들렸다. 단단한 날개를 펴고 허공을 날아 몸을 반짝인 뒤 다시 바다로 뛰어들었다. 겐조는 이미 몇 번이나 날치를 잡으려고 한텐을 휘둘렀다. 오른쪽에서 왼쪽에서 수십 마리나 되는 날치가 날아올랐고, 손을 뻗기만 해도 잡힐 듯 보였지만 공연히 체력만 소모한 채 실패로 끝났다.

겐조는 다시 한텐을 뒤집어쓰려다가, 그 한텐이 낡은 마이와이어부들의 나들이옷으로 사용했던 전통복를 수선해서 만든 것임을 처음 깨달았다. 마이와이는 풍어를 축하하고 기원하며 서로 선물로 주고받는, 화려한 색상과 무늬가 있는 축하 의복이다. 누구의 것인지 모르지만 한텐의 등에는 학과 거북이 선홍빛과 쪽빛으로 염색되어 있었다. 이 신성한 한

텐의 주인은 좋은 운을 받아 살아남았을까 하는 생각이 문득 들었다.

새파란 하늘을 향해 감고 있던 겐조의 눈꺼풀 안쪽에서 실보무라지 같은 점묘가 어지럽게 춤을 추고 있었다. 겐지는 문득 날치가 바다의 자고새 같다고 생각했다. 날치의 도약이 자고새 떼가 수풀에서 날아오르는 느낌과 닮았다는 생각이 들었다. 생사의 갈림길에서 태평한 생각이 들었다.

풀 속의 자고새 떼는 접근하는 자가 있으면 몸을 움츠리고 가만히 숨는다. 밟히기 직전까지 숨죽이고 있다가 마침내 견딜 수 없게 되면 그때서야 날아오른다. 꿩도 메추라기도 그렇지만 자고새는 땅 위를 걸어서 이동하는 새로, 새 주제에 날고 싶어 하지 않는다. 날 때도 반드시 필요한 만큼만 날고 금세 땅으로 내려온다. 떼를 지어 날아오를 때는 차례차례 방사상으로 흩어져 날며, 아주 잠깐 날갯짓을 하고는 풀 속으로 뛰어든다.

사람들은 발밑에서 날카로운 날갯소리를 내며 날아오르는 새에 놀라서 숨죽인 채 우뚝 서 있게 되고, 오른쪽으로 왼쪽으로 정신을 빼앗기는 동안에 일고여덟 마리의 새 떼는 모습을 감추어 버린다. 총을 들고 있으면서도 새들에게 압도당해 쏠 기회를 놓친 채, 정신을 차리고 보면 새의 숫자만 세다 끝났다는 경우가 자주 있다. 자고새가 비행할 때 햇살이 몸에 닿으면 갈색의 농담뿐이었던 그 깃털이 순간 붉은색과 금색을 띠어 마치 덤불 속의 불꽃처럼 보인다.

자고새가 노란색과 갈색과 금색으로 흩어지는 들판의 불꽃이라면, 날치는 파란색과 은색으로 뻗어 가는 바다의 불꽃이다.

바다의 물고기에서 덤불의 새를 떠올린 겐조는 이런 생각도 했다.

날아올랐다가 금세 다시 숨어 버리는 비행 방식은 비슷하지만, 양쪽에는 확실한 차이가 있다고. 자고새가 어쩔 수 없이 나는 것에 반해, 날치는 나는 것이 좋아서 넘쳐 나는 생명력을 실컷 탕진하는 것처럼 보인다.

생각이 꼬리를 물고 이어지면서 겐조는 기슈의 자기 집에 있는 새들을 떠올렸다. 겐조가 사는 곳은 바다가 내려다보이는 산비탈에 있었다. 산이라고는 해도 언덕에 더 가까운 완만한 경사의 굴뚝 산이다. 산림 속 50평 정도의 경사면이 겐조의 땅이었다.

5년 전, 겐조는 이곳을 매입해서 몇 달에 걸쳐 잡목을 베고 뿌리를 뽑아 개간했다. 그리고 통나무와 마디투성이 널빤지로 여덟 평의 오두막을 지었다. 산 위까지 뻗어 있는 고압선 철탑에서 변압기를 연결해 전기를 들이고, 산속의 깨끗한 물을 끌어왔다. 그리고 자유로운 독거 생활을 이어 왔다. 오두막 주변에 햇볕이 잘 드는 40평 정도의 땅을 일궈서 밭을 만들었다. 원양으로 한번 출어하면 반년이나 집을 비우기 때문에 손이 가지 않는 뿌리채소나 콩류가 대부분이었다.

2년쯤 전에 이 텃밭 일부에 철망을 둘러 새를 키우기 시작했다. 비둘기, 칼새, 되새, 물까치, 찌르레기, 꿩, 흰뺨검둥오리, 홍머리오리, 재갈매기……. 서른 마리 정도의 새를 10여 종 키우고 있다.

뒤쪽 덤불의 낮은 가지에 날개를 펼친 채 걸려 있던 새끼 멧비둘기를 주워 온 것이 계기였다. 연기처럼 흐릿한 색조의 연약해 보이는 가냘픈 비둘기의 몸을 살펴봤지만 부상을 입은 것 같지는 않았다. 하지만 심하게 쇠약해 있었고 먹이를 먹으려고 하지 않았다.

겐조는 어떻게 해야 좋을지 모른 채 여하튼 녀석에게 무언가를 먹여야겠다고 생각했다. 사람과 마찬가지리라. 쇠약해진 생명에게 필요한 것은 휴식과 영양이다. 겐조는 생각 끝에 비타민제를 빻아 섞은 묽은 죽을 스포이트로 비둘기의 입에 넣어 주었다. 겐조는 자칫하면 부서져 버릴 듯한 새끼 비둘기를 그 상처투성이 커다란 손으로 조심스럽게 쥐고 먹이를 주었다. 그리고 창고에서 꺼내 온 낡은 새장에 비둘기를 넣고 상태를 지켜보았다.

한나절 집을 비웠다가 돌아와 보니 비둘기가 대오리로 엮은 새장 문에 목덜미가 낀 채 축 늘어져 있었다. 새끼손가락으로 올리고 내리게 되어 있는 가벼운 대오리문도 목덜미가 눌린 새끼 비둘기에게는 단두대의 칼날이 내려온 것처럼 무거웠을 것이다.

몹쓸 짓을 했다는 생각에 마음이 아팠던 겐조는 비둘기를 주워 온 곳에 놓아주려고 했다. 하지만 이 쇠약하고 작은 새를 지금 놓아줘 봐야 이내 죽게 될 뿐이라고 마음을 바꾸고 다시 데리고 돌아왔다.

겐조는 그날 밤, 철망을 잘라 커다란 개집만 한 새장을 만들었다. 홰와 물그릇을 넣고 새끼 비둘기를 옮겼다. 새를 키워 본 경험도 지식도 없었지만 더듬더듬 궁리를 더해 가며 먹이를 만들고 보살폈다.

새끼 비둘기가 조금씩 기운을 차리는 것을 보면서 나무를 깎아 만든 것처럼 우락부락한 겐조의 얼굴이 점점 부드러워졌다. 소소하지만 이런 기쁨이 있다는 생각에 겐조 자신도 놀랐다.

그 일이 있은 후, 어찌 된 일인지 겐조는 상처를 입어 쇠약해진 새를 만나는 일이 많아졌다. 그 이전까지는 보이지 않던 것이 한 번 그러고 나니 자꾸 눈에 띄게 된 것인지도 모른다.

살쾡이 발톱에 할퀴었다가 간신히 도망쳐서 낮은 나뭇가지에서 울

고 있던 자고새, 털갈이 시기에 개에게 물린 흰뺨검둥오리, 배의 마
룻줄에 부딪혀 떨어진 어리숙한 갈매기, 새그물에 걸려 있던 되새와
물까치……. 겐조는 녀석들을 주워 와 치료를 하고 먹이를 주며 쉬게
했다.

새가 늘어남에 따라 철망의 둘레도 넓어져서 그 철망은 지금 열 평
정도의 넓이에 높이 2미터 정도의 펜스가 둘러진 새 우리가 되었다.
콘크리트로 기초를 다진 앵글 테두리에 눈이 촘촘한 철망을 두르고,
천장에는 낡은 어망을 덮었다. 진달래, 목련, 팔손이나무로 만든 천
연 홰, 산속 샘물을 끌어와 만든 물놀이장, 먹이를 두는 크고 작은 몇
개의 테이블, 그리고 검은흙과 녹색 채소……. 사람도 살 수 있을 만
한 환경을 갖춘 우리 속에서 새들은 느긋하고 편안하게 지내는 듯 보
였다. 건강해진 새는 놓아주지만 다시 돌아오는 녀석도 있었다.

그러는 동안 동네 사람들이 새를 가지고 오게 되었다. 사냥꾼의 총
에 맞은 오리와, 자전거에 밟혀 다리가 부러진 어리숙한 아이가모_{청둥}
_{오리와 집오리를 교배한 품종}를 데려왔다. 황당한 경우도 있었다. 발사된 산탄
중 단 한 발이 부리에 맞았는데, 위쪽 부리의 절반이 부서져서 뇌진
탕을 일으켜 추락했다는, 날개도 몸도 멀쩡한 꿩을 누가 데려온 적이
있었다. 또한 한배에서 부화한 새끼 중에 한 마리가 발육이 좋지 않
다며 당닭 새끼를 가져온 옆 마을 인간도 있었다…….

대체 날 뭐라고 생각하는 거야? 난들 뭐 좋아서 아픈 새를 모으고
있는 게 아니라고. 더구나 이 아픈 새들에게 주는 먹이는 뭐 공짜인
줄 아나……. 겐조는 그때마다 화가 나서 거칠게 항의했지만 데려온
새가 작고, 약하고, 상처를 입고 있으면 결국은 거둬들여 보살펴 줄

수밖에 없었다.

젠조의 새 우리는 어느새 새들이 상처를 치유하고, 체력을 회복하고, 새로운 날개깃이 자랄 때까지 보양하고 휴식하는 낙원이 되었다.

그렇게 1년 정도 지났을 무렵이었다. 새의 낙원에 천사가 날아왔다. 머리를 고무줄로 묶고 앞치마를 두른 소녀 천사였다.

젠조는 절반이 물에 잠긴 얼굴을 젖히며 자신도 모르게 싱글벙글 미소를 지었다. 소녀와의 그 만남을 떠올릴 때면 뭔가 따뜻한 감정이 솟아나서 젠조는 늘 혼자 웃어 버리는 것이다.

젠조는 눈을 떴다. 햇살이 눈을 찔렀다. 젠조는 파도 위에서 천천히 몸을 뒤집어 엎드렸다. 끝없이 펼쳐진 바다의 그 수많은 작은 굴곡 하나하나에 반사된 햇살이 파란색과 짙은 초록색과 흰색으로 반짝이며 부서졌다. 바다는 쌀쌀맞고 비정하게 보이기도 했지만, 그 무엇도 거부하지 않는 관대함으로 모든 것을 감싸 안은 채 깊은 숨결로 부드럽게 몸을 흔들어 주었다. 물 위에 떠 있으면 황홀한 기분에 젖는다. 바다는 사람을 느긋한 황홀경으로 유혹한다.

3

젠조의 뇌리에 작년의 어느 날이 선명하게 되살아났다. 원양어선 출항을 반달 남겨 둔, 아직 봄기운이 잘 느껴지지 않는 3월 초순의 차가운 아침이었다. 동그란 이마에 귀밑머리를 흐트러뜨린 소녀가 겐조의 오두막 입구에 멈춰 섰다. 오르막 산길을 급히 달려왔는지 창백한 얼굴에 뺨만 분홍색으로 물들어 있었다. 항구 식당에서 일하는, 안면이 있는 소녀였다. 소녀라고는 해도 열일곱 언저리의 아가씨다. 하얗고 보동보동한 작고 동그란 얼굴에 아직 아이 태가 남아 있고 몸집이 작아서 열두셋 소녀로 보였다. 유키라는 이름의 소녀였다.

그 소녀가 미간을 찡그리며 무언가를 결심한 듯 진지한 눈으로 겐조를 올려다보며 입구에 서 있는 것이다.

"유키구나. 무슨 일이니?"

놀란 겐조가 말을 걸었다. 그 식당에서 술을 마시거나 밥을 먹을 때 두세 마디 말을 나누기는 했지만, 유키는 쓸데없는 말 한 마디 없이 일만 열심히 하는 숫기 없는 아이라는 인상뿐이었다. 유키가 이렇게 겐조의 산속 오두막을 찾아온 것은 물론 처음이었다.

"죽었어요."

유키는 두 팔을 뻗어 손바닥을 벌리고 가슴 앞에 받쳐 들고 있던 것을 겐조에게 보여 주었다. 유키의 통통한 손바닥에 몸 전체가 밝은 오렌지색인 사랑스러운 작은 새가 누워 있었다. 식당 처마 밑에 매달아 둔 새장에서 온종일 삐이삐이삐익 코로로로로 삐 하고 노래를 부르던 카나리아다. 유키가 키우고 있었을 것이다.

"죽었다고?"

그렇게 물으며 겐조는 무의식적으로 자신의 손바닥에 카나리아를 받아 들었다. 겐조의 딱딱한 손바닥에 부드러운 작은 새의 몸이 뒹굴었다.

유키는 새장에 뒤집어씌운 천을 벗겨 달라고 조르는 새소리가 오늘 아침에는 들리지 않는다고 머릿속 한편으로 생각하면서 새장을 식당 안에서 처마 밑으로 옮기려고 했다. 순간 카나리아가 홰에서 떨어져 새장 바닥에 엎어져 있는 것을 보고 비명을 질렀다. 카나리아는 그때까지는 축 처져 있었지만 눈은 뜨고 있었다고 한다.

유키는 언뜻 새를 이곳으로 데려가야 한다고 생각했다. 순간적으로 그런 생각이 들었고, 그 이외에는 아무 생각도 나지 않았다. 식당의 아침 준비도 내팽개치고 손에 작은 새를 감싸 들고 산길을 달려 찾아온 것이었다. 그 도중에 카나리아는 누운 채 눈을 감고 말았다는 것이다.

죽어 버렸어……. 다시 그렇게 중얼거리는 유키의 눈에서 금세 눈물이 뚝뚝 떨어졌다.

"그래서 내가 어떻게 했으면 좋겠니?"

겐조는 유키의 눈을 들여다보며 부드러운 목소리로 물었다. 유키는 불쑥 고개를 들어 겐조를 응시했지만, 그 누구도 어쩔 수 없다는 것을 마침내 이해했는지 고개를 한 번 까닥였다. 그리고 변명이라도 하듯 작은 목소리로 말했다.

"당신이라면 다시 살려 주지 않을까 해서요……."

"죽어 버린 건 그 누구도 살릴 수 없어." 겐조는 손바닥의 작은 새를 바라보며 말했다. "하지만 이 녀석은 아직 죽지 않았어."

순간 불을 밝힌 듯 유키의 얼굴에 생기가 돌아왔다.

"정말? 정말로? ……부탁해요! 어떻게 해 줘요."

겐조는 동그란 얼굴을 들고 똑바로 자신을 응시하는 유키의 눈이 예쁘다고 생각했다.

"그러고 싶지만 나도 어떻게 해야 좋을지 모르겠는데⋯⋯. 일단 들어와."

겐조는 작은 새를 들고 오두막으로 들어갔다.

"어서 들어와. 이리로 와서 거기 난로에 장작 좀 넣으렴."

조심스럽게 안으로 들어온 유키는 무뚝뚝하고 투박하고 오로지 건장하기만 한 남자의 집을 뭔가 낯선 생명체를 보는 듯한 눈빛으로 둘러보고 있었다. 오두막 안은 흙마루에 설치한 주철 난로에 불이 지펴 있었고, 대들보도 기둥도 벽도 바닥도 전부 나무여서 오두막 자체가 훈훈하고 따뜻했다.

겐조는 난로 앞에 있는 그루터기에 풀썩 앉았다. 나무토막 같은 손바닥 한쪽에 불을 쬐어 손바닥이 따뜻해지면 작은 새를 그 손에 옮기고 다시 한쪽 손에 불을 쬐었다. 새가 이렇게 된 이유를 물어보았지만 유키는 짚이는 것이 없다고 했다.

"흠, 일단은 따뜻하게 해 주자. 꽃샘추위인지 어젯밤에 갑자기 추워지던데."

겐조가 혼잣말처럼 중얼거리자 유키는 "앗!" 하고 작게 소리를 질렀다. 그러고 보니 어젯밤 깜빡했는지, 아침에 식당 유리창 하나가 열려 있었다고 말했다. 혈색이 돌아온 유키의 얼굴은 막 씻은 어린 계집아이의 얼굴 같았다.

"유키, 이 녀석은 내게 맡기고 가게로 돌아가. 일을 해야 하잖아. 자신은 없지만 할 수 있는 건 해 볼게. 점심시간에라도 와 보렴."

겐조는 그렇게 말하고 유키를 돌려보냈다. 부탁한다며 몇 번이나 고개를 숙이던 유키는 뒤돌아보기를 반복하며 산을 내려갔다.

또 이런 귀찮은 일을 맡아 버렸어. 하찮은 새의 생명을 맡아 들고 쩔쩔매고 있는 게 짜증 났다. 그 꼴 보기 싫은 '마음 착한 동물 애호가' 흉내를 내다니……. 난 어부다. 수렵을 하는 것이 내 일인데. 이게 뭐하는 짓인가. 팽이상어로 불릴 만큼 거친 내가!

스스로를 조롱하고 비웃는 눈과는 달리, 겐조의 손은 열심히 새의 몸을 따뜻하게 해 주고 있었다. 이봐, 죽지 마. 네가 죽으면 그 하얀 찹쌀 경단처럼 생긴 아가씨가 슬퍼하잖아. 힘내……. 간절한 마음을 손에 담아 끈기 있게 작은 새를 문질렀다. 자신은 깨닫지 못했지만 겐조는 치료의 근본적인 행위를 무의식중에 반복하고 있었다.

유키는 식당이 바쁜 시간이 한차례 끝나자 늦은 점심시간에 숨을 헐떡이며 다시 찾아왔다. 유키는 그곳에서 기적을 봤다. 카나리아는 다시 숨을 쉬었고, 새장 속 홰에서 동그랗고 새까만 눈을 크게 뜬 채 가냘픈 소리로 울고 있었다.

대오리로 만든 낡은 새장에 까만색 작은 전구가 불을 밝히고 있었다. 오래된 작은 10와트 전구를 먹으로 칠한 것이다. 하나는 새장 천장에 매달려 있었고, 또 하나는 천을 깐 바닥에 놓여 있었다. 전구를 까맣게 칠한 것은 새가 쉴 수 있도록 한 배려였다. 천을 덮은 새장은 기분 좋은 온실이었고, 어두컴컴해서 편하게 쉴 수 있는 침실이었다. 또한 알전구를 달아 바닥에 은은한 조명이 들어오게 한 새장은 전원을 켜면 작은 새가 노래하는 크리스마스 장식처럼도 보였다.

"이 새장을 그대로 들고 가렴. 집에 가져가서 전기를 켜 주고, 하루 이틀 상태를 지켜봐."

유키는 겐조에게 안길 듯 다가와 인사했다. 그 자그마한 몸 전체로

기쁨을 표현하며 눈을 빛내는 유키는 신기한 새장을 질리지도 않고
바라보았다. 카나리아를 되살린 신기한 장치에 진심으로 놀라고 감
사하는 듯했다. 어쩌면 이 어설픈 의료 효과에 겐조 자신이 더 놀랐
는지도 모른다.

　그 일이 있은 후 유키는 거의 매일 겐조의 오두막에 찾아오게 되었
다. 오두막을 찾아온다기보다 오두막 옆 새 우리에 먹이를 들고 찾아
왔다. 식당에서 남은 사과, 양배추, 콩과 잡곡, 빵, 소시지 그리고 말
린 밥…… 새가 먹을 만한 온갖 것을 갖고 와서 새 우리의 먹이 테이
블에 놓아두었다. 겐조가 하루, 또는 이삼일씩 근해에 어업을 떠난
날에도 찾아와서 새를 보살펴 주고 우리를 청소해 주었다.

　카나리아를 살려 준 것에 대한 보답도 있었겠지만 유키는 들새들
의 작은 낙원에 강렬하게 마음을 빼앗긴 듯했다.

　겐조도 유키도 말수가 많은 편은 아니었지만, 그래도 가끔은 일상
적인 대화를 나누곤 했다.

　"새를 좋아하죠?"

　밝은 햇살을 받으며 색색의 다양한 새들이 노래하고 날갯짓하고
양지에서 조는 모습을 바라보면서 어느 날 유키가 말했다.

　"그렇지도 않아."

　뜻밖의 대답에 유키가 돌아보았다.

　"거짓말. 아니라면 새들한테 왜 이렇게 잘해 주는데요?"

　"모르지. 키워서 잡아먹으려는지도."

　유키의 놀란 표정을 본 겐조가 이리처럼 하얀 이를 드러내 보였다.

　"거짓말인 거 알아요……. 당신을 무서워하는 사람도 있지만, 사

실은 착한 사람이란 걸 난 안다고요."

겐조는 예상치 못한 말에 놀라 멈칫했지만 태연한 척하며 말했다. "쳇, 너 같은 꼬마 아가씨에게 그런 소리를 듣다니 나도 다됐군."

그리고 보니 겐조는 언제부턴가 총을 들고 새 사냥을 하지 않았다. 실력 좋은 사수였던 겐조가 총이 녹슬 정도로 사냥을 멀리하고 있었던 것이다.

그렇게 해서 유키는 겐조의 새들에게는 없어서는 안 될 사람이 되었다. 작년 봄부터 가을까지의 원양어업 동안에도 이 낙원에 느닷없이 나타난 천사에게 새들을 맡기고 걱정 없이 출어할 수 있었다.

두 사람의 담담한 교류가 이어졌다. 둘은 나이 차이가 많이 나는 오누이처럼도 보였다. 무뚝뚝하고 별난 사람들끼리의 온화하고 따뜻한 신뢰가 있는 관계였다.

그리고 이번의 이 원양어업도 그녀에게 뒤를 부탁하고 떠나온 터였다. 배가 항구를 떠나는 날, 배웅 나온 유키에게 겐조가 말했다.

"카나리아도 너도 감기 들지 마. 내 손으로 따뜻하게 해 줄 수 없으니까."

얼굴이 새빨개진 유키에게 싱긋 웃어 보인 게 마지막이 되었다고 겐조는 생각했다. 최근 1년 동안에 부쩍 커진 유키의 몸이 묘하게 눈부셨던 것을 떠올렸다.

살아 돌아가서 다시 한번 유키의 얼굴을 보고 싶다는 강렬한 바람이 갑자기 겐조를 뜨겁게 했다.

4

파도 위에서 겐조는 다시 몸을 뒤집었다.

"좋아, 살아남아야지 않겠나!"

겐조는 소리를 내어 자신에게 말했다. 나도 팽이상어라고 불린 남자다. 반항 한 번 못 해 보고 죽는다면 체면이 안 서지. 힘이 다할 때까지 헤엄쳐 주겠어. 그게 육지에서 멀어지는 일이 된다고 해도 그냥 떠다니다 죽는 것보다는 낫지. '아무것도 안 하는 것보다 낫다'는 아버지의 입버릇이었다.

마을 최고의 어부였으며 겐조 이상으로 거칠고, 멧돼지 사냥의 명수였던, 지금은 고인이 된 겐조의 아버지는 낡은 단발총의 기다란 총신을 손질하면서 말씀하셨다.

"녀석들도 멈춰 있을 때 총을 맞기보다는 달릴 때 맞는 편을 바랄 게다."

아버지는 달리는 멧돼지만 쏘았다. 당신 자신도 달리듯 살다 돌아가셨다. 예순을 넘긴 몸으로 조난자를 구하려다 파도에 휩쓸린 채 사라졌다.

죽을 때까지는 살아 주겠어! 겐조는 천천히 헤엄치기 시작했다. 해가 기울고 바람이 일기 시작하더니 얼마 지나지 않아 뒤에서 쫓아온 스콜이 지나갔다.

비가 수면을 격렬하게 내리치면서 생긴 물마루가 언뜻 수많은 상어의 등지느러미로 보여 겐조는 긴장했다. 상어와 마주치지 않았던 행운을 그제야 깨달았다. 배에서 떨어졌을 때도 스친 상처 하나 입지 않아서 겐조의 단단하고 매끄러운 나체는 상어를 부를 피 한 방울도 흘리지 않았던 것이다.

비가 한차례 내리고 미풍이 불자 몸이 조금 편해지고 힘이 났다. 겐조는 파도를 젓고 물을 박차는, 오로지 그 행동만을 반복했다.

나는 어부로서 어느 정도의 수준이었을까 하는 의문이 문득 겐조의 머릿속에 스쳤다. 건강하고 끈기가 있고 투쟁심이 넘쳐서, 사냥감을 쫓는 강렬한 수렵 욕구는 자타가 공인하는 부분이다. 그러면서도 어쩔 때는 굉장히 초연할 때가 있다. 다른 사람들은 모르지만 대상에 따라 기복이 있는 것이다.

가다랑어와 고등어 떼를 만나면 아수라처럼 달려들지만, 휴일에 강에서 잡은 피라미는 놓아준다. 아무에게도 알려지지 않은 메추라기 사냥터를 발견해도 전부 잡아 버리지 않고 반드시 두세 쌍은 남겨 둔다…… 철저한 어렵 정신은 아직 부족해서 제 몫을 한다고 볼 수 없을지도 모르겠다고 겐조는 생각했다. 오본 축제의 윤무를 훼방하려고 이웃 어촌의 난폭한 인간 여남은 명이 떼를 지어 몰려왔을 때 겐조 혼자 그 무리에 뛰어들어 그 절반의 코를 뭉개 버리고 턱을 부수고 팔과 갈빗대를 부러뜨린 적도 있다. 하지만 자기보다 작고 약한 자에게 폭력을 휘두른 적은 한 번도 없었다.

겐조는 강한 상대에게는 흉포할 만큼 투지를 보이지만 약하고 작은 상대에게는 완전히 전의를 상실하는 성향이 있었다. 게다가 자신은 몰랐지만 겐조는 태생적으로 생명이 있는 모든 것에 연민이랄까 측은지심을 갖고 있었다.

바다는 다시 감청색 하늘을 비추며 끝없이 펼쳐져 있었다. 아무것도 없는 하늘과 바다의 막막한 분위기가 남은 불씨를 새로 지피려던 겐조의 투지를 어르고 달래며 천천히 빼앗아 가는 듯했다. 수마가 집요하게 겐조를 유혹하기 시작했다.

그때였다. 겐조는 파도 너머로 새 한 마리가 서 있는 것을 보았다. 떠 있는 것이 아니라 두 다리로 서 있는 것이다. 마침내 환각을 보기 시작했나 하고 겐조는 머리를 흔들었다. 눈을 굳게 감았다가 다시 떠 보았다. 커다랗고 거무스름한 새가 무언가를 붙잡은 채 고개를 들고 가슴을 젖힌 채 파도 너머를 응시하고 있었다.

군함새였다. 유달리 큰 몸집의 군함새가 떠내려가는 나무에 서 있는 듯했다.

"살았다!"

겐조를 덮쳤던 졸음은 순식간에 사라졌다. 겐조는 하늘의 선물이라고 생각했다. 지금의 겐조에게 붙잡고 떠 있을 만한 물건보다 고마운 것은 없었다. 겐조는 힘을 쥐어짜 그쪽으로 헤엄쳤다. 새는 냉랭한 갈색 눈으로 겐조를 힐끗 보았지만 도망가려는 기색도 없이 먼 곳을 날카롭게 노려보고 있었다.

나무에 다가간 겐조는 그곳에서 이상한 것을 보고 소스라치게 놀랐다. 순간 개의 얼굴이라고 생각했다. 커다란 널빤지 한가운데에 물에 젖은 흑갈색 래브라도의 머리가 올려 있는 것처럼 보였다. 총에 맞고 물에 떨어진 오리를 헤엄쳐서 회수해 오는 레트리버종인 거대한 래브라도로 보였던 것이다.

심장이 얼어붙는 듯한 놀람이 진정되고 보니 그 미끌미끌하고 기묘한 것은 다름 아닌 거북의 머리였다. 거대한 거북이 쭉 내민 머리를 널빤지 위에 떡하니 올린 채 헤엄치고 있는 것이다. 수면 위로 나타났다 사라졌다 하는 그 거북이 등딱지의 크기에 겐조는 경탄했다. 다가가 보니 거북은 겐조보다 훨씬 큰, 2미터를 넘는 괴상한 생명체였다.

거북은 천천히 눈을 한 번 깜박인 듯 보였다. 무거워 보이는 눈꺼풀 안, 깊은 우수에 젖은 커다란 동전 같은 눈은 겐조를 보고도 아무런 반응이 없었다. 인간을 두려워하기에는 거북의 몸이 너무 컸고, 신비한 지혜와 힘을 담고 있는 것 같았다.

폭 40센티미터, 길이 2미터 정도의 두꺼운 널빤지는 배에서 떨어져 나온 것 같았다. 한쪽 끝은 꺾어서 부러진 것처럼 뾰족뾰족 거칠었지만 반대쪽은 다른 널빤지와 조립되는 부분이었는지 오목하게 깎여 있었다. 풍랑에 마모돼 끝이 뭉툭했고, 거뭇거뭇 매끄럽고 무거웠다. 오목하게 깎인 쪽에 각 변이 5센티미터 정도의 짧은 각재가 튀어나와 있었다. 군함조는 노란 다리로 그 돌기를 붙잡고 널빤지 위에 멈춰 있었다. 그리고 거북은 널빤지 중앙에 고개를 기대고 느긋하게 유영하고 있었다.

"거북의 베개다!"

겐조는 탄성을 질렀다. 마을의 나이 든 어부에게 거북의 베개에 대해 들은 적이 있었다. 그 늙은 어부는 젊었을 때 원정을 나갔다가 배 위에서 그것을 봤다고 했다. 어마어마하게 큰 바다거북이 떠내려온 나무를 베개처럼 베고 헤엄치는 것을 봤다는 것이다. 그 어부 역시 옛날 사람에게 들어서 '거북의 베개'라는 말도, 그런 현상이 실재한다는 것도 이미 알고 있었다. 거북의 베개는 그것을 소유한 사람에게 엄청난 행운을 가져다주는 영험 있는 부적이라고 들었다.

어부는 그 널빤지를 어떻게 해서든 갖고 싶었다. 거북에게서 빼앗아 가지고 가야겠다고 생각했다. 하지만 결국 그렇게 하지 않았다.

"거북이 녀석이 너무 편안해 보여서……."

널빤지를 뺏기가 꺼려졌다고 했다. 생각해 보면 아까운 마음이 들면서도 그렇게 하길 잘했다는 마음도 들지……. 겐조에게 그렇게 이야기해 준 마을 노인은 주름 속의 주름 같은 작은 눈을 촉촉하게 적시며 먼바다의 먼 옛날을 떠올렸다.

아, 이게 그 거북의 베개라는 것인가. 평생을 바다에서 보낸 어부조차 본 사람이 몇 안 된다는데, 나는 지금 그 광경을 눈앞에서 보고 만지고 도움을 받으려 하고 있다……. 겐조는 그 사실에 감동했다.

겐조는 조심스럽게 널빤지 끝을 잡았다. 군함조는 자리를 다시 잡듯 다리를 살짝 고쳐 디디고 몸을 한차례 흔들 뿐이었다. 새도 거북도 겐조를 무시하는 듯했다.

"미안. 나도 붙잡게 해 주렴."

겐조는 그렇게 말하고 선참자에게 인사했다.

두께 6센티미터 정도의 널빤지는 묵직한 안정감이 있어서 겐조의 체중 따위는 문제 되지 않는 것 같았다. 겐조는 널빤지를 껴안고 거북이처럼 머리를 올린 후 거북이 쪽으로 고개를 향했다.

그것은 신비한 정경이었다. 한 장의 널빤지에 군함조와 바다거북과 인간이 함께 타고 항해를 하는 것이다.

"어이, 거북이 대장. 자네는 장수거북이지?"

겐조는 거북에게 말을 걸었다.

"거북의 장수壽라서 장수거북인가? 그럴 것 같군. 어떻게 봐도 거
북의 왕이야. 아니, 여왕인가……."

겐조는 열여덟 살 때부터 배를 타서 이미 10여 년이 되었다. 커다
란 바다거북을 몇 번 본 적은 있었다. 1미터를 넘는 푸른바다거북을
본 적도 있다. 이곳 말레이시아 부근의 바다에 바다거북의 세계에서
도 최대급 거북이 있다는 이야기는 들었다. 2미터를 넘고 3미터 가까
이 되는 것도 있으며 체중은 4, 5백 킬로그램이나 된다고 한다.

이 녀석이 그 거북이야. 그 바다거북이 틀림없어. 겐조는 생각했
다. 겐조는 흑단의 나뭇결을 아름답게 살려 수공한 골동 가구 같은
짙은 색 등딱지에 마음을 빼앗겼다. 겐조는 거북에게 진심 어린 경의
와 친밀감을 느꼈다.

5

군함조가 갑자기 날아올랐다. 흑갈색 날개와 등과 달리 희고 깨끗
한 배를 보이며 날았다. 길고 끝이 뾰족한 커다란 날개를 〈 모양으
로 굽히고, 연미복 뒷자락처럼 깊게 갈라진 꽁지를 쭉 편 채 비행하
는 모습은 늠름하고 아름다웠다.

군함조는 날개를 펴고 글라이딩하면서 크게 선회했다. 물고기를
노리고 있다고 생각한 순간, 새는 검을 번쩍 쳐들듯 꼬리날개를 올리

고 급강하해 첨벙하고 물보라를 일으키며 수면을 찔렀다.

"성공이다!"

겐조는 자신도 모르게 소리를 질렀다. 군함조는 물고기를 물고 포물선을 그리며 날아올랐다. 상공에서 방향을 바꾼 순간 물고기가 반짝였다. 새는 일직선으로 내려와서 널빤지 위에 멈췄다. 끝부분이 갈고리로 된 날카로운 부리로 물고기를 고쳐 물고는 널빤지 위에 휘익 내동댕이쳤다. 그리고 널빤지에 떨어뜨린 물고기는 쳐다보지도 않고 다시 날아갔다.

수확물은 역시 날치였다. 날치는 짙푸른 바닷물에 물든 것처럼, 눈이 번쩍 뜨일 만큼 푸르른 몸을 눕힌 채 놀란 눈을 끄게 뜨고 움직이지 않았다.

겐조는 군함조의 옅은 황갈색 목과, 목에서 꼬리를 향해 역 하트 모양을 그리고 있는 하얀 배를 올려다보면서, 녀석이 배가 고프지 않다는 것을 알아챘다. 그러고 보니 이 녀석은 다른 새의 사냥감을 낚아채는 습성이 있는 새였다. 호전적이고 사냥 욕구가 강한 새로, 사냥 자체를 즐기는 것이다.

군함조는 상공에서 날갯짓을 멈추고 W 자 형태로 날개를 펼친 채 원을 그렸다. 그리고 다시 거꾸로 급강하했다. 날치가 튀어 올랐다가 낮게 날며 도망가는 모습이 보였다. 새는 물고기를 놓치고 화가 난 듯 거칠게 날개를 펄럭이며 날아올라 선회하고는, 다시 목표물을 향해 쏜살같이 물에 뛰어들었다. 되돌아온 새는 물고 온 물고기를 널빤지에 떨어뜨린 후 다시 날아갔다. 아무리 보고 있어도 질리지 않는 모습이었다.

잊고 있던 공복감이 느닷없이 밀려왔다. 겐조는 눈앞의 물고기를 쥐었다. 작지만 탱탱하게 살이 오른 날치를 바닷물에 살짝 씻고는 한 쪽 배를 깨물었다. 첫 살점이 목을 통과하는 순간, 강렬한 현기증 같은 것이 느껴졌다. 두 마리째는 손가락과 손톱을 써서 대가리를 떼어 내고 배를 갈라 내장을 꺼낸 다음 껍질을 벗겼다. 단단하게 수축한 살점을 이번에는 천천히 씹어서 먹었다. 그제야 날치의 맛이 느껴졌다. 담백하면서도 진한 맛에, 여기에 미소 한 주걱만 있었으면 하는 생각이 절로 들었다. 미소 양념 다타키, 초된장을 곁들인 막회, 생선 구이…….

겐조는 날치의 훈제 풍미를 떠올렸다. 양철 깡통으로 만든 화덕에 소금 간을 한 날치를 매달고, 벚나무 숯으로 연기를 쐬어 만든 수제 훈제의 그 깊은 맛이 머리를 가득 채웠다. 바닷물과 연기의 향을 씹는 듯한 맛이 나는 물고기를 안주로 바다를 내려다보면서 한잔할 때의 소박한 도취감이 미친 듯이 그리웠다.

배를 채워서인지, 고향을 떠올렸기 때문인지, 겐조는 다시 몸에 기운이 솟는 느낌이 들었다. 문득, 자신이 새의 먹이를 먹고 살아났다는 사실을 깨달았다. 그것도 다른 새의 먹이를 가로채는 군함조의 수확물을 훔친 것이다. 뭔가 해적의 물건을 가로챈 것 같아 우스웠다. 새에게 먹이를 줬어도 새에게 먹이를 얻어먹게 되리라고는 생각도 못 했군……. 겐조는 웃었다.

겐조의 온몸이 다시 졸음으로 나른해졌다. 겐조는 문득, 지금 거북의 등에 탈 수 있으면 좋겠다고 생각했다. 다다미 한 장 크기의 저 매끄러운 등딱지에 엎드려 있을 수 있다면 얼마나 쾌적할까 생각했다.

시도해 볼 생각에 겐조는 바다거북에게 다가가 등딱지에 손을 얹어 보았다. 거북은 마치 겐조 따위는 안중에도 없다는 듯 서글퍼 보이는 그 눈을 움직이지도 않고 태연자약하게 묵직한 헤엄을 칠 뿐이었다. 거북은 두툼한 노처럼 굵고 늠름한 앞다리로 천천히, 그러나 쉬지 않고 물을 헤치고 있었다.

"뻔뻔한 부탁이지만 너의 그 아름다운 등에 날 태워 줄 수 없을까? 부탁할게."

겐조는 애원하듯 거북에게 속삭였다. 손을 대어 보니 등딱지 가장자리와 뒤쪽에 따개비가 빼곡하게 붙어 있었다. 조개껍질에 손을 베지 않도록 조심하면서 거북의 등에 기어올랐다. 거북의 몸이 조금 기울었다.

딱딱하지도 차갑지도 않은 바다거북의 커다란 등에는 가죽 안장 같은 온기가 있었다. 대모갑의 딱딱함이 아닌, 오히려 밍크 오일을 충분하게 먹인 튼튼한 가죽 제품의 감촉이었다. 등 중간부터 아래쪽으로 나지막한 삼각형의 혹 같은 돌기가 있었다. 정말로 왕좌의 위풍이었고, 제왕의 긴 의자에서 느껴지는 안락함이 있었다.

겐조는 엎드린 자세로 등딱지를 껴안고 손발을 길게 뻗었다. 몸이 아주 조금 가라앉았지만 겐조를 태우고도 바다거북은 태연하고 차분하게 헤엄쳤다.

"고마워. 신세를 지네."

겐조는 등딱지를 쓰다듬으며 거북에게 말했다.

"넌 참 따뜻하고 크구나……."

거북의 우수에 찬 눈에 눈물이 맺힌 듯 보였다.

"넌 내 생의 몇 배를 살아왔고, 몇 배의 애처로운 것을 보아 왔겠구
나. 그래서 그렇게 우울한 눈빛을 하고 있겠지."

온몸에 안도감이 물밀 듯이 밀려와 몸의 근육을 이완시켰다. 겐조
는 멍하니 무언가와 닮았다는 생각을 했다. 이렇게 거북의 등에 엎드
려 안도하는 느낌과 꼭 닮은 그리운 기억이 있었다.

"아, 엄마! 엄마의 등이야."

겐조는 생각을 떠올렸다.

겐조는 어렸을 때, 다다미에 엎드려 잡지 같은 걸 읽고 있는 어머
니의 등에 자주 올라탔었다. 살집이 있는 넓고 따뜻한 엄마의 등에
달라붙어 어머니의 하얀 목덜미에 흐트러진 머리카락에 얼굴을 묻고
가만히 있는 것을 좋아했다. 어머니의 보드라운 피부와 머리카락 냄
새를 떠올리자 겐조의 가슴이 뜨거워졌다.

겐조의 어머니는 기슈 지방의 여성들이 흔히 그렇듯 몸집이 크고
피부가 하얀 여성이었다. 두툼한 어깨도 풍만한 가슴도 새하얀 색이
었다. 화장기 하나 없었지만, 눈에 요염한 표정이 있어서 남자들이
좋아하는 얼굴이었다. 쾌활하고 대범하고 부지런한 사람이었고, 자
주 가늘고 흰 목을 젖히고 웃었다.

그런 어머니가 언젠가 눈물을 흘린 적이 있었다……. 겐조는 아득
한 과거의 어느 날을 떠올렸다. 평상시처럼 어머니의 등에서 꼼지락
거리고 있다가 어머니의 볼에 한 줄기 눈물이 흐르는 것을 알아차렸
다. 어머니는 낮은 목소리로 노래하며 울고 있었다. 바다에 나가 몇
달이나 돌아오지 않는 남편을 걱정한 눈물이었는지, 외로움에 흘린
눈물인지, 풍부한 감성 탓에 좋아하는 노래를 듣고 흘린 눈물인지는

알 수 없었지만 의도치 않게 보아 버린 어머니의 눈물은 겐조의 어린 마음을 아프게 했다. 한없이 불안하고 슬픈 느낌을 받았다.

겐조는 지금 다시, 어머니의 배 속으로 돌아가 따뜻한 양수의 바다에 흔들리며 더없이 행복한 잠에 빠져 있었다.

얼굴을 씻기는 파도에 겐조는 문득 잠에서 깼다. 역시 거북의 등 위였고, 거북의 베개에 군함조가 서 있었다. 어느 정도나 잤을까? 겨우 몇 분인 것 같기도 했고, 수십 분처럼도 느껴진다. 겐조는 몸속에 생기가 되살아나는 것을 느꼈다.

그렇게나 맹렬하게 타오르던 태양도 정점을 지나 붉은 기운을 띠며 누그러져 있었다. 나아가는 방향의 낮은 하늘에 흐릿하게 밝은 지점이 보였고, 수평선 위에 옅은 보라색의 나지막한 기복이 있었다.

겐조는 거북의 등에서 몸을 벌떡 일으켰다. 비구름인가 싶었는데 구름처럼 형태가 바뀌지 않았다. 비구름이라면 어슴푸레한 후광 같은 빛을 등지고 있지는 않을 것이다.

"육지다!"

겐조는 뛰어오르며 소리쳤다. 섬이다! 아니, 좀 더 큰 육지다! "살았다. 살았어." 겐조는 소리를 질러 자신에게 알리고, 거북에게 알리고, 새에게 얘기했다.

겐조는 거북의 등에서 다시 바다로 미끄러져 내려갔다. 거북의 베개에 손을 얹고 힘껏 물을 박차기 시작했다. 조류를 타고 느긋하게 헤엄치는, 서두르지 않는 거북의 속도가 답답해서 조금이라도 빨리 육지에 다가가려고 했다. 해가 지기 시작하면서 점점 농도가 짙어지는 육지에 바늘로 찌른 듯한 빛이 점점이 보이기 시작했다. 아, 저건 사람이 밝히는 등불이다……. 설레는 마음 한편에 문득 깨달은 것이 있었다. 그렇구나. 이 거북은 산란을 위해 해변을 향하고 있었구나. 그래, 이 녀석은 달이 뜨지 않는 해변의 사막에 탁구공 같은 동그랗고 예쁜 알을 한 번에 칠팔십 개나 낳는 녀석이었지. 육지가 길고 거뭇거뭇한 모습으로 다가왔다.

갑자기 군함조가 날아올랐다. 마치 뱃머리에 장식된 엠블럼처럼 냉정한 눈으로 앞을 바라보며 꼼짝 않던 군함조가 석양의 하늘로 높이 날아올라 겐조의 머리 위에서 원을 한 번 그린 후 몸을 기울여 해안가를 따라 멀어져 갔다.

바다거북이 느릿느릿 고개를 들어 베개에서 떨어지더니 널빤지를 휙 밀어내듯 멀어져 갔다. 바다거북은 늘어진 두툼한 눈꺼풀을 피곤한 듯 한 번 깜빡였다. 천천히 그 거구의 방향을 바꿔 군함조를 뒤쫓듯 붉은 파도 사이로 멀어졌다.

"이봐, 뭐야. 육지로 가는 게 아니었어?"

겐조는 놀라서 황급히 바다거북과 군함조를 불러 보았다.

새도 거북도 이미 모습이 보이지 않았고, 해는 몸을 떨며 조심스럽게 바다에 잠겨 갔다.

"그런가. 너희는 나를 이곳에 데려다준 것이었나."

생각해 보면 신기한 일이었다. 믿기 어려운 일이었다. 군함조는 멀리 볼 수 있는 수로 안내자 같았고, 바다거북은 노련한 사공 같았다……. 녀석들, 이별 인사까지 하다니……. 겐조는 햇볕에 화상을 입어 부풀어 오른 얼굴에 웃음을 지으며 진심을 담아 중얼거렸다.

"고마워. 덕분에 살았어."

에필로그

노인은 미소를 지으며 잠에서 깼다. 따뜻한 담요 속의 여윈 몸을 움직여 고개를 들고 창밖을 보았다. 안개가 걷히고 씻은 듯 깨끗해진 하늘에 등대가 하얗게 우뚝 솟아 있었다.

노인은 알고 있었다. 비바람을 견디고 기다리면 이윽고 구름 사이로 햇살이 비치기 시작한다는 사실을. 비바람이 몰아치던 때가 거짓말처럼 느껴지는 따뜻하고 온화한 날이 다시 이어지는 것이다. 그런 일을 이미 수십 번도 더 경험했다……. 그로부터 50년이나 살았다. 수명은 하늘이 정하는 것이지만 이미 충분히 살았다.

노인은 눈물이 글썽이는 눈을 창문에서 벽으로 천천히 옮겼다. 폐자재 같은 오래된 널빤지가 세워져 있었고, 썩어 가는 그 나무 위로 부드러운 햇살이 비치고 있었다.

제6화 **디코이와 분타** デコイとブンタ

1

보라색을 아주 살짝 섞은 젖빛의, 얇은 날개옷 같은 아침 안개를 가르며 총성이 울렸다. 둘, 셋, 넷, 다섯⋯⋯. 나는 몸의 절반이 흙탕물에 잠긴 채 그 총성을 듣고 있었다.

또 연못의 오리가 총을 맞은 걸까. 아까 총을 든 남자들이 개를 끌고 이 주변에서 연못을 향해 흩어져 갔다. 자주 있는 일이고, 이가 갈릴 만큼 분했지만 어쩌지도 못한 채 그냥 쓰러져 있을 뿐이었다.

바다가 가까운 이 연못에는 아주 다양한 오리들이 찾아와 쉬고 간다. 주변을 흐르는 강 너머로 주거 단지도 있어서, 이곳은 당연히 사냥 금지 구역이다. 금지 구역임을 알리는 빨간 표지판도 이 숲 곳곳에 세워져 있다. 녀석들은 그 사실을 충분히 알면서도, 때때로 이렇게 차를 타고 와서 마구잡이로 쏴 댄 연못의 오리들을 개를 이용해 회수한 후 재빨리 철수하는 것이다.

숲 쪽에서 남자들의 비열한 웃음소리가 들렸다. 검정개가 짧은 털과 두툼한 꼬리의 촘촘하고 두꺼운 털에서 물방울을 떨어뜨리며 내 옆을 지나갔다. 밀렵꾼 몇 명이 거리낌 없는 커다란 목소리로 이야기하면서 다가왔다.

"어이, 자네 허리춤에 매단 그건 원앙이 아닌가?"

"오호, 이게 원앙이라는 녀석이었군."

"원앙은 보호조야. 쏘면 안 되는 오리라고. 게다가 그 두 마리는 의좋은 한 쌍이야."

"그래서 뭐 어떻다고? 어차피 이곳은 금지 구역이라고. 엽총 금지 구역에서 총을 쏴 대면서 살충제니 모기약이니 따지나?"

"그건 그렇지만. 검문에 걸리면 시끄러워지잖나. 차에 싣기 전에 날개를 뜯어 버려."

"알았어……. 이 녀석들이 말이야, 물 위로 뻗은 나뭇가지에 앉아 있더라고. 먼저 색깔이 화려한 쪽을 쐈거든. 그런데 다른 한 녀석이 그 주변을 맴돌 뿐 도망가질 않는 거야."

"그게 원앙이야. 원앙처럼 부부 사이가 좋다고 하잖나. 정이 깊어. 자네 집과는 차원이 다르지. 암컷은 수컷이 총을 맞아도 짝꿍을 떠나려 하지 않아. 그래서 결국 자기도 총을 맞지."

"우리 마누라한테 그 얘기 좀 해 줘 보지."

"그런데 반대로 암컷이 맞으면 수컷은 잽싸게 도망가 버리지만."

남자들은 원앙과 두세 마리의 쇠오리를 덜렁덜렁 들고 지나갔다.

동료에게 뒤처진 한 남자가 끊임없이 총을 찰칵거리며 다가왔다. 혀를 끌끌 차고 제기랄 하고 욕을 해 대면서 힘껏 총대 앞부분을 당겼다. 빨간 플라스틱 탄피가 하나 튕겨 나와 데굴데굴 굴러서 내 눈앞에 멈췄다. 화약 냄새가 확 풍겼다. 남자가 갑자기 멈춰 서더니 나를 들여다보았다.

"뭐야, 이건?" 그는 그렇게 중얼거리며 쳇 하고 콧방귀를 뀌더니 흙 묻은 신발 끝으로 나를 한 번 걷어차고 사라졌다. 덕분에 나는 흙탕물에서 굴러 나와 똑바로 누웠다.

나는 디코이, 오리 디코이다. 아니, 전직 디코이라고 해야 할까.

미끼용 새, 덫, 오리를 유인하려고 만든 나무 오리, 오리를 닮은 목각……. 어떻게 표현해도 딱 와닿지 않는다. 어차피 음지의 존재다.

오리가 모이는 강과 연못 수면에 사냥꾼이 띄우는 가짜 오리다. 동료가 있다고 안심하고 물 위에 내려앉은 오리를 뒤에 숨어 있던 사냥꾼이 총으로 쏜다. 오리도 미끼용 새도 싸잡아서 쏴 댄다. 그래서 디코이의 몸에는 수많은 납 탄이 박혀 있다. 눈이 찌그러지고 부리 끝은 날아가고 꼬리는 떨어져 나간다. 갈라지고 금이 간 몸 위에 다시 페인트가 칠해진다.

나도 버젓한 청둥오리였지만 다시 칠해지면서 흰뺨검둥오리 비슷하게 되었다가, 마침내 형태만 오리일 뿐 정체불명의 색깔로 덧칠해졌다. 지금의 나는 그 천박한 까마귀처럼 새까만, 타다 남은 숯덩이 같은 것이 되어 버렸다.

작년 가을, 프로 밀렵꾼인 내 주인이 이 연못에서 나를 사용하고 그대로 버렸다. 그래도 그때는 물 위에 떠 있었는데, 어느새 연못 가장자리로 떠밀려 났다.

최근 1년 사이에 연못은 급격하게 말랐고, 물도 숲도 황폐해졌다. 소형 트럭에 진흙과 쓰레기를 마구잡이로 싣고 와 불법 투기하고 가는 놈, 꽃이 피는 예쁜 나무를 뿌리째 파서 훔쳐 가는 놈, 곧게 뻗은 나무를 베어 가는 놈……. 그런 인간들이 늘어난 탓인지 연못의 물이 마르기 시작하면서 과거 물가였던 이 주변도 바싹 말라 버렸고, 나는 이렇게 비스듬하게 기울어진 채 꼼짝도 못하고 진흙에 파묻혔다.

다시 그 땅울림이 일었다. 땅속 깊고 깊은 곳에서 갑자기 무시무시하게 큰 구멍이 생겨 수백만 톤의 토사와 물이 떨어져 빨려 들어가듯 배 속까지 울리는 소리가 났다. 기분 탓이라고 생각하려고 했다. 이미 완전히 쓸모없게 된 내 오감이 부서지는 소리인지도 모른다.

하지만 멀리서 울리는 이 소리가 들린 후에는 늘 대야를 흔든 것처럼 연못의 수면이 요동치며 물이 철썩철썩 파도치고 튀어 오르는 소리가 나기 시작했다.

지구가 화를 내고 있다고 생각했다. 너무도 방만하고 뻔뻔한 인간의 행동에 분노를 참지 못하고 바다도 대지도 화가 나서 본때를 한 번 보여 주겠다고 꿈틀꿈틀 움직이기 시작한 것이라고 나는 생각했다……. 참 꼴 보기 싫은 세상이다.

비스듬히 비치는 아침 햇살 속에 피어오른 수증기가 흔들리며 사라졌다.

이번에는 조심스럽고 가볍고 부드러운 소리가 들렸다. 나는 땅바닥에 귀를 대었다. 밀렵꾼의 상스러운 발소리와는 전혀 달랐다. 두툼하게 쌓인 젖은 낙엽을 밟는 부드러운 발소리가 다가왔다.

눈을 들어 보니 숲 가장자리에서 작고 홀쭉한 남자아이가 혼자 다가오는 모습이 보였다. 점퍼 깃을 세우고 양손을 바지 주머니에 꽂은 채 조심스럽게 주위를 둘러보면서 하얀 입김을 뿜으며 다가왔다. 오랫동안 걸었는지 안경 쓴 창백한 얼굴의 뺨만 살짝 핑크빛으로 물들어 있었다. 한낮에도 어두컴컴한 숲 속의 이 연못에 가까이 오는 사람은 거의 없다. 더구나 이런 어린아이가 이런 시간에 혼자 찾아온 건 처음이었다.

아직 이 주변에 있을지도 모를 밀렵꾼이 마구잡이로 쏘아 대는 유탄에 맞지 않아야 할 텐데 하는 걱정이 조금 들었다.

"거기, 꼬맹이. 넌 누구니? 어디에서 왔니? 이런 곳에서 어슬렁거리면 위험하다고." 나는 무심코 말했지만 물론 들리지 않는다.

남자아이는 나를 발견하고 깜짝 놀란 듯 멈춰 섰다. 살며시 다가와서 나를 들여다보았다. 오늘 아침에만 벌써 두 번째다. 오늘은 유난히 사람 눈에 띄는 날이다.

나는 마땅찮은 얼굴로 입을 내밀고 딴 데로 눈을 돌렸다. 그런데 이럴 수가. 녀석이 나를 향해 빙긋 미소를 지었다. 그 웃는 얼굴이 뭐랄까, 정말 상냥했다. 이런 웃음을 대한 게 몇 년 만일까. 이전에는…… 하고 생각해 보았지만 기억나지 않는다. 아마도 첫 경험일 것이다.

나는 그 순간에 이 꼬맹이가 좋아졌다.

줄곧 인간을 싫어했던 내가 이 꼬맹이의 천진한 웃음에 저항 한 번 못 해 보고 빠져 버렸다.

2

꼬마는 쭈그리고 앉아서 손을 뻗어 나를 들어 올렸다. 그리고 내 몸에 말라붙은 진흙을 손바닥으로 문질러 떼어 냈다. 탄피를 발견하고 그것도 주웠다. 나를 무릎에 올리고 찌부러진 탄피를 손가락으로 펴서 상의 주머니에 넣었다. 꼬마는 나를 겨드랑이에 끼고 왔던 오솔길로 돌아가기 시작했다.

내 몸도 마음도 흔들리고 있었다. 이렇게 사람 손이 닿은 게 실로 1년 만이었다. 더구나 이전 주인의 더럽고 거친 울퉁불퉁한 손이 아니라, 작고 부드럽고 따뜻한 예쁜 손이다. 그리고 그 무시무시한 진흙탕 속에서 여하튼 탈출한 것이다.

숲길에는 썩은 나뭇잎의 습한 냄새가 강하게 감돌고 있었다. 꼬마는 느긋한 발걸음으로 주위의 온갖 것들을 둘러보며 걸었다.

숲을 빠져나온 꼬마가 둑을 달려 오르자 눈앞이 환하게 펼쳐졌다. 그곳은 강이었다. 넓은 강 건너편에서 하얗고 커다란 백로가 부드럽게 날아올랐다. 큭…… 생각나네. 이전 주인은 백로와 까마귀를 삶아도 구워도 먹을 수 없는 놈이라고 자주 말했었다. 그때마다 그건 바로 나를 두고 하는 말이 아닌가 하고 생각했었다.

겨울의 푸른 하늘과 하얀 구름을 비춘 강이 반짝반짝 빛을 내며 천천히 흐르고 있었다. 꼬마는 강가의 마른 풀을 뽑아 다발로 만들고는 물가에 쭈그려 앉았다. 꼬마는 나를 물에 담그고 즉석에서 만든 풀수세미로 북북 씻기 시작했다. 겨울 강물의 냉기에 나는 정신이 번쩍 드는 기분이었다.

진흙과 얼룩이 떨어지고 완전히 깨끗해진 나를 꼬마는 가만히 물에 띄웠다. 후박나무에 납을 잔뜩 넣고 만든 무거운 내 몸의 절반이 물에 푹 잠긴 채 훌륭하게 떴다. 아아! 이렇게 기분이 좋을 수가. 이 얼마 만의 일인가. 이렇게 깨끗한 물에 이렇게 떠 있는 게…….

나는 괴롭고 힘든 일을 겪는 건 익숙했지만 기쁘고 유쾌한 것에는 익숙하지 않았다. 조금 당황한 나는 꼬마를 눈부신 듯 올려보았다.

꼬마는 눈썹을 살짝 찡그리면서 건너편을 보았다. 건너편에서 둑으로 올라오는 길이 갑자기 소란스러워졌다는 생각을 할 틈도 없이, 마치 불쑥 솟아난 것처럼 많은 아이들이 나타났다. 아이들은 제각각 커다란 화판을 어깨에 걸거나 가슴에 껴안고 있었다. 강 너머의 초등학교 한 반에서 사생을 나온 것이리라. 꼬마는 나를 재빨리 물에서 건져 올리고 뒤돌아서 비탈길을 오르기 시작했다.

"앗, 분이 있다!"

건너편의 한 아이가 꼬마를 가리키며 외쳤다.

"진짜네. 분이다. 얘들아, 분이 저런 곳에서 땡땡이치고 있다!"

한 아이가 큰 소리로 친구들에게 알렸다.

"야, 분! 겁쟁이 가나분^{꽃무짓과의 곤충 풍이}, 학교에 와 봐. 실컷 괴롭혀 줄게."

"어이, 분 씨, 뭐라고 말 좀 해 봐. 못하지? 벙어리 바보야."

아이들은 제각각 목이 터져라 야유를 퍼부었다.

"와하하, 세븐, 일레븐, 요분^{'나머지'라는 뜻으로 따돌림당한 아이를 뜻한다. 일본어로 모두 끝 음절이 '분'으로 표기되며 아이들이 놀리며 하는 말.}"

나는 아이들이 하는 말의 의미를 잘 몰랐지만 그 악의만은 충분히 느껴졌다.

꼬마는 재빨리 둑을 넘었다. 이 아이의 이름이 '분'인 모양이다. 분의 얼굴은 뭔가 격한 감정을 억누르려는 긴장감으로 팽팽하게 굳어 있었다. 나는 나중에야 그 표정이 두려움도 분노도 아닌, 참을 수 없는 혐오감이 아니었을까 싶었다.

둑 위에는 좁은 길이 멀리까지 뻗어 있었고, 강의 흐름과 반대편 쪽 길은 나무와 덩굴이 빽빽하게 뒤덮인 위태로운 비탈길이었다. 분은 물에 젖은 나를 안고 비탈길을 오르기 시작했다. 키를 넘는 덤불이 분의 작은 몸을 순식간에 삼켰다. 창백하고 약해 보이는 이 아이는 이런 일에 익숙한 듯 한 팔로 나를 안고, 다른 손으로 덩굴과 풀과 조릿대를 헤치며 거침없이 나아갔다.

분도 나도 무언가 폭신한 물체에 머리를 박았다. 새 그물이었다. 덤불 속의 작은 새를 잡기 위해 나무와 나무 사이에 펼쳐 둔 촘촘한 검은색 그물이다. 이 역시 사용이 금지된 밀렵 도구다. 덤불 속 그물은 주변에 녹아들어 조금만 멀어지면 보이지 않는다. 그곳에 그물이 있다는 것을 사람도 새도 눈치채지 못한다.

그물에 작은 새 한 마리가 있었다. 새끼 촉새가 그물눈에 머리를 박고 축 처져 있었다. 분은 망을 손으로 끌어당겨 촉새가 걸려 있는 부분의 그물을 찢으려고 했다. 하지만 그물의 실은 가늘고 튼튼해서 좀처럼 찢어지지 않았다. 분은 개처럼 어금니로 실을 물어 끊었다.

분은 능숙하게 한 손으로 촉새를 쥐고, 다른 한 손으로 내 목을 잡고 다시 덤불에 머리를 박았다. 낮은 나뭇가지가 튕겨져 분의 머리를 찰싹 때렸고, 가시나무가 분의 손을 할퀴었다. 그래도 분은 겁먹지 않았다. 거침없이 나아가다 보니 환하게 펼쳐진 밝은 곳이 불쑥 나타났다. 머리 위에는 투명하게 갠 하늘만 있을 뿐이었다.

분은 나를 풀 위에 놓고 발을 땅에 단단히 디디고 서서 안정적인 자세를 취했다. 긁힌 상처에서 난 피로 얼룩진 양 손바닥 안에 새끼 촉새를 잠시 쉬게 해 주고 있는 듯했다. 그리고 살짝 반동을 주어 촉

새를 하늘로 던졌다. 까만 덩어리가 떨어지듯 보였지만 촉새는 순간 작은 날개를 활짝 펴고 옅은 노란색 배를 보이며 날아갔다.

나는 감탄했다. 언뜻 연약해 보이는 소년은 나무와 풀과 강과 숲의 자연 속에서 생동감 있고, 유연하게 움직이고, 느긋하게 호흡하는 야성이 있었다. 조금 전의 장난꾸러기 아이들이 말했던 겁쟁이 따위는 결코 아니었다.

분은 나를 안고 언덕 끝까지 걸었다. 그곳에는 제법 괜찮은 전망이 펼쳐져 있었다. 한낮의 햇살 속에 마을 모습이 환하고 뿌옇게 보였다. 그 너머에는 바다가 있을 것이다. 마을과 바다 사이의 하늘에 주변 풍경과는 동떨어진 느낌으로 유독 높이 솟아 있는 것이 있었다. 철골 탑과, 그 끝에 있는 엄청나게 커다란 둥근 원이. 우리는 바람을 맞으며 오랫동안 그것을 바라보았다.

분과 나는 언덕 위의 풀밭을 돌아갔다. 갑자기 수풀 속에서 마른 풀 색깔의 커다란 산토끼가 튀어나왔다. 분은 재빨리 주머니에서 빨간 탄피를 꺼냈다. 탄피 주둥이를 입술 밑에 대고 바람을 불어 휘익 소리를 냈다. 달려가던 산토끼가 우뚝 멈춰 섰다. 이쪽을 돌아보며 짧은 귀를 쫑긋 세우고 까맣고 동그란 눈을 크게 뜬 채 우리를 응시했다. 산토끼도 분도 꼼짝도 하지 않고 서로 노려보았다.

분이 손가락으로 피스톨 모양을 만들어 내밀며 한쪽 눈을 감고 토끼를 겨냥했다. 탕 소리를 내듯 입을 움직임과 동시에 내밀고 있던 손가락을 튕겨 딱 소리를 냈다. 그 순간 산토끼가 펄쩍 뛰어 쏜살같이 도망갔다. 폴짝폴짝 뛰어오르는 하얀 꼬리가 순식간에 수풀 속으로 사라졌다.

"오, 제법인걸." 저절로 그런 말이 나왔다. 나는 분이 하는 행동에 완전히 감동했다.

분은 빨간 탄피를 불면서 나를 데리고 긴 비탈길을 걸었다. 플라스틱 관에서 나는 피리 소리는 휘이익 휘익 소리를 내며 바람에 실려 바다 쪽으로 날아갔다.

3

이튿날 아침은 비가 왔다. 한밤중에 내리기 시작한 비였다. 어제의 날씨가 믿을 수 없을 만큼 차가운 겨울비였다. 분은 창가 책상에 턱을 괴고 나와 함께 멍하니 비를 보고 있었다.

분의 집은 꽤 큰 집이었고, 길가에 접한 1층은 가게인 듯했다. 어젯밤도 늦게까지 손님이 출입했고, 오늘 아침에도 일찍부터 문을 연 것 같았다. 그리고 대가족인 모양이었다. 분과 나이 차이가 많이 나는 형과 누나가 여러 명 있는 것 같았다. 아침은 가족들의 움직임으로 한차례 분주했다.

이중 턱에 눈빛이 상냥한, 어머니인 듯한 사람이 분의 방을 들여다보았다.

"오늘은 추워. 셔츠 위에 이걸 입으렴."

어머니인 듯한 사람은 그렇게 말하고 손뜨개질한 빨간색 조끼를 두고 갔다. 그다음엔 몸집이 큰 청년이 마룻바닥을 울리면서 찾아왔다. 닮은 것 같지는 않지만 분의 형일 것이다.

"분타, 오늘도 학교에 안 갈 거니? 골칫덩이라니까. 자, 이거. 약속한 원더랜드 티켓이야. 입장권이랑 놀이기구 탑승권이 세트로 된 거다. 근데, 아쉽게도 오늘이 올해로 마지막이래. 내일부터 유원지 보수공사라서 석 달 동안 문을 닫는다네. 대신 이 티켓은 아무 때나 쓸 수 있어."

청년은 화려한 표지의 티켓 다발을 툭 던졌다.

"오늘은 월말이라서 가게가 바빠. 같이 가 줄 수가 없어. 게다가 날씨도 이렇고. 봄까지 기다리자."

청년이 그렇게 말하고 나가자, 교대로 고등학교 교복을 입은 하얀 피부의 누나가 고개를 내밀었다.

"분타, 천 엔만 빌려줘. 내일 갚을게. 미안. 고마워⋯⋯. 넌 좋겠다. 학교에 안 가도 아빠도 엄마도 뭐라고 안 하시니. 오늘 같은 날은 나도 쉬고 싶다."

누나가 손가락 끝으로 분의 턱을 살짝 찌른 뒤 좋은 냄새를 남기고 나가자 갑자기 집 안이 조용해졌다.

분의 방은 가게와 반대쪽의 2층 구석이었다. 가게를 지나지 않고 뒤쪽 계단을 이용해서 출입할 수 있다. 창밖에는 전원 풍경이 펼쳐져 있었다. 거뭇거뭇한 흙, 채소밭, 드넓은 논이 비에 젖은 채 나지막하게 펼쳐져 있었고, 그 너머에는 잎을 떨군 숲이 부옇게 흐려 있었다.

가게의 소음이 희미하게 들릴 뿐 조용했다. 분과 나는 무료하게 비 내리는 풍경을 바라보고 있었다.

분은 뭔가 생각이 났는지 갑자기 일어섰다. 책상 서랍을 뒤적이기도 하고 벽장에 머리를 박고 있기도 하다가 물감과 붓과 팔레트를 찾아 왔다. 칼과 샌드페이퍼를 갖춰 놓고 세면기에서 물을 받아 오기도 하는 등 바쁘게 움직이더니 마침내 책상에 앉았다. 그리고 한숨 돌리는 일도 없이 나를 들어 올렸다. 떨어져 나간 부리와 꼬리 끝을 칼로 둥글게 깎아 모양을 정리하고 샌드페이퍼로 매끄럽게 마무리했다.

분은 한참 동안 나를 응시한 후 튜브 하나를 집어 팔레트에 물감을 짜기 시작했다. 밝고 선명한 레몬옐로였다. 진하게 푼 물감을 붓 끝에 듬뿍 묻혀 내 부리에 빠르게 칠했다. 서늘한 감촉과 함께 뭔가 전기 같은 것이 입 끝에서 꼬리 끝까지 내 몸을 관통했다.

분은 나의 잿빛 부리를 눈에 확 띄는 노란색으로 칠하더니 이번에는 진한 초록색으로 머리와 목을 덧칠했다. 다시 잔뜩 푼 갈색 물감을 시커멓게 찌든 목부터 꼬리 끝까지 발랐다. 칠한 부분이 마를 새도 없이 붓을 바꿔서 다른 색을 다른 곳에 칠해 갔다. 몇 번이고 몇 번이고 정성껏 물감을 덧칠했다. 그리고 목 아랫부분에 하얗고 두꺼운 선 하나를 그렸다. 마치 리본을 묶은 듯 순백의 원이 또렷하게 목을 감쌌다.

"청둥오리다!" 나는 외쳤다. 오리 중에서도 가장 몸집이 크고 아름다운 청둥오리의 수컷으로 나는 다시 태어난 것이다.

분은 무언가를 시작하면 철저해서, 대충대충 하거나 도중에 내팽개치지 않는 성격인 듯했다. 분의 작업은 아직 끝나지 않았다. 접힌 날개 사이에 슬쩍 보이는, 또렷한 청자색 부분까지 그려 넣었다. 청둥오리의 날개깃이다. 분은 잠시 생각하더니 마지막으로 눈을 금색으로 칠하고 눈동자를 그려 넣었다.

분은 커다란 한숨을 토해 내고 붓을 집어 던졌다. 그리고 고개를 뒤로 빼고 멀찍이서 오랫동안 자신의 작품을 바라보았다. 순백의 목도리를 두른 화려한 청둥오리가 자랑스럽게 가슴을 펴고 눈을 빛내고 있는 모습을 응시했다.

어느새 비가 그치고 창밖이 환하게 밝아 있었다.

씻은 듯 맑게 갠 파란 하늘에 남아 있던 구름이 날아갔다. 바람이 불고 있었다. 분은 창문을 열고 나를 창틀에 올리더니 투명한 래커 스프레이를 뿌렸다. 내 몸이 반짝반짝해졌다. 불어오는 바람을 맞고 있으니 방금 그려진 날개깃 부근이 뭔가 근질근질한 기분이 들었다.

분은 플란넬 셔츠 위에 빨간 털 조끼를 껴입고 어제도 입었던 트위드 점퍼를 입었다. 그리고 유원지 티켓을 주머니에 넣고 물감이 마른 나를 겨드랑이에 낀 다음 창문을 닫고 방을 나왔다. 뒤쪽 계단을 내려가 밖으로 나오더니 집들이 늘어선 뒷길을 빠르게 빠져나와 시골길로 들어섰다.

모밀잣밤나무, 가시나무, 수유나무 등의 상록수 잎이 맺힌 빗물을 끊임없이 툭툭 떨어뜨리고 바람에 흔들릴 때마다 반짝였다. 나무도 풀도 되살아난 것처럼 보였다. 낮은 수풀 속에서 자고새가 요란하게 울고 있었다. 비에 갇혀 있던 울분을 실컷 떠드는 걸로 해소하려는 듯했다. 나도 왠지 엄청나게 신이 났다.

코르덴 바지의 끝자락을 풀 이슬에 적셔 가며 걷던 분은 밭두렁을 빠져나와 둑으로 올라갔다가 미끄러져 내려와, 어제 나를 씻겨 주었던 물가의 반대쪽 강가로 나왔다.

322

우리를 보고 놀란 쇠오리 한 쌍이 갈대 뒤에서 거의 수직으로 날아올랐다. 둘째날개깃의 짙은 초록색과 하얀 선이 또렷하게 보였다. 쇠오리는 바람에 흔들리며 나란히 날아갔다.

어제와는 달리 탁한 물이 가득한 강은 작은 파도를 일으키며 빠르게 흐르고 있었다. 커다란 부평초인 개연꽃이 강 한가운데를 미끄러져 갔다.

분은 청둥오리가 된 나를 다시 한번 강에 띄우려고 했는데, 유속이 빨라 손을 놓으면 그대로 멀리 떠내려갈 것 같았다. 분은 잠시 생각하더니 점퍼를 열고 조끼 끝자락을 뒤집었다. 뜨개질 매듭을 찾아 실을 능숙하게 풀고는 그 끝을 잡아당겼다. 그리고 2미터쯤 풀어낸 실을 이빨로 끊고 조끼 쪽의 실 끝을 뜨개코에 걸어 묶었다. 아주 살짝 짧아진 조끼는 말려 올라가기는 했지만 한동안은 올이 풀리지 않을 것 같았다.

분은 꾸불꾸불하게 말린 빨간 털실을 내 목에 묶고 다른 한쪽 끝을 고리로 만들어 자신의 손목에 끼웠다. 그리고 풀과 수초가 없는 강가를 골라 나를 조심스럽게 물 위에 띄웠다. 그 순간 휙 미끄러진 나는 예상보다 강한 물살에 당황해 조금 허둥댔다.

분은 일어서서 달리기 시작했다. 털실로 나를 조종하며 강가를 달렸다. 분의 보드라운 머리카락이 바람에 휘날리고, 머리 가장자리의 솜털이 금실처럼 빛났다. 나는 고개를 꼿꼿하게 세우고 가슴으로 물을 가르며 파도를 타고 헤엄쳤다. 이토록, 이토록 가슴 뛰는 경험은 처음이었다.

나는 이 세상을 별것 없는 지긋지긋한 곳이라고 생각해 왔다. 사실

좋은 일은 아무것도 없었다. 오리 모양을 하고 있지만 날지 못하는 자신을 업신여겼었다. 낮은 하늘을 부유하는 녀석들을 노려볼 뿐이었다. 그리고 동료를 속여서 유인하는 미끼용 새 역할이 부끄러웠다. 내 주인은 거칠고 매정한 남자였다.

나는 불행한 별에서 태어나 괴로운 일만 당해 왔고, 평생 이 꼴로 살게 될 팔자라고 믿었었다. 그런 불행한 세계에 떨어지면 모든 것에 체념이 앞서게 되고, 무엇을 보고 무엇을 들어도 언젠가 보고 들었던 것처럼 여겨져 감흥이 없었다.

지금 나는 태어나서 처음으로 가슴 두근거리는, 뛸 듯한 기쁨에 온몸을 떨었다. 뭔가 막연한 희망 같은 것이 솟아나고 용기가 생겼다.

4

분은 강을 가로지르는 커다란 콘크리트 다리 부근까지 오자 물에서 나를 건져 올렸다. 그리고 털실을 바지 주머니에 넣고 비탈진 제방을 올라 다리 위로 나왔다. 커다란 트럭과 덤프카가 땅을 울리며 오가는 가도였다. 도로 가장자리의 희미해진 하얀 선이 인도 경계선인 듯했다. 분은 그 길을 따라 집 반대 방향으로 성큼성큼 걸었다. 바로 옆으로 차가 모래 먼지를 일으키며 지나갔다.

분은 눈썹을 찡그리고 몸을 긴장시킨 채 곁눈질도 하지 않고 길을 서둘렀다. 온몸의 신경이 팽팽하게 곤두선 듯했다. 들판에서 놀던 때의 느긋한 소년과는 다른 신경질적인 어른의 표정을 짓고 있었다.

분은 신호등이 있는 커다란 교차로에서 바다 쪽으로 향했다. 보호 난간으로 칸막이가 된 넓은 인도였다. 작은 한숨이 새어 나왔고, 분의 긴장도 조금 풀어졌다. 매립지처럼 아무것도 없이 텅 빈 넓은 공장 지대로 오자 차도 줄어들면서 갑자기 조용해졌다. 띠링띠링 하고 종을 흔드는 듯한 희미한 소리가 머리 위 멀리에서 들렸다. 하늘을 올려다보니 검은머리흰죽지 다섯 마리가 갈고리 모양으로 줄지어 날아가는 모습이 보였다. 분의 얼굴에 미소가 돌아왔다.

한 시간은 걷지 않았을까 싶을 즈음, 나지막한 마을 너머로 불쑥 솟아 있는 것이 보였다. 어제 언덕 위에서 보았던 탑이다. 분은 그 탑을 목표로 다시 30분 정도 걸었다. 북적대는 상점가를 빠져나오자 대유원지가 나타났다. 오늘까지만 영업을 하고 오랫동안 문을 닫는다는 원더랜드의 입구였다. 입구에서 보이는 제트코스터 루프 너머로 그 탑이 솟아 있었다. 철탑 위로 가장자리에 상자를 주렁주렁 늘어뜨린 커다란 바퀴가 천천히 회전하고 있었다.

분은 티켓을 내고 유원지로 들어갔다. 오전에 내렸던 비 탓인지 그렇게 혼잡하지는 않았지만, 그래도 많은 사람이 환한 웃음을 지으며 돌아다녔다. 형형색색의 건물에서 노래와 음악이 흘러나왔고, 다양한 놀이기구가 웃음소리와 비명을 뿌리며 돌아갔다. 솜사탕과 팝콘과 햄버거를 파는 가게가 달콤하고 향긋하고 맛있는 냄새를 풍기며 늘어서 있었다.

수백 개의 알전구가 깜빡이는 회전목마는 아이들의 보물 상자처럼 꾸며져 있었다. 은빛 징이 박힌 안장을 얹은 하얀 말이 거울로 둘러싸인 팔각기둥 주위를 이중으로 에워싸고 올라갔다 내려갔다 하면서 왈츠를 추었다. 보고 있으니 마음이 온화해졌다.

분은 티켓을 사용해서 여러 가지 놀이기구를 탔다. 커피 컵, 경비행기, 모터보트……. 그리고 제트코스터에서는 소리를 지르며 웃었다. 분은 그 커다란 바퀴를 돌아보고, 올려다보고, 계속 신경을 쓰면서도 서두르지 않고 도중의 온갖 것들을 들여다보고 바라보고 체험하며 즐겼다.

지나가는 가족 일행과 식당 사람들이 나를 보고 눈을 크게 뜨기도 하고 손가락으로 가리키기도 했다. 놀랍게도 악의가 있는 시선은 한 번도 만나지 않았다. 겉모습이 달라지면 사람들의 눈도 이렇게 달라지는 걸까.

이런 경험은 처음이었다. 나는 조금씩 의기양양해졌고, 분의 그늘에서 가슴을 펴고 눈을 돌려 주변을 둘러보았다. 인간 세상이 꼭 나쁜 것만은 아니라는 느낌이 들었다. 비구름 사이로 햇살이 비치는 일도 있구나 하는 생각이 들었다.

일곱 가지 색깔의 고무풍선이 서른 개쯤 서로 밀치듯 엉켜 하늘에 떠 있는 곳이 있었다. 가 보니 사람들이 줄을 서 있었다. 풍선에 가스를 채워 줄을 선 사람에게 하나씩 주는 것이다. 오후의 따사로운 햇살을 받아 얇은 고무로 된 몸을 빵빵하게 부풀린 풍선은 투명하고 아름다웠다.

분은 열 명쯤 늘어선 행렬에 줄을 섰고, 빨간 풍선 하나를 받았다. 풍선 실 끝을 내 목에 묶었다. 풍선은 반질반질한 얼굴을 한 번 흔들고는 하늘로 휘익 올라가 실을 팽팽하게 당겼다. 분은 다시 행렬 뒤에 줄을 섰고, 이번에는 직접 지목해서 녹색 풍선 하나를 받았다. 이것도 역시 내게 묶고 다시 줄을 서서 파란 풍선을 받았다.

아르바이트 학생인 듯한 청년이 조금 어이가 없다는 표정으로 분을 보았다. 그는 내게 시선을 옮겼다가 다시 분을 바라보며 말했다.

"이게 그렇게 좋니?"

분은 그 터질 듯한 함박웃음을 보이며 고개를 한 번 끄덕였다.

"그럼 이거 가져가."

청년은 가스를 채우지 않은 시든 꽃잎 같은 고무풍선을 커다란 손으로 한 움큼 집어 분의 두 손에 밀어 넣었다.

"참고로 알려 주자면 저 미끼용 새 목에 건 세 가지 색은 빛의 삼원색이야. 알아?"

청년이 조금 잘난 척하며 말했다.

삼원색이니 뭐니 알 바 아니지만, 나를 미끼용 새라고 떠들어 대다니……. 나는 조금 화가 났지만 점퍼의 두 주머니가 고무풍선으로 불룩해져 기분이 좋아진 분의 얼굴을 보자 그 화가 이내 사라졌다.

그리고 그보다 나는 그 삼원색이니 하는 빨강, 초록, 파랑의 삼색 풍선에 당겨져 몸이 떠오르는 듯한 이상한 느낌에 당황했다.

"아빠, 대관람차야!"

"응. 페리스 휠이라는 거야. 원래는."

아버지와 아들의 대화가 들렸다. 분과 나는 바로 그 페리스 휠, 대관람차 바로 아래에 마침내 온 것이다. 분은 가장 관심이 있는 것을 마지막까지 남겨 두는 모양이라고 생각했다. 분은 가녀린 목을 젖히고 대관람차를 올려다보았다. 바다로 기울어진 해의 역광 속에서 페리스 휠은 검고 두꺼운 철골 다리를 힘껏 뻗은 채 거만하게 우뚝 솟아 있었다. 수레바퀴 꼭대기는 높아서 보이지 않았다.

"엄청나게 크다!"

"바퀴 직경이 사십 미터라고 나와 있어."

페리스 휠의 유래와 크기가 적힌 안내판 앞에서 젊은 커플이 이야기 중이었다. 커다란 수레바퀴 둘레에는 관람객을 태운 곤돌라 스물네 대가 매달린 채 시곗바늘과 반대 방향으로 천천히 돌고 있었다.

"한 바퀴 도는 데 십 분이래."

"곤돌라가 맨 꼭대기에 서면 지상에서 오십 미터 높이래."

"타 볼래? 폐점 시간까지 별로 안 남았어."

"아니, 타지 말자. 나, 고소공포증 있어."

그런 이야기가 들렸다.

분은 아주 잠깐 주저하는 듯하다가 마침내 결심한 듯 고개를 크게 한 번 끄덕이고 지상 10미터 위의 탑승구를 향해 계단을 올랐다. 이 아이도 역시 높은 곳을 무서워하는구나. 그래서 계속 궁금해하면서도 대관람차 주변만 맴돌았구나. 이제 마침내 도전할 결심을 굳힌 건가. 나는 혼자 추측했다.

분이 티켓을 내밀자마자 담당 직원인 중년 남자는 하얀 곤돌라에 분의 등을 떠밀듯 밀어 넣었다. 수레바퀴는 멈추지 않는 것이다. 남자가 바깥쪽에서 문을 잠그는 동안에도 곤돌라는 천천히, 하지만 확실하게 올라가고 있었다. 이러니저러니 할 틈도 없이 곤돌라는 공중에 떠 있었다. 분은 엉겁결에 곤돌라 손잡이에 달려들더니 나를 꽉 껴안았다.

원통형 곤돌라의 아랫부분은 철제였고, 윗부분은 투명하고 두꺼운 플라스틱판으로 감싸여 있었다. 전망을 360도 볼 수 있는 것이다. 곤돌라 안은 문 부분을 빼고 좌석과 손잡이 용도의 파이프로 둘려 있었다. 사고 방지를 위해서인지 문은 밖에서만 여닫을 수 있는 구조였다. 분은 마음을 가라앉히고 자리에 앉아 주변을 관망하기 시작했다.

곤돌라는 커다란 포물선을 그리며 계속해서 높이높이 올라갔다. 탑승구의 작은 부스가 발밑으로 사라져 보이지 않았다. 지상에서는 몸부림치는 용처럼 크게 보였던 제트코스터도 순식간에 작아졌다.

차축을 이루는 수십 개의 바큇살과 굵은 쇠 파이프는 한시도 쉬지 않고 겹쳤다가 엇갈렸다가 다시 멀어져 가며 아득할 정도로 깊고 끝없는 기하학적 무늬를 만들어 냈다.

곤돌라가 3시 방향에 오자 앞뒤로 보이는 것 하나 없이 단지 공중에 떠 있는 기분이었다.

"앗, 바다다!" 내가 소리친 것과 분이 일어서서 손가락으로 가리킨 것은 동시였다. 대유원지의 바깥은 넓은 개펄로, 그 너머가 바다였다. 떨어지기 전 겨울 해의 부드러운 빛을 듬뿍 받으며 드넓게 빛나는 바다였다.

아득하게 펼쳐진 수면에는 밀려왔다 밀려가는 작은 물결이 끝없이 반짝반짝 번쩍번쩍 빛났다. 구겼다가 펼친 은색 종이처럼 쭈글쭈글한 주름 사이사이에 검고 작은 생명체가 무수히 점점이 떠 있었다. 수백 수천 마리의 오리 떼가 물이랑에 부유하고 있는 것이다.

나는 숨죽인 채 눈을 크게 떴다. 비행하는 오리처럼 지상 50미터의 상공에서 처음 본 바다 풍경에 감동해 몸이 얼어붙었다. "아, 여기다. 여기가 내가 살 곳이다." 나는 직감했다. "녀석들은 내 동료다. 날 기다리고 있는 거야." 바다 위 오리들을 보며 그런 생각을 했다.

곤돌라는 정점을 지나 천천히 내려가고 있었다. 순식간에 바다가 사라지고 땅 위의 것들이 밀려들었다. 곤돌라가 다 내려가면 손님은 내려야 한다.

나도 분도 다시 한 번, 다시 한 번만 바다를 보고 싶다고 생각했다. 분은 재빨리 나를 껴안고 웅크렸다. 몸을 조그맣게 쭈그리고 좌석 밑에 숨었다. 곤돌라 천장에 머리를 문지르고 있던 풍선도 황급히 끌어당겼다. 워낙에 손님이 적어서 아무도 타지 않은 빈 곤돌라가 많았다. 우리가 탄 곤돌라도 그렇게 보였을 것이다. 담당 직원은 안을 들여다보려고도 하지 않고 그대로 곤돌라를 지나쳐 보냈다. 우리가 탄 곤돌라는 멈추지 않고 다시 하늘로 올라갔다.

"성공이다!" 분도 나도 좌석 밑에서 나와 이마와 코와 부리를 창문에 밀어붙이고 밖을 내다보았다. 하지만 하늘도 바다도 이미 색채와 빛을 완전히 바꾸고 있었다. 흐릿해진 해는 어서 바다로 들어가려고 싱글벙글하는 듯했다.

우리의 곤돌라가 다시 정점에 다다랐다. 그리고 그곳에서 멈췄다. 덜컹하는 작은 반동을 일으키며 곤돌라는 석양에 물들기 시작한 하늘의 한 점에 정지했다.

5

페리스 휠은 오늘의, 아니 이번 시즌의 마지막 회전을 마치고 손님을 내보낸 후 운전을 끝낸 것이다. 분의 얼굴이 굳어졌다. 나도 기겁을 했다. "망했다! 실패야." 유원지는 내일부터 3개월 동안 휴업이라지 않은가. 그동안은 당연히 이 관람차도 움직이지 않겠지. 엄청난 상황이 벌어지고 말았어.

창백해진 분의 얼굴에 오렌지색 석양이 비쳤고, 하늘은 순식간에 타오르는 불꽃색이 되었다. 겨울 해는 구름 가장자리를 금색으로 빛내고 하늘을 보라색으로 물들이며 허무하게 져 버렸다. 석양이 붉은 이유는 오늘 하루 동안 인간의 소행을 지켜본 태양이 부끄러워서 얼굴을 붉혔기 때문이다……라고 했던 누군가의 말을 나는 이런 순간에 떠올리고 있었다. "해님인지 하느님인지 모르겠지만 이건 아니지. 이런 식으로 하는 건 안 되지. 고르고 골라 기껏 분과 내게 엉뚱한 분풀이를 하다니 제발 참아 줘."……나는 그렇게 말했다.

발아래의 유원지는 이미 어두워져서 아무것도 보이지 않았다. 멀리 마을 주변에 작은 구슬을 흘린 것처럼 전등이 점점이 흩뿌려져 있었다.

우리는 몸을 움츠렸다. 나를 쥔 분의 손이 추위 탓인지 떨리고 있었다. 소리치고 싶었다. 울고 싶었다. 하지만 분은 꾹 참아 내며 열심히 무언가를 생각하고 있는 듯했다. 구조되려면 어떻게 해야 할까. 필사적으로 그 생각을 하고 있을 것이다. 나는 아무 생각도 나지 않았다. 단지, 이 어둠 속에서는 어떤 방법도 소용없다는 생각만 들었다. 밤이 지나 여하튼 밝아진 다음에야 방도가 있을 거라는 생각이 들었다.

이심전심이라고 할까. 분도 그렇게 생각한 모양이다. "좋아, 내일 하자."라고 소리를 내어 말한 것처럼 분은 단호한 동작으로 일어섰다. 곤돌라가 흔들렸다. 분은 두툼한 트위드 점퍼를 잠그고 깃을 세우고 몸을 말아 좌석에 눕더니 나를 끌어안고 잠을 청했다. 얼마 후 숨소리가 들리기 시작했다.

그 외에는 달리 할 일이 없다고 해도 누구나 할 수 있는 행동은 아니다. 이 얼마나 배짱 두둑한 꼬마인가. 태생적인 연약한 몸과 살겠다는 확고한 의지를 둘 다 갖춘 이 꼬마에게 나는 놀랄 따름이었다.

혹독한 아침 냉기에 분은 잠에서 깼다. 다행히 날씨는 맑고 쾌청했다. 분은 눈을 뜬 그 순간 지금의 비상사태를 또렷하게 자각했다. 먼저 추위로 곱은 몸과 얼굴 곳곳을 손으로 문질러 열을 냈다. 한층 창백해진 얼굴에 조금 혈색이 돌아왔다. 기계와 차에서 나는 잡음이 희미하게 들리는 듯해서 분과 나는 아득한 아래 세상을 내려다보았다.

이른 아침부터 수많은 사람들이 움직였고, 트럭이 돌아다녔다. 사람도 차도 납작하고 아주 조그맣게 보였다. 유원지 개장 공사가 이미 시작된 것이다. 지게차와 크레인이 팔을 휘두르고 있었고, 대관람차 근처에서는 노란색 안전모를 쓴 사람들이 착암기로 콘크리트를 파헤치고 있는 듯했다. 지상은 아마도 귀를 막고 싶을 만큼 소란스러울 터였다.

"됐어, 꼬마. 잘됐어." 나도 모르게 그렇게 말했다. 사람들이 많다는 것이 무엇보다 다행이었다. 우리가 이곳에 있다는 사실을 사람들에게 알려야만 한다. 알아 줄 사람이 없으면 할 수 있는 게 없다. "자, 어떻게 할래? 꼬마, 생각해. 무언가 해 봐. 내가 도와줄게."

먼저 해야 할 일은 정해져 있다. 일단 이 곤돌라의 창문을 여는 것이다. 지상과 교신하려면 이 밀폐된 상자의 입구를 열어야 한다. 문은 안에서 열 수 없다.

새삼 다시 생각할 필요도 없이 플라스틱 부분을 깨는 것 외에는 방법이 없었다. 투명하지만 두껍고 단단한 합성수지 판은 몇 개의 두꺼운 볼트로 곤돌라의 아래쪽 철판과 단단하게 연결되어 있었다. 주변을 둘러봐도 이 두꺼운 판을 깨뜨릴 만한 단단하고 무거운 물건은 없다……. 나밖에 없다! 분의 눈길이 내게로 쏠렸다.

분의 두 손이 내 목을 꼭 쥐었다. 내 엉덩이로 플라스틱판을 찍었다. 쿵 하는 둔탁한 소리와 함께 나는 튕겨졌다. 하지만 플라스틱판은 꼼짝도 하지 않았다. 분은 이번에는 있는 힘껏 나를 던졌다. 내 배가 세차게 부딪혔다. 분이 모처럼 정성껏 칠해 준 나의 새 옷은 이내 더러워지고 벗겨졌다. 분의 뺨이 핑크색으로 물들었다. 몇 번이고 몇 번이고 힘을 다해 내리치는 동안 철판과의 이음새에 작은 균열이 생겼다. 내 몸도 상처가 생기고 찌그러졌다.

분은 금이 간 부분을 집중적으로 공격했다. 균열이 커졌고, 마침내 퍼석하는 소리가 나면서 플라스틱판이 깨졌다. 구멍이 뚫리자 바다 냄새가 나는 차갑고 신선한 바람이 들어왔다. 분은 더욱 신중하게 구멍을 넓혀 갔다. 커다란 플라스틱 파편이 철골 곳곳에 부딪혀 소리를 내면서 떨어졌지만, 지상의 사람들에게는 들리지 않았다. 몸을 내밀 정도의 구멍이 뚫렸다. 내 목에 묶인 세 개의 풍선이 나보다 먼저 튀어나가려고 했다.

분은 손잡이를 꽉 잡고 조심스럽게 고개를 내밀어 아래를 보았다. 사람도 차도 바쁘게 움직이고 있었고, 이렇게 높은 곳에서의 작은 움직임을 눈치챈 사람은 없었다. "자, 소리를 질러. 있는 힘껏 도와 달라고 외쳐." ……하지만 내 바람과는 달리 분은 소리를 지르려는 기색이 전혀 없었다.

그때서야 나는 겨우 깨달았다. 이 아이를 만나고 난 후부터 계속 내 머릿속 한편에 걸려 있던 막연한 의문과 두려움이 그제야 확실해졌다.

분은 말을 하지 못하는 것이다. 또는 하지 않는 것이다. 타고난 장애인지, 아니면 후천적인 것인지 모르지만 말을 못하는 아이였다. 그래서 친구가 없는 것이다. 그래서 학교에도 가지 않으려고 한 것이다. 다들 착해 보이는 가족들도 분을 배려해서 원하는 대로 해 주었던 것이다.

나는 이 아이의 목소리는 웃음소리밖에 듣지 못했다. 생각해 보면 나도 비슷한 처지다. 아니, 나는 웃음소리도 울음소리도 낼 수 없다. 하지만 우리는 만난 순간부터 이야기가 통했다. 마음으로 이야기하고 있었기 때문이다. 뭔가 뜨거운 것이 올라와 목이 메었다. 이런 때야말로 쩍이든 꺅이든 소리를 내고 싶었다.

이 아이의 가족은 지금 어떻게 하고 있을까. 어젯밤 이래 큰 소동이 일었을까. 아니면, 분의 방에는 별도의 문이 있어서 하루쯤 얼굴이 안 보여도 아이가 없다는 사실을 눈치채지 못하고 있을까. 여하튼 오늘 아침에는 분명히 알았을 것이다. 그 듬직한 형이 분 혼자서 유원지에 갔음을 알아챘을 것이다. 이러는 동안에 이곳으로 달려오고 있는 중인지도 모른다. 하지만 이렇게 하늘 끝 곤돌라에 있을 거라고 그 누가 상상할 수 있을까……

분은 꼼지락거리며 상의 주머니를 뒤적이더니 깨끗한 빨간색 탄피를 꺼냈다. 어제 연못 옆에서 나와 함께 주운 것이다. "그거야! 잘했어, 꼬마. 용케 떠올렸군." 나는 갑자기 힘이 났다.

기우뚱 기울어진 곤돌라에서 분은 최대한 몸을 내밀고 탄피를 불었다. 플라스틱 관에서 나오는, 부드럽지만 의외로 멀리까지 퍼져 가는 호각 소리도 바다에서 불어오는 바람에 흩날려 지상의 사람들에게는 역시 전해지지 않았다.

6

나는 낙담했다. 명안이라고 생각했던 방법이 아무런 효과가 없었고 희망은 허무하게 무너졌다. 설사 이 아이가 말을 할 수 있고, 지금 이곳에서 큰 소리로 도움을 요청한다고 해도 50미터 아래의 요란한 소음을 뚫고 그 소리가 누군가의 귀에 들어갈 수 있으리라는 생각은 들지 않았다.

일희일비하는 나와 달리, 분은 다시 힘을 내어 새로운 방법을 생각해 내는 데에 여념이 없었다. 그랬다. 이 녀석은 일단 무언가를 시작하면 끝까지 해내려는 꼬마였다.

분의 얼굴을 지켜보고 있자 갑자기 불이 켜진 것처럼 아이의 눈에 무언가가 반짝였다. 분은 두 손을 점퍼 주머니에 넣어 고무풍선을 끄집어냈다. 좌석에 집어 던진 고무풍선은 4, 50개는 되어 보였다.

"뭐지, 뭘 하려는 거지? 무슨 생각을 한 거지?"

분은 고무풍선을 하나 집어 들어 입에 대고 힘껏 바람을 불어 넣었다. 쭈글쭈글 구겨져 있던 거무스름한 고무가 순식간에 부풀어 올라 하얗고 반질반질한 풍선으로 변신했다. 그리고 조끼 끝자락을 풀어 만들었던 실 뭉치를 짧게 잘라서 풍선 주둥이를 묶었다. 하지만 그 풍선은 내 머리를 계속해서 끌어당기는 삼원색 풍선과는 달리, 분이 손을 떼자 천천히 가라앉아 곤돌라 바닥에 굴러다녔다.

분은 그 풍선을 주운 후 나를 안고 빼꼼히 뚫린 구멍으로 얼굴을 내밀었다. 그리고 바람이 없는 틈을 노려 풍선을 던졌다. 하얀 풍선은 둥실둥실 흔들리며 떨어져 갔다. 풍선이 공사장 사람들이 모여 있는 쪽으로 흘러가는 모습을 지켜본 분은 미소를 지었다.

그다음이 큰일이었다. 분은 자세를 바로 하고 앉아서 고무풍선 하나하나에 바람을 넣어 부풀렸다. 그리고 크게 부푼 풍선을 차례차례 곤돌라 바닥에 던졌다. 분은 뺨과 눈 주위를 붉은색으로 물들이며 쉬지 않고 풍선을 불었다. 숨을 너무 내뱉은 탓에 순간 눈앞이 캄캄해졌는지, 분은 가끔씩 눈을 꼭 감고 견디다가 다시 풍선을 향했다.

곤돌라 안은 풍선으로 가득 찼다. 좌석 아래에는 서로 부딪힌 풍선들이 끼익 비명을 지르고 있었다. 뚫린 구멍으로 도망가려는 녀석은 점퍼를 벗어서 덮었다. 풍선에 묻힌 채 나는 기도했다. 조금 전에 실 컷 욕을 해 댔던 신에게 이렇게 말했다.

"신이시여, 도와주세요. 도와주세요. 신은 스스로 돕는 자를 돕는 다고 했잖아요. 이 꼬마를 도와주지 않는다면 신도 부처도 없는 거 야. 이 쪼그만 녀석이 이렇게 씩씩하게 살려고 하지 않습니까."

분은 풍선 불기를 끝냈다. 그리고 한차례 헐떡거리고 심호흡을 한 후에 벌떡 일어섰다. 분의 표정에는 사내가 무언가를 걸고 성공과 실 패를 가르는 주사위를 던질 때의 결연함 같은 것이 있었다.

분은 고생해 부풀린 풍선을 양손으로 그러모아 곤돌라 밖으로 던 지기 시작했다. 구멍의 뾰족한 가장자리에 찢기지 않도록 주의하면 서 차례차례 밖으로 던졌다. 세 개를 남기고 전부 던진 후, 나와 함께 몸을 내밀어 밖을 보았다.

빨강, 주황, 노랑, 초록, 파랑, 하양, 하늘색의 일곱 빛깔 풍선이 온몸에 아침 햇살을 받으며 테니스 코트 정도의 넓이로 퍼져 높게, 낮게, 천천히 떨어져 가는 것이 보였다.

"잘했어. 사람들이 있는 쪽으로 가는 거야!" 내 바람대로 풍선風船의 대선단大船團은 사람들로 북적이는 항구를 향하듯 공사 현장 쪽으로 표류했다.

하양 풍선 하나가 착암기를 다루던 젊은 남자의 노란 안전모에 닿 아 통 튕기고는 남자의 얼굴 위에 떴다. 젊은이는 얼굴을 들어 그 풍 선을 보고 이마의 땀을 닦으면서 방진용 고글을 올리고 문득 하늘을 보았다. 그리고 하늘에서 떨어지는 수십 개의 색색 풍선 무리를 발견했다. 젊은 남자는 착암기를 멈추고 계절과 동떨어진 하늘의 커다란 꽃들을 황당한 듯 바라보았다.

그때 우뚝 솟은 대관람차 꼭대기에서 하나, 또 하나, 새로운 풍선이 튀어나오는 것을 남자의 뛰어난 시력이 확실하게 포착했다.

분은 마지막 풍선 하나를 던지고는 지상의 조그마한 사람을 향해 크게 손을 흔들었다. 이쪽을 올려다보는 콩알만 한 사람이 자신을 분명히 봤다고 분은 확신했다. 그 사람이 옆 사람의 어깨를 두드리며 이쪽을 가리켰다. 사람에게서 사람에게로 알려졌고, 많은 사람들이 공사를 중단하고 손으로 눈썹 위를 가리며 일제히 이쪽을 보기 시작했다.

"해냈군, 꼬마! 우리를 발견했어." 나는 기뻐서 덩실거렸다. 날개깃 주변이 근질근질했다.

분은 벗어 놓은 점퍼를 쥐고 구멍을 통해 흔들었다. 밑에서는 큰 소동이 일어난 듯했다. 사람들이 여기저기로 뛰어갔다. 유원지 제복을 입은 몇 사람이 대관람차 아래로 뛰어 들어갔다. "마침내 해냈어, 꼬마. 너는 늘 스스로 생각하고 스스로 결정하고 묵묵히 행동했어. 이번에도 그렇게 해서 위험을 극복했어. 넌, 넌 강한 남자야!"

덜컹하고 갑자기 곤돌라가 크게 흔들렸다. 우리를 내리기 위해 누군가가 서둘러 기계의 스위치를 켰고, 관람차가 다시 움직이기 시작한 것이다. 곤돌라가 휘청하고 기울어진 순간 분은 재빨리 손잡이에 매달렸다. 자신도 모르게 두 손으로 매달렸다. 그 순간 나는 허공에 떠올랐다.

내 목에 걸린 풍선 세 개가 나란히 구멍 밖으로 튀어나가 실을 팽팽하게 당겼다. 떠오른 내 몸이 구멍 가장자리에 한 번 부딪힌 후 흔들거리며 바깥으로 나왔다. 정신을 차려 보니 나는 날갯짓을 하고 있었다. 하얀 선으로 둘러진 선명한 청자색 날개깃을 부채처럼 펼치고 있었다. 구멍 밖에서 날개를 퍼덕이며 나는 꼬마에게 말했다.

"꼬마, 이제 헤어질 때다. 이제는 내가 노력할 차례야. 해 보겠어. 꼬마, 여러 가지로 고마웠다. 잘 있어. 건강해라, 꼬마."

첫째날개깃이 바닷바람을 가르는 날카로운 날갯소리를 나 자신이 듣고 있었다. 삼색 풍선을 쫓아 금색 눈을 부릅뜨고 나는 하늘을 날아갔다. 날면서 뒤를 돌아보았다.

내가 마지막으로 분에게서 본 것은 누구나 매료될 수밖에 없는 그 생명력 넘치는 웃음이었다.

에필로그

새소리에 눈을 떴다. 아침이었다. 비는 이제 막 멈춘 듯했다. 커다란 플라타너스 나무가 잎에 맺힌 물방울을 차 지붕 위로 쉴 새 없이 떨어뜨리고 있었다.

나는 창문을 열었다. 넘쳐흐르는 듯한 물 냄새와 풀 향기가 상쾌한 찬바람과 함께 차창 가득 들어왔다. 하늘에 구멍이 뚫린 것처럼 내리던 어젯밤의 비로 여름이 끝이 났는지 새벽은 이미 가을의 서늘함이 느껴졌다. 정적이 떠나가는 여름의 뒷모습을 지켜보고 있었다.

나는 운전석 문을 조심스럽게 열고 차에서 나왔다. 굳은 몸을 펴고 심호흡을 했다. 몇 번이나 잠을 깼던 불안정한 수면치고는 몸에 생기가 되살아난 것처럼 느껴졌다.

남자가 눈을 뜨고 느릿느릿 차에서 나왔다. 기름 낀 얼굴을 찰싹찰싹 두드리며 말했다.

"좋은 아침……. 아, 잘 잤다. 덕분에 오랜만에 숙면했네."

"그거 잘됐네요. 금방 커피 끓이죠."

그렇게 말하는 나를 막아서며 남자가 말했다.

"아니, 나는 그만 실례하겠네. 고마워. 신세 많았어."

남자는 젖은 돌을 밟고 강가지 걸어가 얼굴을 씻은 뒤 면바지 끝자락에 도깨비바늘 씨앗을 잔뜩 달고 돌아왔다.

"저도 오늘은 도쿄로 돌아갑니다만, 중간까지라도 타고 가시겠습니까?" 나는 그렇게 말해 보았다.

"나는 반대 방향이야. 평상시처럼 걸어서 가려네."

그렇게 대답한 그는 이미 가방을 어깨에 메고 있었다.

"어젯밤, 돌을 보았습니다." 나는 경의를 담아 남자를 응시했다. "멋진 작품이었습니다. 정신이 번쩍 드는 느낌이더군요."

남자는 그 말에는 대답하지 않고 나를 마주 보았다.

"고맙네. 보답할 게 아무것도 없네만……."

남자는 가볍게 고개를 숙인 뒤 모자를 쓰고 "잘 가게." 하고 중얼거리며 등을 돌렸다. 숫기는 없지만 예의가 몸에 밴 남자였다.

"조심히 가세요." 나는 이름도 모르는 남자의 등에 대고 말했다.

남자는 두꺼운 목을 꼿꼿하게 세운 뒤 뒤도 돌아보지 않고 서두르는 기색도 없이 걸어갔다. 두툼하고 넓은 어깨가 무거운 짐에 깊이 눌린 뒷모습이 역시 어딘가 짐승 같았다. 멸종되어 가는 대형 동물의 종족처럼 보였다. 아메리카들소를 닮았다는 생각이 들었다.

남자가 사라진 수풀에서 꺅 하고 울며 날아올라 몸을 뒤집고는 번개처럼 지그재그로 날아가는 새가 있었다. 벌써 메추라기도요가 온 것일까.

저자의 말

덕콜은 물론 오리 피리를 뜻하는 말이다. 비슷한 울음소리를 내어 오리를 불러 모으는, 나무를 깎아 만든 피리다.

이 단편집 『덕콜』에는 울음소리도 색깔도 모양도 다른 여섯 가지의 이야기가 이어진다. 비교적 진지하고 담백한 청춘 소설부터, 하드보일드 터치의 탈옥수 추격전 그리고 동화 같은 메르헨 등, 다양하지만 이들 이야기에 공통되는 것은 어떤 이야기에든 들새가 활기차게 비상한다는 점이다.

남자들과 새의 관계를 그린 이 여섯 가지의 이야기를 잇는 실은 돌에 그려진 새다. 강가나 바닷가에서 주운 돌멩이에, 있는 그대로의 돌 모양에 새의 이미지를 덧씌워 그림을 그리는 수수께끼의 남자와 그 돌에 그려진 새에 매료된 청년이 연속해서 꾸는 여섯 개의 꿈이 이 책의 구성이다. 몇 개의 단편을 연이어 늘어놓는 이 구성의 취향은 말할 필요도 없이 브래드버리의 『일러스트레이티드 맨』에서 힌트를 얻었다.

양해를 구해야 할 것은, 내게는 동식물에 관한 제대로 된 학식이 전혀 없다는 점이다. 등장하는 새들의 모습은 내 꿈속의 모습이다.

꿈속 버드랜드의 새를 부르는 피리의 음색을 들어 주기를 바라는 바이다.

1991년 2월

이나미 이쓰라

DUCK CALL 덕콜

초판1쇄 발행 2019년 1월 20일

지은이 | 이나미 이쓰라
옮긴이 | 박정임
발행인 | 박세진
교 정 | 양은희, 이채현
표지디자인 | 허은정
용 지 | 두송지업
인 쇄 | 대덕문화사
제 본 | 자현제책사

펴낸곳 | 피니스 아프리카에
출판등록 | 2010년 10월 12일 제25100-2010-000041호
주소 | 03958 서울시 마포구 망원동 419-3 참촌 1차 501호
전화 | 02-3436-8813
팩스 | 02-6442-8814
블로그 | www.finisafricae.co.kr
메일 | finisaf@naver.com